김성종장편추리소설

불타는 여인

1

이 소설 은 1993년 도서출판 추리문학사에서 발행되었습니다

김성종장편추리소설

도서출판 남도

차 례

프롤로그

1988년 7월 어느 비오는 날 오후.

다른 때 같으면 그녀를 녹초로 만들었을 그가 오늘은 영 힘이 없어 보인다. 그저 한번 형식적으로 배 위에 올라와 몇 번 아래위로 오르내리더니 10분도 못 돼 물거품처럼 꺼져 버린다. 정신이 딴데가 있었던가 아니면 몸이 좋지 않은 것 같다.

배미화(裵美花)는 미칠 것 같았다. 지금 막 달아오르려고 하는데 밑으로 내려가 버리면 어떡하느냐 말이다. 그녀는 지금 배란기였다. 그래서 남자의 손길만 스쳐도 예민하게 반응을 보이고 있었다. 끓어오르는 욕정을 그가 잠재워 주지 않으면 그녀는 정말 미쳐버릴 것 같았다. 밖으로 뛰쳐나가 아무 남자나 붙잡고 나를 사랑해 달라고 애걸할 것만 같았다. 남자와 욕정을 불태우기에는 얼마나 좋은 날인가. 밖에는 비가 내리고 있고 그들은 지금 최고급으로 꾸며진 방 안의 침대 위에 누워있다. 아무도 방해할 사람이 없고 시간은 넉넉하다. 1인당 2만 원짜리 점심 뷔페를 먹고 나서 바로 자리를 옮겨 가볍게 한 잔 하고 난 다음 곧장 방으로 들어왔던 것이다. 시간을 충분히 확보해 놓고 나서 여유있게 섹스를 즐기기 위해서였다. 오늘은 그야말로 온몸이 파김치가 되어 늘어질 때까지 그것을 하리라고 잔뜩 기대를 걸고 방에 들어왔었다. 그런데 막상 벌여놓고 보니 그게 아니다. 남자는 담배를 피우고 있었다.

황개(黃介)는 대단한 정력가이다. 이제 나이가 서른 댓 정도밖에 안 됐으니 정력이 한창일 법도 하지만 아무리 그렇다해도 그만한 남자를 찾기란 매우 드물 것이다. 그녀는 지금까지 숱한 남자들을 상대해 보았지만 황개만큼 절륜한 힘을 가진 남자를 만난 적이 없었다. 거의 모든 남자들이 비실비실하고 그것을 즐길 줄을 몰랐다. 첫 번째에는 괜찮다 싶어도 회를 거듭함에 따라 시들시들해져 버린다. 그 못난 얼간이들은 그래도 동굴 속에 진입했었다는 사실을 놓고 제법 큰소리치려고 든다. 기둥서방처럼 말이다.

그들에 비하면 황개는 정말 사나이 중의 사나이이다. 그의 그것은 거대할 뿐만 아니라 무를 함부로 빚어놓은 것처럼 무지막지하게 생겼다. 대부분의 남자들이 왜소하고 지성적으로 생겼는데 반해 그의 것은 반지성적으로 생겼다. 그 반지성적인 야성미에 그녀는 넋을 잃을 때가 한두 번이 아니었다. 그녀는 화이트칼라들의 지성미에는 진력이 나 있었다.

"왜 그래요? 기분이 안 나세요?"

그녀는 몸을 돌려 남자의 옆에다 자신의 몸을 밀착시켰다. 왼손으로 머리를 받쳐 높게 한 다음 곁눈질로 남자의 표정을 살폈다. 남자는 넋 빠진 듯 멀거니 천장을 바라보면서 담배연기만 뿜어대고 있었다.

"담배 그만 피우세요. 재 떨어지겠어요."

그녀는 그의 손에서 담배를 빼내 침대머리 위에 놓아둔 재떨이에다 비벼 꼈다.

"기분 안 좋은 일 있어요?"

"아, 아니……."

두 사람 다 벌거벗은데다 시트조차 덮지 않고 있었다. 그녀는 그를 흥분시키기 위해 그의 허벅지에다 자신의 하복부를 밀어붙이면서 한 손으로 그의 성기를 어루만지기 시작했다. 그들은 약혼한 사이였다. 그리고 가을쯤에는 결혼하기로 되어 있었다. 결혼은 결혼이고 이미 약혼한 사이이기 때문에 그녀는 그와 몸을 섞는 것을 아주 당연한 것으로 생각하고 있었다.

"나 미치겠단 말이야. 어떻게 좀 해줄 수 없어요?"

그녀는 안타까운 나머지 그의 귀에다 대고 속삭였다. 남자의 성기는 아무리 애무해도 일어설 기미를 보이지 않고 있었다. 볼품없이 꺼져 있는 그것을 미화는 보고 싶지 않은 듯 자신의 허벅지로 덮었다.

"오늘은 안 되겠어. 기분이 안 나."

황개는 꺼져드는 목소리로 말했다.

"자기…… 여름 타는 것 아니야? 뱀탕 먹으러 갈래요? 난 옆에서 구경만 할께요."

"뱀탕?"

남자는 실소하면서 머리를 흔들었다. 그리고 한숨을 푸욱 내쉰다.

"아이, 신경질 나. 이게 뭐야."

미화는 퉁기듯 일어나더니 침대 가에 걸터앉아 담배를 뽑아 문다.

"남자가 계속 빌빌하면 난 함께 못살 것 같아."

그녀는 뜨거운 입김과 함께 담배연기를 후우 하고 내뿜었다.

"밥은 안 먹어도 살 수 있지만 하루도 그거 안하고는 난 못살 것 같아."

"넌 색골이야. 지독한 색골이야. 그래서 살이 안찌는 거야. 나니까 너를 상대하지 아마 다른 남자들은 하룻밤 자고 나서 도망쳐버릴걸."

"그러니까 내가 당신을 택한 거 아니에요? 자기 없으면 난 못 살아."

그녀는 조금 마른 편이었기 때문에 벗은 몸매는 아주 늘씬해 보였다.

그녀가 그를 결혼 상대자로 택한 것은 무엇보다도 그의 절륜한 정력 때문이었다. 그의 탁월한 섹스의 힘 앞에는 그의 단점들도 모두 하찮은 것으로 보여 결혼의 장애물이 될 수 없었다. 집안에서는, 특히 그녀의 오빠는 황개를 몹시 싫어한 나머지 그와 결혼하기만 하면 인연을 끊겠다고 선언까지 했지만 그녀는 상관하지 않고 황개와 약혼식을 올렸던 것이다. 물론 오빠한테만은 알리지 않고 친지 몇 명만을 초대한 약혼식이었지만…….

여자 쪽의 결혼 사유가 그런 반면 남자 쪽에서는 그녀의 재력 때문이었다. 그녀는 미녀이긴 하지만 성격이 너무 독선적이고 괴팍하리만큼 변덕스러워 인간 자체만을 놓고 볼 때는 결코 좋은 신붓감이라고 할 수 없었다. 그러나 그녀한테는 그런 단점들을 커버해 주고도 남을 만한 충분한 재력이 있었다.

요즘 남자들 가운데에는 여자의 생김새야 어떻든 그런 것은 전혀 상관하지 않고 오직 여자 쪽의 돈이 탐나서 결혼하는 탐욕스럽고 짐승 같은 사람들이 의외로 많다. 그런 남자들한테는 사랑이니 뭐니 하는 말 같은 것은 한낱 입에 발린 달콤한 말장난일 뿐이다. 그들은 누구를 사랑한다는 감정 같은 것이 결코 가슴 속에서 솟아날 수 없는 인간의 탈을 쓴 야수 같은 부류들일 뿐이다. 황개도 이를테면 그런 부류에 속하는 대표적인 인물이라고 할 수 있었다.

배미화의 재력이 얼마나 되는지는 정확히 알려져 있지 않다. 수십억에서 백억은 넘을 것이라는 말이 있지만 황개는 그 확실한 액수만큼은 지금까지 알아내지 못했다.

배미화의 아버지는 요식업으로 기반을 다져 큰돈을 번 사람이었다. 그는 요식업소를 곳곳에 차려 돈을 긁어모았고 그것을 기반으로 제과점 체인을 만들고 한 걸음 더 나아가 식품업에도 손을 대 그야말로 짧은 기간 내에 운 좋게도 사업을 크게 확장해 나갈 수가 있었다. 학교라고는 일제시대에 초등학교밖에 나오지 못한 그는 어렸을 때부터 식당에서 잔심부름을 하면서 어깨너머로 요리하는 법을 배워 얼마 후에는 요리사가 될 수 있었고, 사람이 워낙 근면하고 성실하여 그 기술을 밑천으로 결국 독립할 수가 있었던 것이다.

그렇게 저렇게 번 돈을 그는 놀리지 않고 땅에다 투자했다. 그는 전국에 걸쳐 땅을 사들였는데 그 가운데 서울 강남 쪽에다 사둔 땅이 개발붐을 타고 천정부지로 뛰어올라 그를 일약 거부의 대열에 올려놓는 계기가 되었다.

그가 암으로 죽었을 때 그의 재산은 천억 대를 상회할 것이라는 소문이 나돌았었는데 그 말이 헛소문이 아닌 것이 강남에만도 시가 백억 대가 넘는 그의 소유 건물들이 여기저기 서 있었던 것이다. 그는 강남에다 거대한 호텔을 짓다가 64세에 그 많은 돈을 써보지도 못하고 죽었는데 슬하에는 자식이 둘 있었다. 위로 아들 하나에 그 아래가 딸인 미화였다.

그녀의 아버지는 자신의 죽음을 미리 알고 마지막으로 자신의 재산을 정리했는데 그것은 자신의 사후 재산 상속문제를 둘러싸고 추잡한 잡음이 일지 않게 하기 위한 배려에서였다. 딸에 대한 부정(父情)이 남달리 뜨거웠던 그는 외아들한테만 재산을 모두 물려 주지 않고 딸한테도 섭섭지 않게 얼마의 재산을 떼 주었다. 특히 미화한테는 결혼을 시켜 주지 못하고 떠나는데 대한 한스러움과 애틋한 감정이 남아 있어 아들 못지않게 꽤 많은 재산을 남겨 주었다고 하는데 당시 소문만 그렇게 무성하게 나돌았을 뿐 정확한 재산액은 알려지지 않았다.

방 안은 두 사람이 피워대는 담배연기로 가득 차 있었다. 담배 꽁초를 비벼끄고 나서 미화는 침대에서 일어섰다.

"나 갈래요."

그녀는 볼멘소리로 말하고 나서 의자에 걸쳐놓았던 빨간색 티셔츠를 집어 들어 브래지어도 하지 않은 맨몸 위에다 뒤집어 씌웠다.

"벌써 가려구?"

황개가 천천히 몸을 일으키며 물었다.

"재미도 없는데 여기서 답답하게 뭘 해요."

아슬아슬하게 음부만을 가리는 팬티를 끼고 나서 그녀는 검정 바지를 입었다.

"나도 가야지."

남자도 일어나 옷을 입기 시작했다. 그는 다른 여자와 만날 약속이 있었다. 약속시간은 이미 지나 있었다. 그래서 그는 형식적으로 배미화와 관계를 맺고 나서 그녀가 빨리 돌아가 주기만을 기다리고 있었던 것이다. 다행히 배미화는 그의 생각대로 돌아갈 채비를 하고 있었다.

먼저 옷을 입고 난 미화는 경대 앞에 서서 머리를 빗었다.

옷을 모두 입고 난 남자가 뒤로 다가와 그녀의 어깨를 감싸 안는다. 그는 푸른색 남방 위에 체크무늬 저고리를 걸치고 있었고 아래에는 밤색 바지를 입고 있었다. 그런 멋진 차림은 미화가 마련해준 것이었다. 여자들이 모두 한 번씩 돌아볼 정도로 그는 잘생긴 용모에다 건장한 체격을 지니고 있었다.

방을 나가 엘리베이터에 들어갈 때까지 황개는 그녀의 어깨를 감싸안고 있었다. 엘리베이터에는 그들 두 사람뿐이었다. 엘리베이터 문이 닫히고 엘리베이터가 밑으로 내려가기 시작했을 때 미화가 남자의 팔에서 어깨를 빼면서 혼잣말처럼 중얼거렸다.

"그 여자 때문에 큰일이야."

"그 여자라니?"

황개의 두 눈이 순간적으로 번득였다.

"올케 말이에요."

"밀라 씨 말인가?"

순간 미화의 날카로운 시선이 그의 얼굴을 스쳤다.

"어떻게 이름을 알죠?"

갑작스런 물음에 황개는 당황했다. 그러나 그는 이내 침착을 되찾고 능청스럽게 대꾸했다.

"미화가 말해 줬잖아."

"제가요? 그런 적 없을 텐데……."

그녀가 고개를 갸우뚱하는 것을 보고 황개는 그녀의 손을 잡으며 말했다.

"난 너한테서 들은 걸로 기억하고 있어. 이름이 특이해서 기억하고 있지. 아무려면 어때. 뭐가 큰일이라는 거야?"

엘리베이터 문이 열리더니 일본인으로 보이는 중년 사내와 콜걸로 보이는 아가씨가 들어왔다. 미화는 바퀴벌레라도 본 듯 미간을 찌푸렸다.

"글쎄 가정주부가 도통 집에 붙어 있지를 않아요. 걸핏하면 외박이고, 무슨 여자가 그런 여자가 있는지 모르겠어요."

그녀는 분에 못 이겨 아랫입술을 깨문다. 황개의 얼굴 표정은 어느새 굳어져 있었다.

"아기는 빽빽 울어대지, 미치겠어요. 계속 그런 식으로 나오면 오빠한테 말해서 내쫓아 버려야지 그대로 둘 수는 없어요."

"오빠는 모르고 있나?"

"알게 뭐예요. 오빠는 노상 밖에서만 살고 있다구요. 며칠 전에도 일본에 갔었잖아요."

문이 열리고 일본인과 콜걸이 먼저 내렸다. 남은 두 사람은 지하주차장까지 내려갔다.

"오빠가 알면 가만 안 둘 거예요. 우리 집안 생각해서 지금까지 참아왔는데 이번에 다 불어버릴 거야. 그런 여자는 결혼생활을 할 수 없는 사람이야."

지하주차장의 시멘트 바닥 위를 걸어가는 하이힐 소리가 유난히 선명하게 주위를 울리고 있었다. 이윽고 배미화는 빨간색의 자기 차 안으로 들어가 시동을 걸었다.

"오늘은 유감이 아주 많아요. 숙녀를 이런 식으로 보낼 수가 있어요?"

그가 뭐라고 말하기도 전에 차는 앞으로 튕겨 나갔다.

황개는 그녀의 차가 주차장 밖으로 사라진 것을 확인하고 나서 자기 차 쪽으로 걸어갔다.

그가 두 번째로 만나기로 약속한 여인은 S호텔에서 그를 기다리고 있었다. 이윽고 차 안으로 들어간 그는 회심의 미소를 지으면서 차의 시동을 걸었다.

하오의 정사

"죽여 버릴 거야."

밀라(謐羅)는 자기도 모르게 중얼거리고 나서 흠칫 놀라 주위를 둘러보았다. 혹시 누가 듣지 않았나 해서 살펴보았지만 그녀를 눈여겨보는 사람은 아무도 없는 것 같았다.

S호텔 스카이라운지에는 적지 않은 손님들이 앉아 있었다. 그녀는 창문을 타고 흘러내리는 빗물을 한동안 얼빠진 모습으로 바라보고 있다가 자기도 모르게 불쑥 그렇게 중얼거렸던 것이다. '그를 죽이고 싶다! 죽이지 않으면 안 된다! 죽여야 한다! 라고 끊임없이 생각해 왔던 터였기 때문에 자기도 모르게 그것이 입 밖으로 튀어 나왔던 모양이다.

벽에 붙어 있는 동그란 전자시계가 오후 2시 56분을 가리키고 있다. 약속시간에서 벌써 56분이 지나고 있었다. 그자는 항상 늦게 나타난다. 강자의 입장이기 때문에 약자를 기다리게 하는 것이 당연하다는 태도이다. 아무튼 좋다. 오늘은 그자의 숨을 기필코 끊어놓고야 말리라.

그동안 여러 차례 그의 목숨을 노려왔지만 그때마다 번번이 실패하고 말았다. 실패하게 된 가장 큰 이유는 그녀 자신의 결단력이 부족했기 때문이었다. 결행 직전에 언제나 차마 손을 대지 못하고 머뭇거리다가 기회를 놓치곤 했던 것이다. 그러나 오늘은 다르다. 그녀는 더 이상 물러설 수 없는 입장이었고 그래서 어떻든 오늘은 결행해 내고야 말 생각이었던 것이다.

그녀는 핸드백을 열고 그 안에서 조그만 동전지갑을 꺼냈다. 지갑의 지퍼를 열고 안을 들여다보았다. 안에는 몇 개의 동전과 함께 녹색의 조그만 플라스틱 갑이 들어 있었다. 그것은 피부연고제 용기인데 지금은 다른 것 즉, 극약인 청산가리가 들어 있었다. 그녀는 지름이 3cm쯤 되는 원형의 플라스틱 갑을 꺼내 귀에다 대고 가만히 흔들어보았다. 안에서 세 개의 캡슐이 서로 부딪치는 소리가 달그락거리고 났다. 극약은 세 개 가운데 한 개의 캡슐 속에 들어 있었고, 나머지 두 개는 빈 것이었다.

빈 캡슐 두 개를 극약이 들어 있는 캡슐과 함께 넣어둔 것은 플라스틱 갑이 하나만 넣어두기에는 너무 컸기 때문이었다.

"뭘 하고 있어?"

굵고 게걸스러운 목소리에 그녀는 화들짝 놀라 고개를 쳐들었다.

건장하게 생긴 사내가 뒤로부터 나타나 맞은편 자리에 털썩 주저앉는다. 거무스름한 얼굴에 건강미가 넘치는 사내였다.

"그거 뭐야?"

그는 강자답게 언제나 반말로 지껄인다. 그러나 수모를 느끼면서도 밀라는 잠자코 그것을 받아들인다.

"아, 아무것도 아니에요."

그녀는 당황해서 동전지갑과 녹색 플라스틱 갑을 한꺼번에 싸잡아 핸드백 속에 집어넣었다.

"뭐냐니까? 어디 봐."

그녀가 당황해 하는 것을 보고 사내는 호기심이 동하는지 눈을 똑바로 뜨면서 손을 내민다.

"아무것도 아니라니까요. 무좀약이에요."

그녀는 재빨리 웨이터를 불렀다. 여자처럼 예쁘게 생긴 웨이터가 다가와 눈을 반짝이며 그녀를 쳐다보았다. 그녀의 미모에 눈이 부신 모양이었다. 사내가 맥주를, 그녀는 커피를 주문했다. 사내는 언제나 맥주를 즐겨 마신다.

"그거 가져왔어?"

굵고 게걸스러운 목소리가 협박조로 변한다. 멋모르는 계집아이들이라면 그 목소리와 잘생긴 얼굴, 건장한 체격에 야성미를 느낄 만도 할 것이다. 그러나 사내에 대해서 속속들이 알게 된 그녀는 그를 혐오하고 있었다.

그녀의 타는 듯한 눈초리에 황개는 조금 멈칫하는 것 같았으나 이내 위협적인 표정을 지으며 담배를 꼬나물었다. 밀라는 고개를 홱 돌려 창문 쪽을 응시했다. 대형 창문을 타고 줄줄 흘러내리는 빗물이 마치 자신이 흘리는 눈물처럼 생각된다. 이 개 같은 놈 때문에 그동안 얼마나 많은 눈물을 흘렸던가! 그러나 그것도 오늘이 마지막이다. 밖에는 비바람이 몹시 치고 있었다. 태풍이 북상중이라는 예보가 있었다. 웨이터가 맥주와 커피 잔을 탁자 위에 내려놓는다. 그 손이 너무 희고 예쁘다고 그녀는 생각한다. 맞은편 대형 빌딩과 이쪽 S호텔 사이의 공간이 갑자기 어두워진 듯이 느껴진다. 진한 잿빛의 공간 사이로 비바람이 소용돌이치고 있다.

"그거 가져왔느냐 말이야?"

혐오스러운 목소리가 신경질적으로 변했다. 엷은 색안경에 가려진 두 개의 큰 눈이 번뜩이기 시작했다. 그녀는 가만히 한숨을 내쉬고 나서 핸드백을 열었다. 그리고 천만 원짜리 수표가 들어 있는 봉투를 꺼내 사내 앞에 조용히 놓았다.

황개는 거침없이 봉투를 집어 들었다. 그리고 그것을 흔들며

"얼마야?"

라고 물었다.

커피 잔을 가만히 집어 드는 밀라의 손끝이 혐오감과 증오심으로 바르르 떨린다.

"보면 알 거 아니에요."

외면한 채 차갑게 내뱉는 그녀의 말에 사내는 어깨를 들썩하며 미소를 짓는다.

"왜 신경질이야?"

한마디 하고 나서 그는 우선 맥주를 잔에 따라 목을 축였다. 밀라는 넘어가지 않는 블랙커피를 억지로 꿀꺽 삼켰다. 개 같은 놈, 너는 오늘 끝장이야. 너 같은 거머리는 이 사회에 필요가 없어. 내가 살기 위해 너를 죽인다. 내가 살기 위해…….

사내의 긴 손가락이 봉투 속에서 종이 한 장을 뽑아냈다. 그것은 자기앞수표였다. 그는 거기에 찍힌 10,000,000원이라는 액수를 확인한 다음 그것을 다시 봉투 속에 집어넣었다. 그의 얼굴에는 만족스러운 표정이 나타나 있었다.

"고마워."

그가 능글맞게 웃으며 말했다.

"그게 마지막이에요. 약속을 지키세요."

그녀의 아름다운 두 눈이 갑자기 투명해진다. 그녀는 흰 바탕

에 푸른 물감을 거칠게 뿌려놓은 것 같은 원피스를 입고 있었다.

"그래, 지키지."

사내는 남은 맥주를 마저 들이켰다.

"꼭 지켜야 해요. 전화 걸지 않는다는 것, 만나지 않는다는 것…… 약속대로 지켜야 해요. 지키지 않으면……."

"아, 알았어."

그가 손을 들어 그녀의 다음 말을 제지했다.

그동안 사내는 교묘한 방법으로 그녀를 괴롭혀 왔었다. 그녀의 약점을 움켜쥔 그는 그녀가 아무리 애걸복걸해도 눈썹 하나 까딱하지 않고 그녀의 육체와 돈을 끊임없이 요구해 왔고, 약점이 잡힌 그녀는 그의 그런 요구를 일일이 들어주지 않을 수 없었다. 그때마다 그녀는 마지막 거래임을 다짐받았지만 그는 번번이 그 약속을 깨뜨렸고, 결국 그녀는 오늘까지 그의 손길에서 벗어날 수가 없었던 것이다.

너무도 많이 속아왔기 때문에 그녀는 그의 마지막 약속이라는 말을 믿지 않았다. 그로부터 분명하고도 확실한 약속을 받아내는 길은 단 하나 ― 그를 없애버리는 것이었다.

"이제 내가 봉사할 차례지."

그가 빙글거리며 일어설 채비를 했다. 그는 자신의 만족을 채우는 일을 여자에 대한 봉사라고 생각하고 있었다.

"싫어요! 혼자 가세요! 난 좀 있다가 가겠어요."

밀라는 단호하게 머리를 흔들었다. 그러면서도 속으로는 사내가 혼자 가버리면 어쩌나 하고 걱정했다. 그러나 사내는 그녀가 계획한 대로 따라와 주었다. 그녀는 사내의 속성을 잘 알고 있었기 때문에 그가 그대로 가지는 않을 거라는 것을 이미 예상하고 있었다.

"서비스해 주겠다는데 왜 이래?"

"서비스 필요 없어요."

"빡빡하게 나오지 말고 빨리 따라와. 따라오지 않으면 끌고 갈 거야."

그가 일어서면서 눈을 부라렸다. 그는 충분히 여러 사람들이 보는 앞에서 그녀를 끌고 갈 수 있는 위인이었다. 앞장서서 밖으로 나가는 그의 뒷모습을 노려보다가 밀라는 천천히 몸을 일으켰다. 그와 차 한 잔을 마셔도 남자 쪽에서 결코 사는 법이 없기 때문에 계산은 언제나 그녀 쪽에서 치러야 했다. 그녀가 카운터 쪽으로 다가가자 가까이에 서 있던 예쁘게 생긴 웨이터가 눈을 빛내며 그녀를 유심히 바라보았다. 그녀와 시선이 마주치자 그가 미소를 지어보였다. 그녀는 뜨끔했지만 억지로 입가에 미소를 담았다.

S호텔 스카이라운지에 올 때마다 보게 되는 웨이터였다. 나이는 스물 댓 정도 됐을까 한데 섬세하고 깨끗하게 생긴 인상에다 언제나 부드러운 미소를 띠고 있는 것이 호감이 갔다. 중키에 호리호리한 몸매가 여자들의 모성애를 발동시키는 원인이 되기에 충분한 그런 청년이었다. 황개는 그녀를 언제나 S호텔로 불러내곤 했다. S호텔은 도심에서 조금 벗어나 있으면서도 시설 면에서는 최신의 특급 수준이었기 때문에 밀회 장소로는 그만한 데가 없을 것 같아 그들은 그곳을 자주 이용해 왔던 것이다. 그런데 지금 웨이터의 시선을 받고 보니 그동안 그곳 종업원들에게 얼굴이 많이 팔렸다는 점이 아주 부담스럽게 느껴져 왔다. 하지만 그녀는 그 점 때문에 이번에 또다시 결행을 미루고 싶지는 않았다. 그

녀의 결심은 그녀 자신도 어찌할 수 없을 정도로 이미 기정사실이 된 것처럼 확고하게 굳어 있었던 것이다.

"안녕히 가십시오. 또 오십시오."

출입구 쪽으로 돌아서 가는 그녀를 향해 웨이터가 공손히 허리를 굽혔다. 밀라는 고개를 까딱하면서 미소를 지었다. 또 오십시오라는 말이 이상한 여운을 남기면서 그녀의 옷자락을 끄는 것 같았다. 전에는 그런 말을 덧붙이지 않았다. 의미 있는 말로 받아들여야 할까.

스카이라운지는 25층에 있었다. 황개와 밀라는 25층에서 함께 아래로 내려가는 엘리베이터에 올랐다. 사내가 호주머니에서 호텔 방 열쇠를 꺼내들고 흔들었다. 이미 방을 잡아두었다는 표시였다. 그는 자신만만한 태도로 그녀의 어깨를 감싸 안았다. 그가 이미 흥분하고 있다는 것을 그녀는 알 수가 있었다. 그는 아무데서나 흥분을 잘하고 그것을 어떤 식으로든 풀어야 직성이 풀리는 그야말로 즉물적인 사내였다. 그녀는 거칠게 그의 손을 뿌리치며 한쪽으로 비켜섰다.

"이러지 말아요! 난 그냥 가겠어요!"

"부인께서 오늘 왜 이러실까? 그러니까 더 예쁜데 그래. 내 허락 없이는 한 발짝도 갈 수 없다는 거 잘 알잖아. 나를 귀찮게 하지 마."

19층에서 엘리베이터 문이 열렸다. 문 저쪽에 중년의 외국인 남녀가 서 있었다. 황개는 밀라의 허리를 끌어안으며 밖으로 나갔다. 외국인 남녀가 눈을 휘둥그렇게 뜨며 엘리베이터 안으로 들어갔다.

"창피하게 뭐예요! 이거 놔요!"

그녀가 앙탈했지만 사내는 결코 그녀를 놓아 주지 않았다. 그의 힘은 대단해서 그녀가 힘으로 그의 손아귀를 벗어난다는 것은 절대 불가능했다. 부드러운 고급 카펫이 깔린 복도 위를 걸어가는 동안 사내의 우람한 팔은 그녀의 허리를 더욱 바싹 조여들고 있었다.

이윽고 그들은 1924호실 앞에서 걸음을 멈추었다.

"자, 열어."

그가 열쇠를 그녀에게 주었다. 그러고 나서 그는 뒤에서 두 팔로 그녀의 허리를 감았다. 뜨거운 입김이 그녀의 귓가를 간지럽히고 있었다. 그녀는 숨을 흑하고 들이켜면서 자물쇠의 구멍에다 열쇠를 꽂았다. 뒤에 서 있는 사내는 그녀보다 머리 하나가 더 컸다. 문이 열리자 그는 하체로 그녀의 엉덩이를 밀고 들어갔다. 그녀는 사내가 마치 미쳐버린 말 같다고 생각했다. 뒤에서 문이 닫히자 사각의 방 안을 채우고 있던 적막감이 마치 두꺼운 벽처럼 그녀에게 다가왔다. 그들은 그 적막감에 익숙해지기라도 하려는 듯 잠시 가만히 서 있었다. 그러나 이윽고 사내의 두 손이 그것을 깨뜨렸다. 한 손이 그녀의 젖가슴을, 다른 한 손이 아랫배를 주무르기 시작했던 것이다.

"이게 마지막이에요."

그녀의 말에 대꾸하는 대신 그는 그녀를 창가로 밀고 갔다.

문득 그녀는 머리로 창을 들이받고 아래로 뛰어내리고 싶은 충동을 강하게 느꼈다. 사내의 손길이 흡사 거머리처럼 참을 수 없게 느껴졌기 때문이었다. 그러나 그런 느낌은 자극이 심해져 올수록 차츰 엷어져 갔다.

사내는 아주 교묘한 방법으로 그녀를 자극하기 시작했다. 그런 방법에 견뎌나가기란 실로 어려운 일이었다. 아니, 그런 방법에 지금까지 길들여져 온 그녀의 악마적인 감성이 자신의 의지와는 상관없이 그것을 은근히 기대했는지도 모른다. 마지막이라는 심정으로…….

사내는 매우 난폭하게 그녀를 다루었다.

아래로부터 자동차의 소음이 아련히 들려오고 있었다. 어깨가 드러나고, 이어서 두 개의 젖무덤이 흔들리는 것을 그녀는 마치 남의 것을 바라보듯 내려다보았다. 희고 묵직해 보이는 젖무덤 가운데 붙어 있는 꼭지는 검은 빛을 띠고 있었고 아주 굵어 보였다. 그것은 그녀의 아들이 빨아서 그렇게 된 것이었다. 그녀가 상체를 굽혔기 때문에 원피스는 아래로 더 이상 흘러내리지 않았다. 사내가 그녀의 원피스 자락을 밑에서부터 걷어 올렸다. 위에서 흘러내린 원피스와 아래로부터 걷어 올려진 원피스가 마침내 그녀의 허리에 둘둘 말려 걸쳐져 있었다. 머리칼이 밑으로 흘러내려 그녀의 얼굴을 가렸다.

"너는 나를 결코 잊을 수 없을걸."

사내가 그녀의 팬티를 밑으로 끌어내리며 말했다.

"잊을 수 있어요."

그녀는 이를 악물며 말했다.

"천만에, 우리는 자주 만날 수밖에 없는 운명이야."

"만나지 않을 거예요."

"그렇게는 안 될 걸. 난 미화하고 결혼할 거니까 말이야. 그렇게 되면 날 안 볼래야 안 볼 수 없게 되지."

밀라는 숨이 막히는 것 같았다. 사내가 결혼하겠다고 말하는 상대방은 다른 사람도 아닌 그녀의 시누이 되는 아가씨였다. 황개와 배미화는 연인 사이로 주위에서는 두 사람의 결혼을 거의 기정사실로 받아들이고 있었다. 물론 미화는 밀라와 황개의 불륜 관계를 전혀 모르고 있었다.

"안 돼요…… 그건 안 돼요…… 만일……."

그가 뒤에서 밀고 들어왔기 때문에 그녀는 머리를 창에 부딪쳤다.

"안 되긴 뭐가 안 돼. 네가 뭔데 안 된다는 거야."

그는 힘차게 그녀를 밀어붙였다. 그녀는 아무 말도 할 수 없었다. 사내를 계속 증오하고 싶었지만 그런 감정은 차츰 희미하게 엷어져 가고 있었고, 그 자리를 말할 수 없는 쾌감이 빠른 속도로 채워나가고 있었다.

그는 관계를 하면서도 계속 그녀에게 모욕적인 말을 지껄여 대고 있었다.

"너 같은 색골이 창기같이 말라비틀어진 쬐그만 놈하고 어떻게 살지? 상대가 안 될 텐데 말이야. 넌 내가 아니라도 어차피 다른 놈의 서비스를 받지 않고는 살아갈 수 없는 여자야. 외국놈한테 길이 잘 들여졌으니 오죽하겠어. 넌 나를 미워하겠지만 결과적으로 나한테 감사해야 해. 나같이 이렇게 서비스를 잘 해 주는 남자가 어디 있겠어. 너하고 나하고는 궁합이 맞아. 찰떡궁합이란 말이야."

그녀의 대리석같이 희고 둥근 큰 엉덩이가 더욱 높이 부풀어 올랐다. 옷이 걸려 있는 허리가 더욱 가늘어지는 것 같았다. 그녀의 엉덩이에는 풍요로운 아름다움이 있었다. 그러나 사내는 그 아름다움을 탐닉하기보다는 그것을 파괴하려고 기를 쓰고 있는 것처럼 보였다. 육체의 깊은 곳에서부터 흘러나오는 신음소리는 점점 높은 색조를 띠면서 규칙적으로 몸놀림과 어우러지고 있었다. 그녀는 이제 수치심으로부터 완전히 벗어나 오로지 황홀한 쾌감 속에 몸을 내맡기고 있었다. 그녀의 몸에는 어느새 땀이 번지고 있었다. 허리를 중심으로 번들거리던 땀이 마치 기름처럼 번져나가고 있었다. 그녀의 엉덩이를 쓰다듬는 사내의 손에도 땀이 번지고 있었다. 그것은 마치 사내가 그녀의 큰 엉덩이에다 부지런히 기름을 발라대는 것 같았다.

사내의 두 손이 그녀의 허리 쪽으로 움직이다가 밑으로 흘러 두 개의 젖무덤을 받쳐 든다. 두 개의 젖가슴도 땀에 젖어 미끈거리고 있었다.

그는 쉬지 않고 그녀의 몸속을 교란시키고 있었다. 그녀는 너무 황홀해서 죽어버릴 것만 같았다.

"그 쬐그만 놈하고 어떻게 살지? 말해 봐. 그놈하고 어떻게 사느냐 말이야?"

남자는 자신의 정력을 과시하고 있었다. 그가 대단한 정력을 지니고 있는 것은 사실이었다.

마침내 그녀는 온몸에 심한 경련을 일으키면서 무릎을 꺾었다. 축 늘어지는 그녀를 내려다보면서 사내가 말했다.

"일어나. 아직 멀었어."

밀라는 가쁘게 숨을 몰아쉬면서 머리를 뒤로 젖혔다.

대형 창문을 타고 흘러내리는 빗물이 마치 얼굴 위로 쏟아지는 것 같았다. 그녀의 머리칼도 땀에 젖어 있었다.

"일어나라니까!"

사내가 그녀의 겨드랑이에 손을 집어넣더니 그녀를 잡아 일으켰다. 그리고 그녀를 다시 밀어붙였다. 그는 아직 냉정함을 유지하고 있는 것 같았다. 그의 몸은 언제나 냉정하고 계산적으로 유지되는 것 같았다. 젊은 나이인데도 불구하고.

"좀 쉬었다 해요."

밀라는 상체를 굽히는 대신 몸을 바로 세워 유리창에다 밀착시켰다. 차가운 감촉이 얼굴과 가슴, 복부에 와 닿았다. 그것은 새로운 자극이었다. 뒤에서 그가 두 팔로 그녀의 가는 허리를 끌어안았다.

"밀어버릴까?"

그가 속삭이는 소리로 물었다. 그녀는 창문 아래를 내려다보았다. 빗속을 헤치며 달리는 차들이 마치 장난감처럼 보인다. 창문은 아주 두꺼워 보였다. 그러나 그가 뒤에서 힘껏 밀어버리면 깨져버릴 수도 있을 것 같았다. 그녀는 온몸에 소름이 돋는 것을 느끼면서도 뒤로 물러서지 않았다. 거머리처럼 창문에 달라붙으면서,

"밀어보세요, 힘껏……."

하고 중얼거렸다.

사내는 숨을 죽인 채 가만히 있다가 그녀의 허리를 바짝 끌어안았다. 그리고 앞으로 미는 척하다가 움직임을 멈췄다.

"사람들이 보고 있어. 저기 맞은편을 보라구."

그가 뒤로 물러나면서 말했다.

그녀는 맞은편에 있는 대형 빌딩을 바라보았다. 그것은 무슨 보험회사 빌딩으로 최근에 완공된 것인데 현대적인 감각을 최대한 살린 아주 멋진 건물이었다. 그 건물의 바로 마주보이는 층의 창가에 몇 사람이 붙어서서 이쪽을 바라보고 있는 것이 그녀의 시야에 들어왔다. 사람들의 수는 점점 불어나고 있었는데 그 가

운데에는 여자들도 있었다.

"뭐하는 거야? 빨리 이리 오지 않고!"

황개가 뒤에서 소리질렀지만 그녀는 그대로 서 있었다. 그녀는 여러 사람들이 보는 앞에서 자신의 나체를 정면으로 보여 주고 있다는 사실에 기묘한 스릴을 느끼고 있었다. 창문에 빗물이 흘러내리지 않았다면 차마 그렇게 서 있을 수는 없었을 것이다. 흐르는 빗물이 엷은 커튼처럼 막을 이루면서 그녀의 몸에 변화를 주고 있었다. 그것은 마치 어느 전위예술가의 충격적이고도 신선한 몸놀림 같기도 했다.

그녀는 두 손을 높이 쳐든 채 가슴과 복부로만 창문을 비벼댔다. 그녀의 엉덩이가 퍼지기도 하고 오므라지기도 하면서 좌우로 밀려다니는 것이 마치 흘러내리는 빗물을 배경으로 움직이는 환상의 스크린 같았다. 황개는 그녀를 멍하니 쳐다보기만 할 뿐 더 이상 제지하려 들지는 않았다.

그녀의 풍만한 가슴이 창문에 눌려 납작해졌다. 볼 테면 봐라, 얼마든지. 그녀는 마치 무대 위의 쇼걸처럼 대담하게 몸을 움직였다.

"아, 목말라…… 맥주 한 병 줘……."

그녀가 타는 듯한 목소리로 말했다.

그녀가 대담한 줄은 알고 있었지만 지금 같은 장면은 처음이었기 때문에 사내는 얼빠진 표정으로 그녀의 뒷모습을 바라보다가 냉장고 쪽으로 가서 문을 열었다. 냉장고 안에는 음료수와 몇 가지 술병들이 들어 있었다. 맥주병들은 작은 것들뿐이었다. 그는 안에서 두 개의 맥주병을 꺼내들었다. 그의 목도 말라 있었다. 마개를 딴 다음 창가로 가서 한 개를 건네주고 다른 한 개는 자신이 마시기 위해 탁자 위에 내려놓았다.

"저 사람들 봐. 잔뜩 모였잖아. 미쳤어,미쳐!"

"그래, 난 미쳤어. 당신도 이리 와요. 와서 나하고 함께 쇼를 해요."

그러나 사내는 가지 않았다.

"겁쟁이! 바보 같으니!"

그녀는 병을 입으로 가져가서 나발을 불었다. 맥주는 그녀의 작은 입 속을 채우고 나서 밖으로 넘쳐흐르기 시작했다. 그러나 그녀는 상관하지 않고 그대로 술을 부었다. 그녀의 입에서 흘러내린 술이 거품을 일으키면서 목을 타고 흘러내리더니 가슴을 적셨다. 가슴을 적신 술은 복부로 흘러내린다. 그녀는 맥주 거품에 덮인 젖가슴을 두 손으로 감싸쥐고 어깨를 움츠렸다. 자기 가슴의 아름다움에 도취된 듯 몇 번 그렇게 움켜쥐고 흔들다가 천천히 뒤로 물러나 남자를 바라본다. 사내는 탁자 앞에 앉아 당황한 표정으로 그녀를 올려다본다. 그녀는 빈 병을 바닥에다 던졌다. 흘러내리던 맥주 거품은 그녀의 하복부 아래 음부 위에 몰려 있었다. 그녀는 사내를 쏘아보다가 갑자기 탁자 위에 놓여 있는 맥주병을 집어 들어 사내의 머리 위에다 부었다.

"왜 이래? 이게 미쳤어!"

황개는 기겁을 하며 일어섰다. 그의 머리와 얼굴은 맥주 거품으로 허옇게 덮여 우스꽝스러웠다.

"꺼져! 빨리 꺼지란 말이야!"

그녀가 다시 술병을 쳐들자 그는 재빨리 욕실로 뛰어갔다.

"미쳤군!"

그가 욕실에서 얼굴만 내민 채 말했다.

"그래, 미쳤어. 어쩔 테야?"

그녀가 무서운 눈으로 노려보자 그는 멈칫하다가 가소롭다는 듯 웃었다.

"까불지 말고 이리 와. 이리 와서 좀 씻어줘."

그녀와 함께 있을 때 그는 언제나 그녀에게 몸을 씻어달라고 요구한다. 몸을 씻어 주고 나면 발톱과 손톱까지 깎아달라고 주문한다. 거절할 수가 없기 때문에 그녀는 하는 수 없이 그의 요구를 끝까지 들어주기는 하지만 그 수치심과 굴욕감이란 이루 다 말할 수가 없다. 남편한테도 해 주지 않는 서비스를 황개한테는 해 주는 것이다. 그는 귀부인이 굴욕적인 태도로 자신에게 절대 복종하는 모습을 보는 것을 몹시 즐긴다. 그녀가 복종하지 않고 조금이라도 저항하는 기미라도 보이면 그는 폭군으로 돌변해 그녀를 구타한다.

밀라는 욕실로 다가갔다.

"들어와."

그가 욕조에 걸터앉아 손가락을 까딱해 보인다. 그녀는 안으로 들어갔다. 그녀의 손에는 여전히 맥주병이 들려 있었다. 병 안에는 맥주가 반쯤 남아 있었다. 그녀는 사내를 죽이려면 그 전에 증오심을 잔뜩 키워야 한다고 생각했다. 섹스의 황홀감 때문에 사그라져버린 증오심을 빨리 되살려놓을 필요가 있었다.

"오늘 왜 그러는 거지?"

이상하다는 듯 그녀를 쳐다보며 그가 물었다.

"마지막 축제니까요."

그녀는 무표정하게 뇌까렸다.

"마지막 축제라고? 흥, 잘해 봐. 그거 이리 주고 몸이나 씻어

줘.”

그가 맥주병을 받으려고 손을 내밀었다. 그러나 그녀는 그것을 그에게 주는 대신 자신의 입으로 가져갔다. 그리고 맥주를 입 안에 가득 머금었다가 갑자기 사내의 얼굴에다 대고 푸우하고 뿜었다.

피할 새도 없이 맥주를 얼굴 가득히 뒤집어쓴 사내는 괴성을 지르며 벌떡 일어섰다. 그리고 사정없이 그녀의 뺨을 후려쳤다.

“이 쌍년이 미쳤나?!”

“그래! 미쳤다! 이 개 같은 놈아!”

“뭐가 어째?!”

화가 머리끝까지 치민 사내는 주먹으로 그녀의 턱을 갈기고 나서 연이어 무릎으로 복부를 내질렀다. 걸레처럼 구겨지는 그녀를 이번에는 발로 짓밟아대며 소리쳤다.

“무릎 꿇어! 무릎 꿇고 빌어!”

“내가 뭘 잘못했다고 빌라는 거야?”

밀라는 비틀거리며 일어났다. 그리고 손으로 사내의 가슴을 밀면서 그의 얼굴에다 퉤하고 침을 뱉었다.

“빌어야 할 사람은 내가 아니고 바로 너야.”

“이 씨팔년이 뒈지려고 환장했나!”

그는 단단한 이마로 번개같이 그녀의 얼굴을 들이받았다. 그녀는 코를 싸쥐면서 벌렁 나가떨어졌다. 뒤통수를 벽에다 세게 부딪쳤기 때문에 한동안 멍한 상태가 계속되었다. 미지근한 것이 흘러내리는 것 같아 손을 대보니 검붉은 피였다. 그녀는 비틀거리며 일어나 거울 앞에 섰다. 콧잔등이 부어 있었고, 코에서 흘러나온 피로 코와 입 주위가 지저분했다. 고개를 숙이자 핏방울이

가슴과 배 위로 뚝뚝 떨어졌다. 그녀는 손으로 그것을 닦았다. 코 밑에 괴어 있는 피를 손에다 잔뜩 바른 다음 그 손을 황개의 얼굴 위로 가져갔다. 그리고 거침없이 그 얼굴에다 피를 처발랐다.

어처구니없는 표정으로 가만히 앉아 있던 사내는 천천히 몸을 일으켜 거울을 들여다보았다. 검붉은 피가 처발라진 그의 얼굴은 흡사 드라큘라처럼 흉측스러워 보였다. 그는 그 흉측스러운 얼굴을 돌려 여자를 쳐다보았다. 그 얼굴은 분노로 잔뜩 일그러져 있었다.

그는 잠자코 여자의 두 팔을 움켜잡더니 그녀를 번쩍 들어올렸다. 그 다음 그녀를 욕실 밖으로 힘껏 내던졌다. 쿵하는 소리와 함께 그녀의 몸뚱이는 옷장에 세차게 부딪쳤다. 머리가 먼저 바닥에 부딪치고 나서 몸뚱이가 옷장에 부딪쳤기 때문에 그녀는 한동안 정신을 차릴 수가 없었다.

"뒈져버려, 쌍년아!"

그녀 앞에서 욕실 문이 쾅하고 닫혔다.

"개새끼…… 넌 죽어야 해……."

그녀는 중얼거리면서 냉장고 쪽으로 엉금엉금 기어갔다. 자신이 마치 벌레 같다는 생각이 들었다.

냉장고 문을 붙들고 일어선 그녀는 문을 열고 안을 들여다보았다. 안에는 작은 맥주병이 두 개 남아 있었다. 황개는 맥주를 즐겨 마신다.

그때부터 그녀의 움직임이 빨라지기 시작했다. 그녀는 맥주병 두 개를 탁자 위에 올려놓고 마개를 땄다. 그런 다음 아까 백 속에 쓸어 넣었던 녹색의 플라스틱 갑을 백 속에서 꺼냈다. 그녀는 욕실 쪽에 주의를 기울이지도 않았고 조금도 머뭇거리거나 하지도 않았다. 자신도 놀랄 정도로 아주 침착하게 캡슐을 하나 꺼내 두 쪽으로 분리해냈다. 첫 번째 것은 속이 비어 있는 캡슐이었다. 그것을 바닥에 버린 다음 또 하나를 집어 들었다. 두 번째 것도 빈 것이었다. 세 번째 것을 세워서 조심스럽게 분리해내자 아래쪽 캡슐에 백색의 분말이 넘칠 듯 들어 있었다.

그것은 치사량을 훨씬 넘는 양이었다. 그것으로 그녀는 황개를 열 번이고 죽이고 싶었다. 맥주 두 병에다 모두 극약을 넣으려다 말고 그녀는 한 병에만 그것을 모두 털어 넣었다. 극약을 넣은 병은 뚜껑으로 도로 봉해 놓았다. 황개가 샤워를 하고 나서 틀림없이 맥주를 찾을 거라는 것을 그녀는 잘 알고 있었다.

창밖을 바라보니 맞은편 빌딩의 창가에는 여전히 사람들이 많이 몰려 서 있었다. 그들은 다음에 나타날 보다 놀라운 장면을 기다리고 있는 것 같았다.

그녀는 극약을 타지 않은 맥주를 반쯤 들이켜고 나서 맥주병을 탁자에서 멀리 떨어진 눈에 잘 띄지 않는 곳에다 내려놓았다.

방 안은 몹시 어질러져 있었다. 이제 남은 것은 황개가 극약을 탄 맥주를 마시고 숨이 끊어지는 것을 확인하고 나서 방을 빠져나가는 일이었다. 방을 빠져나가는 것은 별로 어렵지 않을 것이다. 그녀는 방바닥에 널려 있는 옷가지를 집어 들고 천천히 입기 시작했다. 옷을 입는 동안 그때까지 갈가리 해체되었던 몸뚱이가 비로소 제자리로 돌아와 조립되는 것 같았다.

옷을 입고 나서 거울을 들여다보니 자신의 몰골이 너무나 비참해 보였다. 피는 더 이상 흐르고 있지 않았지만 부어오른 콧잔등은 쉽게 가라앉을 것 같지 않아 보인다. 휴지로 핏자국을 닦아내면서 다시 한 번 살의를 굳힌다. 빗으로 머리칼을 빗는데 두 줄기 분노의 눈물이 소리 없이 흘러내린다. 감정은 차갑게 가라앉아 있는데 이상하게 눈물이 흘러내린다고 그녀는 생각했다. 남편은 다행히 외국 출장 중이기 때문에 얼굴의 상처를 굳이 변명하지 않아도 된다. 그녀의 남편은 외국 출장이 잦은 편이었다.

창기도 여동생 미화가 신랑감으로 황개를 선택한 사실을 알고 있었다. 그러나 그는 황개를 몹시 싫어하고 있었다. 그는 여동생이 황개 같은 자를 신랑감으로 선택한 사실에 적이 실망하고 있었다.

빗질을 끝낸 그녀는 창가로 다가갔다. 맞은편 빌딩의 창가에 몰려서 있던 사람들이 갑자기 물결처럼 출렁이는 것 같았다. 손을 흔드는 사람도 있었고 망원경을 눈에 대고 있는 사람도 있었다. 무표정하게 그들을 바라보던 그녀의 두 눈이 허공에 머물렀다. 하늘은 더욱 어두워지고 있었다. 비바람이 소용돌이치는 하늘로 자신의 몸뚱이가 빨려 들어가는 것 같은 착각을 느끼면서 그녀는 황개한테 시달린 지난 1년 동안의 고통을 잊으려는 듯 머리를 세차게 흔들었다.

첫 번째 살인

S호텔 지하주차장은 어둠침침했다. 에어컨 시설은 물론 통풍장치가 제대로 되어 있지 않아 몹시 후덥지근했다. 넓은 주차장에는 많은 차들이 주차해 있었지만 군데군데 빈자리가 더러 있었다.

황개의 최신형 고급차는 맨 구석 쪽에 세워져 있었다. 그는 차를 몹시 아꼈다. 그의 차는 2천만 원대가 훨씬 넘는 고급차로 구입한 지 한 달밖에 되지 않았다. 검은색의 그 차는 항상 번쩍번쩍 광택을 발하고 있었다. 요즘은 장마 때문에 차를 닦을 수 없는 것이 유감이었다. 물론 그가 직접 차를 닦는 것은 아니지만.

한국의 자동차 메이커들이 한 달이 멀다하고 모델을 바꾸는 것처럼 그 역시 뻔질나게 차를 갈아치우곤 했다. 새 모델이 나오면 구 모델에 금방 싫증을 느끼고 최고의 새 모델을 구입하는 것이었다. 그런 욕구를 충족시키는데 적당한 방법이 할부로 차를 구입하는 방법이었다. 차를 조금 굴리다가 싫증이 나면 중고차 시장에 내다판다. 빨리 내놓을수록 많은 값을 받는다. 그리고 그 돈으로 새 모델을 할부로 구입하는 것이다. 그렇게 해서 그는 항상 새 차를 굴릴 수가 있었던 것이다. 고급차는 과시욕과 사치벽을 충족시키는 데 있어서 가장 좋은 물건이라고 할 수 있었다.

그는 후텁지근한 주차장에서 빨리 빠져나가기 위해 서둘러 차 문을 열고 운전석으로 올라가 앉았다. 그의 얼굴은 낭패감과 분노로 잔뜩 일그러져 있었다. 모든 것이 들통이 나버린 이상 이제는 될 대로 되게 내버려두는 수밖에 없다고 그는 생각했다. 문을 닫고 시동을 걸었을 때 헤드라이트 불빛이 그가 있는 쪽으로 다가왔다. 그는 액셀러레이터를 밟았다. 차가 푹 꺼진 느낌이 들면서 앞에 무엇인가 걸렸는지 나가지가 않는다.

그때 헤드라이트 불빛이 꺼지면서 흔히 볼 수 있는 베이지색의 소형 승용차가 바싹 옆으로 다가붙으면서 접근해 왔다. 그 소형차는 후진해서 들어오는 것이 아니라 바로 곧장 다가들고 있었다. 차가 세 대 정도 주차할 수 있는 공간이 있는 데도 스치듯 바싹 다가붙어 들어오는 것을 보고 황개는 신경이 곤두섰다. 그의 곁을 스치면서 운전석의 여인이 이를 드러내고 씨익 웃었다. 순간적으로 느낀 것이지만 섬뜩할 정도로 이상한 웃음이었다. 그녀는 수세미 같은 머리에다 선글라스를 끼고 있었다.

"쌍년!"

투덜거리면서 황개는 다시 액셀러레이터를 밟았다. 그러나 차는 더욱 밑으로 꺼지면서 앞바퀴에 무엇이 걸린 듯 나가지가 않는다. 그러고 보니 차가 한 쪽으로 기울어져 있는 것 같다. 펑크가 난 것 같았다. 그는 차에서 내리려고 했지만 옆에 차가 바싹 붙어 서 있어 문을 열 수가 없었다. 여자가 운전해 들어온 차는 황개의 차와는 엇갈리게 서 있었다. 황개는 창문을 내리고 고개를 뒤로 뺀 다음 화난 목소리로 쏘아붙였다.

"차를 이렇게 바싹 붙이면 어떻게 되는 거야? 나갈 수가 없잖

아. 자리도 넓은데 왜 이렇게 바싹 붙여! 문 열어야 하니까 차 좀 빨리 빼요!"

그러나 상대방은 차를 빼려고도 하지 않고 오히려 엔진을 꺼 버린다.

"이봐! 안 들려요?!"

화가 머리끝까지 치민 황개는 고함을 질렀다. 그때 뒤에서 유리창 깨지는 소리가 났다. 돌아보니 그의 차 뒷문 창이 박살나고 있었다. 놀랍게도 여자가 운전석에 앉은 채 망치로 차창을 사정없이 후려치고 있었다.

"저런 미친년! 야, 이 미친년아! 무슨 짓하는 거야?"

황개는 뛰쳐나가려고 했지만 문을 열 수가 없었다. 반대편 문도 벽에 막혀 있었다. 그렇다고 앞으로 전진할 수도 없다. 그는 어떤 미친년이 발작을 일으킨 줄 알았다. 유리조각이 튀는 바람에 그는 몸을 웅크렸다. 그때 뚫린 구멍을 통해 큼직한 플라스틱 통이 안으로 던져졌다. 황개는 가솔린 냄새가 코를 찌르는 것을 느꼈다. 순간적으로 그는 위기를 느꼈다. 그 여자가 차를 바싹 갖다 댄 이유를 이제야 알 것 같았다. 그는 운전석 문을 밀어젖혔다. 그러나 옆 차에 쿵하고 부딪치는 소리만 날 뿐 그가 빠져나갈 수 있는 공간은 마련되지 않았다. 겨우 주먹 하나가 빠져나갈 수 있는 틈이 생겼을 뿐이었다.

여자는 황개의 욕설 따위에는 아랑곳하지 않고 담배를 피워 물었다. 움직임이 결코 서두르는 빛이 없이 매우 침착해 보였다.

황개가 마지막으로 본 것은 뻥 뚫린 뒷문 유리창을 통해 날아든 빨간 담뱃불이었다. 이어서 펑하는 소리와 함께 시뻘건 화염이 그의 시야를 가렸다.

"아악! 사람 살려!"

황개는 몸부림치면서 발로 문을 박찼다.

그때 여자는 자기 차의 운전석 옆자리 문을 통해 밖으로 빠져 나왔다.

차 문이 옆 차에 부딪치는 소리가 요란스러웠다. 단말마의 울부짖는 소리가 처절하게 지하실을 울렸다. 차 안의 사내는 시뻘건 연옥 속에서 마치 춤을 추고 있는 것 같았다.

헤드라이트 불빛이 다가오다가 멈추는 것이 보였다. 차 안에서 남자 두 명이 놀라서 뛰쳐나오는 것이 보였다. 베이지색 소형차에서 빠져나온 여인은 마치 도움을 청하듯 헐떡거리며 그들 쪽으로 뛰어갔다. 그리고 너무 놀라고 숨이 차서 말을 꺼낼 수 없다는 듯 불길에 싸인 차를 가리키기만 했다. 남자들은 앞뒤 가릴 새도 없이 차 속의 남자를 구하기 위해 사고차 쪽으로 달려갔다. 그 틈을 이용해 선글라스의 여인은 호텔 로비로 통하는 비상구 쪽으로 재빨리 뛰어갔다. 그녀는 체크무늬 바지에다 헐렁한 점퍼를 입고 있었다. 점퍼는 푸른색이었다.

사고차 쪽으로 달려간 남자들은 우선 그 옆에 바싹 세워져 있는 소형차를 끌어내야 한다는 것을 알았다. 열기와 연기 때문에 그 차에 접근하기가 쉽지 않았지만 그들은 용감하게 거기에 다가섰다. 두 사람이 차를 끌어내려고 밀어보았지만 그것은 조금 움직이는 듯 하다가 말았다.

차 속의 울부짖음은 어느새 가라앉아 있었고, 격렬히 몸부림치던 모습도 많이 둔화되어 있었다. 열린 창문 밖으로 불에 그을린 두 개의 팔이 삐져나오더니 허공을 더듬는 것이 보였다. 시뻘겋던 불길이 시커먼 연기와 뒤엉키기 시작하고 있었다.

"사이드 브레이크를 풀어야 해!"

한 남자가 다급하게 말하자 다른 남자가 차 문을 당겨보았다. 문은 잠겨 있지 않았다. 문이 열리자 그는 상체를 디밀어 기어를 중립에 놓은 다음 사이드 브레이크를 풀었다. 그러고 나서 밖으로 나와 두 사람이 함께 차를 밀어보았다. 소형차는 부드럽게 굴러갔다.

어느새 주위에는 사람들이 많이 몰려와 있었다. 그러나 맹렬히 뿜어대는 시커먼 연기와 불길 때문에 모두가 가까이 접근하는 것을 삼가고 안전한 위치에 서서 구경들만 하고 있었다.

소형차를 밀어낸 두 사람은 더 이상 접근하지 못한 채 불길에 싸여 있는 차를 향해 소리를 질러댔다.

"문을 밀고 밖으로 나와요! 이제 나올 수 있으니까 문을 밀고 나와요!"

그때 펑 하면서 불길이 솟았다. 구경하고 있던 사람들은 비명을 지르면서 도망쳤다. 지금까지의 불길보다 더 맹렬한 불길이 솟아올랐다.

"연료탱크가 터졌어!"

소형차를 끌어냈던 두 사람도 황급히 몸을 피했다.

"저거 봐! 사람이 나오고 있어!"

그들은 놀란 눈으로 사고차 를 바라보았다. 운전석 문이 열려 있었고 거기서 불길에 싸인 시커먼 것이 차 밖으로 굴러 떨어지는 것이 보였다. 놀랍게도 그것은 불길에 싸여 있으면서도 더 이상 몸부림치지도 않았고 아무 소리도 내지 않고 있었다. 마치 로봇처럼 움직이고 있었다.

그런데 더욱 놀라운 광경이 벌어졌다. 쓰러진 채 꿈틀거리던 그것이 아주 천천히 몸을 일으키기 시작한 것이다. 구경꾼들 가운데 특히 여자들이 그것을 보고 비명을 질렀다.

이제 그것은 사람이라기보다는 하나의 괴물 같은 모습을 하고 있었다. 완전히 일어선 괴물은 몸에 불이 붙은 채 구경꾼들 쪽으로 아주 천천히 걸어오기 시작했다.

그것을 보고 여자들이 다시 비명을 질러댔다. 그 비명 소리에 괴물은 멈칫하는 것 같더니 더 이상 걸어오지 못하고 술 취한 듯 비틀거리다가 그 자리에 흡사 나무토막처럼 쿵 하고 쓰러졌다.

지하실에는 이제 연기 때문에 더 이상 버티고 있을 수가 없었다. 호텔 경비원으로 보이는 사람이 얼굴에 가스마스크를 쓴 채 소화기를 들고 와서 괴물을 향해 소화액을 분사하자 비로소 불길이 잡혔다. 그때까지도 괴물은 꿈틀거리고 있었다. 괴물의 몸에서는 이제 연기만 피어오르고 있었다. 구경꾼들은 연기로 질식할 것 같았기 때문에 모두 밖으로 빠져나갔다.

주차장 출입구가 굴뚝 역할을 톡톡히 하고 있었다. 시커먼 연기가 꾸역꾸역 몰려나오는 것을 보고 특히 지하주차장에 차를 세워둔 사람들이 발을 동동 굴렀다. 그들은 주차장에서 사람이 타 죽었다는 사실보다는 자신의 차가 어떻게 됐는지 거기에 더 신경을 쓰고 있는 것 같았다. 더러는 호텔측에 거칠게 항의하기도 하고 일부는 소방차가 아직도 도착하지 않는다고 욕지거리를 해대기도 했다.

비까지 내리고 있었기 때문에 호텔 주위는 수라장을 이루고 있었다. 사람들은 계속 몰려들고 있었고 호텔 경비원들과 경찰은 구경꾼들을 몰아내느라고 진땀을 빼고 있었다.

멀리서 사이렌 소리가 들려오기 시작하고 있었다. 사이렌 소리는 여기저기서 들려오고 있었다. 사이렌 소리는 순식간에 커지더니 이윽고 빨간색의 소방차들이 몰려들기 시작했다. 그와 함께 경찰 패트롤카들도 도착하고 있었다.

비상등을 깜박이며 낡아빠진 승용차 한 대가 접근하자 차량을 통제하고 있던 교통경찰관이 막아섰다. 그가 붉은 신호봉을 흔들며 돌아가라고 하자 차 안에 있던 젊은이가 신분증을 내보였다. 그것을 보고 교통경찰관은 거수경례를 한 다음 그 차를 통과시켰다.

"굉장한데요."

호텔 주위에 몰려 서 있는 사람들을 보고 남달호(南達浩) 형사가 말했다. 비가 거세어지고 있는 데도 사람들은 돌아갈 생각을 않고 우산을 받쳐든 채 몰려 서 있었다. 무수히 펴져 있는 우산들을 보고 마인(馬仁)은 그것이 꼭 물결 같다는 생각이 들었다. 그는 호텔 정문 앞 빈터에다 차를 박았다.

"요즘은 왜 호텔에서 이렇게 자주 말썽이 생기지?"

차에서 내리면서 그가 투덜거렸다.

"글쎄 말입니다."

그들은 삼엄한 경비가 펴져 있는 호텔 주위를 둘러보았다. 지하주차장 출입구는 연기로 완전히 막혀 있었다. 시커먼 연기가 출입구를 통해 꾸역꾸역 올라오고 있었다. 그들은 비를 맞으며 서 있다가 S호텔 안으로 들어갔다. 번쩍거리는 이탈리아산 대리석으로 바닥과 벽을 치장한 로비가 그들을 맞았다. 로비의 사치스러움에 비해 형사들의 모습은 너무 초라해 보였다.

S호텔은 그들의 관내에 있는 특급호텔이었다. 직속상관인

구 계장이 S호텔에 빨리 가 보라고 전화를 걸어온 것은 30분 전이었다.

"지하주차장에서 사람이 불에 타죽은 모양이야. 빨리 가 봐. 20분 후에 거기서 만나."

계장의 지시를 받고 난 마 형사는 화가 치밀었다. 도대체 숨 쉴 틈을 주지 않는 상관과 조직의 횡포에 그는 울화가 치밀었다. 하지만 엄밀히 따진다면 그것은 누구의 책임이랄 수도 없는 것이다. 수사 인원에 비해 사건이 너무 폭주하고 있기 때문에 어쩔 수 없는 일이라는 것을 그 자신도 잘 알고 있었다. 그러나 아무튼 그는 화가 날 수밖에 없었다. 그들이 비상계단을 통해 지하주차장을 내려갔을 때 시체 주위에는 몇 사람들이 둘러서 있었다.

안개가 걷히듯 연기가 서서히 걷히고 있었고 환풍장치를 모두 가동시켰는지 바람 소리가 꽤나 시끄럽게 들려오고 있었다. 사람들은 기침을 해대고 있었고 소방대원들은 뼈대만 앙상하게 남은 차에다 대고 물을 뿌리고 있었다. 지하실 바닥은 온통 물에 젖어 있었다.

"물 그만 뿌려요! 불이 다 꺼졌는데 쓸데없이 왜 물을 자꾸 뿌려요!"

구 계장이 소방대원을 향해 신경질적으로 쏘아붙였다. 마 형사와 남 형사는 다가가 계장에게 목례를 보냈다.

"왜 이렇게 늦었어? 빨리 좀 오지 않구……."

"차가 밀려서……."

"이걸 좀 보라구. 이게 사람인지 짐승인지 좀 보라구. 완전히 불고기야."

계장이 시체를 가리키며 말했다.

"불고기는 불고기인데 까맣게 타서 먹을 수가 없겠군요."

마 형사의 말에 아무도 웃는 사람이 없었다. 모두가 너무 지나친 농담이라고 생각한 것 같았다.

"이렇게 탈 때까지 보고만 있었나요? 병원에 빨리 데려갔으면 살릴 수 있었을 텐데요."

남 형사가 볼멘소리로 말하자 계장이 호텔 경비원을 돌아보며 이야기했다.

"병원에 데려가려고 했을 때는 이미 숨이 끊어졌다는 거야."

"네, 그렇습니다."

경비원이 굳은 표정으로 말했다.

"이왕 죽을 바에는 현장에서 죽는 게 낫지. 시체가 병원에 가 있는 것보다는 현장에 남아 있는 게 우리한테는 일하기가 좋으니까. 냄새가 지독하군."

계장은 손수건으로 코를 싸쥐면서 얼굴을 찡그렸다.

불에 익다 못해 까맣게 타버린 살에서는 지독한 냄새가 나고 있었다. 머리에는 머리카락 하나 남아 있지 않았고 옷도 모두 타버리고 없었다. 타고남은 찌꺼기 같은 것들이 알몸에 눌어붙어 있을 뿐이었다. 너무 까맣게 타버린 바람에 얼굴을 알아본다는 것은 불가능했다.

얼굴은 까맣게 탄 데다 짓뭉개져 있었다. 까맣게 타서 오그라붙어 있는 성기를 보고서야 죽은 사람이 남자라는 것을 마 형사는 알 수 있었다.

"저 친구들이 최초의 목격자들이니까 가서 이야기를 잘 좀 들어봐."

마 형사는 계장이 가리키는 두 사람을 바라보았다. 그들은 조금 떨어진 곳에 얼어붙은 표정으로 서 있었다. 두 사람 다 서른 안팎의 젊은이들이었다.

마 형사는 최초의 목격자라는 그들에게 바로 접근하지 않았다. 그 대신 불에 완전히 타 버린 차를 멍하니 바라보다가 그쪽으로 슬금슬금 다가갔다.

차 안에서는 아직 가는 연기가 피어오르고 있었다. 너무 완전히 타버렸기 때문에 참혹하다는 느낌밖에 들지 않았다.

남 형사가 최초의 목격자들을 상대로 질문을 퍼붓고 있었다. 마 형사는 차 주위를 조심스럽게 관찰하면서 돌았다. 벽 쪽에 붙어 있는 쪽은 너무 바싹 붙어 있어서 볼 수가 없었다. 네 개의 문가운데 운전석 쪽의 문만이 열려 있었는데 그 문은 무엇에 부딪쳤는지 많이 찌그러져 있었다. 앞창도 깨져서 구멍이 뻥 뚫려 있었는데 그것은 아마도 차 안에 있던 사람이 탈출하기 위해 깨뜨린 것 같았다. 하지만 그 사람이 그쪽으로 탈출했는지는 아직 알 수 없었다.

앞쪽으로 가서 차 밑을 살피던 그의 눈에 두 개의 벽돌이 보였다.

그것은 보통 벽돌보다 크기와 두께가 두 배 정도 더 되는 것이었는데 양쪽 앞바퀴 앞에 괴어 있었다. 그는 그중 하나를 집어 들어 보았다. 그것은 장식용으로 쓰이는 벽돌 같았다.

"뭐 발견했어?"

계장이 다가와 물었다.

"이런 게 앞바퀴 밑에 괴어 있었습니다."

"움직이지 말라고 그랬겠지."

계장이 대수롭지 않다는 듯 말했지만 마 형사 생각은 그렇지가 않았다.

"여기가 비탈길이라면 이해가 되지만 이렇게 반듯한 데다 주차시키면서 이런 걸 괴어놨다는 것이 좀 이상하지 않습니까? 더구나 호텔 주차장에서 말입니다."

마 형사는 경비원을 불렀다.

"지하주차장을 경비합니까?"

"경비하다기보다 가끔씩 둘러보곤 합니다."

경비원은 몹시 조심스럽게 대답했다. 마 형사는 그에게 벽돌을 보였다.

"이거…… 이 주차장에 있는 겁니까?"

"못 보던 건데요."

"여기다 차를 주차시키면서 바퀴 앞에다 이런 걸 괴어놓은 사람을 본 적이 있습니까?"

경비원은 고개를 흔들면서 실소했다.

"그런 사람은 본 적 없습니다. 여기는 편편한데 그런 걸 괴어놓을 필요가 없지 않습니까."

마 형사는 두어 걸음 뒤로 물러나서 차를 정면으로 바라보았다. 뒷부분이 왼쪽으로 꽤 기울어져 있는 것 같았다. 앞바퀴 타이어는 불에 타지 않고 온전했다. 불에 타지 않은 부분은 타이어뿐이었다. 그는 뒤쪽으로 가 보았다.

차 밑을 살펴보니 뒷바퀴 하나가 바람이 빠져 푹 찌그러져 있는 것이 보였다. 차 꽁무니와 벽 사이에 사람 하나가 겨우 끼어들어갈 수 있는 공간이 있었다. 뚱보 형사는 낑낑거리며 엎드려서 기어들어가 보았다. 놀랍게도 바람이 빠진 바퀴에는 속이 비어 있는 원통형의 파이프 같은 것이 하나 박혀 있었다. 바퀴 속의 공기는 직경 5밀리 정도 굵기의 그 파이프를 통해서 모두 빠진 것 같았다.

"이럴 수가……."

중얼거리면서 기어 나온 마 형사는 계장에게 그 사실을 이야기했다.

"한번 보십시오. 고의적으로 차를 움직이지 못하게 한 것 같습니다."

계장은 연기에 그을린 차의 검정이 옷에 묻을까봐 몹시 조심하면서 뒷바퀴를 살펴보았다.

"저건 망치로 두드려 박은 것 같은데……."

비로소 계장도 생각을 고쳐먹은 것 같았다. 마 형사는 손을 털면서 최초의 목격자들한테 다가갔다.

처음 사고 현장을 목격한 젊은이들은 증권회사에 근무하는 총각들로 아가씨들과 데이트 약속이 있어서 S호텔에 왔다가 뜻하지 않게 사건을 목격하게 되었던 것이다.

그들로부터 들은 이야기를 남 형사가 대신 전해 주려는 것을 마 형사가 막았다.

그는 한 사람 건너서 듣는 것보다는 목격자들로부터 직접 듣고 싶었다. 그것이 보다 정확하기 때문이었다. 목격자들로서는 귀찮은 일이겠지만 그런 것은 그가 알 바 아니었다. 상대방이 귀찮아하든 말든 그는 정확한 증언이 필요했던 것이다.

"그때가 그러니까 6시 30분경이었습니다. 차를 몰고 주차장으로 들어오는데 보니까 시뻘건 불길이 펑하면서……."

증권회사에 다니는 두 젊은이는 다행히 귀찮아하는 기색 없이 아주 성실하게 증언해 주었다. 그들은 그들이 끌어낸 소형 승용차 쪽으로 다가가 열심히 그때의 상황을 이야기해 주었다.

"불에 탄 차하고는 반대 방향으로 세워져 있었습니다. 이 차가 없었다면 빠져나올 수 있었을 겁니다. 이 차 문은 잠겨 있지 않았습니다. 그래서 사이드 브레이크를 풀고 기어를 중립에 놓고 차를 끌어냈죠."

"그 다음에 저 사람을 끌어냈나요?"

마 형사는 턱으로 시체를 가리켰다.

시체를 향해 카메라 플래시가 터지고 있었다. 어느새 기자들이 몰려와 있었다.

"끌어낼 수가 없었습니다."

증권회사 사원들은 죄책감이라도 느끼는지 풀이 죽어 대답했다.

"왜 끌어낼 수가 없었나요?"

"완전히 불에 휩싸여 있었기 때문에 손을 댈 수가 없었습니다. 그리고 그때 연료탱크가 폭발하면서 불길이 치솟았기 때문에 더욱 접근할 수가 없었습니다."

"그러니까 처음부터 연료탱크가 폭발해서 불이 붙은 게 아니군요?"

"네, 그렇습니다. 한참 타고 있는데 도중에 펑하고 폭발했으니까요."

엄격히 말해서 그들은 최초의 목격자가 아니었다. 그들보다 먼저 사건현장을 목격한 사람이 있었음이 그들의 증언에 의해 드러났다.

"그 여자는 어느 쪽에서 뛰어왔나요?"

"사고차 쪽에서 달려왔습니다. 처음에는 사고를 당한 사람하고 동행인 줄 알았습니다. 이제 생각하니까 혹시 이 차의 주인이 아닌가 생각됩니다."

그때 정복차림의 경찰관 한 명이 다가와 계장에게 다급한 목소리로 보고했다.

"밖에서 차주들이 야단들입니다. 차를 왜 못 끌어내게 하느냐고 항의가 빗발치고 있습니다."

그때까지 지하주차장에 있던 차들은 수사진의 요청에 의해 모두 묶여 있었던 것이다.

"어떻게 할까?"

계장이 마 형사의 의견을 물었다.

"차 번호를 모두 적고 나서 내보내죠."

"그렇게 하는 게 좋겠군."

그때까지 통로에 세워져 있던 베이지색의 소형 승용차를 마 형사는 사고차 옆에다 3m쯤 간격을 두고 밀어다 놓았다. 처음 주차해 있었을 때처럼 차머리를 벽 쪽으로 향하게 하고.

"그 여자가 뭐라고 말했나요?"

"아무 말도 안 했습니다. 놀란 얼굴로 숨이 턱에 차서 사고차를 가리키기만 했습니다."

"그 뒤에 그 여자를 보지 못했나요?"

"보지 못했습니다. 나중에 보이지 않기에 신고하러 간 줄 알았습니다."

그녀의 인상착의를 묻는 질문에 그들의 대답은 서로 엇갈렸다. 한 쪽이 20대 아가씨라고 말한 반면 다른 한 쪽은 40대라고 말했고, 옷차림에 대해서도 한 쪽은 파란 옷 다른 쪽은 노란 옷이라고 증언했다. 한 가지 일치한 것은 그녀가 선글라스를 끼고 있었다는 점이었다.

지하주차장이 갑자기 시끄러워지기 시작했다. 주차장에 세워져 있던 차들이 빠져나가기 시작했기 때문이었다.

증권회사 사원들로부터 대강 들을 것을 듣고 난 마 형사는 베이지색의 소형 승용차 안으로 들어가 보았다. 그 차의 왼쪽 뒷문짝은 많이 찌그러져 있었다. 사고차의 운전석 문과 부딪쳐서 그렇게 된 것 같았다. 소형차의 옆구리에 막혀 문이 열리지 않자 사고차의 운전자는 밖으로 빠져나오려고 운전석 문을 발로 박찬 것 같았다. 살려고 불길 속에서 미친 듯 울부짖으며 문짝을 발로 마구 차는 소리가 생생하게 귀에 들리는 듯 했다.

운전석 바닥에 무엇인가 떨어져 있었다. 집어 들어보니 꽤 큼직한 쇠망치였다. 차 안에는 그 망치 외에는 이렇다 하게 주의를 기울일만한 물건이 없었다. 석간신문 한 부와 껌을 쌌던 포장지가 구겨진 채 버려져 있을 뿐이었다.

그 차는 꽤 낡아 있었다. 오랫동안 닦지를 않았는지 안팎이 몹시 더럽혀져 있었다. 앞에 있는 재떨이를 당겨보았다. 안에는 담배 꽁초가 수북히 들어 있었다. 맨 위에 있는 꽁초를 집어내보았다. 필터 부분 주위에는 빨간 립스틱 자국이 선명히 남아 있었고 필터 끝에는 그때까지도 습기가 남아 있었다. 선명한 립스틱 자국과 함께 습기가 채 마르지 않고 남아 있는 꽁초는 여덟 개나 되었다. 그것들은 모두 여자들이 즐겨 피우는 <장미> 담배 꽁초로, 하나같이 지근지근 씹어댄 자국이 그대로 남아 있었다.

그는 꽁초를 헤집고 그 밑에서 구겨진 종잇조각을 집어내 펴보았다. 그것은 껌 포장지로 그 안에는 씹다만 껌이 들어 있었고, 포장지에는 <아카시아>라는 상표가 인쇄되어 있었다. 껌은 씹지 않은 채 말랑말랑했다.

"뭐 발견한 거 있어?"

계장이 다가와 물었다.

마인은 담배 꽁초와 껌을 보여 주었다.

"아직 습기가 남아 있습니다."

"그 여자 차가 틀림없어. 만일 차를 가지러 나타나지 않으면 수배하는 게 좋겠어."

"지독한 골초인 모양입니다. 이것도 보십시오."

마 형사는 망치를 들고 차에서 내렸다.

"이게 바닥에 떨어져 있었습니다. 여자가 이런 건 왜 가지고 있었을까요?"

마 형사는 사고차 쪽으로 시선을 돌렸다. 아까는 그냥 지나쳤었는데 지금 다시 보니 이쪽 편에 달려 있는 뒷문 유리창이 박살 나 있는 것이 의미심장하게 시야에 들어온다. 그는 그쪽으로 다가가 문 주위의 시멘트 바닥을 살펴보았다. 그 주위에는 유리 파편이 몇 개밖에 눈에 띄지 않았다. 그는 뒷문을 열어보았다. 차 바닥과 뒷좌석이 있던 자리에 유리 파편이 수북히 널려 있었다.

"이 유리창은 밖에서 깬 겁니다. 파편이 모두 안에 깔려 있습니다."

계장이 차 안을 살피고 나서 고개를 끄덕였다.

"그러고 보니까 그렇군. 그럼 이 망치로 깼다는 건가?"

"만일 여자 혼자서 깼다면 주먹으로는 깰 수가 없었을 겁니다. 망치 같은 것을 사용했을 가능성이 큽니다."

"왜 남의 차 창문을 깼지?"

"글쎄요. 거기에 사건의 키가 있는 것 같습니다……."

그때 기자들이 그들을 에워쌌다.

"사고입니까, 타살입니까? 방화 살인일 가능성이 높은 것 같은데 어떻게 생각합니까?"

기자들은 어느새 그들 나름대로 제각기 판단을 내리고 있는 것 같았다.

계장은 마 형사를 한번 쳐다보고 나서 입을 열었다.

"타살일 가능성이 많습니다. 여러 가지 증거들이 그걸 말해 주고 있습니다. 유력한 용의자로 30대의 젊은 여인을 수배하려고 합니다."

"그 증거들이란 뭡니까?"

계장이 마 형사를 쳐다보았다. 마 형사는 마지못해 기자들에게 그 증거들을 이야기해 주었다.

"몇 가지 눈에 띄는 것들이 사람을 태워죽였을 가능성을 말해 주고 있습니다. 사고로 차 안에 불이 붙었다면 밖으로 급히 뛰어나와 목숨을 구할 수가 있습니다. 그런데 이 경우에는 밖으로 나올 수가 없었습니다. 차에서 빠져나올 수 없게 만들어 놓았기 때문입니다."

범인은 먼저 사고차 를 움직일 수 없게 만들어 놓았다. 피살자가 없는 사이에 뒷바퀴 하나를 펑크 내 놓았고 양쪽 앞바퀴에는 보통 벽돌의 두 배쯤 되는 장식용 벽돌을 괴어놓았다. 그 상태에서는 아무리 액셀러레이터를 밟아댄다 해도 차가 앞으로 나아가지 못할 것이다. 차가 불에 타고 있을 당시 증권회사에 다니는 두 명의 목격자들 증언에 따르면 다른 차 한 대가 사고차 옆에 거의 밀착되다시피 세워져 있었다. 피살자가 밖으로 빠져나오지 못한 것은 옆에 밀착되어 있는 차 때문에 문을 열 수가 없었기 때문이다. 그러니까 범인은 사고차 를 움직일 수 없게 만들어놓은 다음 피살자가 나타나기를 기다리고 있었을 것이다. 초조하게 줄담배를 피워대면서…… 얼마 후 피살자가 나타났다. 그는 차가 움직일 수 없게 된 것도 모른 채 운전석으로 들어가 앉았다. 범인은 기회를 놓칠세라 베이지색의 승용차를 사고차 옆에다 바싹 갖다 댄다. 그리고 망치로 사고차의 뒷창문을 사정없이 깬다.

"방화 살인을 하려면 불을 질러야 하는데 어떻게 불을 질렀을까요?"

기자 한 사람이 물었다.

"글쎄, 그 점을 알 수가 없는데…… 이 망치로 창문을 깬 게 확실하다면 연료를 넣기 위해 그러지 않았나 생각되는데 확실한 거야 아직 알 수 없지요."

사람을 차 안에 가둬놓고 깨진 창문을 통해 연료를 주입시킨 다음 태워 죽인다는 것은 아주 특이한 살해 방법이다. 지금까지 살인 사건을 많이 다뤄봤지만 이런 경우는 처음이라고 마 형사는 생각했다. 그러나 얼마든지 가능한 방법이라는 생각도 들었다.

"가솔린 통을 던져놓고 나서 불을 붙이면 순식간에 타버릴걸요. 살인 방법으로는 아주 기막힌 것 같은데요."

남 형사가 한 마디 했다.

"사고차의 연료탱크가 나중에 터졌다는 것은 다른 원인에 의해 먼저 차에 불이 붙었다는 것을 말해 주는 것입니다."

"결국 이 차의 주인이 범인일 가능성이 크다는 말이군요?"

기자들이 베이지색의 소형 승용차를 에워쌌다. 그 차를 향해 다시 카메라 플래시가 터지고 기자들은 그 차의 번호를 수첩에 적기에 바빴다.

"현재로서는 가장 유력한 용의자로 드러나고 있습니다."

이 차의 주인이 자진해서 차를 가지러 나타나면 그 예상은 완전히 깨지는 것이라고 마 형사는 생각했다. 그러나 다른 차들은 거의 빠져나가고 있는 데도 그 차는 계속 그 자리에 남아 있었다. 주인이 나타나지 않기 때문이었다.

"차의 주인이 30대의 젊은 여자란 말입니까?"

기자들이 일제히 계장과 마 형사를 쳐다보았다. 마 형사가 가만 있자 계장은 그 차의 운전대 옆에 부착되어 있는 재떨이를 통째로 빼내 기자들에게 보였다.

"꽁초에 립스틱이 묻어 있는 거 봐요. 색깔이 선명한 거나 습기가 남아 있는 걸로 봐서 피운 지 오래된 것 같지 않아요. 여자는 이 차 안에 앉아 피살자가 나타나기를 기다리면서 줄담배를 피워댔을 겁니다. 남자를 잔인하게 태워죽인 걸로 봐서 치정이나 원한에 얽힌 살인이 아닌가 생각되는 군요. 젊은 기자 양반들 여자 사귀는 건 좋은데 조심들 해요. 여자가 한번 앙심을 품으면 불고기 되기 십상이니까요."

"그런 여자라도 있었으면 좋겠습니다."

낮은 웃음소리가 일었다. 그러나 그것은 결코 즐거운 웃음소리는 아니었다.

기자들이 물러가자 그동안 열기에 싸여 있던 사건 현장의 분위기도 조금 가라앉는 것 같았다.

마 형사는 그야말로 철저하달 정도로 까맣게 타버린 시체와 고급승용차를 다시 살펴보면서 사람을 철저하게 태워죽이는 것이야말로 증거를 없애는 데는 최상의 방법이라고 거듭 생각하고 있었다. 시체가 너무 타버렸기 때문에 감식반원들은 지문 채취도 불가능하다고 머리를 흔들었다. 몸에 지니고 있던 소지품도 옷과 함께 모두 타버린 것 같았다. 타지 않고 남아 있는 것이 있다면 동전과 열쇠 정도였다.

마 형사는 사고차의 운전대에 꽂혀 있는 열쇠를 뽑아내 보았다. 열쇠고리에는 여러 개의 열쇠가 걸려 있었다.

"두 차의 차적을 즉시 조회해 봐. 난 돌아가 봐야겠어."

계장이 자기 차에 오르며 말했다.

계장이 떠나자 마 형사는 지하주차장에 들어와 있는 경찰 패트롤카의 순찰대원에게 두 차의 차적을 조회해 줄 것을 부탁했다. 그 순찰대원은 사고차와 베이지색 소형 승용차의 차 번호를 수첩에다 적은 다음 순찰차로 돌아가 무선전화로 본부를 불렀다.

모든 것들이 다 타버렸지만 그래도 수사에 도움이 될 만한 증거물로 차량의 번호판만은 뚜렷이 남아 있었다. 따라서 차적을 조회하는 것으로 이미 수사는 시작되고 있는 셈이었다.

패트롤카의 순찰대원은 5분도 못 돼 마 형사 앞에 조회 결과를 적은 메모지를 들고 왔다. 마 형사는 메모지를 빼앗다시피 받아들고 들여다보았다.

①. 서울1라 509X = 차주 황개. 주민등록번호 541021-106552X. 서울 강남구 S동 126번지 P아파트 212동 1205호. 1988년 6월 16일 등록.

②. 서울1다 854X = 차주 김동우. 주민등록번호 470825-102486X. 서울 영등포구 Y동 179의 8번지. 1985년 5월 8일 등록.

"김동우 씨 차는 도난 차량입니다. 이틀 전에 신고가 들어왔답니다."

순찰대원의 말에 사람들의 시선이 일제히 베이지색의 소형 승용차 쪽으로 쏠렸다.

"제기랄……."

남 형사가 맥 빠진다는 듯 투덜거렸다.

"사고차는 한 달밖에 안 된 새 차인 모양입니다."

순찰대원이 말했다.

"양쪽 주소지에 빨리 가 봐. 난 여기서 이 차를 지킬 테니까."

형사들이 움직이기 시작했다.

사랑과 배신

벽시계는 7월 19일밤 자정도 지난 0시 10분을 가리키고 있었다.

그녀는 소파 위에 비스듬히 앉아 두 다리를 벌리고 있었다. 몸은 완전히 벌거벗은 상태였다.

비디오와 연결된 텔레비전 화면에서는 벌거벗은 두 백인 남녀가 열심히 성행위를 하고 있었다. 그녀는 방 안의 문을 걸어 잠그고 포르노 필름을 감상하는 것을 큰 취미로 삼고 있었다. 그런 취미는 수 년째 계속돼 오고 있었다. 그녀의 호흡이 가빠지더니 마침내 온몸에 경련이 일었다. 자위행위에 도취된 그녀는 허리를 뒤틀면서 신음 소리를 토했다. 다른 한 손이 소파를 쥐어뜯고 있었다. 그녀는 다리를 쭉 폈다가 도로 오므렸다. 그녀의 입에서 더 높은 신음소리가 흘러나왔다. 소파를 쥐어뜯던 손이 이번에는 돌처럼 단단히 뭉쳐진다. 이윽고 그녀는 천천히 늘어지면서 두 눈을 감고 꼼짝도 하지 않는다. 몸과 얼굴에는 땀이 기름처럼 번져 있었다. 가쁘게 오르내리던 복부도 차츰 가라앉고 있었다.

그녀는 눈을 거슴츠레하게 뜨고 화면을 바라보다가 리모컨으로 그것을 껐다. 이제 그것을 더 이상 보고 싶은 마음이 없어졌기 때문이다. 피로감이 덮쳐왔다. 그녀는 손가락 하나 까딱할 수가 없었다.

한참 후 그녀는 담배를 피워문채 몸을 일으켜 욕실로 들어갔다. 가볍게 샤워를 하고 나서 방으로 나온 그녀는 문득 벽시계를 올려다보았다. 0시 30분이 지나고 있었다.

그녀는 더 이상 머뭇거릴 필요가 없다고 생각했다. 그래서 수화기를 집어 들고 도쿄에 가 있는 오빠한테 국제전화를 걸었다.

그녀의 오빠 배창기는 외국에 나가더라도 꼭 자신이 묵고 있는 호텔의 전화번호와 객실번호 같은 것을 집에다 알려 주는 자상함을 지닌 사람이었다. 그는 지금 긴자거리에서 가까운 임페리얼 호텔 1315호실에 투숙하고 있었다. 임페리얼 호텔은 객실 수가 1,140개나 되는 아주 큰 호텔이다.

한참 동안 신호가 가는 데도 전화를 받지 않는다. 미화는 오빠가 방에 없는 모양이라고 생각하면서 수화기를 막 내려놓으려고 하는데 신호가 떨어지면서 잠에 취한 목소리가 들려왔다.

"모시모시……."

그것은 귀에 익은 오빠의 목소리가 아닌 낯선 여자의 목소리였다. 의외의 목소리에 당황한 미화가 머뭇거리고 있는데 상대방은 계속

"모시모시……."

하고 이쪽을 불러댄다.

뭐라고 말하지 않으면 금방 전화를 끊을 것 같다. 전화가 혹시 다른 방으로 연결되었는지도 모른다.

"여보세요. 거기 혹시 1315호실 아닌가요?"

한국말로 물었다. 다른 나라 말은 할 줄 모르니 그럴 수밖에

없었다.

그러나 상대방도 일본말로 뭐라고 대꾸해 왔는데 미화로서는 한마디도 알아들을 수가 없었다. 알아들을 수는 없었지만 목소리가 매우 아름다운 젊은 여자라는 것, 그리고 정감이 넘쳐흐르는 매력적인 일본 여인이라는 느낌이 들었다. 순간 그녀의 눈에 질투의 불꽃이 이글거리다가 스러지는 것 같았다. 상대방이 다시 일본말로 뭐라고 지껄인다. 미화는 한국말로는 안 되겠다 싶었다. 그래서 영어 단어를 늘어놓아 보았다.

"헬로…… 아이 앰 인 서울…… 위 아 브라더…… 아이 앰 시스터…… 마이 브라더…… 아이…… 아이……."

나중에는 뒤죽박죽 되어버려 입을 다물고 말았다. 다행히 상대방은 알아들었는지 전화를 끊지 않고 반가운 기색으로

"오우케이!"

하고 말했다.

전화는 끊어지지 않은 채 한동안 정적만 흘렀는데 수화기를 통해 여자가 속삭이는 소리로 누군가를 깨우는 소리가 조그맣게 들려오고 있었다.

조금 후 마침내 잠에서 덜 깬 듯한 남자의 귀에 익은 목소리가 들려왔다. 미화는 상대방의 목소리를 확인하고는 다시 한 번 놀랐다. 그 얌전한 오빠가 일본 여자와 함께 잠을 자다니! 그것은 그야말로 놀라 자빠질 일이 아닐 수 없었다. 그녀는 가슴에 휘몰아치는 뜨거운 감정을 누르면서

"오빠 저예요."

하고 가만히 말했다.

"아, 난 또 누구라고…… 웬 일이야…… 이렇게 밤늦게……

지금이 몇 시야…… 12시가 넘었잖아…… 별일 없니?"

그의 목소리는 언제 들어도 가냘프다.

"별일 있어요."

그렇게 말하고 나서 그녀는 상대방의 반응을 기다렸다.

"무슨 별일? 무슨 일 생겼니?"

"그보다도 오빠, 그 여자 누구예요? 일본 아가씨예요?"

"아, 업무 관계로 잠시 좀 들렀을 뿐이야."

멋쩍어하는 것 같은 목소리에 미화는 입가에 냉소를 흘렸다.

"오빠, 지금이 몇 시인데 업무 운운하시는 거예요? 침대에서 하는 업무도 다 있나요?"

"이, 이봐. 지금 어디서 전화 거는 거야?"

"왜요? 겁나세요? 옆에 언니 있으니까 바꿔드릴까요?"

"안 돼! 바꾸지 마!"

그가 놀라는 것을 보고 그녀는 다시 차갑게 미소 지었다.

"그 여자 누구예요? 목소리가 기막히게 예쁘던데요. 바른대로 말하지 않으면 언니한테 이 전화를 넘길 거예요. 일본 아가씨예요?"

"그, 그래. 심각하게 생각할 필요는 없어. 모른 체해."

"이름이 뭐예요?"

"그건 알아서 뭐하려고 그래?"

"제가 오빠 애인 이름 좀 알면 안 되나요? 가르쳐줘요. 방해하지는 않을 테니까요. 그냥 알고 싶어서 그래요. 이름이 예쁠 것 같아요. 뭐예요?"

"그냥 미치코라고 불러."

"미치코…… 예쁜 이름이네요. 대학생이에요? 아니면 오피

스걸이에요? 아니면……?"

"그만 좀 해둬. 나중에 가서 이야기해 줄게."

그럴수록 그녀는 호기심이 동해 견딜 수가 없다.

"대강만 이야기해 줘요. 그 여자 예뻐요? 몇 살이에요?"

"나이 같은 건 나도 몰라. 예쁘지도 않아."

"언니보다 예뻐요?"

"예쁘지 않다니까!"

오빠가 역정을 냈지만 그녀는 차갑게 웃기만 한다. 그가 부인할수록 그녀는 미치코라는 여자가 틀림없이 기막히게 예쁠 것이라고 생각했다. 여자에 대한 그의 취향을 그녀는 누구보다도 잘 알고 있었다. 그는 여자를 화장실에도 가지 않는 아름답고 깨끗한 존재로 인식하고 싶어 했다. 따라서 아름답지 않고 지저분한 여자는 여자로 취급하지도 않았다. 그는 여자한테서 완벽한 아름다움을 추구하는 사람이었다.

"이번에 돌아오실 때 미치코 한번 데리고 와 봐요. 제가 친구되어줄께요."

그 말에 배창기는 펄쩍 뛰었다.

"언니가 무서워서 그러는 거예요?"

"쓸데없는 소리 그만하고 할 이야기 없으면 전화 끊자."

"할 이야기 많아요. 오빠, 언니 무서워할 필요 없어요. 언니는 낮이나 밤이나 바쁘신 몸이라 집에도 있지 않아요. 도대체 뭐가 그렇게 바쁜지 모르겠어요."

그렇게 운을 떼어놓고 그녀는 상대방의 반응을 기다렸다.

"그게 무슨 말이지? 그 사람 지금 집에 없다는 거야?"

그의 목소리에 긴장이 감도는 것을 보고 그녀도 긴장했다.

"오빠도 참 너무 한심해요. 집안이 어떻게 돌아가는지 관심을 좀 가져보세요. 오빠가 그렇게 무관심하니까 언니도 그렇게 나가지요."

그녀는 우호적으로 이야기를 끌어나갔다.

"그렇게 나가다니 그게 무슨 말이지? 지금 집에 있어 없어?"

"언니 얼굴 보기 참 힘들어요. 벌써……."

그녀는 차마 입을 열기 난처하다는 듯 머뭇거렸다.

"언제 나갔는데 아직도 집에 안 들어오고 있어? 숨기지 말고 말해 봐."

그의 목소리가 갑자기 작아지는 것 같았다. 그것은 그가 몹시 흥분하기 시작했음을 말해 주는 것이다.

"화내지 마세요. 어제 나가서는 아직 안 들어오고 있어요."

너무 충격적인 말이었던지 창기는 한동안 말이 없었다.

너무 오랫동안 침묵이 흐르고 있었기 때문에 그녀가 참지 못하고 다시 입을 열었다.

"전화연락도 없어요. 오빠가 걱정할까봐 말 안하려고 했는데……."

"그전에도 외박한 적이 있니?"

"오빠가 외국에 나가 있을 때 몇 번 그런 적이 있어요."

"왜 그런 걸 지금까지 나한테 말해 주지 않았지?"

창기의 목소리는 비참할 정도로 작게 들렸다.

"제가 어떻게 그런 걸 일일이 이야기해요. 괜찮아지려니 했는데…… 갈수록 안 좋아지는 것 같아서 말씀드리는 거예요. 정말 큰일이에요. 오빠가 언니 버릇을 단단히 고쳐놓든지 아니면……."

그녀는 마지막에 오빠가 결단을 내리지 않으면 안 된다고 말하고 싶은 것을 꾹 참았다.

"정확히 집에서 나간 게 언제였어?"

"그러니까…… 자정이 지났으니까 어제…… 19일…… 12시 경이었어요. 잠깐 다녀올 데가 있다고 하면서 나갔어요."

"어디 간다고 했어?"

"그건 모르겠어요. 어디 간다는 말도 하지 않고 그냥 나갔으니까요."

다시 침묵이 흘렀다. 아까보다 더 무거운 침묵이었지만 길지는 않았다.

"지금까지 전화 연락도 없었단 말이지?"

"네, 아무 연락도 없었어요."

"차는 몰고 나갔니?"

"그야 물론이죠."

"혹시 짐 같은 거 싸들고 나가지 않았니?"

"아뇨. 핸드백만 하나 달랑 들고 나갔어요. 하지만 모르죠. 아무도 보지 않을 때 차 뒤에다 몰래 짐을 실었는지도."

"잘 알았다. 이제 됐어. 그만 전화 끊자."

"오빠!"

그녀는 오빠가 전화를 끊을까봐 다급하게 그를 부르면서 몸을 일으켰다. 탐스러운 젖가슴이 흔들렸다. 그녀는 무선전화기의 수화기를 든 채 서서 말했다.

"오빠! 언제 오실 거예요?"

"모레쯤 가게 될 거야."

"이런 말해서 미안해요."

"아니야. 잘 말해줬어. 진작 알았어야 하는데……."

목소리는 작았지만 그 어조에서 그녀는 결연한 빛을 느낄 수가 있었다.

"오빠 너무 상심하지 마세요."

"상심하긴…… 동재는 잘 있니?"

"네, 잘 있어요. 엄마가 없어도 잘 놀아요. 우유도 잘 먹고 별로 울지도 않아요."

동재는 창기와 밀라 사이에서 낳은 아들로 이제 막 두 살배기였다. 창기는 늦게 결혼해서 얻은 그 외아들을 끔찍이도 귀여워했다.

"경찰에 신고했니?"

오빠의 엉뚱한 물음에 미화는 어리둥절했다.

"신고라니요?"

"지금까지 집에 들어오지 않고 아무 연락도 없다면 좀 이상하지 않아? 동재가 걱정돼서 전화라도 걸었을 텐데 말이야. 경찰에 신고해야 되지 않을까?"

"아이, 오빠두…… 아직 하룻밤도 채 지나지 않았는데 뭘 그래요."

"세상이 하도 험악해서 말이야."

그 말에 그녀는 발끈했다.

"경찰에 실종신고라도 내라는 건가요? 아니, 바람이 나서 나간 여자를 찾아달라고 경찰에 신고하라는 건가요? 그건 우습지 않아요?"

"바람이 나서 나갔는지 아니면 다른 일로 나갔는지 확실히 모르잖아. 사람 일을 그렇게 확실한 증거도 없이 단정적으로 말할 수는 없잖아."

그의 목소리가 점점 커진다.

"어머, 이제 보니까 오빠는 제가 일부러 악의적으로 그런 말을 한 줄 아세요? 전 참다못해 오빠를 생각해서 말씀드린 건데……."

그녀는 화가 치밀었고 그리고 슬퍼졌다. 아랫입술을 잘근잘근 깨물고 있는데 그의 목소리가 부드럽게 들려왔다.

"그런 말해준 건 좋아. 네가 잘못했다는 건 아니야. 내 말은 집안 식구가 한 사람 안 들어오니까 걱정이 돼서 그런 거야. 걱정부터 하는 게 당연한 일 아니니."

"그럼 제가 걱정도 하지 않았다는 건가요? 저도 걱정 많이 했어요. 걱정했기 때문에 오빠한테 전화를 걸었던 거예요. 솔직히 말해 정말로 걱정되는 사람은 언니가 아니고 오빠예요. 오빠는 너무 순진해요. 아무것도 몰라요! 언니는 밖에서 재미 보면서 싸돌아다니고 있는데 오빠는 도대체 뭐예요? 오빠가 불쌍해요! 경찰에 신고하는 건 오빠가 알아서 하세요! 전 그런 거 못해요! 사정을 알면 경찰이 웃을 거예요. 전화 끊어요!"

그녀는 수화기를 탁 내려놓고 격하게 숨을 몰아쉬었다.

그때 갑자기 전화벨이 울렸다. 그녀는 깜짝 놀라 전화통을 바라보았다. 전화통에 선뜻 손이 가지지가 않는다.

벨이 한참 울리고 난 뒤에야 그녀는 마지 못하는 척 수화기를 집어 들었다.

"여보세요."

"여보세요? 거기 배미화 씨 댁입니까?"

그것은 처음 듣는 거친 남자의 목소리였다. 이 밤중에 누구일까?

"누구신가요?"

그녀는 잔뜩 경계하면서 물었다.

"실례지만 배미화 씨 되십니까?"

저돌적인 목소리가 물었다.

"네, 그런데 누구신가요?"

"경찰입니다."

경찰이라는 말에 그녀는 몸이 굳어지는 것을 느꼈다. 지금까지 그녀는 경찰하고는 단 한 번도 이야기해 본 기억이 없었다. 거칠고 저돌적인 목소리가 다시 들려왔다.

"밤중에 이렇게 전화를 걸어 미안합니다. K경찰서 형사계 마인이라고 합니다. 다름이 아니고…… 황개 씨를 잘 아시죠? 약혼한 사이라고 그러던데요?"

"네, 그런데요…… 무슨 일로……?"

"실례지만 황개 씨와 마지막으로 헤어진 게 언제였습니까? 언제 어디서 마지막으로 헤어졌습니까? 이건 아주 중요한 거니까 사실대로 솔직히 말씀해 주십시오."

"왜 그런 걸 말해야 되나요?"

그녀는 혀가 굳어지는 것을 느끼면서 물었다.

"그럴만한 이유가 있어서 그럽니다. 빨리 좀 말씀해 주십시오."

"황개 씨한테 무슨 일이라도 일어났나요?"

"그건 차차 말씀드릴 테니까 묻는 말에만 대답해 주십시오. 마지막으로 헤어진 게 언제였습니까?"

"어제 오후였어요."

"헤어진 장소는 어디였습니까? 혹시 S호텔이 아니었나요?"

"아뇨, M호텔에서 헤어졌어요."

그녀는 벽시계를 힐끗 쳐다보았다. 1시 45분.

"M호텔이라구요?"

"네, 그래요."

"언제 헤어졌습니까?"

"그러니까 어제 오후 2시 좀 지나서였을 거예요."

"황개 씨와 헤어져서 어디로 갔습니까?"

"바로 집으로 왔는데요."

"M호텔에서는 방에까지 들어갔었나요?"

"네, 들어갔다가 나왔어요."

"몇 호실이었나요?"

"그건 잘 모르겠어요."

"누구 이름으로 방을 얻었었나요?"

"아마 황개 씨 이름으로 얻었을 거예요."

"수고스럽지만 지금 좀 와 주셔야겠습니다."

"아니, 왜요? 도대체 무슨 일로 그러시는 거예요?"

"에 또, 그럴 게 아니라 우리가 댁으로 모시러 가겠습니다. 외출 준비하고 기다리고 계십시오. 댁 주소하고 위치를 좀 가르쳐 주시겠습니까?"

그녀는 와들와들 떨기 시작했다. 갑자기 자신이 회오리바람 속에 건잡을 수 없이 휩싸여버린 것만 같았다. 떨리는 목소리로 주소와 위치를 대강 말해 주고 나서 한동안 얼빠진 모습으로 침대 끝에 앉아 있다가 그녀는 생각난 듯 서둘러 옷을 입기 시작했다. 문득 도망칠까 하는 생각도 들었다. 하지만 어디로 어떻게 도망친단 말인가? 경찰이 온다고 하니까 도망치다니, 그런 바보 같은 짓이 어디 있는가.

마인이 S호텔 지하주차장에서 베이지색의 소형 승용차인 서울1다 854X 호의 운전자가 혹시 나타날까봐 마음을 졸이면서 기다리다가 포기하고 그곳을 떠난 시간은 자정 무렵이었다. 이미 그 차가 도난 차량임이 밝혀진 마당에 그 차를 훔친 사람이 사건 현장에 나타날 리는 만무했던 것이다. 그러나 혹시나 하고 기다린다는 것이 어리석은 짓인 줄을 알면서도 그는 그 시간까지 기다려보았던 것이다. 예상대로 기다렸던 사람은 나타나지 않았다. 그는 자리를 뜨면서 자신의 어리석은 기다림에 쓴웃음이 나왔다. 그러나 그런 어리석음은 수사관들이 다반사로 겪어야하는 일이었다.

결론은 이렇게 내려 볼 수가 있었다. 범인으로 생각되는 어떤 여인이 범행에 사용하기 위해 서울 1다854X 호 자가용 승용차를 훔쳤다. 그녀는 S호텔 지하주차장에서 대기하고 있다가 황개가 나타나 서울1라 509X호 승용차에 오르자 훔친 차로 출입문을 막아놓고 나서 망치로 차창을 깬 다음 그 안에다 가연성 물질을 쏟아 붓고 불을 질렀다. 황개는 빠져나오려고 발버둥 쳤지만 결국 타죽고 말았다.

이와 같은 결론으로 놓고 볼 때 범인의 행동은 그야말로 대담무쌍하기 이를데 없는 것이었다. 그리고 거기서는 원한에 사무친 복수의 냄새 같은 것이 진하게 풍겨오고 있었다. 사람을 그런 식으로 태워죽일 수 있다는 것은 사무친 원한을 품지 않고는 불가능한 것이다. 범인이 여자라고 볼 때 그와 같은 대담무쌍한 범행은 사실상 어려운 것이다. 남자라고 해도 결행하기 어려운 것이다. 그러나 여자가 원한에 사무칠 때 남자보다 더 무서운 힘을 발휘한다는 것을 그는 잘 알고 있었다. 평소에는 파리새끼 한 마리도 죽이지 못하고 한없이 가냘파 보이기만 해서 남자로 하여금 보호본능을 불러일으키게 하는 연약한 여자가 일단 원한을 품으면 상상도 못할 정도로 잔인무도한 짓을 서슴없이 저지르는 것을 그는 무수히 보아왔던 것이다.

한때 남자의 성기를 면도칼로 자르는 것이 유행인 때가 있었다. 배신당한 아픔이 원한으로 바뀌면서 증오심에 불타오른 여자들이 마지막 잠자리에서 남자의 상징을 사정없이 면도칼로 잘라버리곤 했던 것이다. 면도칼을 휘두르는 여자들이 늘어나자 남자들 사이에서는 바람을 피울 때 사타구니를 조심하지 않으면 안 된다는 쑥덕공론이 돌기까지 했었다.

처자까지 딸린 몸이 바람을 피우다가 원한에 사무친 여자가 휘두른 면도칼에 그만 그 귀중한 상징을 잘렸다고 하자, 여자를 고소해 보았자 기껏 상해죄 정도의 가벼운 처벌만 받을 뿐이다. 그러나 남자로서는 죽음의 선고를 받은 것이나 다름없다. 남자는 그것이 없어진 그 시간부터 사랑하는 처자식이 기다리고 있는 정든 집에도 들어갈 수 없게 된다. 집에 들어가 어떻게 부인한테,

"여보, 나 어찌어찌하다가 그것을 잘렸어. 용서해 줘요."

하고 말할 수 있단 말인가!

그런데 이번 사건의 범인은 성기 정도만 자른 게 아니고 상대방을 아예 깡그리 태워죽인 것이다. 그것은 그녀의 원한과 증오가 얼마나 사무친 것이었는가를 말해 주는 것이라고 할 수 있었다. 마 형사는 시뻘건 화염이 그녀의 저주 속에서 활활 타오르는

것을 보는 듯했다.

사건현장에 잠복해 있는 동안 도난당한 베이지색 소형 승용차의 차주가 형사들의 안내를 받고 나타나 그 차가 자기 차임을 확인했다.

차주 김동우는 중년의 사내로 어느 빌딩의 지하에서 이용원을 경영하고 있었다. 그는 부지런한 사람으로 아침 일찍 자가용 승용차를 몰고 직장에 도착, 지하 2층에 있는 주차장에 차를 주차시킨 다음 저녁 늦게까지 일한다고 했다. 따라서 그의 차는 하루 종일 주차장에 세워져 있기 때문에 언제 도난당했는지 정확한 시간을 본인도 모르고 있었다. 볼 일이 있어 여느 때보다 조금 일찍 퇴근하려고 주차장에 가 보니 차가 보이지 않았고, 그래서 경찰에 즉시 도난신고를 냈다는 것이었다. 형사들이 알아본 바에 의하면 그의 알리바이에는 이상이 없었다. 그는 찌그러지고 불에 그슬린 자신의 차를 보고 어디 가서 보상을 받아야 하느냐며 한숨을 내쉬었다. 그의 차는 보험에도 들어 있지 않았다.

마 형사가 수사본부로 돌아가니 낯선 젊은 여인이 한 명 겁에 질린 얼굴로 의자에 앉아 있었다. 바지 위에 체크무늬의 남방을 받쳐 입은 그녀는 큰 충격을 받은 듯 참담한 모습이었지만 얼른 보기에도 미녀 형임을 알아볼 수가 있었다. 나이는 서른 안팎으로 보였다.

"황개의 동거녀입니다."

그녀를 연행해 온 형사가 마 형사에게 귀띔을 해 주었다.

불에 타죽은 사내한테 동거녀가 있다는 것은 형사대가 그의 집에 가 보고서야 알아낸 사실이었다.

불탄 차의 번호판을 근거로 차주의 이름과 주소를 알아낸 형사대는 서둘러 그 주소지를 찾아갔었는데 피살자의 주소지로 되어 있는 조그만 아파트에는 젊은 여자 혼자 덩그러니 앉아 있었다. 알고 보니 황개의 동거녀였다.

황석희(黃錫姬)가 황개와 동거생활을 한 지는 2년쯤 되었다고 했다. 두 사람 사이에 아기는 없었다. 처음부터 결혼을 전제로 하고 맺은 사이가 아니었기 때문에 자식을 낳을 생각은 없었다고 했다. 두 사람 다 서로가 결혼할 사이가 아니라는 것을 잘 알고 있었던 것 같았다. 그럴 수밖에 없는 것이 그들은 조금 멀기는 하지만 친척뻘이 되는 사이로 오빠 동생하며 지내왔던 터였다. 또한 그들은 서로가 상대방을 너무도 잘 알아 결혼 상대자로서는 형편없는 상대라는 것을 각자가 깊이 인식하고 있었던 것이다.

그녀는 황개가 경영하는 장사도 되지 않는 술집에 마담격으로 나가고 있었는데 그와 동거생활을 하게 된 것은 서로의 필요에 의해서였다. 황개의 아파트에 그녀가 가방 하나만을 달랑 들고 들어감으로써 시작된 동거생활은 예상했던 대로 무절제와 부도덕한 생활의 연속일 수밖에 없었다. 그들은 시간이 날 때마다 섹스에 탐닉했고, 그런 끝이면 그녀는 자신의 신세를 한탄하며 울기도 하고 그에게 주정을 부리기도 했다.

황개한테 배미화라는 약혼자가 있는 것을 알고 있는 그녀는 처음에는 질투심에 사로잡혀 몸 둘 바를 몰랐지만 자신이 황개와 결혼할 수 없는 몸이라는 것을 자인하는 것으로써 그런 감정을 애써 눌러왔다.

황개는 그녀 앞에서 배미화에 대한 자랑을 스스럼없이 지껄여댔는데 그런 말 가운데에는 일단 미화와 결혼식만 올리고 나면 자신은 돈방석에 앉게 된다는 따위의 말도 들어 있었다. 사실 황개가 미화와 어떻게든 결혼식을 올리려고 기를 쓰는 이유는 순전히 돈이 탐이 났기 때문이었다.

처음에는 일확천금을 꿈꾸는 그의 말이 부질없는 소리로 들렸지만 시간이 흐르면서 배미화와 약혼식을 올리는 등 그 허황된 소리가 점점 현실로 나타나자 그녀는 한편의 드라마를 보는 듯한 기분으로 그 되어가는 꼴을 지켜보게까지 되었다. 질투가 솟지 않는 것은 아니었지만 그때마다 결혼식만 올리고 나면 너한테도 한몫 떼어 주겠다는 황개의 달콤한 말에 그만 감정을 거두고 이제는 그 몫을 은근히 기다리는 형편이기도 했다.

경찰은 황석희를 두 가지 측면에서 사건의 중요한 인물로 보고 있었다.

첫째는 피살자의 신원을 확인하는 데 있어서 가장 필요한 인물이라는 점이었다. 피살자는 차량번호를 통해 일단 황개로 밝혀졌지만 그 이름은 얼마든지 다른 이름으로 바뀔 수도 있는 상황이었다. 워낙 지독하게 타버렸기 때문에 모습도 없어져버렸고 신원을 증명할만한 것도 모두 타버리고 없는 피살자를 놓고 단지 사고차에서 타죽었다는 이유만으로 차 주인이 황개일 것이라고 단정한다는 것은 아주 위험한 생각이었다. 그런 수사는 있을 수가 없었다. 그래서 황개를 누구보다도 잘 아는 그의 동거 여인에게 시체를 보여서 확인시킬 필요가 있었던 것이다.

둘째는 그녀가 혹시 범인일지도 모른다는 점이었다. 증권회사에 다니는 목격자들의 증언에 따라 범인을 여자로 보고 있는 경찰은 자연 그녀에게 수사의 초점을 맞추지 않을 수가 없었다. 치정이나 원한에 얽힌 살인 사건이라면 피살자의 동거 여인이야말로 가장 먼저 의심을 받아 마땅한 인물이라고 할 수 있었다. 하지만 두 번째 조건은 첫 번째 조건이 충족된 다음에야 수사가 가능한 것이었다. 왜냐하면 그녀는 황개의 동거녀이지 다른 누구의 동거인이 아니기 때문이었다.

피살자의 시체를 본 그녀는 얼굴을 돌리고 토하기부터 했다. 그러고 난 다음에는 두 번 다시 시체 가까이 접근하려고 하지를 않아 수사관들을 꽤나 애먹였다. 겨우 달래고 을러대고 해서 그녀를 다시 시체 앞에 데리고 간 수사관들은 그러나 별 신통한 답변을 들을 수가 없었다. 그녀는 도무지 알아볼 수가 없다고 했다. 황개의 팔뚝에는 문신이 새겨져 있는데 까맣게 타버렸으니 알아볼 수가 없다는 것이었다. 그녀가 황개의 신체상 특징에 대해서 알고 있는 것은 문신 정도밖에 없었다. 유일하게 불에 타지 않은 치열의 특징에 대해서는 아무것도 아는 것이 없었다.

시체를 확인시키는데 실패한 수사진은 피살자의 소지품을 보여 주었다. 수사진이 수거한 피살자의 소지품은 불에 타지 않고 남아 있었던 동전 몇 개와 열쇠 꾸러미뿐이었다. 그때까지 굳은 표정으로 있던 그녀는 열쇠 꾸러미를 집어 들더니 갑자기 눈물을 쏟기 시작했다.

열쇠고리에는 자동차 열쇠 외에도 다른 두어 개의 열쇠가 더 걸려 있었다. 그녀는 오래 울지는 않았다. 이내 눈물을 지우고 난 그녀는 열쇠 하나를 가리키며

"이건 우리 아파트 열쇠예요."

라고 말했다.

그러면서 그녀는 백 속에서 자기가 지니고 다니는 열쇠 꾸러미를 꺼냈다. 그중에서 하나를 가리키면서

"보세요. 이것하고 같잖아요."

라고 말했다.

형사들이 두 열쇠를 비교해 보니 두 개는 서로 일치했다. 그녀는 피살자의 열쇠 꾸러미에서 나머지 열쇠들의 용도를 하나하나 설명해 나갔다.

"이건 자동차 엔진키예요…… 이건 자동차 문하고 트렁크 열쇠고…… 이건 책상 서랍 열쇠예요…… 이건 아마 사무실 열쇠일 거예요…… 이건 잘 모르겠어요."

"그건 자동차 연료탱크 열쇠입니다."

수사관이 덧붙여 설명해 주었다. 그녀는 더 이상 울지 않았다. 표정이 점점 냉정하게 변하고 있었다. 열쇠 하나로 피살자가 황개라고 단정하는 것은 아직 일렀지만 피살자의 유품에서 그의 열쇠 꾸러미가 발견된 이상 일단 피살자를 황개라고 보는 것은 별로 무리가 없을 것 같았다.

황개는 컴퓨터를 통한 신원조회 결과 사기와 폭력으로 복역한 전과가 두세 건이나 있었다. 그리고 현재 강간상해범으로 수배중인 인물이었다. 강간상해사건은 1년 전 밤길에 나이어린 여고생을 차에 태워 주고 가다가 한적한 곳으로 데리고 가 환각제를 먹인 다음 밤새도록 욕을 보인 사건이었다.

"문제아가 결국 불고기 파티로 끝장을 보았군."

그가 불에 타죽은 것과 그의 파렴치한 전과를 빗대어서 형사 한 명이 중얼거린 말이었다.

황석희가 범인일지도 모른다는 수사진의 생각은 그녀가 완벽한 알리바이를 제시함으로써 단지 생각만으로 끝나고 말았다. 황개가 경영하는 술집에 마담으로 나가는 그녀는 그날따라 몸이 불편해서 결근하기로 마음먹고 집에 드러누워 있었다. 그러자 그녀의 친구며 그녀가 데리고 있는 호스티스 아가씨들이 문병하러 집에 들르는 바람에 그녀는 그들과 오후 3시경부터 밤 9시가 넘도록 까지 화투를 치며 놀았다는 것이었다.

증권회사 직원들이 S호텔 지하에서 불타는 자동차를 발견한 것은 저녁 6시 30분경이었다.

마지막까지 황석희의 집에 남아 화투를 쳤다는 그녀의 친구 두 명을 만나 본 형사들은 그녀의 알리바이에 이상이 없다는데 의견을 같이했다. 그로써 그녀의 혐의점은 벗겨졌지만 경찰은 그래도 포기하지 않고 마지막으로 증권회사 직원들에게 그녀를 보여 주었다.

그녀를 본 그 젊은이들은 고개를 내저었다. 사건 현장에서 얼핏 본 그 문제의 여인과는 스타일부터가 다르다고 했다. 무엇보다 아쉬운 것은 그 젊은이들이 그 여인의 모습을 정확히 알고 있지 못한 점이었다. 그런 그들에게 황석희를 보였으니 명쾌한 대답이 나올 리 만무했다.

황석희는 그로써 경찰의 집요한 추궁에서 벗어날 수가 있었지만 그렇다고 해서 곧바로 풀려나지는 않았다. 경찰로서는 그녀가 피살자를 확인하고, 피살자에 대한 보다 상세한 정보를 얻어내고, 피살자의 주변 인물들을 조사하는 데 있어서 매우 쓸만한 인물로 생각되었기 때문에 그녀를 쉽게 풀어줄 수가 없었던 것이다. 그때부터 그녀는 수사에 협조하는 의미에서 수사본부에 더 이상 필요하지 않을 때까지 눌러앉아 있게 되었던 것이다.

"황개라는 사람한테는 유가족이 없나요?"

"부모님은 일찍 돌아가시고 누님이 한 분 계시는데 그 누님은 미국에 이민 가서 사는 지 오래 됐어요."

"최근에 두 사람이 만난 적은 없었나요?"

"누님을 만난 지 몇 년 된 걸로 알고 있어요."

그 누나한테서는 편지도 오지 않는다고 했다. 황개가 워낙 못되게 굴었기 때문에. 이를테면 걸핏하면 돈을 보내달라고 요구했기 때문에 자연 소식이 멀어질 수밖에 없었던 것이다. 황개는 형편이 좀 나아지면서 누나한테 더 이상 돈 같은 것을 요구하지 않게 되었지만 그렇다고 해서 누나한테 안부 편지를 보내거나 전화를 걸거나 하지도 않았다.

"황개 그 사람 직업은 뭡니까?"

"글쎄요. 정확한 직업은 저도 잘 몰라요."

황석희는 애매하게 대답했다.

"술집을 경영한다고 하지 않았습니까?"

"네, 하지만 장사가 안 되니까 거의 방치해 두다시피 했어요. 제가 거의 꾸려가다시피 했어요. 그럭저럭 현상 유지만 해도 다행이었어요. 돈이 좀 모이면 오빠가 모두 가져가버리곤 했어요."

그 술집은 영등포 역전 부근에 있었다.

"함께 살았으면서 정확한 직업도 몰라요?"

형사는 열쇠 꾸러미에서 열쇠 하나를 가리켰다.

"이거 그 사람 사무실 열쇠라고 하지 않았나요? 무슨 사무실인가요?"

"잘 모르겠어요. 저한테 쓰지 않는 자물통이 하나 있었는데 언젠가 새로 낸 사무실 문을 잠그는데 써야겠다고 하면서 가져간 적이 있어요. 그래서 새로 사무실을 낸 건 알았지만 무슨 사무실인지는 모르고 있었어요. 한 번도 가 보지 않았고, 사기성이 농후했기 때문에 무슨 사무실인지 알고 싶지도 않았어요. 물어본다고 해서 가르쳐줄 사람도 아니었고요."

황개가 자진해서 신나게 지껄여댄 것은 약혼녀 배미화와의 관계에 대해서였다. 웬일인지 거기에 이야기가 미치면 그는 물어보지도 않은 것들을 신이 나서 지껄여대곤 했기 때문에 석희는 한 번도 본 적이 없는 그녀에 대해서 많은 것들을 알게 되었던 것이다. 아직 결혼도 하지 않은 것이 남자를 어찌나 좋아하는지 결혼하면 밤마다 시달릴 일이 걱정이라는 둥 그는 재미있게 이야기를 엮어내기까지 했었던 것이다.

그는 술에 취해 기분이 좋아서 돌아온 날이면 약혼녀의 전화번호를 일러 주면서 석희한테 전화를 걸어달라고 부탁하곤 했다. 자기가 직접 걸어도 되는 것을 그녀한테 부탁한 것은 그녀한테 자랑도 할겸 그녀를 괴롭히려는 묘한 심리에서 그랬던 것 같았다고 석희는 증언했다.

"오빠는 저를 학대했어요. 관계가 오래 지속되고 깊어질수록 학대가 심해져 갔어요. 나중에는 저보고 집에서 나가라고 했어요. 보이지 않는 곳으로 가버리라고 해서 제가 보따리를 싸들고 나가면 따라나와 저를 도로 붙들곤 했어요."

석희는 황개와의 부끄러웠던 관계를 마치 남의 이야기하듯 스스럼없이 털어놓았다.

"……솔직히 말해서 저는 오빠라는 인간을 싫어했어요. 그의 생활방식이나 머릿속에 들어 있는 생각 같은 것을 싫어했어요. 양심과는 거리가 멀어도 한참 멀었기 때문에 저는 그게 혐오스러웠어요. 하지만 여자란 참 이상해요. 그래서 여자를 보고 요물이라고 하는가 보죠. 그를 싫어하면서도 그와 관계를 하고 나면 그런 감정들이 눈 녹듯이 사라져버리는 거예요. 싫어하면서도 좋아한다는 말을 저는 이해할 수가 있어요. 확실히 저는 오빠를 싫어하면서도 좋아했어요. 좋아하는 단계를 지나 사랑했어요."

굳어 있던 그녀의 두 눈이 풀리면서 뺨 위로 두 줄기 눈물이 흘러내리기 시작했다. 울고 있었지만 그녀의 목소리는 의외로 차분하고 담담했다.

"……결혼할 수 없는 사이이기 때문에 오빠한테 더욱 매달렸는지도 몰라요. 저는 육체의 노예였고 오빠의 노예였어요. 증오와 사랑이 교차되는 생활이 어떤 건지 아세요? 오빠한테 육체적으로 학대받으면서도 저는 그를 사랑했어요."

"약혼녀의 전화번호를 알고 있나요?"

"네, 알고 있어요. 오빠의 부탁을 받고 그 여자한테 여러 번 전화를 걸었기 때문에 전화번호를 외우고 있어요. 그 여자한테 전화를 걸게 한 것도 저를 학대하고 싶어서 그랬을 거예요. 그 여자한테 전화를 걸 때마다 피가 역류하는 것 같았어요. 그 여자한테 울부짖고 싶을 때가 한두 번이 아니었어요. 하지만 참았어요. 오빠와 결합할 상대였기 때문에 언니라고 상냥하게 부르면서 폭발할 것 같은 감정을 달래곤 했어요."

"오빠를 죽인 사람은 여자입니다. 오빠의 약혼녀는 이번 사건에 관계가 없을까요?"

"그걸 제가 어떻게 아나요. 하지만 모르죠. 배미화는 오빠와 제일 가까왔던 여자였으니까 혹시 모르죠."

"두 사람 사이는 어땠습니까?"

"여자 쪽에서 오빠를 몹시 좋아한 것 같았어요. 하지만 오빠는 결코 그 여자를 좋아하지 않았어요. 오빠 입으로 여러 번 그런 말을 하는 걸 저는 들었으니까요. 오빠가 그 여자를 가까이한 이유는 순전히 돈 때문이었어요. 오빠는 분명히 그렇게 말했어요. 그 여자와 결혼해서 한몫 잡으면 이혼한 후 다시 저한테 돌아오겠다고 까지 말한 적이 있어요. 그런 개망나니 같은 여자를 데리고 어떻게 한평생을 사느냐고 했어요. 오빠의 그 말은 정말인 것 같았어요."

"범인은 오빠를 몹시 증오했던 것 같아요. 원한에 사무쳐 그런 범행을 저지른 것 같아요. 약혼녀가 오빠를 좋아했다니 범인일리는 없고…… 그럼 누가 오빠를 그렇게 미워했을까요?"

코가 뭉툭한 형사는 점을 찍어놓은 것 같은 조그만 눈으로 그녀를 가만히 응시하다가 그녀가 머리를 흔들자 다시 물었다.

"배미화 씨의 전화번호를 좀 가르쳐 주십시오."

벽시계가 7월 20일 새벽 3시 15분을 가리키고 있었다. 모두가 잠에 깊이 빠져 있을 시간이었지만 수사본부 안은 긴장에 쌓여 있었다.

밖에는 비바람이 거세게 몰아치고 있었다. 거센 비바람에 창문이 계속 덜컹거리고 있었다. 창문 위로는 마치 물을 쏟아붓는 것처럼 빗물이 흘러내리고 있었다.

출입문이 열리더니 세 사람이 안으로 들어섰다. 두 명은 형사들이었다. 한 명은 젊은 여자였다. 세 명 다 비에 젖어 있었다.

황석희를 통해 이미 자세하게 이야기를 듣고 있었기 때문에 마 형사는 형사들과 함께 안으로 들어선 여자를 보는 순간 첫눈에 그녀가 황개의 약혼녀인 배미화임을 알 수가 있었다. 겁에 질린 듯한 표정과 함께 불타는 듯한 두 눈이 가장 특징 있게 그녀의 모습을 압축해서 보여 주고 있었다.

그녀는 그때가지도 황개의 죽음을 모르고 있었다. 마 형사가 그의 죽음을 이야기해 주자 처음에는 믿지 않으려 하다가 황석희의 말을 듣고는 와들와들 떨어대면서 울기 시작했다. 황석희는 아주 냉담하게 이렇게 말했다.

"전화통화는 여러 번 했지만 직접 만나기는 처음이군요. 제가 황석희예요. 오빠는 죽었으니까 마음 단단히 가져요. 어떻게 죽은 지 알아요? 자동차 속에서 까맣게 타죽었어요. 오빠 시체를 확인하려면 몇 번 토해야 할 거예요. 마음 단단히 먹지 않으면 안 돼요."

황석희는 이미 냉정한 마음으로 돌아가 있었다. 그녀는 의심스러운 눈으로 미화를 노려보고 나서 다시 말을 이었다.

"범인이 여자래요. 여자가 태워죽인 거예요. 가까운 여자가 죽이지 않았으면 누가 죽였겠어요."

미화는 눈물을 훔치면서 상대방을 힐끗 쳐다보았다.

"흥, 슬프기도 하겠지. 여기서 분명히 밝혀두는데 우리는 오누이 관계가 아니었어. 우리는 애인 관계였어. 동거생활을 해왔으니까 실질적인 부부였다고 할 수도 있어. 이제 알겠어?"

황석희는 대뜸 반말로 나갔다.

마 형사는 황석희의 입을 막지 못한 것을 후회했다. 그러나 이미 엎질러진 물이었다. 형사들은 두 여자의 대면과 그녀들이 나누는 이야기를 모두들 흥미 있게 지켜보고 있었다. 마치 두 마리의 싸움닭이 앞으로 어떻게 싸움을 전개해 나갈지 궁금해 하는 것처럼.

비탄에 젖어 있던 배미화의 얼굴이 갑자기 하얗게 변했다. 그녀의 두 눈에서는 더 이상 눈물이 흘러나오지 않고 있었다.

"지금 무슨 말을 하고 있는 거지?"

미화가 숨죽인 목소리로 가만히 물었다.

"황개 씨하고 나하고는 실질적인 부부였단 말이야! 넌 그것도 모르고 그 남자하고 약혼까지 했지. 그걸 보고 나는 인생은 한 편의 드라마라고 생각했지."

"이 나쁜 년!"

그때까지 짓눌려 있던 배미화의 감정이 폭발했다. 그녀는 앞에 놓여 있는 재떨이를 집어들더니 석희 쪽으로 냅다 던졌다. 석희가 잽싸게 머리를 숙이는 바람에 그것은 뒤로 날아가 콘크리트 벽에 요란스런 소리를 내면서 산산조각이 났다.

"무슨 짓들이야? 여기가 어딘줄 알고?"

형사들이 눈을 부라리며 제지했기 때문에 더 이상 무엇을 집어 던진다거나 하는 일은 일어나지 않았지만 한동안 거친 말싸움만은 계속되었다.

"이년이 이상하니까 이년을 조사해 보세요! 네가 황개 씨를 죽였지?"

"이제 보니까 살인범은 바로 너야! 우리가 결혼하게 되니까 질투가 나서 그 사람을 죽였지?"

그녀들은 증오에 차서 서로 상대방을 공격했다. 경찰은 그녀들이 한동안 말싸움을 벌이도록 내버려 두었다. 봇물터지듯 쏟아지는 말싸움 가운데 수사에 도움이 될 만한 것이 없을까해서였다. 그러나 삿대질까지 해대며 쏟아내는 말들 속에는 귀가 번쩍 뜨이는 새로운 내용 같은 것은 없었다. 석희와 싸울 때의 배미화의 두 눈초리는 흡사 활활 타오르는 불길 그것이었다.

석희를 다른 방으로 따로 떼어놓고 나자 비로소 실내는 조용해졌다.

마 형사는 배미화가 감정을 가라앉힐 때까지 기다렸다가 말을 걸었다.

"어제 황개 씨를 만난 게 언제였나요? 그리고 정확히 몇 시에 헤어졌나요? 만나서 헤어질 때까지의 일을 상세히 말씀해 주십시오."

이미 진술한 내용이라고 해서 한 번으로 질문을 끝내지는 않는다. 한 가지 내용에 대해 시간을 두고 여러 번, 많게는 수십 차례까지 반복해서 질문함으로써 보다 분명한 사실을 알아두려는 것이다. 더구나 시간 같은 것은 처음 대답과 마지막 대답 사이에 많은 차이가 있는 경우가 허다하다.

"만나기는 12시경이었어요. M호텔 커피숍에서 만나 커피를 한 잔씩 마시고 나서 식당으로 자리를 옮겼어요. 식당에서는 뷔페를 먹었어요."

그녀는 놀라울 정도로 냉정해져 있었다. 황개한테 속았었다는 사실이 그녀를 그렇게 냉정하게 만들어준 것 같았다.

식사를 끝내고 나서 황개와 함께 호텔 방으로 들어갔는데 그녀는 방 호수를 기억하고 있지 못했다. 그러나 경찰은 이미 그 방 호수를 알고 있었다. 아까 배미화의 집으로 전화를 걸어 그녀와 통화했을 때 그녀가 어제 오후 M호텔에 황개와 함께 투숙했었다고 증언했기 때문에 즉시 호텔로 형사 두 명이 달려가 그 사실을 확인했던 것이다. 그가 투숙한 시간은 어제 오후 1시경으로 기록되어 있었다. 숙박요금은 먼저 지불되어 있었고 그때까지도 체크아웃되어 있지 않았다. 그가 투숙한 1510호실에 들어가 보니 방 안은 텅 비어 있었고, 탁자 위에는 방 열쇠가 놓여 있었다. 열쇠를 방 안에 그대로 놔둔 채 빠져나간 것 같았다. 그러나 호텔측으로서는 숙박요금을 미리 받아두었기 때문에 문제 삼을 것이 없었다. 방 안의 침대는 어지럽게 흐트러져 있었다. 그 위에서 무슨 일이 벌어졌었는가는 보지 않아도 알 수 있을 정도로 난잡한 모습이었다.

"방 안에서 무슨 일이 있었는지 꼭 이야기해야 하나요?"

"이야기할만한 사항이 있으면 이야기해 주십시오."

"특별한 것은 없었어요. 침대 위에서 기계적인 행동을 했을 뿐이에요."

섹스 행위를 그런 식으로 거침없이 표현하는 그녀의 말에 마 형사는 잠시 어리둥절했다.

그녀는 그 기계적인 행동을 끝내고 황개와 함께 호텔 방을 나선 시간을 정확히 기억하고 있지 못했다. 그녀가 시계를 본 것은 집에 도착해서 권투시합을 보기 위해 텔레비전 앞에 앉았을 때였다고 했다. 집에 도착하자마자 텔레비전 앞에 앉아 시계를 보았는데 그때의 시간이 3시 10분경.

그 권투시합은 서울에서 개최된 주니어미들급 세계 타이틀전이었다. 형사들도 일손을 놓고 그 시간에 텔레비전을 보았었다. 경기는 3시 정각에 시작됐었다. 그녀는 권투경기를 유난히 좋아한다고 했다.

"M호텔에서 우리 집까지는 30분 정도 걸려요."

"그러면 방에서 나가 함께 엘리베이터를 타고 지하주차장까지 내려가 그 사람과 헤어져 차를 몰고 주차장을 빠져나올 때까지의 시간은 얼마나 걸렸나요?"

"5분에서 10분 정도 걸렸을 거예요. 우리는 별로 서두르지 않았으니까요."

"10분 정도 걸렸다고 칩시다. 그러면 2시 30분에 호텔 방을 나와 2시 40분에 지하주차장을 출발, 그리고 3시 10분경에 집에 도착했다는 계산이 나오는군요. 황개 씨하고는 지하주차장에서 헤어졌다고 했죠?"

"네, 제가 먼저 떠났어요."

마 형사는 점을 찍어놓은 것 같은 조그만 눈으로 배미화를 가만히 응시했다. 비극적일 정도로 못생긴 얼굴에는 거의 표정이 드러나 있지 않았지만 마치 한 마리의 맹수가 먹이를 앞에 놓고 어떻게 요리해 먹을까를 궁리하는 것 같은 저돌성이 온몸에 팽배해 있는 것 같았다.

미화는 마주 바라볼 수가 없어 시선을 슬그머니 돌렸다. 그녀는 마치 바위를 상대하고 앉아 있는 것처럼 숨이 막혔다.

"담배 피우시겠습니까?"

뚱보 형사가 물었다.

"한 대 주세요."

그녀는 메마른 음성으로 말했다. 뚱보가 내미는 담배를 받아 드는 그녀의 손끝이 가늘게 떨리고 있었다. 뚱보는 저돌적인 인상과는 달리 아주 친절하게 담뱃불까지 붙여 주었다.

"배미화 씨는 무슨 일을 하고 계십니까?"

"집에서 놀고 있어요."

그녀는 거리낌 없이 대답했다.

"황개 씨를 사랑하셨나요?"

그 물음에 그녀는 다시 눈물이 솟았다. 눈물이 담배를 피우는 동안 계속 그녀의 뺨을 적시고 있었다.

"사랑하지 않았어요."

그녀는 차갑게 그 말을 내뱉고 나서 담배연기를 깊이 들이마셨다.

뚱보 형사와 그 주위에 있는 형사들이 그녀의 말에 모두 놀라는 표정을 지었다.

"사랑하지 않았으면 왜 약혼을 했나요?"

"조금 전까지만 해도 그 남자를 사랑했어요. 하지만 지금은 그렇지 않아요. 저는 지금까지 농락당해 왔고 배신당했다는 것을 조금 전에야 알았어요. 그런데 어떻게 그를 사랑할 수가 있어요. 저주해도 시원찮은 사람인데. 아까 그 여자가 동거생활 하는 여자일 줄은 꿈에도 생각지 못했어요."

그녀는 담배를 비벼 끄고 나서 입술을 깨물었다.

"배미화 씨, 아가씨는 살아 있는 황개 씨를 가장 마지막에 본 사람입니다. 그러니까 이 사건의 결정적인 증인일 수도 있고…… 증인이 아니라면 범인일 가능성도 있습니다. 그 점을 어떻게 생각하십니까?"

갑작스런 공격조의 질문에 그녀의 표정이 확 변했다.

"제가 범인이라고요?"

"범인은 여자입니다. 배신당한 것을 알고 복수를 노리고 있다가 황개 씨를 태워죽인 게 아닙니까?"

핼쑥한 얼굴 표정이 일그러지는 것 같더니 차가운 웃음이 터져 나왔다. 어처구니없다는 표정이었다.

"마음대로 생각하세요. 난 깨끗하니까."

"알리바이를 증명할 수 있습니까?"

"무슨 알리바이 말이에요?"

"황개 씨는 차 속에서 불에 타죽었어요. M호텔이 아닌 S호텔 지하주차장에서 타죽긴 했지만, 장소를 바꾸는 거야 얼마든지 가능한 일이죠. 당신이 2시 40분경에 M호텔 지하주차장을 빠져 나가는 것을 본 사람이 있나요?"

"네, 있어요."

그녀는 자신 있게 대답했다.

"그 사람이 누구인가요?"

마 형사는 기대에 차서 물었다.

"황개 씨요."

뚱보의 조그만 두 눈이 그녀를 노려보았다. 주위에 있던 수사관들의 얼굴에 노여움이 떠오르고 있었다.

"황개는 죽었잖아!"

곁에 서 있던 남 형사가 버럭 소리를 질렀다. 미화는 깜짝 놀라는 표정을 지었지만 아주 냉담하게 응했다.

"전 사실대로 말했을 뿐이에요. 제가 주차장을 떠나는 걸 본 사람은 황개 씨뿐이었어요."

"그러니까 아가씨는 결국 알리바이를 증명할 수 없다는 거군요? 알리바이를 증명할 수 있는 유일한 증인이 죽었으니까 말입니다. 그렇지 않은가요?"

"당신들 식으로 생각하면 그렇죠."

그녀가 비꼬는 투로 대꾸했다.

"유일한 증인을 죽였으니 알리바이를 증명할 수 없는 게 당연하겠지."

남 형사가 그녀의 어깨 위에 한 손을 올려놓으며 지지 않겠다는 듯 말했다.

그녀는 미간을 찌푸리며 그의 손을 털어냈다.

"맘대로 생각하세요. 난 그 사람 죽은 거하고 아무 관계도 없으니까."

"그럴 리가 없지. 아가씨와 황개는 M호텔 지하주차장에서 헤어진 게 아니라 M호텔을 나와 S호텔로 갔어. 다시 방으로 들어갔는지 아니면 바아 같은 데서 시간을 보냈는지 그건 지금 알 수 없지만, 조사해 보면 알 수 있겠지. 아무튼 어디선가 시간을 보낸 후 6시 30분경 지하주차장으로 내려와 황개를 살해했어. 그렇지 않아?"

"흥, 그야말로 웃기는 이야기이군요."

"웃기는 이야기가 아니야!"

남 형사는 주먹으로 책상을 쳤다.

"이렇게 조금 다르게 생각할 수도 있어. M호텔에서 황개와 헤어진 후 아가씨는 황개를 미행했어. 그리고 그가 S호텔에서 다른 여자와 간통하는 것을 목격하고는 그를 살해한 거야. 그전부터 살해계획을 세웠을 테지."

"상상은 자유니까 맘대로 생각하세요."

그녀는 갈수록 도도해지고 있었다.

물어보면 물어볼수록 더욱 세부적으로 깊이 들어가게 된다. 배미화는 알리바이가 없었지만 자신에 대한 수사진의 끈질긴 심문에 완강히 저항했다.

그녀의 답변에는 자신감이 서려 있었다.

그녀는 지하주차장을 빠져나갈 때 자신의 빨간색 승용차를 직접 몰고 나갔다고 증언했다. 수사관들이 그녀를 연행하러 갔을 때 그 차는 그 집의 주차장에 세워져 있었다.

그때까지 대기하고 있던 증권회사 직원 두 명이 마지막으로 그녀를 창 너머로 관찰했다.

"저 여자는 아닌 것 같은데요."

지친 모습의 그들은 맥 빠진 목소리로 대답했다. 그들을 더 이상 붙들어 둘 필요가 없었기 때문에 경찰은 그들에게 그동안 협조해 준데 대해 감사하며 가도 좋다고 말했다.

처음부터 그들의 증언에 기대를 건 것은 아니었다. 범인으로 생각되는 여인에 대한 목격자로서의 그들의 증언이란 것이 구체적이지 못하고 너무 불확실했기 때문에 거기에 기대를 건다는 것이 무리였던 것이다. 그들은 잠깐 스쳐가면서 그녀를 보았는데, 그녀는 선글라스를 끼고 있었기 때문에 얼굴은 알아볼 수가 없었다고 했다. 그녀의 나이에 대해서도 두 사람의 생각은 일치하지 않았다. 한 사람은 20대 아가씨라고 한 반면 또 한 사람은 40대 부인 같았다고 주장했다. 옷도 파란색과 노란색으로 서로 엇갈려 진술했다. 그들의 증언이라는 것이 이런 식이니 수사진이 거기에 기대를 걸 수 없는 것은 너무도 당연한 일이었다.

증권회사 직원들의 흐리멍텅한 증언과는 상관없이 수사진은 알리바이가 없는 배미화를 범인으로 끌어내기 위해 혈안이 되어 있었지만, 그녀를 단지 용의자로 생각할 수 있을 뿐 범인이라고 단정할 수 있는 증거만은 찾아낼 수가 없었다. 결국 그녀의 자백에 기대를 걸어 보았지만 그녀는 시간이 갈수록 자백은커녕 더욱 완강해지기만 하는 것이었다.

"아가씨는 어제 오후 3시 10분경에 집에 도착해서 권투중계를 봤다고 했어요. 그런데 그것을 증명해줄 사람들이 모두 애매하단 말이오. 우리가 아가씨를 데릴러갔을 때 집에는 아가씨 말고 어린애와 노모가 있었어요. 두 살짜리 어린애의 말을 믿을 수도 없고, 결국 노모의 말을 들어야 하는데 노모는 한참 주무시고 계신데다 몸도 편찮아 아가씨가 안 된다고 하는 바람에 만나 보지 못하고 돌아왔어요. 아가씨가 어제 집에 도착했을 때 노모께서 아가씨를 분명히 보셨나요?"

"네, 집에 도착해서 안방 문을 열고 어머님이 누워 계신 것을 보고 곧장 제 방으로 들어갔어요. 정 의심이 나신다면 나중에 물어보시면 될 거예요."

"그렇게 큰 집에 가정부도 없나요?"

"없어요. 있었는데 얼마 전에 나갔어요. 지금 구하고 있는데 마땅한 사람이 없어서 할 수 없이 가정부 없이 생활하고 있어요."

"가정부가 나간 것은 언제였나요?"

"한 달쯤 됐어요."

"왜 나갔나요?"

"제가 좀 까다롭게 굴었더니 나갔어요. 질이 좀 좋지 않은 애였어요. 남자들한테서 전화도 많이 걸려오고……."

새벽 5시가 지났을 때 경찰의가 검정색 왕진 가방을 들고 들어왔다. 그가 고무줄로 미화의 왼쪽 팔을 묶으려고 하자 그녀는 펄쩍 뛰며 그의 손을 뿌리쳤다.

"가만 있어요. 혈액 검사를 해야 하니까요."

마 형사가 엄한 목소리로 말하자 그녀는 저항을 포기하고 의사한테 팔을 맡겼다.

"혈액형이 뭐죠?"

의사가 주사기로 그녀의 혈관을 찔렀을 때 마 형사가 물었다.

"B형이에요."

그녀는 주저하지 않고 말했다. 주사바늘이 피부를 뚫고 혈관 속으로 들어가자 그녀는 아픈 듯 미간을 찌푸렸다.

"B형입니다."

잠시 후 검사를 끝낸 의사가 말했다. 마 형사는 기분이 언짢아지면서 자신감이 사라지는 것을 느꼈다. 황개의 불탄 차 옆에 바짝 들이대져 있던 그 베이지색의 소형 승용차 운전석 앞에 있는 재떨이 속에는 빨간 립스틱이 묻은 담배 꽁초가 여러 개 들어 있었다. 범인으로 추정되는 여자가 피운 것으로 생각되는 그 담배 꽁초의 필터 부분에는 마 형사가 처음 발견했을 때까지만 해도 습기가 남아 있었다. 그것은 그녀가 얼마 전까지만 해도 그 안에서 담배를 피우고 있었다는 것을 의미하는 아주 중요한 증거물이라고 할 수 있었다. 그래서 마 형사는 그것들을 수집하여 재빨리 검사기관에 보냈었는데 과학수사연구소에서는 그 담배 꽁초에 남아 있는 타액을 검사한 결과 그것을 피운 사람의 혈액형이 AB형이라고 통보해 왔던 것이다. 타액에서 사람의 혈액형을 추출해 내는 것은 수사의 기초단계에서 흔히 이용되어온 것으로 지금은 거의 일반화되어 있어 새삼스러울 것도 없는 방법이었다.

베이지색의 그 소형 도난 차량 속에 립스틱이 묻은 8개의 담배 꽁초를 남긴 그 여인이 범인이 틀림없다면 그녀와 혈액형이 틀린 배미화는 결코 용의자일 수가 없다.

마 형사는 그녀에 대한 질문의 방향을 바꾸어야겠다고 생각했다. 그녀를 유력한 용의자로 끌어내기 위해 안간힘을 다하기보다는 피살자의 애인이자 약혼녀였던 그녀를 통해 피살자에 대한 것을 좀 더 자세히 알아보고 그들의 관계와 주변에 대해서도 자세히 캐보면 무엇인가 단서가 잡히지 않을까 생각되었던 것이다. 그러나 그런 모든 것들에 앞서서 먼저 끝내야 할 것이 있었다. 그것은 배미화한테 피살자의 시체를 확인시키는 일이었다.

"피살자는 불에 너무 타버려 신원을 확인하기가 어렵습니다. 우리가 피살자를 황개 씨로 보는 것은 피살자가 황개 씨의 차에 타고 있었기 때문입니다. 하지만 모든 사건에는 의외의 변수가 작용할 수도 있는 거니까요. 피살자의 시신을 확인해서 황개 씨가 아니라면 얼마나 좋겠습니까."

마 형사의 말에 배미화는 무겁게 머리를 흔들었다.

"좋을 것도 없어요. 그 사람하고는 끝났으니까요."

그녀는 배신자에 대해 이미 마음이 돌아섰음을 분명히 밝히고 있었다.

"시신을 확인하기 전에 황개의 신체상 특징에 대해 말씀해 주시겠습니까? 아무 거라도 좋으니까 말씀해 주십시오."

그와 깊은 육체 관계를 빈번히 나누었다면 그의 신체상 특징에 대해서는 누구보다도 잘 알고 있을 것이다. 황석희로부터 신통한 대답을 들을 수가 없었던 마 형사는 배미화의 답변에 기대를 걸고 있었다.

"왼쪽 팔뚝에 문신이 새겨져 있어요."

그것은 이미 황석희한테서 들어 알고 있는 사실이었다.

"어떤 문신이었나요?"

"해골 문신이었어요."

"문신은 소용없게 됐어요. 피부가 모두 타버렸기 때문에 문신 같은 것은 남아 있지도 않아요. 남아 있는 것은 치열인데…… 그 사람의 치열에 어떤 특징이 있는지 알고 계십니까?"

"몰라요. 입 속을 들여다본 적이 없어서 잘 모르겠어요. 거기 말고 또 한 군데 특징을 알고 있어요. 발바닥 중간에 불에 덴 것 같은 흉터가 있어요."

"어느 쪽 발바닥인가요?"

"왼쪽이에요."

발바닥이라면 확인해 볼 수도 있을 것이라고 그는 생각했다. 피살자의 양쪽 발, 특히 발바닥 부분은 피부 가운데서 거의 온전하게 남아 있는 부분이었다. 그 부분이 남아 있을 수 있었던 것은 튼튼한 가죽구두에 보호되어 있었기 때문이었다. 워낙 불길이 세었던지 가죽구두도 많이 그을려 있었지만 그래도 완전히 타지는 않고 형태를 어느 정도 유지하고 있었다. 수사관들 중에는 아무도 그 구두를 벗겨본 사람이 없었다. 워낙 불에 탄 시체의 모습이 참혹했기 때문에 거기에 손을 대려고도 하지 않았던 것이다. 하지만 이제 생각해 보니 구두가 남아 있는 이상 발바닥도 상하지 않고 그대로 제 모습을 유지하고 있을 것 같았다.

마 형사는 배미화를 자신의 차에 태워 피살자의 시신이 보관되어 있는 병원으로 향했다. 남 형사도 함께 동행했다.

"웬놈의 비가 이렇게…… 꼭 노아의 홍수 같군."

아스팔트 길이 물에 잠겨 있는 것을 보고 마 형사가 투덜거렸다. 차도는 물에 잠겨 숫제 보이지도 않았다. 낮은 지대인데다 물이 제대로 빠지지 않아 침수현상이 일어난 것 같았다.

안 되겠는데요. 바닥이 물에 잠기겠어요."

남 형사가 밖을 내다보면서 말했다. 맞은편에서 오던 차들도 돌아가고 있는 것이 보였다.

"돌아서 갈 수밖에 없겠는데요."

남 형사의 말에 마 형사는 잠자코 차를 후진시켰다.

그는 차를 왼쪽으로 돌렸다.

뒷자리에 남 형사와 함께 앉아 있는 배미화는 굳은 표정으로 아무 말이 없다. 남 형사가 마 형사를 대신해서 똑같은 질문을 다시 한 번 던졌다.

"황개 씨는 무슨 일을 했습니까?"

"무직이었어요. 미국에서 돌아온 지 얼마 안 돼 직업이 없었어요."

그녀는 비가 퍼붓고 있는 어둠 속을 쳐다보고 있었다.

"미국에서 돌아왔다구요?"

남 형사가 빈정거리듯 물었다.

"그 사람이 그렇게 말했기 때문에 저는 그런 줄로만 알고 있었어요."

"아무런 직업도 없었단 말인가요?"

"네, 영화사를 세울 생각이었어요. 그것 때문에 바쁘게 뛰어다녔는데 제가 착각했었는지도 모르죠. 유명한 영화감독을 소개시켜 주기에 함께 저녁식사까지 했는데…… 이제 생각하니까 모든 게 연극 같았다는 생각이 들어요."

"그의 전과 가운데 사기전과가 있었다는 것을 몰랐나요?"

"알고 있었어요. 폭력전과가 있다는 것도 알고 있어요. 하지만……."

그녀는 다음 말을 하기가 수치스러운지 입을 다물었다.

어둠이 걷히면서 물에 잠긴 도시의 실체가 서서히 드러나고 있었다.

"하지만 뭡니까?"

"전과 같은 건 대수로운 게 아니잖아요."

"하긴 그렇죠. 전과 같은 거야 아무것도 아니죠."

마 형사는 고개를 끄덕였다. 누구를 사랑하게 되면 전과 같은 거야 참고사항이 될 수 없고 오히려 거추장스러운 방해물로 생각되겠지.

"그때는 전과기록 같은 것이 오히려 남자의 또 다른 매력으로 생각될 정도였어요. 전과도 없는 깨끗한 화이트칼라는 계집애 같았어요."

오만하고 자기 멋대로 생각해 버리고 자기가 생각한 대로 행동에 옮기는 것 같은 노처녀의 말에 마 형사는 기분이 언짢았다.

"어떻게 해서 그 사람을 알게 됐습니까? 그 사람과 약혼하게 된 경위도 말씀해 주십시오."

미화가 황개와 약혼한 때는 지난봄이었다. 정확히 말한다면 3월 중순경이었다. 집안에서는 황개와 약혼하는 것을 한사코 반대했었다. 집안의 어른들이라고 해야 그녀의 어머니와 오빠가 전부였는데 그중에서 약혼을 가장 앞장서서 반대한 사람은 그녀의 오빠인 배창기였다. 오빠가 반대하고 나서자 심약한 그녀의 어머니도 마지못해 아들의 의견에 동조하고 나섰다. 마음이 약한 그녀의 어머니는 아들이 하자는 대로 하는 사람이었다. 문제는 오빠였다. 그는 아버지가 없는 미화한테는 보호자나 다름없는 입장이었다. 어머니처럼 심약하고 선하기만 한 그는 미화를 끔찍이도 아끼고 생각해 주었는데 황개와의 약혼에 이르러서는 한사코 자신의 의견을 굽히려고 들지를 않았다.

자신이 요구하는 것이면 무엇이나 들어주는 오빠가 그때만은 그렇게 야속할 수가 없었다. 오빠가 그렇게 고집을 피운 적은 일찍이 없었다.

약혼을 반대하는 이유는 황개가 질이 좋지 않다는 것이었다. 자신이 사랑하는 여동생의 결혼 상대자라고 하니 자기 나름대로 그 인물에 대해 조사를 해 보는 것은 하나도 이상할 것이 없는 일이었다. 그에게는 또 그만한 조사쯤 해 볼 수 있는 경제력이 있었다. 그는 황개가 사기와 폭력으로 복역한 사실이 있음을 알아내고 그 사실을 들어 황개가 질이 좋지 않으니 결혼할 생각은 버리라고 그녀에게 요구했던 것이다. 그러나 이미 황개한테 깊이 빠져 있는 그녀의 귀에 그런 사실이 들어올 리 없었다. 그런 것이 도대체 두 사람 사이의 애정에 무슨 관계가 있느냐는 것이 그녀의 생각이자 주장이었던 것이다.

"사기와 폭력전과 이외에 또 하나 있는 것을 모르나요?"

남 형사가 미화의 이야기를 중간에서 끊고 끼어들었다.

"또 있나요?"

그녀가 곤혹스러운 표정을 지으면서 옆자리에 앉아 있는 남 형사를 쳐다보았다. 남 형사는 입가에 야릇한 미소를 흘리면서 고개를 끄덕였다. 그러자 운전석의 마 형사가,

"이 사람, 쓸데없는 말하지 마."

하고 제동을 걸었다.

그것이 미화의 궁금증을 더욱 자극했다. 그녀는 자세를 고쳐 앉으면서 불쾌한 기색으로 말했다.

"숨기지 말고 말씀해 주세요. 전 아무렇지도 않으니까 말씀해 주세요. 그 사람에 대해서 자세한 것을 알아야겠어요."

"자세한 것도 알아보지 않고 약혼했나요?"

남 형사의 빈정거림에 그녀는 입술을 깨물고 있다가 화가 잔

뜩 난 표정으로 쏘아붙였다.

"말씀해 주지 않으면 저도 입을 다물겠어요."

"그렇다면 말씀해 드리죠. 황개 씨는 강간사건으로 지금 수배중인 인물입니다. 1년 전쯤 나이어린 여고생을 차에 태우고 가다가 차 속에서 강제로 욕을 보였지요. 환각제를 먹이고 나서 말입니다. 그 여고생은 지금 정신병원에 입원해 있답니다."

마 형사는 미간을 찌푸린 채 남 형사의 이야기에 귀를 기울이고 있었다. 그런 잔인한 이야기를 해 주다니 괘씸한 놈이라고 생각하면서 그는 백미러를 통해 배미화를 흘낏 쳐다보았다. 그녀의 얼굴은 분노로 잔뜩 일그러져 있었다. 그녀는 말도 못한 채 숨을 죽이고 앉아 있었다. 남 형사는 상대방의 기분 따위는 아랑곳하지 않고 계속 지껄여댔다.

"그 사건을 아셨다면 아마 그 사람하고 약혼을 하지 못했을 겁니다. 안 그랬을까요?"

그녀가 참을 수 없다는 듯 머리를 흔들었다.

"오빠는 왜 그 사실을 나한테 말해 주지 않았지? 왜 다른 것은 이야기해 주면서 그것은 말해 주지 않았지?"

그녀가 혼잣말처럼 물었다.

"내 생각에는 오빠가 그걸 몰랐기 때문이라고 봅니다. 알았다면 당연히 미화 씨한테 말해 주었겠지요. 내가 알아본 바에 의하면 강간사건 피해자는 5개월인가 지나서야 그 사실을 경찰에 신고했지요."

남 형사한테는 상대방의 기분 같은 것은 고려하지 않고 내키는 대로 말해버리는 잔인한 면이 있었다. 마 형사는 바로 그 점을 싫어했고 그래서 더러 그래서는 안 된다고 충고를 해 주곤 했지만 그는 그때뿐 돌아서면 또 다시 본색을 드러내는 것이었다. 하긴 그 점이 도움이 될 때도 있기는 있었다.

이를테면 마 형사가 차마 말을 못 꺼내고 우물쭈물하고 있을 때 남 형사가 재빨리 그의 의중을 간파하고 방정맞게 대뜸 말을 꺼낼 때는 차라리 잘 되었다는 생각이 드는 것이었다.

"그러니까 미화 씨가 그 사람하고 약혼식을 올렸을 그 시기쯤 해서 피해자가 강간사건을 신고하지 않았나 생각됩니다. 그러니까 그 전에 개인적인 조사를 통해 황개 씨의 전과사실을 알게 된 오빠께서는 그 강간사건을 모르고 있었던 게 당연하겠지요. 오빠가 조사할 때쯤만 해도 경찰 컴퓨터에는 황개 씨가 강간사건으로 수배중이라는 사실이 기록되어 있지 않았을 겁니다. 오빠께서 그것을 아셨다면 당연히 말씀드렸겠지요."

"그는 도대체 어떤 인간이었죠? 그런 줄도 모르고 그런 인간과 장래를 약속했다니…… 나 같은 바보는 세상에 없을 거예요."

그녀는 분노와 혐오감이 엇갈리는 표정으로 머리를 흔들다가 이내 수치스러움을 털어버리고 이렇게 물었다.

"그 밖에 또 있나요?"

"그 밖에는 경찰 기록에 나타난 게 없습니다. 하지만 그 정도의 인물이라면 기록에 나타난 것 말고도 신고 되지 않은 건수가 수두룩할 겁니다. 그런 인물을 우리는 지능적인 상습범이라고 부르지요. 기분이 상하시겠지만 말입니다. 어떤 면에서는 배미화 씨도 피해자라고 볼 수 있지 않습니까? 사기당해서 약혼까지 했으니까요."

멋대로 단정을 내리는 젊은 형사의 말에 그녀는 굴욕감과 함께 심한 저항감을 느낀 것 같았지만 너무 정확하게 정곡을 찔렀기 때문인지 그만 입을 다물고 말았다.

"어떻게 그를 알게 됐습니까?"

남 형사가 짓궂게 물고 늘어졌다.

"그런 것까지 꼭 이야기해야 하나요?"

"이야기해 주면 많은 참고가 되니까요."

"그렇다면 말씀드리죠."

"숨김없이 이야기해 줘요."

"알겠어요. 그를 알게 된 건 스키장에서였어요."

그녀가 황개를 처음 알게 된 것은 용평스키장에서였다.

1년 반쯤 전, 그러니까 작년 1월 중순경에 그녀는 친구 두 명과 함께 용평스키장에 스키를 타러 갔었는데 황개는 그때 그녀가 투숙하게 된 콘도의 바로 옆 콘도에 묵고 있었던 것이다. 콘도의 베란다와 베란다를 구분해 주는 것이 단지 몇 가닥 철책뿐이었기 때문에 베란다에 나와 보면 옆 콘도의 베란다에 서 있는 남자의 모습이 고스란히 보이곤 했는데 그 모습이 하도 멋져서 금방 노처녀들의 가슴을 설레게 만들어놓고 말았다.

남자 쪽에 여자가 함께 있었다면 처녀들이 눈독을 들이지는 않았을 것이다.

그런데 그 쪽도 남자들뿐이었다. 모두 두 명이었는데 그중 한 명은 외국인이었다. 외국인이 한 명 있다는 것이 또한 아가씨들의 호기심을 자극했음은 물론이다.

외국인이라면 사족을 못 쓰는 한국 아가씨들인지라 베란다를 통해 금방 추파가 건너가고 그 쪽에서도 호의적인 반응과 함께 김이 모락모락 피어오르는 커피 잔이 건너왔다. 일은 처음부터 잘 되어가는 성 싶었다.

분위기 또한 낯선 남녀들이 금방 친해질 수 있게끔 환상적으로 변해가고 있었다. 그 전날까지만 해도 눈이 내리지 않아 삭막하기만 하던 스키장에 함박눈이 펑펑 쏟아지고 있었고 그것은 곧 소비와 쾌락을 찾아 몰려든 사람들의 마음을 고무풍선처럼 들뜨게 만들어 놓았던 것이다.

한국 남자가 외국인보다 훨씬 멋지다는 사실을 미화는 그때 처음으로 알았다. 그레고리라고 불린 그 외국인은 금발의 미국인이었는데 황개보다 키도 작고 꽤나 못생긴 얼굴을 가지고 있었다. 거기에 비하면 황개라는 남자는 키도 크고 용모도 빼어나 보였다. 그리고 무엇보다도 그녀의 마음을 빼앗은 것은 그의 스키 실력이었다.

그는 스키 선수 빰칠 정도로 스키를 잘 탔고 그래서 많은 남자들 가운데서도 단연 뛰어나보였다. 이제 막 걸음마를 시작한 그녀한테는 자연 그 남자가 우러러보일 수밖에 없었다. 그는 또한 부드럽고 점잖아 보였다. 눈에 그을린 구릿빛 얼굴과 웃을 때면 드러나는 하얀 치열이 목을 끌어안고 키스하고 싶은 충동을 불러일으키곤 했다.

그레고리와 영어로 거침없이 이야기를 주고받는 것을 보면 그는 영어도 아주 잘하는 것 같았다. 나중에 알게 된 사실인데 그는 귀국한 지 얼마 안 된 재미교포라고 했다.

배미화 일행은 하나같이 스키장에 오면서 멋진 남자나 사귀어 기막힌 연애나 했으면 하고 바랐었다. 노처녀들인 데다 끼가 상당히 있는 여자들이었기 때문에 남자에 대한 갈망을 숨기지 않고 노골적으로 드러냈다. 눈 속에 파묻혀 낯선 남자와 미치도록 뜨거운 사랑을 나누다가 떠날 때는 언제 그랬느냐는 듯 표정을 싹 바꾸고 차갑게 돌아서서 떠나온다. 그녀들은 설국에서의 로맨스를 제법 구체적으로 그려놓고 있었다.

첫눈에 황개한테 반해버린 미화는 그의 환심을 사려고 애를 써보았지만 그는 처음에는 그녀에게 특별한 반응을 보이는 것 같지 않았다. 친절하고 점잖은 것이 몸에 밴 듯 누구한테나 그렇게 대하는 것이었고 세 여자의 동태를 관망하는 듯했다.

양쪽의 콘도 이용자들은 처음에는 제법 격식을 갖추어 상대쪽을 서로 초대하는 등 소란을 피우더니 나중에는 그런 것 저런 것 따지지 않고 아주 터놓고 자연스럽게 이쪽 저쪽을 오가게까지 되었다.

여자 셋 가운데 미화는 인물이 제일 뛰어난 편이었다. 그 점에서 그녀는 자신감을 느끼고 있었다. 더구나 그녀한테는 다른 친구들과 비교될 수 없는 재력이 있었다. 다른 친구들은 그저 평범한 중산층 가정의 딸들이었지만 그녀만은 막대한 유산을 물려받은 몸이었다. 묵고 있는 콘도도 그녀 것이었고, 그녀들이 타고 온 승용차도 그녀의 것이었다. 다른 친구들은 스키 장비를 빌려 쓰고 있었지만 그녀만은 최고급 스키 장비를 갖추고 있었다. 그런 것들은 그녀의 재력이 겉으로 드러난 몇 가지에 불과했다.

세 아가씨들을 관망하는 듯 하던 황개가 마침내 행동을 개시했다. 그는 미화를 점찍었고, 그녀한테 스키를 가르쳐 주겠다고 하면서 그녀를 데리고 하루 종일 눈밭에서 뒹굴었다. 일단 미화한테 마음을 정하자 그는 다른 아가씨들은 아예 거들떠보지도 않았다. 하루 이틀 지나는 사이 두 사람 사이는 눈에 띄게 밀착되어 갔다. 그들은 항상 붙어 다녔고 보란 듯이 팔짱을 끼거나 끌어안고 다님으로써 남들이 보기에는 아주 오랜 연인 사이인 듯 행동했다.

그들의 노골적인 애정 행위에 미화의 친구들은 질투심을 보이면서 해도 너무한다고 투덜거렸다. 그러나 이미 뜨거워질 대로 뜨거워진 그들은 그런 불평 따위에는 아랑곳하지 않았다. 미화는 오히려 친구들한테 잘 봐 달라느니 협조를 부탁한다느니 하는 등 뻔뻔스럽게 나오기까지 하는 것이었다.

결국 미화의 친구들은 황개라는 인물을 중간에 놓고 경쟁을 벌인다는 것이 쓸데없는 짓이라는 것을 간파하고 못생긴 미국인을 상대로 영어 나부랭이나 지껄여대는 것으로 시간을 때우게 되었다.

미화가 황개와 첫 번째 성 관계를 가진 것은 그를 알게 된 지 사흘째 되던 날이었다. 황개 쪽에서 보면 처음 이틀간은 탐색기간이었고 그 다음 날 목표를 정하자마자 하루 만에 그녀를 해치웠다고 볼 수 있었다.

용평 스키장에는 단둘이서 사랑을 나눌 수 있는 장소가 많았다. 처음 그들은 친구들 눈을 피해 호텔 방을 이용했는데 일단 한 번 관계를 맺고 나자 콘도는 제쳐둔 채 아예 호텔 방을 얻어놓고 하루에도 몇 번씩 들락거리곤 했다.

호텔 방 안에서 두 사람은 숫제 발가벗고 지냈고, 방 안에서 지내는 시간을 그들은 눈의 축제라고 불렀다. 미화는 완전히 황개한테 빠져 있었다. 많은 남자들과 관계를 가져봤지만 황개 만큼 그녀를 만족시켜준 남자는 일찍이 없었다. 지난날 다른 남자들과의 성 관계는 그냥 단순한 관계였을 뿐이었다. 그것은 횟수를 한 번 더 추가했다는 기록면에서의 의미나 있을 뿐 기쁨과는 사뭇 거리가 먼 관계였었다. 그러나 황개와의 관계는 그렇지가 않았다. 그녀는 그와 몸을 섞음으로써 비로소 성에 눈을 뜬 것 같은 기쁨을 맛보았던 것이다. 눈의 축제가 끝나고 어둠이 찾아오면 그들은 나이트클럽을 찾아가 온몸이 늘어지도록 춤을 추었다. 황개는 스키 못지않게 춤솜씨 또한 일품이었다. 한 마디로 그는 여자를 녹일 수 있는 무기는 모두 완벽하게 갖추고 있는 셈이었다.

미화가 콘도를 찾아드는 것은 자정도 훨씬 지난 새벽녘일 때가 많았다. 화가 난 친구들은 아예 밖에서 자고 들어올 것이지 뭣하러 기어들어오느냐고 핀잔을 주는 것이었지만 그녀는 마냥 즐겁기만 했다. 보다 못한 친구들은 하나의 제의를 했다. 그대로 있다가는 자신들은 병신이 될 것 같아 두 사람의 사랑을 위해 그레고리와 함께 자리를 비켜 주겠다는 것이었다.

"초라하게 서울로 바로 돌아갈 수는 없고 그레고리를 보디가드로 데리고 설악산에나 가야겠어. 이렇게 된 건 모두 네 탓이야. 네가 독식했기 때문이란 말이야. 그러니까 우리는 손해배상을 받아내야겠어. 설악산까지의 차비 호텔비 식비 술값 등등 모두해서 기십만 원은 주셔야겠어. 더 이상 못 봐 주겠으니 우리가 간 뒤에 질탕하게 놀아봐. 하지만 몸 생각하라구."

듣던 중 반가운 말이었기 때문에 미화는 친구들에게 기십만 원을 내 주었고, 그녀들은 그 즉시 그레고리를 앞세우고 설악산을 향해 떠났다.

그들이 요란스럽게 떠나고 난 뒤 미화는 황개와 함께 그곳에서 닷새를 더 보내다가 돌아왔다. 축제기간이 끝나면 안면을 바꾸고 싹 돌아서겠다던 처음의 생각은 눈 녹듯이 사라져버리고 그들은 서울에 돌아와서부터는 본격적으로 데이트를 시작하게 되었다. 황개의 깊은 꿍꿍이속이야 알 수 없었지만 미화는 연인의 감정으로서 그를 만났던 것이고, 그러다가 1년쯤 지나 마침내 그와 약혼식을 올렸던 것이다.

병원은 어둠 속에 잠겨 있었다. 병원 건물에서 멀리 떨어져 있는 시체 안치실 쪽은 더욱 어두워보였고 비까지 내리고 있어서 차 안에 앉아 있는데도 으스스한 느낌이었다.

시체실 앞에 도착해서 내릴 때 보니 미화의 얼굴빛은 이미 사색이 되어 있었다. 입구를 지키고 있던 경비원이 그들을 안으로 안내했다.

냉기가 감돌고 있는 복도에는 겨우 앞을 분간할 수 있을 정도의 침침한 불빛만이 비치고 있을 뿐이었다. 경비원이 복도의 중간에 있는 철문을 열었다. 쇠와 쇠가 부딪치는 음향이 음산한 분위기를 더욱 괴기스럽게 만들어 주고 있었다. 어둠 속에 잠겨 있던 실내가 갑자기 대낮같이 밝아졌다. 사람들은 눈이 부셔 한동안 문 앞에서 눈을 깜박거리며 서 있었다.

미화는 안으로 들어가지 않으려고 했다. 한사코 시신을 확인하기를 거부하는 그녀를 가까스로 달래 안으로 끌다시피 데리고 들어갔다.

실내는 복도보다 더 추웠다. 시체를 냉동 상태에서 보존해야 하기 때문에 실내온도를 영하로 유지시켜놓은 것 같았다.

불에 탄 시신은 아직 철제함 속에 들어가지 않고 비닐 커버에 덮인 채 구석 쪽에 놓여 있었다. 경비원이 시신을 실내 중앙으로 밀고 왔다.

마 형사는 미화를 가까이 오게 한 다음 시신의 머리 쪽에서부터 커버를 들춰보였다.

불에 시커멓게 그을린 둥근 덩어리를 본 순간 미화는 얼굴을 홱 돌리면서 진저리를 쳤다. 그리고 두 번 다시 보려고 하지를 않았다. 그녀가 토할까봐 걱정했는데 다행히 그렇지는 않았다.

"그러지 말고 똑똑히 봐요. 확인해야 하니까."

"싫어요."

싫다는 그녀를 가까스로 달래 시신을 보여 주었지만 그녀는 단 한마디로 잘라 말했다.

"모르겠어요."

그녀는 손수건으로 코와 입을 틀어막았다. 눈물 같은 것은 비치지도 않았다. 남 형사가 시신의 왼쪽 발에 신겨 있는 구두를 벗기기 시작했다. 두꺼운 가죽이 불에 그을려 오그라든 것으로 보아 불길이 얼마나 거세었는지 알만 했다.

두꺼운 가죽에 보호되고 있었기 때문에 발은 손상을 입지 않고 고스란히 제 모습을 지니고 있었다. 양말을 벗긴 다음 발바닥을 보자 중간 부분에 불에 덴 것 같은 흉터가 나 있는 것이 뚜렷이 보였다.

"이 흉터가 틀림없나요?"

"네, 틀림없어요."

그녀는 갑자기 넋 나간 사람처럼 중얼거렸다.

피살자의 신원이 명백히 밝혀진 이상 죽은 사람의 주변 인물들에 대한 수사가 강화되어야할 것은 당연한 일이었다. 주변 인물들 가운데서도 특히 여자들에 대한 수사가 필요하다는 것을 수사관들은 절실히 느끼고 있었다. 왜냐하면 그것은 피살자가 생전에 난잡할 정도로 여자 관계가 복잡했고 거기에다 범인이 여자로 추정되기 때문이었다.

현재 피살자가 죽기 전까지 관계를 맺고 있었던 여자들 가운데 경찰수사에 걸려 들어온 사람은 두 명이었다. 그 첫 번째 여인은 피살자의 동거녀였던 황석희였고 제2의 여인이 배미화였다.

마 형사는 제3의 여인에 대해 생각하고 있었다.

"황개 씨의 다른 여자 관계에 대해서 아는 것이 없습니까?"

배미화의 집 쪽으로 차를 몰고 가면서 마 형사가 물었다. 그녀를 집에까지 데려다준 다음 수사본부로 돌아갈 생각이었지만 한편으로는 그녀가 살고 있는 집을 한번 구경하고 싶은 마음도 없지 않아 있었던 것이다.

"동거하는 여자가 있다는 것도 처음 알았어요."

황개의 시신을 두 눈으로 직접 목격했을 때의 충격에서 아직 벗어나지 못한 듯 그녀는 여전히 얼어붙은 표정을 짓고 있었다.

마 형사는 백미러를 통해 그녀를 힐끗 쳐다보고 나서 오른쪽으로 차를 꺾었다. 그는 아무래도 그녀한테서 완전히 의혹을 떨쳐버릴 수가 없었다.

범인으로 추정되는 여인의 혈액형과 다른 혈액형을 가지고 있기는 하지만 그녀는 피살자와 가장 가까운 약혼녀였다. 만일 범인으로 추정되는 제3의 여인이 범인이 아니라면 배미화는 더욱 의심스러운 인물이 되는 것이다. 만일 이 아가씨가 범인이라면 동기는 무엇일까? 남자의 배신에 복수한 것일까? 복수치고는 그 방법이 치밀하고 특이하다. 그리고 너무 잔인하다. 마 형사는 아무래도 그녀를 빨리 풀어 주고 싶지가 않았다.

배미화의 집은 단순히 집이라기보다는 대저택이라고 보는

것이 옳은 표현일 정도로 집이 컸다. 집 주위는 성벽같이 높은 담으로 둘러쳐져 있었고 그 담 안에는 수백 평쯤 되어 보이는 정원이 그림처럼 펼쳐져 있었다. 안에서 개들이 요란스럽게 짖어대는 소리가 주위의 적막을 깨뜨리고 있었다.

열린 문 사이로 넋을 잃고 정원을 바라보던 마 형사와 남 형사를 향해 미화가 고개를 까딱해 보였다.

"안녕히 가세요."

"아, 잠깐!"

문을 닫으려는 그녀를 마 형사가 제지했다.

"따뜻한 커피 한 잔 마실 수 없을까요?"

그녀는 비극적일 정도로 못생긴 형사와 미남 형사를 난처한 듯 번갈아 쳐다보았다.

"싫으시다면 할 수 없습니다만……."

미남이 그렇게 말하는 것을 마 형사가 막았다.

"아니야. 난 지금 배미화 씨가 끓여 주는 커피를 한 잔 꼭 마시고 싶어."

"그것도 수사에 속하는가요?"

"아 아뇨, 보시다시피 춥고 배가 고프군요. 알아볼 것도 있고 말입니다."

뚱보 형사는 손을 들어 비바람 치는 하늘을 가리켰다.

"들어오세요."

그녀가 한쪽으로 비켜서면서 말했다.

마당을 가로질러 현관 쪽으로 걸어가자 그 앞에 몸집이 작은 한 노파가 몸을 웅크린 채 걱정스런 표정으로 서 있는 것이 보였다. 비쩍 마른 그녀는 병색이 완연해 보였고, 계속 콜록거리고 있었다.

"몸도 안 좋은데 왜 나와 계세요? 들어가 계세요. 별일 아니니까 들어가세요."

미화가 현관 안으로 들어서면서 쌀쌀맞게 말했지만 노파는 가지 않고 거실로 따라온다.

"어디서 밤새고 들어오는 거니? 이분들은 어디서 오신 분들이니?"

노파는 유순해 보였다. 그녀는 걱정스러운 눈으로 낯선 사내들을 쳐다보았다.

"엄마는 아실 필요 없으니까 들어가 계세요. 이분들은 커피 한 잔씩 하고 돌아가실 거예요."

노파는 귀가 잘 안 들리는지 열심히 귀를 기울이는 것 같았고 미화는 듣기에 거북할 정도로 큰 소리로 말했다.

"네 올케는 아직도 안 들어왔다."

"엄마, 들어가시라니까요."

미화가 노파의 등을 떠다밀었다.

"원 세상에 이럴 수가…… 살림하는 여자가 집을 나가서 며칠동안 아무 소식도 없다니…… 요새 젊은 여자들은 도무지 알다가도 모르겠어."

"걱정하지 마세요."

미화는 노파를 방 안으로 밀어 넣고 문을 닫았다.

그때까지도 형사들은 우두커니 서 있었다. 호화롭게 꾸며져 있는 거실에 서 있는 그들의 모습은 상대적으로 너무 초라해 보였다.

"자, 앉으세요. 커피 끓여올 테니까 앉아 계세요."

미화가 주방 쪽으로 걸어가는 것을 쳐다보고 있다가 형사들은 온몸이 푹 파묻힐 것 같은 가죽 소파에 조심스럽게 자리를 잡고 앉았다.

"굉장한데요. 싸구려는 도대체 보이지가 않는데요."

맞은편 장식장 안에 들어 있는 물건들을 쳐다보면서 남 형사가 말했다.

"모두가 외제품들입니다."

남 형사는 바닥의 카펫을 손으로 쓰다듬어보기까지 했다.

"우리 같은 놈들은 죽을 때까지 한번 이렇게 해놓고 살 수 없겠죠."

남 형사의 푸념과는 달리 마 형사는 마치 가시방석에 앉아 있는 것만 같았다. 이 집 주인은 무슨 일을 하기에 이렇게 잘 꾸며놓고 살고 있을까 하고 그는 생각했다.

배미화는 조금 후에 커피를 끓여가지고 왔는데 향내가 진하게 나는 커피였다. 마 형사는 그 저택에 살고 있는 사람들에 대해서 물어보았다.

그 집에는 생각보다는 적은 수의 사람들이 거주하고 있었다. 가족으로는 그녀의 어머니와 오빠 내외 그리고 어린 조카가 전부였다. 남 형사는 가족들의 이름을 하나하나 모두 적었다.

집의 크기로 보아 가정부는 물론 경비원과 운전수도 있을 법한데 그런 사람들은 한 명도 없다고 했다. 가정부는 한 달 전에 나갔고, 운전수는 그보다 더 전에 그만두었다고 했다.

"오빠 내외하고 제가 모두 운전을 할 줄 알기 때문에 집에 있는 운전수는 내보냈어요. 오빠 회사에는 물론 운전수가 있어요."

"아버님은 안 계십니까?"

"네, 돌아가셨어요."

"그럼 생활비는 누가 법니까?"

단순한 물음에 그녀는 피식하고 웃었다. 생활비 같은 것은 생각지도 않는다는, 가소로워하는 웃음이었다.

"오빠가 벌고 있어요."

"오빠는 무슨 일을 하고 계십니까?"

"사업하고 있어요."

"무슨 사업을 하고 계십니까?"

"여러 가지 하나 봐요."

그녀는 마치 남의 이야기하듯 말했다. 그녀가 하는 말로 봐서는 별로 대단찮은 사업을 하는 것 같았는데 사실 알고보니 그렇지가 않았다. 그녀의 입에서 <로미오와 줄리엣> 호텔이라는 말이 나오자 형사들은 깜짝 놀랐다.

"강남에 있는 호텔 말입니까?"

"네, 그 이름 제가 지어준 거예요. 이름값 톡톡히 받았어요."

형사들은 잠시 멀거니 그녀를 쳐다보기만 했다.

호텔 <로미오와 줄리엣>은 그 이름 때문에 널리 알려져 있었다. 마 형사와 남 형사도 가끔씩 거기에 들러 사람들을 만나거나 차를 마실 때가 있었다. 지은 지 얼마 안 된 그 호텔은 규모가 클 뿐만 아니라 시설도 아주 훌륭한 편이었다. 바로 그 호텔 주인이 배미화의 오빠라고 하니 형사들로서는 놀라는 것도 무리가 아니었다. 배미화의 아버지는 그 호텔을 짓다말고 세상을 떠났는데 그 후에 그녀의 오빠가 중단된 공사를 재개해서 호텔을 완공해냈다고 했다.

형사들도 그 호텔의 원래 주인이 강남에 사는 알부자로 호텔을 짓다 말고 세상을 떠났다는 말을 들은 적이 있었다. 세상에 굴러다니는 소문에 민감한 형사들인지라 그것을 기억하고 있었던 것이다.

"아버님께서는 혹시 암으로 돌아가시지 않았나요?"

남 형사가 아는 체를 하며 물었다.

"네, 간암으로 돌아가셨어요."

"들은 적이 있습니다."

마 형사는 그만한 알부자의 유산을 물려받은 자식들이라면 이만큼 호화롭게 꾸며놓고 살아도 별로 무리는 없겠다는 생각이 비로소 들었다.

배미화의 오빠 배창기는 호텔업 말고도 빌딩업, 식품업, 제과업 등에서도 큰 이윤을 보고 있었고 요즘에는 건설업에도 손을 대고 있었다.

"신흥재벌이시군요. 부럽습니다. 실례지만 오빠는 연세가 올해 몇이십니까?"

자기의 나이와 비교해 보고 싶은지 남 형사가 물었다.

"아직 마흔 안 됐어요."

"젊으시군요. 젊은 나이에 그렇게 크게 사업을 하시다니 정말 부럽습니다."

"다 아버지를 잘 둔 덕택이죠 뭐."

"그래도 말입니다. 오빠를 한번 만나 보고 싶군요. 인사라도 나눌 수 있으면 영광이겠습니다."

마 형사는 그러고 싶은 마음이 없었는데 남 형사가 그렇게 말하는 것이었다.

"지금 집에 계시지 않아요."

"어디 출장 가셨나요?"

"네, 지금 도쿄에 계셔요."

"아, 그렇습니까."

"오빠는 언제 외국에 나가셨나요?"

마인이 벽에 걸려 있는 사진을 바라보며 물었다.

"며칠 됐어요. 나가신 지 일 주일쯤 됐어요. 지금 도쿄 임페리얼 호텔에 묵고 계셔요. 내일이나 모레쯤 돌아오신다고 했어요."

벽에 걸려 있는 사진은 명암이 뚜렷하게 교차되고 있는 흑백 사진으로 얼굴만을 크게 찍은 것이었다. 그것은 연약한 얼굴에 안경만이 두드러져 보이는 마흔 안팎의 남자 모습이었다. 남자다운 패기와 강인한 의지 같은 것은 전혀 보이지 않는 여자보다도 더 가냘파 보이는 모습이었다.

"저분이 배창기 씨입니까?"

마 형사는 턱으로 사진을 가리켰다.

"네, 우리 오빠예요. 저 사진은 우리 아빠구요."

그녀는 맞은편 장식장 안에 놓여 있는 사진을 가리켰다.

마 형사와 남 형사는 거의 동시에 일어나 장식장 앞으로 다가갔다.

배창기나 미화와는 전혀 다른 모습의 뚱뚱한 노인이 장식장 안에서 미소를 짓고 있었다. 머리는 반백이었지만 건강미가 넘치는 모습이었고 금테 안경너머로 눈웃음치는 모습은 매우 온화하고 인자해 보였다.

마인은 그 사진을 뚫어지게 쳐다보다 말고 갑자기 몸을 돌려 미화를 바라보았다.

"참, 아까 우리가 여기 들어왔을 때 어머님께서 뭐라고 말씀하시던데 그게 무슨 말입니까? 올케 되시는 분을 몹시 기다리고 계시는 것 같던데…… 집안에 무슨 일이 있습니까?"

"그럴 일이 있어요."

미화는 창피하다는 듯 입을 다물었다.

집안 일로 이를테면 고부간 또는 올케와 시누이 사이의 불화 때문에 집을 나갔다면 경찰이 굳이 따지고 들 필요가 없는 것이다. 그런 일은 얼마든지 있을 수 있으니까. 그런데 미화의 다음 말이 형사들의 신경을 건드렸다.

"올케 때문에 정말 골치예요."

그렇게 말하고 난 그녀는 갑자기 억하면서 두 손으로 입을 틀어막더니 화장실 쪽으로 달려갔다. 형사들은 어리둥절해서 그녀를 쳐다보기만 했다.

이윽고 화장실 안에서 억억 하면서 토하는 소리가 들려왔다.

"임신한 거 아닙니까?"

남 형사가 속삭이는 소리로 물었다.

"아닐 거야. 황개의 시체를 생각하고 그동안 참았던 게 터진 걸 거야."

화장실 안에 들어간 배미화는 위 속에 들어 있는 것을 깡그리 토해냈다. 마 형사의 말대로 문득 황개의 참혹한 시체를 생각한 순간 구토가 치밀어 올랐던 것이다. 시체 안치실에서 그것을 보았을 때에는 그런대로 구토를 참을 수가 있었는데 막상 집에 돌아와 생각나는 순간 그동안 참았던 것이 일시에 터져 나왔던 것이다.

"올케 때문에 골치 썩이는 일이라도 있습니까?"

그녀가 화장실에서 돌아와 앉기가 무섭게 남 형사가 물었다.

미화는 플레이보이처럼 생긴 그 젊은 형사를 빤히 쳐다보았다.

"올케가 어제 나가서 아직 들어오지 않고 있어요. 전화 연락도 없어요."

"정확히 어제 몇 시쯤에 집을 나갔습니까?"

"제가 외출준비하고 있을 때 나갔으니까 오전 11시 조금 전이었을 거예요."

"그때 나가서 지금까지 안 들어왔다는 겁니까?"

"네, 전화연락도 없어요."

형사들은 서로 시선을 한번 주고받고 나서 다시 미화를 바라보았다.

"올케라면 바로 오빠 되시는 배창기 씨의 부인을 말하시는 겁니까? 유밀라 씨 말입니까?"

"네, 저한테는 오빠가 한 사람뿐이에요."

"올케의 나이는 몇 살입니까?"

"저보다 한 살 적은 스물일곱이에요."

"오빠하고는 나이 차이가 많군요?"

"유밀라 씨의 사진이 있으면 좀 보여 주시겠습니까?"

미화는 방 안으로 들어가더니 조그만 액자를 하나 들고 나왔다.

그것은 세 사람이 함께 찍은 컬러 사진이었다. 마 형사는 한복을 곱게 차려입은 젊은 여자를 손가락으로 짚었다.

"이분이 올케 되시는 분입니까?"

"네, 이애는 조카이고…… 그리고 우리 오빠예요. 조카 돌 때 사진사가 와서 찍은 거예요."

두 부부는 다정하게 앉아 있었지만 마 형사의 눈에는 어쩐지 조화가 깨뜨려져 있는 것 같은 느낌이 들었다. 여자 쪽이 너무 뛰어난 미모를 갖추고 있기 때문인지는 몰라도 남자 쪽이 상대적으로 너무 왜소하고 못나 보였던 것이다. 아무리 돈이 많은 사내라 하더라도…….

"어디 간다고 하면서 나갔나요?"

"친구들하고 약속이 있다고 하면서 나갔어요."

"전에도 외박한 적이 있습니까?"

"네, 몇 번 있어요."

"오빠는 이 사실을 알고 계십니까?"

"네, 알고 있어요."

"이 사실을 알고 외국에 가셨나요?"

"아아뇨. 오빠는 그보다 훨씬 전에 외국에 나가셨어요. 지난 7월 15일에 출국하셨기 때문에 모르고 계셨는데 제가 지난밤에 국제전화로 말해줬어요. 가능하면 말하지 않으려고 했는데…… 생각다 못해 할 수 없이 알려줬어요. 아무래도 숨겨 주는 것이 좋은 것만은 아닌 것 같아서 전화했어요."

"잘 하셨습니다. 오빠는 뭐라고 하던가요?"

그녀는 화가 나는지 입술을 깨물기도 하고 한숨을 내쉬기도 하다가 다시 입을 열었다.

"오빠는 아무리 화가 나도 올케한테 절대 화를 내지 않아요. 올케를 그만큼 사랑하고 있어요. 제가 그걸 말해 주니까 오빠는 화는 내지 않고 오히려 걱정만 했어요. 그리고 경찰에 신고하지 않았느냐고 묻기에 제가 화가 나서 전화를 끊어버렸어요."

"왜 화가 나서 전화를 끊었나요?"

"오빠가 너무 바보 같아서 그랬어요. 다른 남자들 같으면 그런 전화 받고 펄펄 뛰었을 거예요. 자기 아내가 집에도 안 들어오고 외박하고 있는데 걱정만 하면서 얌전히 앉아 있을 남자가 어디 있겠어요. 오빠가 불쌍해요. 오빠는 결혼을 잘못한 것 같아요. 나 같으면 이혼하겠어요."

그녀의 단호한 어조에 형사들은 놀라는 표정으로 그녀를 쳐다보았다.

"미화 씨는 올케를 미워하시는 것 같군요?"

"마음에 안 들어요. 밖으로만 싸돌아다니는데 좋아할 사람이 어디 있겠어요."

"오빠가 걱정하시는 것은 당연한 일이 아닐까요? 자기 아내가 집에 들어오지 않으니 얼마나 걱정이 되겠습니까? 교통사고를 당해서 집에 못 들어올 수도 있고 그밖에 다른 사고로 그럴 수도 있는 거 아닙니까?"

그 말에 그녀는 흥하고 코웃음을 쳤다. 가당치도 않다는 표정이었다.

"그런 이유라면 제가 왜 흥분하겠어요? 엄연히 남편과 자식이 있는 여자가 바람이 나서 돌아다니니까 그렇지요."

"그럼 유밀라 씨가 지금 집에 들어오지 않고 있는 것은 사고 때문이 아니고 바람을 피우고 있기 때문입니까? 그렇게 말할 수 있는 분명한 증거가 있나요?"

그 물음에 그녀는 얼른 대답하지 않았다.

"바람을 피우고 있기 때문에 집에 안 들어오고 있는 게 분명합니까?"

마 형사가 같은 질문을 반복해서 물었다.

미화는 얼른 대답을 못하고 머뭇거렸다. 형사들의 따가운 시

선에 견디다 못해 그녀는 마침내,

"그럴 가능성이 커요."

하고 얼버무렸다.

"가능성이 크다는 것과 사실과는 엄청난 차이가 있죠. 안 그렇습니까?"

남 형사가 따지듯이 묻자 그녀는 그렇지 않다는 듯 머리를 흔들었다.

"그건 알아요. 하지만 아무 근거 없이 한 말은 아니에요. 그럴 가능성이 있으니까……."

거기까지 말한 그녀는 아차 싶었던지 말끝을 흐리면서 입을 다물어버렸다. 그러나 형사들이 그것을 그대로 모른 체할 리 만무했다.

"근거가 있어서 한 말이라면…… 그 근거란 게 뭡니까?"

"아니에요. 아무것도 아니에요."

그녀는 지금까지 자기가 한 말을 전부 부인하기라도 하는 듯 거세게 머리를 흔들었다.

"그렇게 얼버무리지 말고 말씀해 보십시오. 그건 아주 중요한 단서가 될지도 모르니까요."

"말씀드릴 수 없어요. 제가 확실하지도 않은 것을 말씀드렸나 봐요. 근거 같은 것은 없어요."

형사들은 잠시 어이가 없다는 듯 그녀를 멀거니 쳐다보기만 했다.

기분 내키는 대로 멋대로 말을 바꾸는 그녀의 태도에 불신과 불쾌감을 느끼고 있었지만 그것을 겉으로 드러내지는 않았다.

"솔직히 말씀해 주십시오. 이랬다저랬다 하니까 어떻게 받아

들여야 할지 모르겠군요. 근거가 있어서 한 말입니까, 아니면 괜히 해 본 말입니까?"

"괜히 해 본 말이에요."

"알겠습니다. 그 점에 대해서는 다시 물어볼 기회가 있을 겁니다. 방에 들어가서 어머님 좀 만나 봐도 되겠습니까? 몇 마디 물어볼 게 있어서 그럽니다."

그녀는 조금 당황하는 기색이다가 고개를 끄덕였다.

"잠깐 기다리세요."

안방으로 먼저 들어간 미화는 잠시 후에 방문을 열고 나왔다.

"우리 엄마는 심장이 약하세요. 그러니까 아직은 황개가 죽었다는 말은 하지 마세요. 나중에 자연히 알게 되면 할 수 없지만 일부러 말해서 충격을 줄 필요는 없잖아요."

"알겠습니다. 명심하겠습니다."

방 안에는 한여름인데도 이부자리가 펼쳐져 있었다. 한쪽 이부자리 위에는 어린아이가 누워 있었고, 그 옆에 펴져 있는 자리 위에는 미화의 노모인 채씨가 앉아 있었다. 아이의 이마를 짚어 보고 있던 그녀는 형사들이 들어서자 아이를 들어 품에 안으면서 콜록거리기 시작했다.

"경찰에서 오신 분들이니까 이분들이 묻는 대로 솔직히 대답해 주세요."

"경찰이 무슨 일로 오셨지? 우리가 무슨 잘못한 일이라도 있는 거야?"

채씨는 사뭇 놀라서 물었다.

"아이, 엄마두, 그래서 그러는 게 아니에요. 뭐 좀 알아볼게 있어서 그러니까 묻는 대로 대답만 하세요."

"네, 걱정하지 마시고 대답만 하시면 됩니다. 배미화 씨는 좀 나가 주시겠습니까?"

"제가 여기 있으면 안 되나요?"

그녀가 볼멘소리로 물었다.

"네, 방해가 됩니다."

남 형사가 분명한 어조로 말하자 그녀는 거침없이 밖으로 나가버렸다.

"손자입니까?"

형사들이 아이를 들여다보며 묻자 채씨는 고개를 끄덕였다.

"귀엽게 생겼군요. 이름이 뭡니까?"

"동재라고 해요."

남 형사가 아이의 손을 가만히 잡아보았다. 그것은 금방이라도 바스라질 것 같은 조그만 손이었다.

"몇 살이지?"

아이는 힘없는 눈으로 그들을 쳐다보았다. 몹시 병약해 보이는 아이로 눈의 초점이 흐려 있었고, 코에서는 콧물이 흘러내리고 있었다. 아이가 기침을 하더니 울기 시작했다. 우는 소리도 아주 약해 보였다.

"아직 어려서 말도 잘못해요."

"많이 아픈가 보지요?"

"감긴가 봐요. 제 애비를 닮아서 애가 몸이 약해요. 늘상 병치레를 해요."

"병원에는 가 보셨습니까?"

"아이구, 그럼요."

마 형사가 손을 뻗어 아이의 이마를 짚어보았다. 이마가 몹시 뜨거웠다.

"열이 많군요. 해열제라도 먹여야겠는데요."

"조금 전에 먹였으니까 좀 있으면 가라앉을 거예요."

"아기 엄마는 아기가 아픈 걸 알고 나갔습니까?"

"그럼요. 어제 잠깐 나갔다 오겠다 하고 나가더니 아직까지 들어오지 않고 있어요. 원 세상에 시어머니한테 아픈 아기를 맡기고 나간 년이 하룻밤이 지나도록 들어오지 않다니…… 원 세상에 이런 일이……."

유순해 보이던 그녀의 얼굴에 노기가 서리는 것 같더니 이어서 기침이 터져 나왔다.

"많이 편찮으신 모양이군요?"

"나도 감기 기운이 좀 있어서 약을 먹고 있어요."

그녀는 약봉지를 집어서 알약을 몇 개 꺼내더니 그것을 입속에 집어넣고 나서 물을 마셨다.

"동재 엄마는 외출 외박이 잦은 모양이지요?"

"우리 애가 알면 난리가 날 거예요."

유밀라는 남편이 집을 비우기가 무섭게 외출한다고 했다. 도대체 집에 붙어있는 것을 싫어한다고 했다. 남편이 외국에 출장이라도 가면 제 세상을 만난 듯 더러 외박까지 한다고 채씨는 분을 삭이는 목소리로 말했다.

"지 남편이 알면 행여 가정이 깨질까봐 지금까지 참아왔지만 이젠 안 되겠어요. 우리 애가 돌아오면 죄다 이야기해서 단단히 혼을 내든지 둘이 갈라서게 하든지 해야겠어요. 더 이상 가만뒀다가는 집안 꼴이 말이 안 되겠고…… 우리 애 신세만 망칠 것 같고…… 아무튼 이번 기회에 끝장을 내야겠어요."

그녀의 표정으로 보아 단단히 결심이라도 한 것 같았다.

남의 가정 문제야 형사들이 알 바 아니었다. 그래서 그들은 화제를 돌렸다.

"어제 따님은 몇 시쯤에 외출해서 몇 시에 돌아왔습니까?"

그녀가 다시 기침을 시작했기 때문에 그들은 그것이 멎을 때까지 잠자코 기다렸다. 기침이 멎은 뒤에도 그녀는 한동안 생각에 잠겨 있다가 어렵게 입을 열었다.

"늙으니까 기억해 내기가 힘들어요."

"그러실 테죠."

"어제 점심 때 전에 나갔으니까…… 아마 11시쯤에 나갔을 거예요. 그리고 오후에 들어왔지요."

"오후 몇 시쯤이었습니까? 저녁때였나요?"

"아니오. 그보다 훨씬 전이었지요. 아마 서너 시 됐을 때 돌아왔을 거예요."

"직접 문을 열어 주셨습니까? 따님은 어머님께서 직접 대문을 열어 주셨다고 하던데요?"

그녀의 얼굴 위로 당황하는 빛이 스쳐가는 것을 형사들은 놓치지 않고 바라보았다. 채씨는 천천히 고개를 흔들었다.

"내가 열어 주지 않았어요. 그애가 열쇠를 가지고 있으니까 문을 따고 들어왔을 거예요. 나중에 안방 문을 열어보기에 그애인 줄 알았지요."

기대감이 스러지는 것을 느끼면서 마 형사는 다시 물었다.

"따님은 그 후에 다시 외출하지 않았습니까?"

"나가지 않았어요. 쭉 집에 있었고…… 저녁까지 제 손으로 지어먹었는걸요. 들어오자마자 저기 거실에 앉아서 텔레비전을 봤지요."

"어머님도 텔레비전을 보셨습니까?"

"아 아니요. 난 쭉 자리에 누워 있었어요. 가끔씩 내다보긴 했지만 텔레비전은 보지 않았어요."

형사들의 어깨에서 갑자기 힘이 빠져버리는 것 같았다. 그들은 서로 얼굴을 쳐다보고 나서 몸을 일으켰다.

두 번째 살인

같은 날 오전.

온다던 태풍은 밤새 비만 뿌린 채 세력이 약화되어 동해안으로 빠져나간 모양이었다. 바람은 많이 잤지만 비는 여전히 추적추적 내리고 있었다. 물에 흠뻑 젖은 괴물 같은 도시의 거미줄 같은 도로 위로는 바퀴벌레 같은 차들이 무수히 기어 나와 괴성을 지르며 밑도 끝도 없이 돌아다니고 있었다. 그것들은 흡사 점령군처럼 어느 날 갑자기 도시를 점령해버린 것 같았고, 지축을 흔드는 굉음에 함몰되어버린 도시는 더욱 괴기스런 모습으로 침묵하고 있는 듯이 보였다.

어제 오후 H생명보험회사 직원들을 흥분시켰던 S호텔 1924호실의 대형 창에도 침묵의 커튼이 무겁게 드리워져 있었다. 보험회사 직원들은 혹시 오늘도 그 기막힌 장면을 볼 수 있지 않을까 해서 개중에는 망원경까지 새로 준비해서 아침부터 호텔 창문 쪽을 흘깃거렸지만 오전 내내 창문을 가리고 있는 커튼은 조금도 움직이지 않고 있었다.

S호텔 1924호실 전화벨이 울린 것은 오전 11시경이었다. 그

쪽에다 전화를 건 사람은 그 호텔의 프론트데스크 직원이었다. 1일 투숙객의 경우 대개 다음 날 아침나절에 방을 비워 주게 마련이다. 규정상으로는 12시에 방을 떠나도록 되어 있지만 그 시간까지 남아 있는 손님은 거의 없다. 늦어도 11시경까지는 대부분 프론트데스크에 내려와 계산을 치르고 철수한다. 11시가 지나서까지 머무적거리고 있는 손님이라면 체크아웃 시간도 모르는 촌놈이든가 아니면 하루 더 묵으려는 손님일 가능성이 많다. 촌놈일 경우에는 12시까지 방을 비워달라고 요구해야 하고 하루 더 묵으려는 손님이라면 분명히 확인을 받아야 한다. 그런데 1924호실은 이미 새로 투숙할 사람이 예약을 해놓았기 때문에 하루 더 묵으려 해도 할 수 없게 되어 있었다. 새로 투숙할 손님은 미국인 중년 사나이로 그는 이미 호텔에 와서 5일간의 투숙 절차를 밟아놓고 방이 비기만을 기다리고 있었다.

프런트계 직원이 처음 1924호실에다 죄송하지만 방을 좀 빨리 비워 주면 고맙겠다는 말을 하기 위해 전화를 걸었을 때 그 방에서는 아무도 전화를 받지 않았다. 방 안에는 아무도 없는 듯한 동안 공허하게 전화벨만 울려댈 뿐이었다. 프론트계의 여직원은 수화기를 내려놓으면서 고개를 갸우뚱했다.

1924호실 투숙객은 외출했거나 체크아웃한 기록이 없었다. 열쇠가 없는 것으로 보아 투숙객이 가지고 있는 것 같았다. 방 안에서 아직 자고 있든가 아니면 방에서 나와 호텔 내의 다른 곳, 이를테면 커피숍 같은 곳에 있는지도 모른다고 그녀는 생각했다.

"아직 방을 비우지 않았으니까 조금만 더 기다려 주셔야겠습니다."

여직원은 능숙한 영어로 미국인에게 말했다. 코밑수염을 기른 뚱뚱한 미국인은 시계를 들여다보면서 얼마나 더 기다려야 하느냐고 따지듯 물었다. 청소하는데 걸리는 시간까지 합해 그녀는 1시간 정도 기다리면 충분할 거라고 대답했다. 미국인은 고개를 젓고 나서 트렁크를 프론트에 맡긴 다음 라운지 쪽으로 천천히 걸어갔다.

20분쯤 지나 프론트계의 여직원은 1924호실에 다시 전화를 걸어 보았다. 그러나 전화를 안 받기는 마찬가지였다.

"12시까지 시간을 채울 모양이지."

그녀는 중얼거리면서 수화기를 내려놓았다. 그리고 1924호실 투숙자의 숙박카드를 꺼내 들여다보았다. 서창배(徐昌培)—어제 오후에 그 방에 투숙한 사람의 이름이었다. 그때 갑자기 단체 손님이 몰려왔기 때문에 그녀는 바빠졌다. 단체 손님들은 일본인 관광객들이었다.

"1924호실 어떻게 됐어?"

일본인 관광객들을 모두 올려 보내고 나서 프런트계 당직 지배인이 물었다.

"아직 확인을 못했어요. 두 번이나 전화를 걸었는데 받지를 않아요."

그렇게 말하면서 여직원은 손목시계를 들여다보았다.

"어머나, 12시가 지났잖아."

"빨리 전화해 봐."

퉁명스러운 지시에 그녀는 뿌루퉁한 표정을 지으면서 1924호실에다 세 번째 전화를 걸었다. 한참 후 그녀는 수화기를 내려놓으면서 지배인을 쳐다보았다.

"전화 안 받아?"

"네, 반응이 없어요."

"들어가 보라구 해."

미스 박은 뿌루퉁한 표정을 풀지 않은 채 이번에는 19층 담당 룸메이드에게 전화를 걸었다.

"프런트 미스 박이에요. 24호실 전화를 안 받으니까 확인 좀 해 주세요. 안에 손님 있으면 빨리 비워달라고 하세요. 그리고 청소 좀 부탁합니다. 외국 손님이 기다리고 있어요."

1924호 출입문에는 취침중임을 알리는 DND카드(Do not disturb)가 걸려 있었다.

19층 청소를 맡고 있는 중년의 여인은 진공청소기를 문 옆에 세워두고 차임벨을 눌렀다. 몇 번 눌러도 응답이 없자 제복 주머니에서 마스터키를 꺼내 자물쇠 구멍에다 꽂았다.

그녀는 처음에는 문을 조금만 열었다. 그리고 방 안으로 고개를 디밀고 재빨리 안을 살폈다.

창 쪽에 커튼이 드리워져 있어 방 안은 꽤 어두웠다. 문 쪽에서 침대가 놓여 있는 쪽은 벽에 가려 보이지 않는다.

"계시는가요?"

무거운 정적에 그녀는 선뜻 안으로 들어서지 못하고 머뭇거렸다. 두 번 그렇게 부른 다음 그래도 대답이 없자 조심스럽게 안으로 들어섰다.

방 안은 비어 있었다. 그리고 난장판이 되어 있었다. 그녀는 당황해 하다가 조심스럽게 창 쪽으로 다가가 우선 커튼부터 젖혔다. 그런 다음 방바닥에 떨어져 있는 여자용 핸드백을 집으려다 말고 멈칫했다. 그것은 그냥 놓아둔 것이 아니었다. 내용물을 뽑아낸 다음 그대로 내던져버린 것 같았다. 핸드백 안의 내용물로 보이는 것들은 탁자 위에 널려 있었다. 핸드백 옆에는 여자의 것으로 보이는 긴 머리카락이 한 주먹 정도 버려져 있었다. 그것뿐이 아니었다. 흰색의 하이힐도 보였는데 하나는 침대 옆에, 다른 하나는 욕실 앞에 뒹굴어 있었다. 1인용 소파 하나와 전기스탠드는 아무렇게나 쓰러져 있었다. 소형 맥주병들이 방바닥에 뒹굴어 있는 것도 보였다.

난장판이 되어 있는 방 안의 모습은 그곳에서 격렬한 싸움이 있었음을 말해 주고 있었다. 그런데 얼른 보기에 남자의 것으로 보이는 물건은 하나도 없는 것 같았다. 룸메이드의 시선이 욕실 문 앞에 뒹굴어 있는 하이힐에 머물렀다. 그녀는 조심스럽게 그쪽으로 다가가 욕실 문을 두드렸다. 두 번 두드려본 다음 아무 응답이 없자 손잡이를 비틀어 문을 열었다. 그녀의 눈에 푸른색의 비닐 커튼이 보였다. 그것은 욕조를 가리는 커튼이었는데 욕조가 보이지 않을 정도로 완전히 펴져 있었다.

"여보세요."

룸메이드는 두려움에 찬 목소리로 조심스럽게 불러보았다. 커튼 저쪽에 어쩐지 사람이 숨어 있는 것같이 느껴졌다. 그러나 다시 한 번 불러보았지만 아무런 응답이 없었다.

욕실 안은 몹시 어두웠다. 그녀는 먼저 불을 켰다. 그리고 머뭇거리다가 용기를 내어 욕실 안으로 들어섰다. 불길한 예감 같은 것이 느껴졌지만 물러서지 않고 손을 뻗어 가만히 커튼을 젖혀보았다.

욕조 안에는 물이 가득 들어 있었다. 그리고 그 물 위로는 여자의 머리칼이 마치 바다 속의 해초처럼 떠 있었다. 그것은 물 속에 가라앉아 있는 여자의 머리칼이었다. 욕조 속의 물은 목욕을 하고 난 뒤에 남겨놓은 것인지 조금 더러워보였다. 물 속의 여인은 흰 바탕에 푸른 물감을 거칠게 뿌려놓은 것 같은 원피스를 입은 채 누워 있었다. 두 눈은 천장을 향해 잔뜩 부릅떠져 있었고 입도 크게 벌어져 있었다.

그런 모든 것들을 순식간에 보고 난 룸메이드는 뒷걸음질로 나오면서 외마디 비명을 질렀다. 복도로 뛰어나온 그녀는 계속 터져 나오려는 비명을 집어삼키면서 동료 직원이 일하고 있는 곳으로 허둥지둥 달려갔다.

직업의식을 느꼈기 때문에 그녀는 소리를 지를 수가 없었다. 호텔 내에서 어떤 사고가 일어났을 경우 가능한 한 투숙객들한테 피해를 주지 말고 조용하고 신속하게 처리하라는 지시를 귀가 따갑도록 들어왔던 터였다.

룸메이드로부터 연락을 받은 지배인은 벨맨 두 명을 데리고 19층으로 올라왔다.

24호실로 들어선 그는 욕조 속에 들어 있는 여인의 시체를 확인하고 나서 여기저기다 급히 전화를 걸었다. 일단 상사의 지시부터 먼저 받기 위해 경찰에 연락하는 것은 뒤로 미루었다.

1924호실은 금방 호텔 직원들로 붐비기 시작했다. 그들은 거의가 호텔 간부들로 그런 사건에 충분히 대비가 되어 있는 듯 아주 침착하게 행동했다.

그들은 살인 사건이 외부에 알려질까 봐 제일 신경을 곤두세웠다. 어차피 알려지긴 하겠지만 일단 시신이 처리되고 나서 나중에 천천히 알려질수록 호텔측에는 유리한 것이다.

“빌어먹을…… 웬 놈의 비가 이렇게…….”

뚱뚱보 마 형사는 투덜거리면서 찌그러진 차를 고급 승용차들이 늘어서 있는 사이에다 처박았다. 옆에서 시동을 걸고 있던 젊은 여자가 마치 더러운 벌레라도 본 듯 이맛살을 찌푸린다. 그 옆에는 허여멀쑥하게 생긴 백인 남자가 한 명 앉아 있었다. 여자는 비가 내리고 있는 데도 선글라스를 끼고 있다. 빨간 티셔츠를 입고 있는데 브래지어를 착용하지 않았는지 셔츠 위로 젖꼭지가 도드라져 보인다. 귀 밑에서 달랑거리고 있는 귀고리가 꽤 무거워 보인다.

"쌍년…… 인상을 쓰긴……."

뚱보는 그녀를 흘겨보고 나서 차에서 내렸다. 여자가 인상을 쓰면 남자가 인상을 쓰는 것보다도 훨씬 기분이 상한다. 더구나 방금 그런 여자는 그가 경멸해마지 않는 종류의 여자이다.

요즘은 거리에 유난히 외국인들이 많아졌고 그와 함께 외국 남자들과 데이트를 즐기는 한국 아가씨들도 부쩍 눈에 뜨인다. 데이트 정도가 아니다. 외국 남자들과 동거하는 한국 아가씨들은 일일이 헤아릴 수 없을 정도로 많다. 한국에 혼자 와 있는 외국 남자들치고 한국 아가씨들을 데리고 살고 있지 않은 사람은 거의 없다. 그들은 한국에 있는 동안 아주 손쉽게 아름다운 한국 아가씨들을 꿰차고 마치 왕처럼 대접을 받으며 밀월을 즐기고 있다. 한국 농촌의 총각들은 아가씨가 없어서 장가도 들지 못하고 있다. 한국 남자로서, 그리고 노총각으로서 그는 자존심이 심하게 상하는 것을 느낀다. 치욕스러운 일이 아닐 수 없다고 생각한다. 다혈질인 그는 쉽게 흥분한다.

뚱보는 주차장을 가로질러 호텔 출입구 쪽으로 뛰어갔다. 호텔 출입구 앞에서 비에 젖은 머리를 손으로 몇 번 털어낸 다음 회

전문을 밀고 안으로 들어갔다.

놀라운 것은 외국인과 동거생활을 하거나 데이트를 즐기는 한국 아가씨들이 그 사실에 대해 조금도 부끄러워하지 않는다는 점이다. 부끄러워하기는커녕 뻔뻔스러울 정도로 교만하게 군다. 마치 자신이 외국 여인이나 된 것처럼 말이다. 어떻게 하여 한국 여인들의 의식이 그처럼 변해 버렸을까. 타락의 증상은 전염병처럼 번져 있다. 그는 형사이기 때문에 그런 증상을 남보다 실감있게 접하고 있다.

뚱보는 엘리베이터를 타고 19층으로 올라갔다.

과거에는 미국 군인과 데이트하는 아가씨들을 천대시하여 양공주니 양갈보니 하고 불렀다. 그런 아가씨들의 얼굴에는 모욕감과 수치심을 견뎌내려는 안간힘이 그대로 드러나, 보는 사람으로 하여금 안쓰러운 연민의 정을 느끼게 했다. 간혹 그런 신분의 여인이 아닌 일반 여염집 처녀가 외국인 남자와 데이트를 할 경우 주위의 눈을 의식해서 몹시 조심스럽고 민망해 하면서 길을 걸어갔던 것이다. 바로 그런 데서 한국 여인의 수줍음과 미덕 같은 것이 엿보였던 것이다. 그런데 지금은 전혀 그런 기미조차 찾아볼 수가 없다. 외국 남자와 손잡고 걷는 것은 보통이고 허리를 서로 끌어안고 백주 대로를 활보하는 것도 흔히 볼 수 있는 광경이 되었다. 외국인과 함께 여관 문을 나서면서도 얼굴빛 하나 달라지지 않는다. 어쩌다가 우리나라 아가씨들이 이 지경이 되었을까 하고 당황해서 생각할 때가 많다.

동거하던 외국인이 훌쩍 떠나버리면 그녀는 처녀 행세를 하면서 한국 청년과 결혼식을 올릴 것이다. 뚱보는 그런 아가씨와 결혼하게 될까봐 겁이 난다. 사실 그런 아가씨와는 절대 결혼하지 않을 것이라고 어떻게 장담할 수 있겠는가.

19층에서 엘리베이터를 내린 뚱보는 24호실 쪽으로 천천히 걸어갔다. 땀과 비에 젖은 남방셔츠가 찰싹 달라붙어 있는 등에서는 일에 열중한 사나이의 체취가 풍겨나고 있었다.

24호실은 사람들로 붐비고 있었다. 안에서는 이미 수사가 진행되고 있었다. 그는 뒤늦게 연락을 받고 달려온 길이었다.

그는 욕실로 들어가 보았다. 시체는 아직 물이 채워진 욕조 속에 가라앉은 상태로 있었다. 그가 도착할 때까지 그대로 두라고 부탁했기 때문이었다.

그는 물 위에 떠 있는 것들을 유심히 살피다가 무엇인가를 집어내기 시작했다. 그것은 머리카락이었다. 떠 있는 머리카락이 많은 것으로 보아 거기서 목욕한 사람은 머리가 많이 빠지는 모양이었다. 죽어 있는 여자의 머리칼과 비교해 머리카락이 짧은 것이 남자의 것인 듯했다. 그는 그것들을 감식반원에게 넘겼다.

"피살자 신원은 모르겠어요. 밝힐만한 게 아무것도 없어요."

그보다 먼저 달려온 남 형사가 말했다.

"저 여자…… 이 방에 투숙했던 여자가 아닌가?"

"방을 얻은 사람은 남자입니다."

남 형사가 그에게 숙박카드를 한 장 내밀었다

"이 방에 투숙했던 사람입니다."

마인은 그 카드를 받아들고 거기에 적혀 있는 인적사항을 눈여겨보았다.

· 이름 : 서창배

· 주소 : 부산 남구 N동 152번지 S아파트 505동 901호

· 주민등록번호 : 481021－106431X

· 전화번호 : 625－776X(부산)

직업란은 비어 있었고, 투숙일시는 바로 전날인 19일 오후 2시 55분으로 되어 있었다.

“전화 걸어봤나?”

“아뇨. 아직 걸어 보지 못했습니다.”

“걸어 봐.”

“알겠습니다.”

남 형사는 방 안에 있는 전화로 부산에다 전화를 걸었다.

욕조에서 물이 빠지는 소리를 듣고 마 형사는 다시 욕실로 들어가 보았다. 물이 빠지면서 머리카락이 얼굴을 덮는 바람에 죽은 여자의 모습이 마치 귀신처럼 무시무시해 보였다. 그러나 머리칼을 걷어내고 보니 의외로 잘생긴 얼굴이었다. 젖은 옷 위로 드러난 몸매도 뛰어나 보였다.

“육감적인데…….”

시체를 밖으로 들어내기 위해 시체의 다리를 붙잡으면서 형사 한 명이 중얼거렸다. 사람들은 거의 무표정에 가까운 얼굴로 시체를 내려다보고 있었다.

“벗겨봐.”

뒤늦게 나타난 형사계장이 고개를 디밀면서 말했다. 그의 뒤에는 왕진가방을 든 늙은 의사가 서 있었다.

“발가벗길까요?”

“모두 벗겨.”

두 남자가 기다렸다는 듯이 시체를 가리고 있는 옷가지들을 벗기기 시작했다. 그들이 아주 거칠게 시체를 다루는 것을 보고,

“꼭 강간범들 같군.”

하고 구 계장이 중얼거렸다.

뚱보는 그들이 벗겨놓은 옷가지를 하나씩 집어 들고 물기를 쥐어짰다.

"야, 근사한데!"

완전히 발가벗겨진 시체를 내려다보면서 남자들이 감탄사를 연발했다. 뚱보는 코발트색의 삼각팬티를 돌돌 말았다가 꽉 움켜쥐었다. 그때 남 형사가 그의 귀에다 대고 낮은 소리로 속삭였다.

"그런 사람 없답니다. 가짜 전화번호인 것 같습니다."

마 형사는 팬티를 던져놓고 욕실에서 나왔다.

"처녀 같지는 않은데. 젖꼭지를 보라구. 남자 관계가 많았던 여자야."

욕실 쪽에서 형사계장이 떠드는 소리가 들려왔다. 뚱보는 땀에 젖은 남방셔츠를 벗어 의자에다 걸쳐놓고 나서 꿔다놓은 보릿자루처럼 한쪽에 얌전히 서 있는 호텔 직원들을 쳐다보았다. 그들은 겁먹은 표정으로 서 있었다.

"이 카드…… 본인이 직접 적은 건가요?"

그는 1924호실 숙박카드를 흔들어 보였다.

"네, 그렇습니다."

당직 지배인이 공손하게 대답했다.

"그럼 가짜로 적을 수도 있겠군요?"

"그렇지 않습니다. 다 적고 나면 외국인의 경우 패스포드를 확인하고 내국인의 경우에는 주민등록증을 확인하기 때문에 가짜로 적을 수는 없습니다."

"만일 주민등록증이 가짜일 경우에는 어떻게 하죠?"

"그런 경우에는 어쩔 수가 업죠. 저희가 주민등록증이 가짠지 진짜인지 알아볼 수 있는 능력이 있는 것도 아니고……."

"이 서창배라는 사람…… 얼굴 기억하고 있는 사람 있어요?"

호텔 직원들은 약속이나 한 듯 잠자코 서 있었다.

"프론트에 있으면 얼굴을 기억할 수 있을 텐데?"

프론트계의 당직 지배인은 앞으로 두 손을 모았다.

"작은 호텔이라면 몰라도 여긴 워낙 큰 호텔이라 손님들 얼굴을 일일이 기억하기가 힘듭니다. 객실만 해도 500개가 넘기 때문에……."

"죽은 여자에 대해서는 목격자가 없나요?"

역시 아무도 대답하지 않는다.

제기랄, 뚱보는 담배에 불을 붙여 몇 모금 빨고 나서 본서 컴퓨터실로 전화를 걸었다.

"이름 서창배…… 주민등록번호 481021-106431X 지금 바로 알아봐줘요."

그는 용건을 말하고 나서 수화기를 든 채 기다렸다. 1분도 못 돼 컴퓨터실의 여순경은 결과를 알려 주었는데 그것은 숙박카드에 적힌 인적사항과 일치하는 내용이었다.

욕실에서 계장이 나왔다. 그는 50대 초반의 깡마른 사나이로 머리는 벌써 반백이었다.

"피살자 신원은 밝힐 수 있겠어?"

"시간이 좀 걸리겠습니다."

"범인은……?"

마 형사는 팔짱을 낀 채 입을 다물었다.

"질식사인 것 같아. 목을 졸린 흔적이 있고…… 물 속에 머리를 처박아 질식사시킨 것 같아."

검시의의 말을 듣고 형사계장이 옮기는 말이었다. 부검 결과가 나오기까지는 시간이 좀 걸릴 것이다. 마 형사는 그때까지는 아무것도 믿고 싶지 않았다.

"S호텔 정말 야단났어. 어제는 지하주차장에서 사람이 타죽더니 오늘은 방 안에서 여자 시체가 발견됐어. 밖에 알려지면 손님 발길 끊기겠어."

계장의 말에 지배인이 머리를 조아렸다.

"부탁입니다. 밖에 새나가지 않게 비밀로 해 주십시오. 밖에 알려지면 정말 큰일입니다."

"그거야 우리로서도 어떻게 할 수 없지. 기자들이 냄새 맡고 달려드는 데야 어쩔 수가 없지. 그런데 말이야……."

계장이 마 형사 쪽으로 시선을 돌렸다.

"검시의의 말이…… 어제 오후에 여자가 죽었다는 거야."

"네?"

"정확한 건 더 검사해 봐야 알겠지만 어제 황개가 타죽은 비슷한 시간에 여자도 죽은 것 같다는 거야."

"연쇄 사건이군요!"

하고 남 형사가 흥분해서 말했다.

마 형사는 고개를 흔들다가 계장을 쳐다보았다.

"남 형사를 지금 곧 부산으로 보내야겠습니다. 저는 여기서 피살자에 대해 좀 더 조사해 보겠습니다."

설명을 듣고 난 계장은 남 형사에게 한 사람을 더 붙여 주었다. 그리고 출장에 보태 쓰라고 하면서 10만 원을 꺼내 주었다.

남 형사는 다른 형사 한 명과 함께 공항으로 달려갔다.

뚱보는 피살자의 시체가 실려나간 뒤에도 1924호실에 남아 있었다. 1924호실은 시체만 없다 뿐이지 처음 상태대로 보존되어 있었다.

밖에는 여전히 비가 내리고 있었다. 그는 소파에 앉아 탁자 위에 어질러져 있는 피살자의 유품들을 바라보고 있었다. 탁자 위에 놓여 있는 재떨이 안에는 담배 꽁초가 수북이 들어 있었다. 그는 그것들을 집어서 들여다보았다. 꽁초는 모두 양담배로 던힐과 말보로 두 종류였다. 말보로에는 하나같이 붉은 루즈가 묻어 있었다. 던힐 꽁초는 다섯 개, 말보로는 그보다 많은 여덟 개나 되었다. 그것들은 피살자와 범인이, 또는 두 사람 가운데 한 사람이 남긴 것들이라고 볼 수 있었다. 뚱보는 자신의 담배 꽁초를 쓰레기통에다 버렸다.

그는 비극적일 정도로 못생긴 얼굴을 가지고 있었다. 너무도 못생겼기 때문에 그는 혐오스러운 나머지 자신의 얼굴을 결코 거울에 비춰보려고 하지를 않았다. 그는 자신이 어릴 때 세상을 떠난 어머니를 원망한 적이 많았었다. 그러나 지금은 어머니를 원망하지 않고 있었다. 자신이 그렇게 못생긴 것도 운명이겠거니 하고 체념해서 받아들이고 있었다.

앞으로 툭 튀어나온 이마 밑에 서로 멀리 떨어져 있는 두 눈은 눈이라기보다는 차라리 두 개의 작은 점이라고 하는 게 옳은 표현이었다. 너무 작아 눈동자가 보이지 않으니 마치 가면을 쓴 듯 얼굴에 표정이 없다.

뭉툭한 코는 못생긴 딸기처럼 울퉁불퉁하게 생겼고 입은 흑인처럼 크고 두꺼웠다. 어느 구석을 봐도 지성적이거나 현대적인 세련미 같은 것은 보이지 않는다. 튼튼하게 생긴 턱뼈는 그가 매우 건강하다는 것을 말해 주는 것이기는 하지만 한편으로는 그를 무지막지한 사내로 오인시키는 요인이기도 하다.

그는 마흔 살 가까이 됐는 데도 아직 결혼을 못하고 있었다. 정확한 나이는 서른여덟 살이었다. 지금까지 결혼하지 못한 이유를 그는 자신이 너무 못생겼기 때문이라고 생각하고 있었다. 사실 그의 얼굴을 한 번 쳐다본 여자들은 무슨 흉물이나 본 듯 기겁을 하면서 두 번 다시 보려고 하지를 않았다.

수년 전까지만 해도 그는 결혼하려고 무진 애를 썼었다. 그의 성실함을 높이 산 주위 사람들이 그에게 여러 여자들을 소개했는데 그때마다 그는 번번이 퇴짜를 맞곤 했었다. 손으로 일일이 꼽을 수 없을 정도로 퇴짜를 맞다보니 나중에는 결혼에 대해 기대를 걸지 않게 되었고 그 같은 체념상태가 오래 계속되다보니 혼자 산다는 것의 자유스러움이 오히려 마음을 편안하게 해 주어 요즈음에는 아예 결혼 같은 것은 생각지도 않고 있었다.

그는 탁자 위에 널려 있는 피살자의 유품들을 다시 한 번 쳐다보았다. 범인이 핸드백 안에 있는 것들을 탁자 위에다 쏟아 부은 것 같았다. 그리고 피살자의 신원을 밝힐 수 있는 단서가 될 만한 것들과 값진 것들을 모두 골라내어 가져가버린 것 같았다. 그는 조그만 종이갑을 집어 들었다. 표면에 <라일락>이라는 상표가 인쇄되어 있었다. 그 안에는 은박지로 된 포장재가 두 개 들어 있었다. 포장 하나를 뜯어보자 안에서 미끈거리는 점액질의 엷은 고무제품이 나왔다. 콘돔이었다. 그는 혹시 범인이 콘돔을 사용하지 않았을까 해서 방 안 구석구석을 살펴보고 쓰레기통까지 뒤져보았지만 사용된 흔적이 있는 콘돔은 발견되지 않았다. 죽은 여자는 성교에 대비해서 남자에게 줄 콘돔까지 준비했는데 그것을 사용해 보지도 못한 채 죽은 것일까? 두 사람이 성 관계를 갖지 않았든가 아니면 콘돔을 사용하지 않은 채 관계를 가졌든가 둘 중의 하나이겠지. 그 콘돔에서 마치 불륜의 비릿한 정액 냄새가 풍기는 것 같아 그는 미간을 찌푸렸다.

탁자 위에는 휴대용 화장품 세트와 손수건, 빗, 거울, 담배, 성냥, 초콜릿, 동전지갑, 플래스틱 갑 따위가 아무렇게나 흐트러져 있었다. 물건들은 하나같이 고급스러워 보였고, 그런 것으로 보아 피살된 여자는 여유 있는 집안의 출신인 것 같았다. 꼭 있어야 할 것은 아무리 찾아도 보이지 않았다. 그것은 지갑이었다. 그 안에는 돈도 들어 있을 것이고 그녀의 신분증이며 운전면허증, 신용카드 같은 것들도 있을 것이다.

부산에도 비는 내리고 있었다. 서울보다 더 많은 비가 내리고 있는 것 같았다.

젊은 형사 두 명은 공항 건물을 빠져나오자마자 택시를 잡아타고 남구 N동에 있는 S아파트로 향했다. S아파트 단지는 워낙 큰 단지라 택시 기사는 그 위치를 잘 알고 있었다.

남달호는 중키에 깨끗하게 생긴 인상의 젊은이였다. 섬세하게 생긴 탓으로 형사 같은 거친 직업에는 어울리지 않을 것 같은데 의외로 그는 잘해내고 있었다. 나이는 갓 서른이었고 지난해에 결혼한 부인과의 사이에 딸을 하나 두고 있었다.

그와 동행인 형사 역시 그와 같은 동갑내기인데 그는 거한이었다. 아직 미혼인 그는 학창시절을 유도선수로 보냈다고 했다. 유도선수 출신답게 그의 목은 통나무처럼 굵어보였다. 그의 이름은 조갑수(趙甲洙)라 했다.

S아파트 단지는 바닷가에 자리 잡고 있었다. 방파제 위로 파

도가 허옇게 덮치는 것이 멀리서도 보였다. 바닷바람이 세차게 불어대고 있었다. 그들이 505동 앞에서 택시를 내렸을 때 시간은 오후 5시 30분이 지나고 있었다.

그들은 901호에 가기 전에 먼저 505동을 지키는 경비실에 들렀다. 아니 경비원이 그들을 불렀다는 것이 옳은 표현이다. 남 형사가 신분증을 보이자 경비원은 금방 공손해지면서 그들을 비좁은 경비실 안으로 들어오게 했다.

"901호에 혹시 서창배라는 사람 살고 있습니까?"

조 형사가 단도직입적으로 물었다.

"서창배 씨요?"

경비원은 사뭇 놀라는 표정을 지었다.

"네, 그런 사람 살고 있습니까?"

"서창배 씨를 찾는 겁니까, 아니면 서창배 씨 가족들을 찾는 겁니까?"

그들을 쳐다보면서 물었다.

"서창배 씨를 찾는다니까요."

남 형사가 보다 분명한 어조로 말했다. 그러자 중년의 경비원은 눈을 크게 떴다.

"그 사람 죽었는데요. 모르고 찾아오셨습니까?"

젊은 형사들은 흡사 모욕이라도 당한 듯 안색이 변하면서 한동안 가만히 침묵을 지키고 있었다.

"모르고 찾아오셨나 보군요."

경비원은 고개를 끄덕이면서 새삼스럽게 형사들의 모습을 아래위로 훑어보았다.

"그 사람…… 언제 죽었습니까?"

남 형사가 정색을 하고 물었다.

“죽은 지 한…… 2년 가까이 될 겁니다.”

“그래요? 왜 죽었습니까?”

“교통사고로 죽었지요. 뺑소니차에 치여 죽었는데 아직까지 그 뺑소니차 운전사를 잡지 못했나 봐요. 죽은 사람만 억울하게 됐지요. 유가족은 위자료 한 푼 받지도 못하고…….”

경비원은 말끝을 흐리면서 재떨이에서 담배 꽁초를 집어 들었다. 남 형사가 재빨리 그에게 새 담배를 권했다.

“서창배 씨 직업은 뭐였습니까?”

“대학교수였습니다.”

“어느 대학교수였나요?”

“아마 K대학 교수였을 겁니다.”

경비원은 서창배에 대해서 그 이상은 모르고 있었다. 이를테면 서 교수가 생전에 어떤 분야를 전공했는지 그런 구체적인 점들에 대해서는 모르고 있었다.

“그 유가족들은 여기에 살고 있나요?”

조갑수가 물었다.

“네, 살고 있습니다. 아주머니가 저기 상가건물 안에서 약국을 경영하고 있으니까 그쪽으로 가 보시면 만나 볼 수 있을 겁니다. 집에 가 봐야 아이들밖에 없을 겁니다.”

경비실을 나선 수사관들은 경비원이 가리켜준 상가건물 쪽으로 걸어갔다. 비가 많이 내리고 있었기 때문에 그들은 제각기 우산을 하나씩 펴들고 있었다.

“그럼 이게 어떻게 된 거지? 2년 전에 죽은 사람이 살아서 S 호텔에 투숙했을 리는 없고…… 어떻게 된 거지?”

남 형사의 물음에 조 형사는 굵은 목소리로 대답했다.

"범인이 죽은 사람 주민등록증을 사용했겠지. 사진을 바꿔치기하면 얼마든지 사용할 수 있잖아."

거센 바람이 갑자기 몰아치는 바람에 우산이 뒤집어지려고 했다. 그들은 몸을 웅크리면서 바람이 불어오는 쪽으로 우산을 기울였다.

"범인은 서 교수의 죽음과도 관계가 있는 놈이 아닐까? 그러니까 2년 전에 자동차로 서 교수를 치어 죽이고 뺑소니친 놈이 이번에 또 호텔에서 여자를 죽인 게 아닐까? 서 교수 이름으로 호텔에 투숙해 가지고 말이야."

"가능성이 있는 이야기지."

조 형사는 같은 생각이라는 듯 고개를 끄덕였다.

이윽고 그들은 아파트 단지 안에 있는 상가건물 안으로 들어섰다. 죽은 서 교수의 부인이 경영하는 약국은 건물 입구 한쪽에 차려져 있었다.

살인범은 죽은 여인의 신원을 감추려고 자기 딴에는 애를 써 본 것 같았다. 그러나 그것을 완벽하게 해낸다는 것은 아주 어려운 일이다. 마인의 눈에는 여기저기서 허점이 발견되고 있었다.

그는 탁자 위에서 담뱃갑을 집어 들었다. 그것은 외제 담배로 길이가 긴 던힐이었다. 그는 뚜껑을 열고 안에 들어 있는 담배를 헤아려 보았다. 모두 15개비가 들어 있었다. 그러니까 5개비를 피운 셈이었다. 재떨이는 비어 있었다. 감식반에서 재떨이 안에 들어있던 꽁초를 하나 남김없이 모두 가져갔기 때문이었다.

탁자 위에는 던힐 외에 구겨진 담뱃갑이 또 하나 있었다. 그것을 펴보니 말보로 담뱃갑이었는데 속은 비어 있었다.

뚱보는 성냥을 집어 들었다. 그것은 디자인이 세련된 성냥으로 어떤 카페에서 만든 것이었다. 카페 이름은 <비련>이었다. 카페 이름치고는 좀 특이하다는 생각이 들었다. 피살된 여인이 그 카페에 자주 출입했을지도 모른다고 그는 생각했다. 성냥의 한쪽 면에는 비련의 위치를 보여 주는 간단한 약도와 함께 전화번호가 명기 되어 있었다. 비련은 강남에 자리 잡고 있었다.

그는 바닥에 떨어져 있는 핸드백을 집어 들었다. 그것은 회색의 엷은 가죽으로 된 백으로 프랑스제였다. 그 속은 텅 비어 있었다. 백 안쪽에는 조그만 주머니가 달려 있었다. 그 주머니에 부착되어 있는 지퍼는 반쯤 열려 있었다. 그는 그것을 마저 끝까지 열고 안으로 손을 집어넣어 보았다. 그것은 보기보다는 꽤 깊이까지 들어가는 주머니였다. 그 주머니 역시 비어 있었다. 그 안을 쓸어보던 그의 손끝에 무엇인가 스치는 감촉이 있었다. 그는 되짚어 손가락을 움직이다가 손끝에 걸리는 것을 집어냈다. 그것은 조그맣게 접은 종잇조각이었다. 별로 중요해 보이지도 않는 종잇조각 같았지만 그는 조심스럽게 그것을 펴보았다. 그것은 우체국 소인이 찍힌 특수우편물 수령증이었다. 그 위에는 <속달>이라는 붉은 글자가 찍혀 있었다. 그러니까 우편물을 속달로 보내고 나서 받은 영수증 같았다. 영수증에는 접수번호와 함께 우편물의 중량도 적혀 있었다.

뚱보는 그 수령증을 백 속에 넣지 않고 자신의 주머니 속에 집어넣었다. 이 방 안에서 어떤 일이 벌어졌을까? 아무튼 범인을 쉽게 잡을 수 있을까? 부산에 내려간 후배 형사들이 범인을 잡아오면 좋으련만 아무래도 그럴 수 있을 것 같지가 않다. 서창배의 숙박카드에 적혀 있는 전화번호가 틀린 것부터가 범인 체포가 쉽지 않을 거라는 것을 말해 주고 있었다.

그는 창가에 서서 한동안 우두커니 밖을 내다보고 있었다. 이렇게 비가 내리는 날에는 아무것도 하지 않고 하루 종일 자리에 누워 지내고 싶다. 밥도 먹지 않고 얼굴도 씻지 않고 이도 닦지 않고 아무 생각 없이 누워 있고 싶다. 산다는 것이 벌써부터 힘들고 벅차게 느껴진다. 그런데 다른 남자들은 어떻게 처자식까지 거느리고 살아갈 수 있을까.

맞은편 H생명보험회사 건물 창가에 몇 사람이 붙어서 있는 것이 보인다. 이쪽과 거의 같은 층의 직선거리에 있는 창인데 몇 사람이 자꾸만 이쪽을 바라보며 자기들끼리 수군거리고 있는 것 같다. 살인 사건 소식이 벌써 저기까지 알려졌단 말인가. 그럴 리가 없다. 이쪽을 보고 그러는 게 아니겠지.

그는 몸을 돌려 방 안을 어슬렁거리다가 욕실 앞에 처음 그대로 놓여 있는 하이힐을 집어 들었다. 그것은 흰색의 하이힐이었다. 바닥에 붙어 있는 상표를 보니 E회사의 제품이었다. 그것을 도로 제자리에 놓고 돌아서서 다시 어슬렁거리다가 탁자 밑에서 무엇인가 조그만 것을 발견하고 그것을 집어 들었다. 그것은 노란색의 플라스틱 조각 같은 것이었는데 가만 보니 가루약 같은 것을 넣는 캡슐 조각이었다. 반 쪽의 빈껍데기를 손바닥 위에 올려놓고 굴리다가 그는 갑자기 허리를 굽혀 바닥을 살피기 시작했다. 틀림없이 다른 쪽 부분도 있을 것이라고 생각하고 주의 깊게 구석구석을 더듬어 나갔다. 그의 생각은 적중했다. 그러면 그렇지. 그는 쓰러져 있는 1인용 소파를 한 쪽으로 밀었다. 그 소파에 가려져 있던 카펫 바닥 위에 몇 개의 캡슐 조각들이 흩어져 있는 것이 보였다. 그것들은 모두 두 쪽으로 분리되어 있었는데 처음 발견한 것까지 합쳐 반 쪽의 빈껍데기들은 모두해서 여섯 개였다. 그러니까 캡슐은 세 개였던 셈이었다. 그것들이 발견되었던 곳에 혹시 가루약이 흘러 있지 않을까 해서 세밀히 살펴보았지만 그런 것은 보이지 않았다.

캡슐 속에 들어 있는 약을 먹을 때에는 캡슐째 입 속에 던져 넣고 나서 물 한 모금과 함께 꿀꺽 삼키면 된다. 그 자체는 뱃속에서 녹아 없어진다. 그런데 지금 이 경우는 좀 이상하다. 약을 빼내고 캡슐 껍질만 버리다니 아무래도 좀 이상하지 않은가. 그럴 필요가 없는데 일부러 그런 짓을 했으니 뭔가 사연이 있었을 것 같다. 왜 그랬을까? 그는 두리번거리다가 탁자 위에서 녹색의 조그만 플라스틱 갑을 집어 들었다. 그것은 연고제 같은 것을 넣어둔 용기 같았다. 그 뚜껑 위에는 <김재문 피부비뇨기과>라는 글귀가 전화번호와 함께 금박으로 입혀져 있었다. 죽은 여자는 피부병을 앓고 있었을까? 무좀이나 습진이었겠지. 아니면 성병이었을까? 아까 욕실에서 보았던 그녀의 나신은 눈부실 정도로 희었었다. 피부병 같은 것은 보이지도 않았다.

플라스틱 용기는 비어 있었다. 그는 거기다 코를 가까이 대고 냄새를 맡아보려고 킁킁거렸다. 습기 하나 없이 바짝 말라붙은 용기에서는 아무런 냄새도 나지 않았다. 그 안에다 캡슐 조각을 보관하면 좋을 것 같았다. 나중에 감식반에다 넘겨 검사를 부탁할 생각이었다.

전화벨이 울렸다. 호텔 내에서 탐문수사를 벌이던 형사가 걸어온 전화였다.

"스카이라운지에서 근무하는 웨이터가 피살자를 기억하고

있어."

뚱보는 방을 나와 25층에 자리 잡고 있는 스카이라운지로 갔다. 구석 자리에 안경을 낀 형사와 웨이터가 마주보고 앉아 있는 것이 보였다. 뚱보는 안경을 낀 형사 옆에 자리를 잡았다. 안경을 낀 형사는 뚱보보다 두 살 정도 나이가 더 많은 사람이었다.

맞은편에 앉아 있는 남자 웨이터는 여자처럼 예쁘게 생긴 청년이었다. 그 앞에는 피살자를 찍은 컬러사진이 한 장 놓여 있었다. 그것은 경찰이 급히 수사에 사용하기 위해 찍은 즉석 컬러사진이었다.

"사진을 보였더니 금방 알아보더군."

염태준이 흘러내린 안경을 밀어 올리며 말했다.

웨이터는 왼쪽 가슴 위에 안기홍이라고 쓰인 명찰을 달고 있었다.

"이 여자가 죽었다는 거 알고 있어?"

뚱보가 컬러사진을 가리키며 묻자 안기홍은 창백한 얼굴로 끄덕였다.

"호텔에서 여자가 죽었다는 말은 들었습니다. 하지만 이 여자가 죽은 줄은 몰랐습니다. 나중에 이 사진을 보고 말씀을 듣고서야 알았습니다."

"이 여자를 분명히 기억하나?"

"네, 분명히 그 여자입니다. 옷을 보면 알 수 있습니다."

사람은 살아 있을 때와 죽었을 때의 표정이 아주 다르다. 어쩌다 간혹 스카이라운지에 나타나 건장한 남자와 함께 사라지곤 했던 미모의 여인을 목격했던 웨이터로서는 죽은 여인의 얼굴이 낯설 수밖에 없었고, 따라서 옷을 보고 그녀를 알아보게 된 것은 너무도 당연한 일이었다. 사진에 나온 피살자의 두 눈은 감겨 있었다. 누군가가 감겨준 것 같았다.

"그 여자가 틀림없는지 자세히 봐요."

"그 여자가 틀림없습니다. 어제 오후 3시쯤에 여기서 어떤 남자와 만났습니다. 그리고 조금 있다가 나갔습니다."

안기홍은 그들이 주문한 것까지 알고 있었다. 여자가 커피를, 남자는 맥주를 마셨다고 그는 증언했다. 그리고 계산은 여자가 했다고 말했다.

"언제나 여자가 계산을 했습니다."

라고 그는 덧붙였다.

"언제나 계산을 했다고?"

언제나라는 말에 뚱보는 바짝 긴장했다.

"네, 언제나 여자 쪽에서 계산을 했고, 남자가 계산하는 것은 한 번도 보지 못했습니다."

"매우 주의 깊게 관찰했군. 왜 그렇게 그 사람들을 관찰했지?"

그 질문에 안기홍은 꽤나 당황하는 표정을 지었다. 그는 머뭇거리다가 이렇게 말했다.

"일부러 그런 건 아니고…… 여자가 워낙 예쁘다보니까 눈에 띄어 관심 있게 봤을 뿐입니다."

그는 그 여자를 한 달에 두어 번꼴로 스카이라운지에서 지난 몇 달 동안 계속 목격해 왔다고 증언했다. 그리고 그녀는 언제나 어제 만났던 남자를 만났었다고 말했다. 그것은 아주 귀중한 증언이었다.

"그들은 여기서 잠깐 만난 다음 함께 밖으로 나가곤 했습니다. 정식 부부는 아닌 것 같았고…… 어쩐지 떳떳치 못한 사이인 것 같았습니다."

"남자는 어떻게 생겼지?"

"키가 크고 건장하게 생긴 사람이었습니다. 나이는 서른 살 정도 되어 보였는데…… 미남이었습니다. 그리고 항상 색깔이 들어 있는 안경을 끼고 있었습니다."

"옷은 뭘 입고 있었지?"

"체크무늬 저고리에 안에는 푸른색 와이셔츠를 입고 있었습니다. 그리고 아래에는 밤색 바지를 입고 있었고 넥타이는 매고 있지 않았습니다."

"특징 같은 거 있으면 말해 봐요. 눈에 띄는 특징 말이야."

형사들의 요구에 웨이터는 한참 생각해 보고 나서 고개를 흔들었다.

"특징 같은 것은 별로 생각나지 않습니다. 그 사람이 범인입니까?"

형사들은 거기에 대해 아무런 대꾸도 하지 않았다. 그들은 약속이나 한 듯 한동안 말없이 묵묵히 앉아 있다가 뚱보가 다시 입을 열었다.

"그 남자 보면 알 수 있겠어?"

"네, 알 수 있습니다."

웨이터는 자신 있게 대답했다.

"그 사람에 대해 몽타주를 만들어야겠는데 자네가 좀 협조해 주어야겠어. 현재로서는 자네가 그 사람을 제일 정확히 기억하고 있는 것 같으니까."

"알겠습니다. 협조해 드리겠습니다."

"그 두 사람이 앉았던 자리가 어디지?"

"저쪽 창가입니다."

마침 그 테이블이 비어 있었기 때문에 그들은 그쪽으로 자리를 옮겼다.

"그 남자는 이쪽에 앉아 있었고 여자는 저쪽에 앉아 있었습니다."

안기홍은 테이블의 양쪽 자리를 가리키며 말했다.

뚱보는 남자가 앉았던 자리에 앉아 탁자 위를 훑어본 다음 그 밑을 내려다보았다. 마치 무슨 단서라도 찾기나 하는 듯이.

"두 사람이 무슨 말을 했는지 들어봤나?"

"들어보지 못했습니다."

"이야기하는 분위기는 어땠어? 부드러웠나?"

"그렇지 않은 것 같았습니다. 분위기가 아주 딱딱해 보였습니다. 그리고 여자가 무슨 봉투를 꺼내 주는 것 같았습니다. 편지봉투 같았는데……."

"그게 무슨 봉투였지?"

"자세히 보지 않아 모르겠지만…… 돈 봉투 같았습니다. 남자가 봉투 속에서 무언가 꺼내보는 것 같았는데…… 수표처럼 보였습니다. 그걸 보고 남자는 만족해하는 표정이었고 여자는 화가 잔뜩 나 있는 표정이었습니다. 아무튼 정상적인 관계는 아닌 것 같았습니다."

뚱보는 염 형사한테 웨이터를 맡기고 다시 사건 현장으로 돌아왔다. 방 안에서 울리는 전화벨소리가 복도에까지 들려오고 있었다. 그는 급히 문을 열고 안으로 뛰어들었다. 수화기를 집어 들자 부산에 내려간 남 형사의 목소리가 들려왔다.

"서창배 씨의 집을 찾았습니다. 그런데 그 사람은 2년 전에 교통사고로 죽은 것이 확인됐습니다. 뺑소니차에 치여 죽었는데 아직까지 범인을 잡지 못했습니다."

"뭐야? 아니, 그게 정말이야?"

뚱보는 놀라서 물었다.

"조금 전에 서창배 씨의 부인을 만나 확인했습니다. 부인은 여기서 약국을 경영하고 있습니다."

"서창배 씨의 직업은 뭐였지?"

"대학교수였답니다. 부산에 있는 K대학 교수로 서양화 전공이었다고 합니다."

"확인해 봤나?"

"네, 학교에도 알아보고 시경 교통과에도 알아봤습니다. 교통사고로 사망한 것도 사실이었고 사망 전까지 K대학 서양화과 교수로 재직한 것도 사실이었습니다."

"우연한 사고였나 아니면 살인이었나?"

"그건 아직 확인할 수 없었습니다. 서 교수의 부인은 남편이 뺑소니차에 치여 죽은 것을 우연한 사고사 정도로 알고 있었습니다만……."

"거기에 대해 자세히 좀 알아봐. 그리고 서 교수에 대해서도 상세히 알아가지고 와. 사진도 물론 가져오고."

"알겠습니다. 아무래도 오늘밤은 여기서 자야겠습니다. 거기서는 진전이 좀 있습니까?"

"아직 오리무중이야."

남 형사 일행이 숙소로 정한 모텔의 전화번호를 적고 나서 뚱보는 전화를 끊었다. 사건이 갑자기 미궁 속으로 빠져드는 것 같은 느낌이 들었다. 치정에 얽힌 단순 살인 사건 정도로 보고 곧 사건이 해결되리라고 생각하면 큰 오산일 것 같았다. 범인은 2년 전에 죽은 사람의 이름을 도용해 지금까지 행세해 왔다. 왜 그랬을까? 그가 어제 이 호텔 프론트에서 제시했다는 주민등록증은 죽은 서창배 교수의 것이 아니었을까? 거기에다 사진만 바꿔치기하면 얼마든지 이용이 가능하다. 범인은 그것을 어떻게 입수했을까? 서 교수가 죽기 전에 입수했을까 아니면 죽은 후에 입수한 것일까? 그것도 저것도 아니라면 범인은 서 교수의 죽음과 관계가 있는 게 아닐까? 서 교수는 살해된 게 아닐까?

뚱보는 손목시계를 들여다보고 나서 생각난 듯 주머니 속에서 종잇조각을 꺼냈다. 그것은 피살자의 유품 가운데 섞여 있던 특수 우편물 수령증이었다.

그는 한참 동안 그것을 뚫어지게 들여다보고 나서 먼저 114에 전화를 걸어 N우체국 전화번호를 물었다. 그 수령증에는 우편물 접수날짜와 함께 N우체국 소인이 찍혀 있었다.

잠시 후 그는 N우체국으로 전화를 걸었다. 속달 담당직원에게 전화가 연결되자 그는 신분을 밝힌 다음 사정을 이야기했다. 상대가 수사관임을 알자 우체국 담당직원은 아주 친절하게 응해 주었다.

"수령증에 보면 접수번호와 접수날짜가 나와 있을 겁니다. 그것을 좀 말씀해 주시겠습니까?"

"접수번호는 428번이고 접수날짜는 88년 6월 25일입니다."

"잠깐 기다려 주십시오. 금방 알아볼 수 있습니다."

뚱보가 알고 싶은 것은 속달 우편물을 보낸 사람과 그것을 받은 사람 양쪽의 이름이었다. 그는 볼펜을 집어 들고 가만히 숨을 죽였다. 이윽고 우체국 직원의 목소리가 들려왔다.

"말씀드리겠습니다. 발신자의 이름은 유춘지, 주소는 서울 서대문구 Y동 135번지입니다."

뚱보는 우체국 직원이 불러 주는 것을 재빨리 적었다.

"수신자의 이름은 김영대, 주소는 부산시 해운대구 G동 212번지 A아파트 10동 515호입니다."

"우편물의 내용이 무엇이었는지 알 수 없을까요?"

"그건 알 수 없습니다. 수령증에 보면 중량이 나와 있는데 얼마로 나와 있습니까?"

"55g으로 나와 있습니다."

뚱보가 수령증을 들여다보면서 말했다. 55g의 우편물에 대한 속달 요금은 1,030원이었다.

"그렇다면 편지일 가능성이 큽니다. 보통 편지의 무게는 50g 내외이니까요."

"잘 알겠습니다. 감사합니다."

뚱보는 갑자기 풍선을 타고 공중으로 떠오르는 것 같은 기분을 느꼈다. 범인이 아무리 완전범죄를 노린다 해도 어딘가에 허점이 있게 마련이다. 이 특수우편물 수령증이야말로 범인이 모르고 지나친 결정적인 단서가 아닐까. 발신자인 유춘지는 피살자일 가능성이 크다. 피살자의 신원이 밝혀지면 사건은 거의 해결된 것이나 다름없다.

마인은 주먹코를 한번 문지르고 나서 부산에 내려가 있는 남 형사 일행이 묵고 있는 모텔에다 전화를 걸었다. 그는 어느새 다급해져 있었다. 남 형사와 조 형사는 마침 숙소에 있었다. 별명이 플레이보이인 남 형사가 전화를 받았다.

"서창배 씨의 부인한테 서 교수의 주민등록증에 관해서 물어봤나?"

"아, 그걸 빼먹었군요. 지금 가서 알아보겠습니다."

"빨리 가서 알아봐! 그런 걸 빼먹으면 되나? 서 교수가 사망했을 당시 소지품 가운데 주민등록증이 있었는지 알아봐. 그리고 그것이 지금도 남아 있는지 알아봐."

"알겠습니다."

"그리고…… 받아 적어. 해운대구 G동 212번지 A아파트 10동 515호…… 김영대…… 지금 바로 찾아가서 김영대라는 사람을 만나 봐."

뚱보는 그 사람을 찾아보아야 할 이유를 설명했다. 그의 이야기를 듣고 난 남 형사는 자못 흥분하는 기색이었다.

"알겠습니다. 당장 가 보겠습니다."

"냄새가 나면 신병을 확보해서 추궁해 봐."

"네, 그러겠습니다."

"그리고 집 안을 샅샅이 뒤져서 유춘지가 보낸 편지가 남아 있는지 찾아봐. 6월 25일자 소인이 찍혀 있는 편지야."

"찾아보겠습니다."

전화를 걸고 난 그는 호텔 구내에 남아 있는 염 형사에게 연락을 취했다. 급히 함께 가 봐야 할 데가 생겼으니 아래층 로비에서 만나자고 말한 다음 서둘러 방을 나섰다.

아래층으로 내려간 그는 프론트데스크로 다가갔다. 당직 지배인이 기다리고 있다가 그에게 파일을 내밀었다.

"여기 있습니다. 지난 1월 것부터 조사해 봤는데…… 2월에 처음 투숙한 것으로 되어 있습니다. 2월부터 지금까지 열다섯 번 투숙했습니다."

뚱보는 고개를 끄덕이고 나서 그가 건네준 파일을 열었다. 로비에 내려와 있던 염 형사가 가까이 다가와 곁에서 그것을 들여다 보았다.

파일 안에는 서창배가 지난 2월부터 S호텔에 투숙했음을 입증하는 숙박카드가 열다섯 장이나 들어 있었다. 그와 함께 컴퓨터를 통해 투숙일자를 날짜별로 분류한 서류도 철해져 있었다. 혹시나 해서 알아봐 달라고 당직 지배인한테 부탁했던 것인데 예상했던 것이 사실로 나타난 것이다.

지난 2월부터 지금까지 6개월 동안에 한 호텔에 열다섯 번이나 투숙했다면 호텔 직원에게도 웬만큼 얼굴이 팔렸을 만도 한데 사실은 그렇지가 않은 것 같았다. 이상하게도 서창배라는 이름으로 투숙했던 사나이의 얼굴을 똑바로 기억하고 있는 호텔 직원은 하나도 없는 것 같았다. 기억하고 있다고 해야 고작해서 키가 크고 잘생긴 것 같다는 정도였다.

그래도 그자를 제일 뚜렷이 기억하고 있는 사람은 스카이라운지에 근무하고 있는 웨이터 안기홍이었다.

"왜 그자의 얼굴을 기억하고 있는 직원이 그렇게도 없을까?"

염 형사와 함께 호텔을 나와 유춘지의 집을 찾아 나서면서 뚱보가 물었다. 그의 찌그러진 차는 엔진이 걸릴 때까지 쿠르륵쿠르륵 하고 잔뜩 쉬어빠진 소리를 냈다.

"그럴 수밖에 없지. 가짜 주민증을 가지고 돌아다니는 놈이 자기 얼굴을 쉽게 기억시키려고 하겠어. 가능하면 호텔 직원들하고 얼굴을 마주치지 않으려고 애를 썼겠지. 같은 아파트 같은 동에 살면서도 몇 년이 지나도록 옆집에 사는 사람 얼굴도 모르는 경우가 허다하잖아."

"그렇게 생각하니까 그런 것도 같군. 그렇다면 안군이 기억하고 있는 정도가 믿을만할까?"

엔진이 걸리자 그는 급히 차를 주차장 밖으로 몰고 나갔다.

"내가 가만 보니까 그 친구 눈이 굉장히 나쁜 것 같더라구. 웨이터니까 안경을 안 끼고 있는 모양이야."

하고 염 형사가 말했다.

"그렇다면 그쪽도 기대할 수 없다는 건가?"

"두고 봐야지. 그런데 지금 어디 가는 거지?"

"아, 내가 말 안 했던가."

뚱보는 염 형사한테 특수우편물 수령증을 꺼내보였다.

"이게 뭐야?"

"피살자의 백 속에서 찾아낸 거야."

"그래?"

"우체국에 알아봤어."

"우체국에 알아보면 쉽게 알 수가 있었겠지. 발신자의 이름이 뭐야?"

"유춘지…… 서대문구 Y동에 살고 있어. 수신자는 부산에 살고 있어. 남 형사한테 연락했어. 웬 놈의 비가 이렇게……."

뚱보는 차량의 홍수 속으로 거칠게 차를 몰아나갔다. 이미 여기저기가 긁히고 찌그러졌기 때문에 차를 신주 모시듯 몰고 가지 않아도 되었다. 고급 승용차를 몰고 가는 사람들이 뚱보를 향해 눈을 흘겨댔지만 그는 상관하지 않고 계속 액셀러레이터를 밟아댔다.

끊임없이 내리는 비에 젖을대로 젖어버린 도시는 어느새 검은 잿빛으로 우중충하게 함몰되어가고 있었다. 비가 오고 있었기 때문에 날이 빨리 저물고 있었다.

이윽고 Y동에 들어선 그들은 먼저 그 구역을 맡고 있는 파출소에 들렀다.

파출소 안에는 소장과 순경 두 명이 앉아 있었다. 신분을 밝히자 젊은 순경이 소장에게 그들을 소개했다. 중년의 소장은 고개를 끄덕이면서 일어나 그들을 탐색하듯이 쳐다보았다.

"135번지면 어디쯤 됩니까?"

뚱보의 물음에 젊은 순경이 벽에 붙어 있는 관내 지도를 들여다보았다.

"135번지에 무슨 사고가 났습니까?"

깐깐하게 생긴 소장이 눈을 반짝이며 물었다. 자기 관내에서 발생한 일이라면 자신도 좀 알아야겠다는 태도였다.

"아닙니다. 사람을 좀 찾으려고 그럽니다."

"여기가 135번지입니다."

젊은 순경이 지도의 한 곳을 손가락으로 짚어 보였다.

"개인 주택입니까?"

"네, 주택입니다. 여기서 나가서 오른쪽으로 한 200m쯤 걸어가다 보면 담배가게가 하나 나올 겁니다. 그 가게를 끼고 왼쪽으로 쭉 가시면……."

순경의 설명이 끝나기를 기다렸다가 소장이

"135번지면 슈퍼마켓 하는 최 사장집 아니야?"

하고 말했다.

"네, 그렇습니다."

관내에 살고 있는 주민들에 대한 신상카드가 비치되어 있으면 좋으련만 파출소에는 아직 그런 것이 준비되어 있지 않다는 것을 알고 있는 형사들은 거기서 더 이상 시간을 끌지 않고 밖으로 나왔다.

그들이 다음에 찾아간 곳은 동사무소였다. 동사무소에는 이미 퇴근시간이 지난 뒤였기 때문에 당직 근무자만이 앉아 있었다. 용건을 이야기하자 동사무소 직원은 즉시 135번지에 거주하고 있는 사람의 인적사항이 기록되어 있는 주민등록표를 꺼내 주었다.

Y동 135번지에 거주하고 있는 사람은 모두해서 8명이었다. 세대주의 이름은 최상수(崔相洙)였고 부인은 이명애(李明愛)였다. 그 사이에 자식이 넷 있었고, 그 외에 최상수의 노모와 그의 처제가 동거인으로 되어 있었다. 그들 가운데 유씨 성을 가진 사람은 아무도 없었다.

"괜히 헛다리짚은 거 아니야?"

염 형사의 말에 뚱보는 화난 표정으로 머리를 흔들었다.

"등록이 되어 있지 않을 수도 있어. 등록이 안 돼 있는 동거인은 많다구."

"제발 그랬으면 얼마나 좋을까."

염 형사의 빈정거리는 말에 뚱보는 헛기침만 했다.

최상수의 집은 동사무소에서 가까운 거리에 있었다. 그의 집은 네거리 코너에 있는 3층 건물로 1층과 지하층은 슈퍼마켓으로 이용하고 있었고, 2층은 다방으로 임대해 주고 있었다. 그리고 3층에다 살림집을 차려두고 있었다.

최상수는 외출 중이었다. 그의 부인과 처제가 형사들을 맞았는데 그녀들은 혹시 동거인 가운데 유춘지라는 젊은 여인이 있지 않느냐는 형사들의 맥 빠진 질문에 그런 이름은 들어보지도 못했다고 대답했다.

"슈퍼마켓 종업원들 가운데 그런 이름을 가진 아가씨가 없을까요?"

"종업원이라야 네 명인데…… 유씨 성을 가진 애는 없어요."

"그렇다면 혹시 말없이 행방을 감춘 여자는 없습니까?"

이명애는 웃으며 머리를 가로저었다.

뚱보는 마지막으로 피살자의 사진을 꺼내보였다.

"이런 여자를 본 적이 있습니까?"

"없는데요."

"모든 게 가짜투성이군."

계단을 내려오면서 염 형사가 투덜거렸다.

"부산 쪽도 아마 가짜일걸."

뚱보는 아무 대꾸도 하지 않은 채 서둘러 밖으로 빠져나왔다. 그는 꽤나 심사가 사나워져 있었다. 그전 같았으면 밖으로 화를 터뜨렸겠지만 수사 생활에 이력이 붙다보니 자신도 놀랄 정도로 참을성이 많아졌다.

밖으로 나온 그들은 한동안 차 안에 말없이 앉아 있었다. 두 사람 다 극심한 피로를 느끼고 있었다. 빗방울이 자동차의 지붕을 때리는 소리가 자꾸만 멀어져가는 느낌이었다.

마 형사는 의자를 뒤로 젖힌 다음 상체를 눕히면서 눈을 감았다. 염 형사도 그가 한 것처럼 똑같이 상체를 뒤로 젖히고 나서 두 눈을 감는다.

이럴 수가 있을까? 눈을 감고 있으면서도 마 형사는 계속 두 개의 사건을 생각하고 있었다. 수사가 끝나기 전에는 잠시도 거기에서 생각이 떠나지 않을 거라는 것을 그 자신이 더 잘 알고 있었다.

어제 S호텔에서는 두 건의 살인 사건이 일어났다.

두 번째 사건은 오늘 드러났지만 피살자가 죽은 것은 어제 오후의 일이다. 그러니까 두 사람 다 어제 같은 호텔 안에서 살해된 것이다. 검시의의 말에 따른다면 그것도 거의 비슷한 시간에 살해된 것이다.

도대체 어떻게 된 일일까? 남자는 지하주차장에서 불고기가 되어 죽었고 여자는 방 안에서 시체로 발견되었다. 누가 먼저 죽은 것일까? 남자 쪽 신원은 밝혀졌다. 그 두 죽음은 서로 관련이 있는 것일까 아니면 전혀 관계가 없는 것일까? 서로 독립된 사건이라기보다는 서로 연관성이 있는 사건들이 아닐까? 두 사건 모두 같은 호텔에서 발생했고, 발생한 시간도 비슷하지 않은가. 두 사건의 연관성을 찾아내면 고리가 풀릴지도 모른다. 만일 전혀 관계가 없다면 골치 아프다. 이리 뛰고 저리 뛰어야 하니까. 빌어먹을…….

용 의 자

해운대구 G동에 있는 A아파트 단지는 바다가 한눈에 들어오는 높은 지대에 자리 잡고 있었다. 단지가 워낙 커서 나지막한 산 하나가 온통 아파트 건물들로 뒤덮여 있었다. 일반 소시민들을 상대로 지은 것들이기 때문에 대부분 20평 내외의 조그마한 아파트들이었다.

아파트 단지로 뻗어 있는 차도를 택시를 타고 오르면서 보니 바다는 숫제 검은빛이었고, 잿빛 하늘과 맞닿은 수평선은 유난히도 선명해 보였다. 그러나 그 선명함은 금방 흐려지더니 아파트 단지 앞에 이르렀을 때는 수평선도 보이지 않게 되었다. 빗발이 갑자기 굵어지고 있었다. 오륙도가 반쯤 안개에 가려 있었고, 그 뒤로 거대한 배가 지나가고 있었다.

A아파트 10동 앞에서 택시를 내린 형사들은 515호를 찾아 5층까지 이어져 있는 계단을 올라갔다. 아파트는 모두 5층 높이로 지어져 있었고, 지은 지 오래 된 듯 꽤 낡아 보였다. 각 동을 지키는 경비실 같은 것은 눈에 띄지 않았다.

앞장서서 올라간 남 형사가 먼저 515호의 초인종을 눌렀다. 안 쪽에서 급하게 뛰어오는 소리가 나더니,

"누구세요?"
하는 물음과 함께 이쪽의 응답은 기다리지도 않고 문이 벌컥 열렸다.

"어머!"

낯선 사람들을 보고 젊은 여인이 놀라는 표정을 지었다. 그녀는 속이 비치는 잠옷 바람이었고, 욕실에서 금방 나온 듯 머리칼이 젖어 있었다. 그녀는 누군가를 기다리고 있었던 듯 반색을 하고 뛰어나왔다가 낯선 사람들을 보고 그만 실망한 것 같았다.

남자들의 시선이 그녀의 풀어헤쳐진 가슴 쪽으로 쏠렸다. 그녀는 당황해서 가슴을 여미며,

"잠깐 기다리세요."
하고는 안 쪽으로 도로 뛰어 들어갔다.

젊은 형사들은 그녀의 농염한 자태에 잠시 얼이 빠진 듯 서 있다가 그녀가 사라지자 멋쩍은 미소를 나누었다.

"근사한데……."

플레이보이로 통하는 남 형사가 참지 못하고 한마디 하자 거한은 두 눈을 껌벅거렸다.

잠시 후 블라우스를 위에 걸친 여주인이 수건으로 머리를 털면서 나타났다.

"실례합니다. 여기가 김영대 씨 댁입니까?"

"네, 그런데요."

"지금 계십니까?"

"안 계시는데요. 어디서 오셨는가요?"

그들을 쳐다보는 그녀의 두 눈에 약간 두려운 빛이 나타났다.

"경찰입니다."

남 형사가 신분증을 꺼내보이자 그녀의 안색이 하얗게 굳어졌다. 어느새 나타났는지 그녀의 뒤에는 어린 소녀 하나가 매달려 있었다.

"무슨 일로 그러시는가요?"

"아, 좀 만나 볼 일이 있어서 그럽니다. 실례지만 김영대 씨하고는 어떤 사이십니까?"

"남편이에요."

그녀가 조심스럽게 대답했다.

"아, 그렇습니까. 부군께서는 어디 가셨습니까?"

"서울 가셨는데요."

"언제 가셨습니까?"

남 형사의 질문이 날카로워지고 있었다.

"어, 어제 가셨는데요."

"언제 오신다고 했습니까?"

"글쎄요. 오늘 내려오신다고 했는데……."

그녀는 말끝을 흐리면서 형사들의 눈치를 살폈다.

"안에 좀 들어갈까요?"

조 형사가 퉁명스럽게 말하면서 상대방의 대답도 기다리지 않고 밀고 들어가자 그녀는 당황해서 옆으로 비켜섰다.

그녀는 서른은 채 안 됐을 성 싶은 조금은 들뜬 듯한 분위기를 지닌 매력적인 여인이었다. 열댓 평쯤 되어 보이는 작은 아파트 공간은 그녀의 게으른 성품을 말해 주는 듯 꽤나 어질러져 있었다. 이렇다 하게 값이 나가는 가구 같은 것도 눈에 띄지 않는, 생각하기에 따라서는 임시로 거처하고 있는 듯한 느낌을 주는 집안 분위기였다. 열린 방문 사이로 흐트러진 침대가 보였고, 그 침대가 놓여 있는 벽면에는 온통 여자의 나체 사진들이 어지럽게 붙어 있었다. 여주인이 다급하게 문을 닫아버리는 바람에 그들은 더 이상 그것을 볼 수가 없었다.

그들이 좁은 거실에 놓여 있는 낡은 소파에 앉아 있는 동안 그녀는 급히 거실에 어질러져 있는 것들을 치우기 시작했다. 어린 소녀는 손가락 하나를 입으로 빨아대면서 제 엄마만 따라다니고 있었다.

여주인이 차를 대접하려는 것을 형사들은 사양했다. 그 대신 그녀를 자리에 앉게 한 다음 그녀의 이름부터 물었다. 그녀는 자신의 이름을 하종미(河宗美)라고 했다.

"부군께서는 무슨 일로 서울에 올라가셨나요?"

"잘 모르겠어요."

그녀는 조심스럽게 머리를 빗어 넘겼다.

"오늘 틀림없이 내려오신다고 그랬나요?"

"오늘쯤 내려오신다고 하면서 올라갔으니까…… 아마 오실 거예요."

"김영대 씨는 무슨 일을 하고 계십니까?"

그 물음에 하종미는 얼른 대답하지 못한 채 머뭇거리다가 자신 없는 투로,

"사업하고 있어요."

라고 대답했다.

"무슨 사업입니까?"

그녀는 또 머뭇거렸다.

"아직 하지는 않고…… 앞으로 할 거예요."

형사들은 서로 한번 쳐다보고 나서 고개를 끄덕였다.

"그럼 현재는 뚜렷이 하는 일이 없습니까?"
"네, 그렇다고 볼 수 있어요."
그녀의 얼굴에 부끄러워하는 기색이 나타나는 것을 보고 남 형사는 다그쳐 물었다.
"앞으로 하려고 하는 사업이란 건 뭡니까?"
"레스토랑이에요."
"식당 말입니까?"
"네, 한식당이 아니고 카페식 레스토랑이에요."
"어디다 개업할 겁니까?"
"서울에다 할 거예요."
"개업일자는 언제입니까?"
"다음 달 중순경이에요."
"그 일 때문에 서울로 올라가셨나요?"
"네, 아마 그럴 거예요."
"유춘지 씨하고는 어떤 사이십니까?"
남 형사는 느닷없이 엉뚱한 질문을 던져보았다. 갑자기 정곡을 찌름으로써 상대방에게 미처 거짓말할 틈을 주지 않기 위해서였다. 그러나 그의 의도는 빗나갔다.
"유춘지 씨가 누군가요?"
"유춘지 씨를 모르십니까?"
"모르겠어요. 그런 사람은 몰라요."
"유춘지 씨는 댁을 잘 안다고 하던데요."
"저를요?"
그녀는 눈을 크게 떴다가 머리를 가로저었다.
"전 그런 사람 모르겠어요."

"그렇다면 댁의 부군하고 잘 아는 사이인가 보지요?"

"거기까지는 잘 모르겠어요."

그녀의 얼굴에 경계와 의혹의 빛이 나타났다.

"미안하지만 집 안을 좀 살펴봐도 되겠습니까?"

그들에게는 그 집 안을 뒤져볼 수 있는 수색영장이 없었다. 미처 그것을 준비하지 못했던 것이다.

"무슨 일 때문에 그러시는가요? 그분한테 무슨 일이라도 생겼나요?"

"별것 아닙니다. 걱정하지 않으셔도 됩니다."

"좀 살펴보겠습니다."

그녀의 입에서는 집 안을 살펴보아도 좋다는 대답이 나오지 않았다. 그러나 수사관들은 그녀의 대답을 기다리지도 않고 이미 일에 착수하고 있었다. 그녀가 안 된다고 완강히 버티었다면 그들도 하는 수 없이 시간이 걸리더라도 절차를 밟아나갔을 터이지만 그녀는 아무 대답도 하지 않았고, 그래서 그들은 그녀의 무응답을 자기들 편리할 대로 해석하고 일에 착수했던 것이다. 사실 절차 같은 것은 시간을 다투는 수사 실무자들한테는 수사를 지연시키는 거추장스러운 방해물일 뿐일 경우가 많다. 당하는 입장에서는 인권문제를 들고 나오겠지만 말이다. 수사관들이 노리는 것은 오로지 하나, 수단 방법을 가리지 않고 최단 시일 내에 범인을 체포하는 일이다.

살펴보겠다는 말의 유연성도 실제로는 아주 다르게 나타나는 경우가 허다하다. 집 안은 눈 깜짝할 사이에 난장판이 되어 있었다. 형사들은 집 안을 샅샅이 뒤져대고 있었고, 그들의 손길이 닿은 물건들은 아무렇게나 내팽개쳐지고 있었다. 그들은 마치 쓰레기를 뒤지는 것처럼 물건들을 다루고 있었다. 그리고 놀라울 정도의 집착력을 보이며 집요하게 뒤져대고 있었다. 집 주인에게 무엇을 찾는다는 구체적인 말도 없었다.

조 형사는 트렁크를 열었다. 트렁크 안에는 겨울옷들이 잔뜩 들어 있었다. 그는 트렁크를 뒤집어엎었다. 쏟아져 나온 옷들을 뒤적여보다가 하나씩 집어 들고 주머니를 만져본 다음 아무것도 들어 있지 않은 것이 확인되면 그것을 구석 쪽으로 내던졌다.

그 아파트에는 조그만 방이 두 개 있었다. 하나는 안방이었고 그보다 작은 다른 하나는 장난감 같은 것들이 널려 있는 것으로 보아 아이 방인 것 같았다.

남 형사는 침대가 놓여 있는 안방으로 들어갔다. 그때까지 얼어붙은 듯 서 있기만 하던 하종미가 재빨리 들어오더니 얼굴을 붉히며 흐트러진 침대를 정리하기 시작했다.

남 형사는 잠시 벽면에 붙어 있는 여인의 나체 사진들을 넋을 잃고 바라보다가,

"아주 근사하군요."

라고 중얼거렸다.

하종미는 더 이상 배겨내기가 힘들었던지 홱 돌아서서 밖으로 나가버렸다.

남 형사는 미소를 지으며 벽면을 쳐다보았다.

벽면에 어지럽게 붙어 있는 여인의 나체 사진들은 주로 외국 잡지 같은 데서 오려낸 것들로 하나같이 팔등신 미녀들의 풍만한 육체를 컬러로 찍은 것들이었다. 음부 같은 곳이 고스란히 매력적으로 드러나 있는 것으로 보아 플레이보이지 같은 잡지에서 주로 골라낸 것 같았다. 하종미가 그랬을 것 같지는 않고 아무래도

남자 쪽에서 섹스분위기를 고조시키기 위해서 그랬을 것 같았다.

남 형사는 몸을 돌려 화장대 앞에 섰다. 화장대 위에는 여러 가지 화장품들이 가득 놓여 있었다. 머리빗에는 긴 머리카락들이 그대로 붙어 있었고, 재떨이 안에는 담배 꽁초가 수북이 쌓여 있었다. 그는 담배 꽁초 하나를 집어보았다. 꽁초에는 포도주 색깔의 립스틱이 묻어 있었다. 꽁초는 미제 켄트였다. 그는 화장대 서랍을 차례로 열어보았다. 서랍 속에는 온갖 잡동사니들이 가득 들어 있었다. 다른 서랍 속도 마찬가지였다. 서랍 속에 있는 것들을 모두 쏟아놓고 손으로 휘저어보고 나서 왼쪽 맨 아래 칸에 있는 서랍을 열어보았다. 그 안에는 겉봉이 뜯긴 편지들이 수북이 들어 있었다. 그는 그것들을 하나하나 집어 들고 겉봉에 씌어 있는 수신자의 이름들을 확인해 보았다. 수신자의 이름은 하나같이 하종미로 되어 있었다. 발신자 가운데 혹시 유춘지라는 이름이 없을까 해서 찾아보았지만 그런 이름은 보이지가 않았다. 하종미가 다시 방 안으로 들어온 것을 보고 그가 물었다.

"김영대 씨한테 온 편지들은 어디다 모아둡니까?"

"모르겠어요."

그녀는 고개를 내젓고 나서 이렇게 덧붙였다.

"모두 없애버려요."

남 형사는 그녀의 말을 믿고 싶지가 않았다. 그는 포기하지 않고 수색을 계속해나갔다. 그러나 두 사람이 한 시간 남짓 집 안을 뒤져보았지만 그들이 찾는 것은 좀처럼 나타나지 않았다. 주방은 물론 욕실까지도 찾아보았지만 유춘지가 김영대한테 보낸 편지는 보이지 않았다.

남 형사는 베란다로 통하는 창문을 바라보았다. 창문에는 어둠이 배어들고 있었다. 베란다로 불어 닥친 비바람이 창문에 부딪치는 바람에 창문 위로는 계속 빗물이 흘러내리고 있었다. 밖을 내다보고 있던 그의 두 눈이 갑자기 빛났다.

창문에 시든 안개꽃이 비쳐 보이고 있었다. 그것은 병 속에 들어 있었다. 화병은 안방구석에 있는 받침대 같은 것 위에 놓여 있었는데, 그 받침대는 받침대치고는 꽤 높아보였고 꽃무늬가 있는 비닐 커버에 덮여 있었다.

그는 몸을 돌려 그쪽으로 다가가서 비닐 커버를 들어 올려 보았다.

거기에 있는 것은 다름 아닌 조그만 소형 금고였다. 그는 꽃병을 드러낸 다음 거칠게 커버를 걷어냈다. 그것은 아주 오래 된 것인 듯 녹이 많이 슬어 있었고, 칠도 군데군데 많이 벗겨져 있었다. 손잡이를 잡아 비틀어보았지만 문은 열리지 않았다. 남 형사는 손에 묻은 먼지와 녹을 털어내고 나서 하종미를 돌아보았다.

"저 금고를 좀 열어봐 주시겠습니까?"

하종미는 고개를 흔들었다.

"전 열 줄 몰라요."

"김영대 씨가 잠가놨나요?"

"그랬을 거예요."

"금고 안에 뭐가 있습니까?"

"아무것도 없을 거예요. 고장 나서 사용하지도 않아요."

남 형사는 그 금고 안에 무엇인가 들어 있을 것만 같은 기분이 들었다.

조 형사가 주방 쪽에서 다가와 허탕을 쳤다는 듯 머리를 흔들다가 금고에 시선이 머물렀다.

"오래 된 금고인데 열리지가 않아. 김씨가 잠가놨나 봐."
바로 그때 차임벨 소리가 들려왔다. 형사들은 긴장해서 서로 쳐다보았다. 남 형사는 거실로 들어섰다. 하종미가 현관으로 나가려는 것을 조 형사가 막았다.

"김영대 씨가 돌아왔으면 자연스럽게 행동하셔야 합니다. 우리가 왔다는 말을 해서는 안 됩니다. 가서 문을 열어 주세요."

"아니야. 아주머니를 내보내면 안 돼."

조 형사의 말을 남 형사가 막았다. 차임벨이 계속 울렸다. 어린 소녀가 하종미의 손을 현관 쪽으로 잡아끌었다.

"아빠야, 아빠…… 아빠 왔어."

남 형사는 하종미를 화장실로 밀어 넣었다.

"아주머니는 거기서 꼼짝하지 말고 계십시오. 나오시면 안 됩니다."

그러고 나서 그는 소녀의 머리를 쓰다듬었다.

"너 문 열 줄 아니? 가서 문 열어줄 수 있어?"

소녀는 불안한 표정으로 고개를 끄덕였다.

"그럼 네가 문을 좀 열어줄래? 아빠가 밖에서 기다리고 계시니까."

소녀는 고개를 끄덕이고 나서 종종걸음으로 걸어갔다. 그것을 보고 남 형사는 화장실로, 조 형사는 주방 쪽으로 몸을 숨겼다.

소녀가 문을 열어 주기 전에 남 형사는 화장실에서 뛰어나와 현관에 있는 자신의 구두와 조 형사의 구두를 들고 재빨리 화장실로 도로 들어갔다.

곧이어 문이 열리고 건장하게 생긴 한 사내가 안으로 들어섰다. 사내는 안경을 끼고 있었다. 한 손에 들고 있던 007가방을 내려놓더니 소녀를 번쩍 안아 올린다.

"아이구, 우리 찬희가 문을 열어줬구나. 엄마는 어디 있지?"

소녀는 겁먹은 표정으로 화장실 쪽을 가리켰다. 사내는 거실로 올라서서 화장실 쪽으로 걸어왔다. 그가 막 화장실 안을 들여다보려고 했을 때 그 안에서 낯선 남자 한 명이 튀어나왔다.

"실례합니다. 김영대 씨죠?"

소스라치게 놀란 사내는 불안한 표정으로 서 있는 아내를 한 번 쳐다보고 나서 안고 있는 소녀를 천천히 내려놓았다. 그리고 갑자기 품속에서 칼을 뽑아들었다. 그것을 보고 하종미가 비명을 질렀다.

"가까이 오지 마! 가까이 오면 죽일 거야!"

김영대는 뒷걸음질을 쳤고 남 형사는 두 손을 들어 상대방의 공격을 막으려고 했다.

"당신은 포위됐어! 그 칼을 내려놔!"

남 형사가 설득하자 김영대는 더욱 공격적인 자세를 취하면서 뒷걸음질 쳤다.

그러나 그는 등에 와 닿는 단단한 물체 때문에 더 이상 물러설 수가 없었다.

"칼을 버려! 버리지 않으면 사살할 테다!"

등 뒤에서 다른 목소리가 말했다. 김영대는 등을 찌르고 있는 것이 총구임을 알았다. 그의 얼굴이 잔뜩 일그러지더니 이윽고 그의 손에서 칼이 굴러 떨어졌다.

남 형사가 재빨리 그것을 발로 찼다. 이어서 그는 김영대의 손목에 수갑을 채웠다. 손목에 수갑이 채워지는 순간 김영대의 얼굴에 절망적인 표정이 스쳐갔다.

"왜 이러는 거예요? 도대체 왜 이러는 거예요?"

김영대는 가만 있는데 하종미가 울면서 남 형사에게 매달렸다. 소녀도 덩달아 울면서 영대의 다리를 껴안는다.

"조용히 해!"

영대가 신경질적으로 쏘아붙였다. 종미는 울음을 그치고 딸을 남편한테서 떼어놓았다.

영대는 성난 눈으로 자기 집에 침입한 사람들을 노려보았다.

"당신들은 누구야? 무슨 일로 이러는 거야?"

"경찰이야."

조 형사가 권총을 집어넣으며 말했다.

"무슨 일로 이러는 거요?"

"당신이 칼을 휘두르니까 그런 거지. 처음부터 점잖게 나왔으면 이러지 않아."

남 형사가 말했다.

"왜 칼을 휘둘렀지?"

"강도가 우리 집에 침입한 줄 알았어요. 그래서 그냥 얼떨결에……."

"당신은 강도에 대비해서 항상 품속에 칼을 품고 다니나요?"

그 물음에 영대는 그만 입을 다물었다.

남 형사는 바닥에 떨어져 있는 칼을 집어 들어 보았다. 대검보다는 조금 작으면서도 끝이 날카롭게 생긴 칼이었다. 남 형사는 제대로 찾아온 게 틀림없다고 생각하니 가슴이 마구 뛰었다.

"당신 지금 서울서 오는 건가요?"

"대구에서 오는 길입니다. 경찰이면 경찰이지 왜 허락도 없이 남의 집에 들어와 이 야단입니까? 수갑은 왜 채우는 겁니까?

이거 풀어줘요!"

"닥쳐!"

조 형사가 눈을 부라리며 영대의 어깨를 툭 쳤다. 남 형사가 그의 소매를 잡아끌었다.

"저 금고 안에는 뭐가 있어요?"

비로소 김영대의 눈에 난장판이 되어 있는 집 안이 보이는 모양이었다. 그는 놀란 눈으로 주위를 둘러보고 나서 머리를 흔들었다.

"아무것도 없습니다."

"거짓말 마! 저 안에 약이 들어 있다는 거 다 알고 왔으니까 빨리 열어봐."

조 형사가 소리를 질렀다.

"약이라니요?"

"히로뽕 말이야."

그 말에 영대는 펄쩍 뛰었다.

"어디서 그런 정보를 얻었습니까? 어떤 놈이 그런 엉터리 정보를 주던가요?"

남 형사가 잡아끌자 영대는 더 이상 버티지 않고 따라왔다. 그리고 금고 앞에 웅크리고 앉아 다이얼에 손을 가져갔다. 그가 불편하다고 하면서 수갑을 풀어달라고 했지만 형사들은 그의 요구를 들어주지 않았다.

김영대는 한참 동안 꾸물거리다가 마침내 금고문을 열었다. 남 형사는 그를 물러나게 하고 대신 금고 앞에 앉아 그 안에 들어 있는 것들을 하나도 남김없이 꺼냈다. 금고 안에는 별로 많은 물건들이 들어 있지 않았다. 형사들은 그것들을 내려놓고 하나씩 점검해 보았다.

그것들은 땅문서, 구식 손목시계, 돋보기 안경, 손때가 묻은 담배쌈지, 담뱃대, 고문서, 편지뭉치 같은 것들이었다. 금고 속에 그런 것들이 들어 있다는 것은 정말 생각 밖이었다.

"히로뽕이 있으면 찾아보십시오."

김영대가 자신만만한 목소리로 말했다.

"금고 안에는 없는 것 같군요."

남 형사는 '우리가 찾고 있는 것은 히로뽕이 아니야.' 라고 말하고 싶은 것을 꾹 참으면서 편지뭉치를 풀어헤쳤다.

"이 물건들은 모두 옛날 것들 같은데…… 왜 금고 안에 넣어 두었지?"

조 형사가 고문서를 들여다보며 물었다.

"돌아가신 할아버지의 유품입니다. 우리 아버지가 소중히 간직해 온 것들이기 때문에 버리지도 못하고 가지고 있는 겁니다. 금고도 아버지가 물려준 겁니다."

"별로 값이 나가는 것도 없는 것 같은데?"

"네, 하지만 우리 집안에서는 귀한 것들입니다."

그렇게 말하는 김영대의 표정이 갑자기 창백해지는 것 같았다. 그의 두 눈은 남 형사를 바라보고 있었다.

남 형사의 손에는 몇 통의 편지가 들려 있었다. 그것들은 그가 편지뭉치에서 골라낸 것들이었다.

"우리가 찾고 있는 것은 히로뽕이 아니었어요. 바로 이거였어요. 이 편지들……."

남 형사는 김영대의 코앞에다 편지들을 흔들어 보였다.

"유춘지가 누구지요?"

김영대의 표정이 더욱 창백해지는 것 같았다. 형사들은 차가운 눈빛으로 김영대의 표정을 살피고 있었다.

"모릅니다."

김영대의 대답은 간단했다.

남 형사는 편지봉투에 적혀 있는 이름들을 영대의 눈앞에 들이밀었다. 그러고 나서 하종미한테도 보여 주었다.

"보다시피 이 편지들은 김영대 당신한테 온 것들이야. 여기에는 분명히 발신자의 이름이 적혀 있어요. 유춘지라고…… 아마 여자이겠지. 그리고 이 편지들은 모두 뜯겨져 있어요. 당신이 이 편지들을 보고 나서 금고 안에 소중히 보관해 두었다는 걸 알 수 있어요. 그래도 유춘지가 누구인지 모르겠어요?"

"모릅니다."

영대는 머리를 흔들었고 하종미는 창백한 표정으로 가만히 있었다.

"잡아떼지 마! 뻔한 사실을 놓고 모른다고 하면 말이 되나!"

조 형사가 버럭 소리 지르자 어린 소녀가 울음을 터뜨렸다. 남 형사는 아이를 달래면서 하종미한테 아이를 데리고 옆방에 들어가 있으라고 권했지만 그녀는 그대로 버티고 있었다. 그녀는 영대의 말도 듣지 않고 고집스럽게 자리를 지키고 있었다. 자기 남편과 형사들이 주고받는 말을 하나도 빠짐없이 들어두어야겠다는 듯이.

"당신 말대로라면 모르는 여자가 당신한테 이렇게 편지를 보냈다는 건가요?"

"네, 그렇습니다."

남 형사는 픽하고 웃었다.

"당신은 매우 희극적인 데가 있군요. 부인께서도 유춘지라는 이름을 모르십니까?"

하종미는 가만히 머리를 가로저었다.

"좋아요. 그렇다면 모르는 사람한테서 온 편지들을 왜 금고 속에 보관해 놨지요?"

"그건 저기……."

영대는 얼른 대답을 못하고 머뭇거리기만 했다. 그러다가 이렇게 말했다.

"그냥 버리기가 싫어서 보관해둔 겁니다."

"그것 참 이상하군요. 그건 그렇고…… 무슨 내용의 편지들입니까?"

"이상한 내용입니다."

영대는 불만스럽게 말하고 나서 답답한 듯 수갑 찬 손목을 내려다보았다.

남 형사는 접수날짜가 6월 25일인 서울 N우체국 소인이 찍힌 편지봉투에서 편지를 꺼냈다. 일곱 통의 편지 가운데 그것은 가장 최근에 보낸 편지였다.

"뭐라고 쓰여 있어?"

조 형사가 궁금한 듯 고개를 디밀었다.

"영대 씨. 오늘도 당신을 생각하면서 이 편지를 씁니다. 뱃속의 아기가 몹시 보채는군요. 세상에 나와 밝은 햇빛을 보고 싶어서 그러는가 봐요. 그리고 엄마 아빠가 누구인지 보고 싶어서 그러는 거겠죠.

곰곰 생각해 보니 당신한테 몸과 마음을 빼앗긴 이후

지금까지 저의 인생은 오로지 당신을 향한 일념과 희생으로 얼룩져 왔습니다. 당신은 저와 같은 생각이 아니겠지만 저는 자나 깨나 오로지 당신 생각뿐이었습니다.

그러니까 2년 전 여름 피서지에서 당신을 처음 만나 당신한테 강제로 몸을 빼앗겼을 때만 해도 저는 너무 수치스러워서 죽고만 싶었고 당신이 죽이고 싶도록 저주스러웠지요. 하지만 시간이 흐름에 따라 당신의 강요에 의해 어쩔 수 없이 관계를 맺어 오는 동안 어느새 저는 저도 모르는 사이에 당신을 사랑하게 되었나봅니다. 육체를 정복당한 여자는 결국 정신마저 정복당한다고 하더니 정말 그 말이 맞나봅니다. 저는 육체뿐만 아니라 정신까지 완전히 당신한테 강탈당한 끝에 결국 당신의 손끝에 놀아나는 꼭두각시가 되어버리고 말았던 것이지요.

지난번 당신한테 얻어맞은 데가 욱신거리고 아픕니다. 제 몸은 당신의 무자비한 손찌검으로 성한 곳이 한 군데도 없습니다. 당신한테 그렇게 매를 맞으면서도 당신이 좋다고 매달리는 내 자신이 가엽기도 하고 한심하기도 합니다. 하지만 당신이 좋은 걸 어찌합니까. 아니, 제가 눈이 어두워 남편과 자식까지 저버렸다는 표현이 옳겠지요. 그뿐이 아닙니다. 당신이 요구하는 대로 저는 그동안 적지 않은 돈을 당신의 장사 밑천으로 대 주었습니다. 모두 계산해 보니 3억 가까운 큰돈이었습니다. 집안에 있는 돈은 물론 곗돈, 친정 식구들 돈, 친구들 돈까지 끌어다가 당신한테 갖다 바쳤습니다. 그런 제 정성도 모르고 당신은 항상 못마땅한 표정으로 제 돈을 받곤 했습니다.

이제 저는 가정에서 쫓겨나고 빚쟁이가 되어 쫓기는 신세입니다. 그리고 뱃속에는 당신의 아기가 자라고 있습니다. 당신은 아기를 떼라고 하지만 저는 그럴 수 없습니다. 저는 혼자서라도 아기를 낳아 기를 생각입니다.

지금 와서 생각해 보면 당신이 지금까지 저한테 추구해 왔던 것은 오로지 육체와 돈이었다는 생각이 듭니다. 당신은 그 밖의 것은 저한테 요구하지 않았으니까요.

이제 당신은 저한테서 단물을 모두 빨아먹고 나자, 저라는 여자는 귀찮은 존재가 되었습니다. 그래서 아기를 떼라고 요구하고 있고 결국은 저와 헤어지려 하고 있습니다. 당신한테는 아무 쓸모도 없는 여자와 계속 만난다는 것이 더없이 괴로운 일이겠지요. 당신은 이제 단물도 나오지 않는 저 같은 여자보다는 돈과 미모를 갖춘 새로운 여자를 찾는 일이 더 필요하겠지요. 악마 같은 사람! 당신은 악마예요! 그러나 저한테는 사랑스러운 악마예요. 제가 모든 것을 바쳐 사랑했던 악마예요. 왜 저는 이다지도 어리석을까요? 당신이 악마인 줄을 알면서도 당신을 원하고 있다니 세상 천지에 저같이 어리석은 여자가 또 있을까요? 여자는 모순 덩어리라고 하지만 저 같은 모순 덩어리가 과연 또 있을까요? 당신이 저를 버리면 저는 죽습니다. 아기와 함께 죽습니다. 당신이 모두 가져가 버렸기 때문에 저는 이제 가진 것이라곤 아무것도 없습니다. 당신은 저를 버려서는 안 됩니다. 만일 당신이 저를 버린다면 저는 마지막을 결심하지 않을 수 없습니다. 그것은 우리 모두가 함께 떠나는 것입니다. 먼 나라로 함께 떠나는 것입니다. 저는 결코 혼자 떠나지는 않을 것입니다. 당신을 데리고 함께 떠날 겁니다.

영대 씨, 제발 저를 버리지 말아 주세요. 당신이 약속했던 대로 우리 행복한 가정을 꾸려요. 저는 당신하고 함께라면 얼마든지 행복한 가정을 꾸릴 수가 있어요. 그러려면 당신은 지금 부인과 이혼하셔야 해요. 당신의 현명한 판단을 기다리겠어요. 아마 이것이 마지막 편지가 될 거예요.

1988년 6월 25일 당신의 춘지 올림

"갑시다."

편지를 봉투 속에 접어 넣으며 남 형사가 단호하게 말했다.

"어디로 가자는 겁니까?"

"가 보면 알아."

조 형사가 퉁명스럽게 대꾸하면서 김영대의 한 쪽 손목에 걸려 있는 수갑을 풀어 자신의 손목에다 채웠다. 그러자 하종미가 두 사람의 손목이 연결된 수갑을 붙잡고 울부짖으며 늘어졌다. 형사들은 간신히 그녀를 떼어놓고 영대를 데리고 어둠이 깔린 밖으로 나섰다.

알리바이

"망할 놈의 비가……."

차창을 때리는 빗물을 흘겨보면서 마인이 중얼거렸다.

"담배 좀 그만 피울 수 없어?"

뒷자리에 늘어져 있던 염 형사가 미간을 찌푸리며 말했다. 마인은 차창을 연 다음 밖으로 담배 꽁초를 내던졌다.

"담배 꽁초 좀 재떨이에다 버릴 수 없어?"

마 형사는 뭉툭코를 손으로 문지르며 출구 쪽으로 시선을 던졌다.

그들은 서울역에 나와 있었다. 밤차로 남 형사 일행이 용의자를 데리고 온다는 연락을 받았기 때문에 앉아서 기다릴 수가 없어 그들을 마중 나온 것이다.

남 형사의 보고에 따르면 용의자인 김영대는 S호텔 살인 사건의 범인임이 거의 틀림없는 것 같았다. 그 보고를 받았을 때 수사본부는 흥분에 싸여 일손을 놓았고 계장은 술판까지 벌여 주었었다.

모든 비는 서울역 광장 위로만 쏟아지고 있는 것 같았다. 광장의 아스팔트 바닥을 때리는 빗소리가 꽤나 요란스러웠다. 어둠이 서서히 걷히면서 광장을 밝히고 있던 불빛들이 하나둘씩 사라지고 있었다.

"해장국이나 하나씩 먹고 올 걸 그랬군."

염 형사가 길게 하품을 하면서 말했다.

"5분 남았어."

"보나마나 연착할 거야."

그들은 출구가 마주보이는 위치에다 차를 주차시켜놓고 있었다. 마인은 형사수첩을 꺼내 수사일지를 들여다보았다.

1. 1988년 7월 20일 오후 2시 살인 사건 신고 받고 S호텔 1924호실로 출동. 피살자는 20대 여인.

2. 1924호실 투숙객 이름은 서창배. 주소는 부산 남구 N동 152번지 S아파트 505동 901호. 전화번호는 625-776X. 남 형사가 그 번호로 전화를 걸어 보았으나 서창배라는 인물은 없는 것으로 밝혀짐.

3. 같은 날 오후 남 형사와 조 형사 비행기 편으로 부산행.

4. 피살자의 유품 중에서 특수우편물 수령증 발견. 접수번호 428. 접수날짜 88년 6월 25일. 무게 55g. 발신자 유춘지. 수신자 김영대. 발신자의 주소 서울 서대문구 Y동 135번지. 수신자의 주소 부산 해운대구 G동 212번지 A아파트 10동 515호.

5. S호텔 스카이라운지 웨이터 안기홍이 7월 19일 오후 3시경 피살자로 보이는 여자와 30대 초의 남자가 스카이라운지에서 만나는 것을 목격했다고 증언. 그 두 사람은 전에도 스카이라운지에서 수차례 만났었다고 함.

6. 부산으로 내려간 수사팀으로부터 서창배에 대한 조사 보고. 2년 전 교통사고로 사망했으며 당시의 사고차 량은 아직까지 밝혀지지 않음. 서창배는 당시 부산K대 서양화과 교수.

7. 부산의 남 형사에게 김영대의 집 주소 가르쳐 주다. 김영대의 신병 확보하라고 지시.

8. S호텔 프론트 데스크에서 용의자가 서창배라는 이름으로 지난 2월부터 지금까지 S호텔에 투숙해 왔음을 확인.

9. 염 형사와 함께 유춘지의 주소를 찾아갔으나 허탕. 그곳에 살고 있지 않음.

10. 안기홍에게 피살자의 사체 보이다. 그의 진술 토대로 용의자의 몽타주 작성.

11. 남 형사로부터 김영대의 신병을 확보했다는 보고. 그의 집에서 유춘지의 편지도 발견. 김영대를 서울로 연행해 오라고 지시.

"열차가 도착한 모양이야."

염 형사의 말에 마인은 고개를 쳐들었다. 서울역 출구를 통해 사람들이 쏟아져 나오고 있는 것이 보였다. 출구를 빠져나온 사람들이 사방으로 흩어지는 바람에 광장은 갑자기 활기를 띠기 시작했다.

한참이 지나도 남 형사 일행의 모습은 보이지 않았다.

염 형사가 고개를 길게 빼고 차창 밖을 내다본다.

"저기 오는군."

마인의 시야에 세 사람의 모습이 들어왔다. 거의 모든 사람들이 빠져나온 뒤에야 남 형사 일행은 마지막으로 그 모습을 드러내고 있었다. 세 사람 가운데 한 명은 처음 보는 낯선 얼굴이었다. 거구의 조 형사가 그 낯선 얼굴의 사나이와 함께 우산을 받쳐 쓰고 있었고 남 형사는 그들 뒤에 조금 떨어져서 따라오고 있었다. 조 형사와 낯선 사내 사이가 수갑으로 연결되어 있음을 멀리서도 알아볼 수 있었다. 뚱보는 낯선 사나이의 모습이 수 미터 앞에까지 다가왔을 때 직감적으로 그가 바로 범인임에 틀림없다는 생각이 들었다.

"비슷한데…… 저자가 틀림없어."

염 형사도 같은 생각인지 몽타주를 마인한테 내밀며 말했다. 뚱보는 몽타주를 받아 그것을 힐끗 내려다본 다음 남 형사 일행을 향해 클랙슨을 울렸다. 조 형사가 그들을 발견하고 우산을 쳐들고 흔들었다.

몽타주는 목격자의 진술을 토대로 해서 전문가가 밤새워 작성해 낸 것이었다. 그 몽타주와 지금 다가오고 있는 낯선 사나이의 모습이 과연 비슷해 보였다. 몽타주에는 나타나 있지 않았지만 건장한 체격인 점도 일치하고 있었다.

염 형사가 뒷자리의 문을 열어 주자 조 형사가 김영대를 먼저 차에 오르게 하고 뒤따라 차 안으로 들어왔다. 남 형사는 앞자리에 올라탔다.

"수고했어."

뚱보는 고개를 끄덕한 다음 엔진 키를 돌렸다.

"자백했나?"

차가 빗속을 질주하기 시작했을 때 뚱보가 앞을 응시하며 물었다.

"아뇨, 잡아떼는데요."

남 형사가 뒤를 힐끗 돌아보았다. 용의자는 납덩이처럼 굳은 표정으로 앉아 있었다.

"이봐, 미남. 무슨 생각하고 있어?"

염 형사가 용의자의 옆구리를 팔꿈치로 찌르며 물었다. 그가 용의자를 미남이라고 부르는 바람에 김영대는 그때부터 미남으로 통하게 되었다.

"미남, 무슨 생각하고 있어?"

염 형사가 다시 물었다.

"아무 생각도 하지 않고 있습니다."

미남이 퉁명스럽게 대답했다.

"그래? 지금부터 많은 생각을 하게 될 거야. 내가 왜 그 여자를 죽였을까…… 나는 앞으로 어떻게 될까…… 만일 사형선고를 받으면 기분이 어떨까 등등 말이야."

"생사람 잡지 마십시오. 난 사람을 죽인 적이 없어요."

미남이 격앙된 목소리로 말했다. 염 형사가 그의 어깨를 두드려 주었다.

"제발 그랬으면 얼마나 좋을까. 잘해 보자구."

중간에 샌드위치처럼 앉아 있는 김영대는 답답해서 미치겠다는 듯 거칠게 숨을 내쉬면서 몸을 뒤척이기 시작했다.

20분쯤 지나 그들은 S호텔 앞을 지나쳤다. 수사본부가 설치된 파출소는 거기서 가까운 모퉁이에 있었다. 뚱보는 맨 마지막에 차에서 내렸다. 비가 더욱 세게 퍼붓고 있었다.

수사본부에서는 계장을 비롯해서 수사요원들이 흥분해서 대기하고 있다가 일행을 맞아들였다. 안으로 들어서기가 무섭게 카메라의 플래시가 여기저기서 번쩍번쩍 터지는 바람에 김영대는 적이 놀라는 것 같았다. 그를 연행해온 수사관들도 당황하기는 마찬가지였다. 마 형사는 용의자를 수사본부로 데리고 온 것을 후회했지만 이미 늦은 일이었다. 그는 벌떼같이 달려드는 기자들을 어이없다는 듯 바라보다가 계장에게 불만스러운 표정으로 말했다.

"이거 너무 빠르지 않습니까? 아직 아무것도 확인하지 않았는데……."

"상관없어. 거의 확실하잖아."

범인임이 거의 확실하지 않느냐는 말에 뚱보는 더 이상 할 말을 잃었다.

계장은 수사 계통에서 잔뼈가 굵었으면서도 어떤 문제를 매듭짓는 데 있어서 성급하게 서두르는 면이 있었다. 그 때문에 적잖게 실수를 저질러왔으면서도 그 버릇을 고치지 못하고 있었다.

"이 사람은 범인이 아닙니다."

라고 주장할 근거도 없었기 때문에 뚱보는 잠자코 구석 쪽으로 가서 유춘지가 김영대한테 보냈던 편지들을 훑어보기 시작했다.

조 형사는 김영대를 의자에 앉힌 다음 자신의 손목에 걸려 있는 수갑을 풀어 김영대의 다른 손목에다 채웠다. 그러자 남 형사가 단도를 꺼내보였다.

"이것을 들고 달려들었습니다. 저를 찌르려고 했습니다."

수사관들이 김영대를 에워쌌다. 계장은 그를 마주보고 앉더니 칼을 집어 들어 찬찬히 살펴보았다. 김영대는 수사관들의 기세에 완전히 압도된 듯 핼쑥한 표정으로 앉아 있었다.

계장이 갑자기 칼로 책상을 두드렸다. 김영대는 깜짝 놀라 계장을 쳐다본다.

"너 이걸로 몇 사람이나 죽였어?!"

"아, 아무도 죽이지 않았습니다."

"거짓말 마! 넌 살인할 관상이야!"

"이걸 보십시오."

뚱보가 편지 한 장을 계장의 어깨 너머로 넘겨 주었다. 그것은 유춘지가 지난 6월 25일에 김영대에게 써서 보낸 편지였다. 그것을 뚫어지게 들여다보고 난 계장은 주먹으로 책상을 치면서 일어났다.

"그래! 바로 이거야! 이래도 할 말이 있나?"

김영대는 곤혹스런 표정으로 계장을 쳐다보기만 했다.

"다른 편지는 어때?"

계장이 마 형사를 돌아보면서 활기차게 물었다.

"모두 일곱 통인데 내용은 거의 비슷합니다."

"소지품 모두 꺼내봐."

"꺼내놨습니다."

남 형사가 비닐봉지에 들어 있는 것들을 책상 위에다 쏟았다. 그 가운데서 이렇다하게 특별한 것은 눈에 띄지 않았다. 지갑 속에는 만 원권 새 지폐가 가득 들어 있었다. 어림잡아 1백만 원도 넘을 것 같았다.

"이 돈 어디서 났지?"

"빌린 돈입니다."

"누구한테서 빌렸어?"

"친구한테서 빌렸습니다."

"친구 이름 대봐. 전화번호하고……."

"그건 말할 수 없습니다."

"뭐? 말할 수 없다구?"

계장은 어이없다는 듯 용의자를 노려보았다. 용의자도 지지 않겠다는 듯 계장을 마주 쳐다본다. 계장은 지갑 속에서 주민등록증을 꺼냈다. 그리고 그것을 앞뒤로 살펴보고 나서

"당신 이거 가짜지?"

하고 물었다.

"아, 아닙니다."

계장은 용의자의 지갑 속을 샅샅이 뒤져보고 나서 마 형사를 쳐다보았다.

"다른 주민등록증은 없는데? 서창배의 주민등록증 말이야."

"아마 버렸겠지요."

계장은 김영대를 노려보았다.

"이봐. 서창배 주민등록증 어따 뒀어?"

그것은 아주 중요한 증거물이 될 수 있는 것이었다.

"뭘 말입니까?"

용의자가 볼멘소리로 되물었다.

"능청떨지 마!"

계장은 금방이라도 때릴 듯이 주먹을 쥐었다가 놓으면서 김영대의 주민등록증을 뚱보에게 넘겼다.

"빨리 신원 조회해 봐. 전과가 있을 거야."

마 형사는 본서의 컴퓨터실로 즉시 전화를 걸었다. 컴퓨터실은 24시간 일을 처리하고 있다.

"이름 김영대…… 생년월일 1953년 9월 14일……."

이름과 생년월일만 대면 그에 대한 신원조회 결과가 즉시 모니터에 나타난다. 뚱보는 과학문명의 신속 정확함에 감사하면서

수화기를 귀에 대고 있었다.

"김영대…… 전과 3범입니다."

"좀 더 구체적으로……."

"강간 1, 사기 2."

뚱보는 수화기를 내려놓고 계장에게 그대로 보고했다.

전과 3범임이 확인되자 계장은 더없이 만족하는 표정이 되었다.

"화려한 놈이구나."

김영대는 계장을 힐끗 쳐다보고 나서 할 말 없다는 듯 고개를 푹 숙였다.

S호텔 스카이라운지에 근무하는 웨이터 안기홍이 S호텔 살인 사건 현장인 1924호실로 호출된 것은 아침 10시가 조금 지나서였다.

방 안에는 여러 명의 남자들이 앉아 있었다. 그들의 옷차림은 땀과 비에 젖어 초라해 보였지만 그들의 눈빛은 날카롭게 빛나고 있었고 열에 떠 있는 것처럼 보였다. 긴장감이 흐르고 있는 방 안의 분위기에 위압감을 느끼고 주춤거리고 있는 안기홍에게 누군가가

"이쪽으로 와서 앉아요."

하고 말했다.

웨이터 안은 창가로 다가가 형사가 가리키는 의자에 조심스럽게 앉았다.

"당신도 이쪽으로 와서 앉아."

침대 위에 걸터앉아 있던 키 큰 사내가 몸을 움직였다. 그의

손목에는 수갑이 채워져 있었다.

웨이터 안은 탁자를 사이에 두고 맞은편 자리에 보기 좋은 체격을 내려놓는 사내를 숨을 죽이고 바라보았다. 얼굴이 잘 보이도록 그의 자리는 창 쪽을 향해 놓여 있었고, 안은 창문을 등지고 앉아 있었다. 사내를 뚫어지게 바라보고 있는 안의 두 눈이 점점 커지고 있었다. 김영대도 차갑게 안을 응시하고 있었다.

먼저 시선을 피한 쪽은 웨이터 안이었다. 그는 시선을 둘 데가 마땅치 않은지 당황한 얼굴로 도움을 청하듯 형사들을 둘러보았다.

"이봐, 미남……."

염 형사가 담배를 꼬나문 채 한쪽 눈을 찡그리면서 김영대를 불렀다.

"이 사람 본 적 있나?"

염 형사는 턱으로 웨이터 안을 가리켰다. 김영대는 안에게 사나운 눈길을 한번 던지고 나서 머리를 가로저었다.

"본 적 없습니다."

염 형사는 똑같은 질문을 안에게 던져보았다. 안은 김영대를 힐끗 쳐다보고 나서 고개를 끄덕였다.

"네, 본 적 있습니다."

기어들어가는 그 목소리에 김영대가 벌떡 몸을 일으켰다.

"가만 앉아 있어."

조 형사가 뒤에서 김영대의 어깨를 내려쳤다. 용의자는 도로 주저앉으면서 안을 노려보았다.

"야, 임마. 어디서 나를 봤다는 거야?"

안은 겁에 질려 아무 말도 하지 않았고 김영대를 쳐다보려고도 하지 않았다.

안이 겁에 질려 있는 것을 보고 마 형사가 나섰다.

"겁낼 것 없어. 이 사람은 지금 발버둥치고 있는 거니까 하나도 신경 쓸 것 없어요."

증인을 용의자와 맞대면시킨다는 것은 증인의 입장에서 보면 좋지 않은 일이다. 나중에 불리한 증언 때문에 상대방한테 해를 입을 가능성이 있기 때문이다. 그런 것을 알면서도 형사들은 그 점을 묵살하고 있었다. 그런 것 저런 것 따지기에 앞서 범인을 빨리 체포하는 데만 온 신경을 쓰고 있었던 것이다. 방 안에는 담배연기가 자욱했다. 그러나 아무도 연기를 밖으로 빼내려고 하지 않았다.

"이 사람을 마지막으로 본 게 언제였지? 걱정하지 말고 솔직히 말해 봐."

안을 바라보는 뚱보의 두 눈이 더욱 작아지는 것 같았다. 안은 용의자를 외면한 채 머뭇거리다가 말했다.

"그저께 봤습니다."

"웃기지 마, 이 새끼야!"

김영대가 일어나려는 것을 조 형사가 다시 제지했다. 마 형사는 용의자의 멱살을 움켜잡고 흔들었다.

"다시 한 번 그랬다가는 얻어터질 줄 알아. 끽소리하지 말고 조용히 있어."

멱살을 움켜잡은 힘이 대단했던지 김영대는 안을 흘기면서 쿨럭 거렸다.

"좀 더 정확히 말해 봐. 몇 월 며칠 몇 시에 어디서 이 사람을 봤는지 말해 봐."

"7월 19일 오후 3시경에 이 호텔 스카이라운지에서 이 사람을 봤습니다."

안은 결심을 했는지 조금 전과는 달리 또렷이 증언했다.

"틀림없나?"

"틀림없습니다."

김영대는 어쩔 줄 모르며 앉아 있었다. 그의 얼굴에서는 경련이 일고 있었다.

"그때 혼자 있었나, 아니면 누구와 함께 있었나?"

"어떤 여자하고 함께 있었습니다."

"그 여자가 혹시 이 여자가 아니었나?"

안 앞에 여자의 죽은 모습을 찍은 사진들이 몇 장 놓였다. 그것은 이미 안에게 보인 것들이었다. 안은 그것들을 힐끗 쳐다보고 나서 고개를 끄덕였다.

"이 새끼! 거짓말하지 마!"

김영대가 탁자를 걷어차는 바람에 안은 놀라서 뛰쳐 일어났다. 뚱보는 사정없이 용의자의 얼굴을 후려갈겼다. 너무 세게 때렸던지 김영대는 의자와 함께 뒤로 나가떨어졌다가 비틀거리며 일어났는데 코에서는 피가 흐르고 있었다.

"앉아!"

뚱보가 위압적으로 소리치자 김영대는 안을 흘기면서 다시 자리에 앉았다. 남 형사가 코피를 닦으라고 휴지를 갖다 주자 그는 수갑 찬 두 손으로 거칠게 코를 훔쳤다. 뚱보 형사는 안을 물러나게 하고 자신이 대신 그 자리에 앉았다.

"더 이상 해 봐야 소용없어. 다 드러난 사실을 부인해 봐야 당신만 고통스러울 뿐이야."

그는 피살자의 사진을 한 장 들어 김영대의 코앞에 바싹 들이댔다.

"당신이 그저께 이 호텔 스카이라운지에서 이 여자와 함께 앉아 있는 거 본 사람이 있어."

그는 턱으로 안을 가리켰다.

"여기 이 친구는 스카이라운지에서 근무하고 있는 웨이터야. 거짓말할 리가 없어."

"그런데 옷차림은 다릅니다."

하고 안이 말했다.

"옷이야 얼마든지 바꿔 입을 수 있지. 살인범이 똑같은 옷을 입고 다닐 리야 없지."

"내가 살인범이라고요? 내참 기가 막혀서 말이 안 나오네."

"잔말 말고 이리 와봐."

마 형사는 용의자를 데리고 욕실로 들어갔다. 욕실은 시체가 발견됐을 때의 상태 그대로 보존되어 있었다. 다른 것이 있다면 시체가 다른 곳으로 옮겨지고 욕조의 물이 모두 빠져나갔다는 것 정도였다.

"여기가 어딘 줄 알아?"

용의자는 욕실을 둘러보고 나서 휴지로 코를 닦았다.

"욕실 아닙니까."

"누가 그걸 물었어?"

남 형사가 날카롭게 쏘아붙였다.

"여기서 유춘지한테 무슨 짓을 했는지 말해 봐. 어떻게 죽였는지 말해 봐."

용의자는 대답대신 불안한 표정으로 형사들을 쳐다보았다.

이윽고 대화가 통할 수 없다고 느꼈던지 그는 무겁게 머리를 가로저었다. 그의 눈에는 형사들의 모습이 마치 피가 통하지 않는 벽처럼 보였다. 절망적인 표정이 그의 얼굴에 나타났다.

"난 그런 여자 알지도 못하고…… 죽인 적도 없습니다. 뭔가 크게 오해하고 있는 것 같은데……."

"유춘지는 이 욕조 속에 누워 있었어. 욕조 안에는 물이 가득 들어 있었고 말이야. 그 여자를 물 속에 처박아 질식사시킨 거야. 꼭 이렇게 설명해 주어야만 사실대로 불건가? 당신 건망증이 아주 심한 모양이군."

뚱보가 용의자의 어깨를 툭툭 쳤다.

"나는 건망증 같은 거 없습니다."

김영대가 억울하다는 듯이 말했다.

"그래? 그럼 7월 19일 낮 12시부터 20일 낮 12시까지 어디 있었는지 기억할 수 있겠군. 그 시간에 어디 있었지? 알리바이를 대봐."

용의자는 머뭇거리면서 생각하는 표정을 지었다. 마 형사는 욕조바닥에 붙어 있는 머리카락을 하나 떼어냈다. 바닥에는 머리카락이 여러 개 말라붙어 있었다.

"여기저기 돌아다녔습니다."

용의자가 자신 없는 목소리로 말했다.

뚱보는 쿡하고 웃었다.

"함께 돌아다닌 사람이 있을 거 아니야?"

"어떤 여자하고 돌아다녔습니다."

"그 여자 이름이 뭐야?"

"양방희라고 합니다."

"연락처를 말해 봐. 집이나 직장 전화번호 같은 거 말이야."

"그, 그런 건 모릅니다."

"어디 살고 있는지도 모르겠지?"

"네……."

그는 풀이 죽어 대답했다.

"그럼 알리바이를 증명할 수 없지 않아! 하느님이 증명해 주는 것도 아니고 말이야."

염 형사는 한심하다는 듯 말했다. 뚱보는 들고 있던 머리카락을 용의자의 머리칼에다 대보았다.

"틀림없군. 이거 당신 머리카락 아니야?"

"아, 아닙니다!"

용의자는 당황해서 소리쳤다. 그러나 그를 바라보는 형사들의 눈초리는 냉정하기만 했다. 그들은 용의자를 다시 방으로 데리고 나왔다.

"그 여자하고 여기서 재미 좀 봤나?"

남 형사가 입가에 야릇한 미소를 흘리면서 흐트러진 침대를 가리켰다.

"여기서 한바탕 굉장했던 것 같은데…… 안 그랬나? 그런 다음에 여자를 죽였지? 그러니까 마지막 축제의 밤을 보낸 다음에 말이야. 안 그래?"

"그렇지 않습니다."

김영대는 울상이 되어 머리를 세차게 흔들었다.

"유춘지의 진짜 이름이 뭐야?"

마 형사가 용의자를 째려보면서 물었다. 그는 이제 건장한 사내가 범인이 틀림없다고 생각하고 있었다. 놈은 죽을 때까지 범행을 부인할 것이다.

"모릅니다. 정말 그런 여자는 만나 본 적도 없습니다."

"편지를 그렇게 받아보고서도 모른다는 거야?!"

"그 그건……."

"거짓말 마! 당신은 이제부터 유치장에 들어가 있어야 해. 우리가 조사를 끝낼 때까지 말이야. 유치장에 가서 잘 생각해 봐. 빨리 자백할수록 당신한테는 유리해.

그길로 김영대는 경찰서 유치장에 수감되었다. 쇠창살 안에 갇힌 그는 바람 하나 통하지 않는 무더운 방 안에 앉아 연방 흘러내리는 땀을 손등으로 닦아내면서 한숨만 내쉬었다.

<S호텔 여인살인 사건 범인 체포>

점심으로 냉면을 먹고 나서 네 명의 형사들은 다방으로 들어갔다. 그리고 밖에서 사들고 온 석간신문을 펴들자 사회면 중간쯤에 길게 뻗어 있는 제호가 첫눈에 들어왔다. 그 사건에 대한 첫 보도가 나온 것은 오늘 아침 조간신문에서였다. 그리고 석간신문에는 벌써 범인체포 기사가 나온 것이다.

"빠르군."

마 형사는 기사를 대충 훑어보고 나서 염 형사에게 신문을 넘겼다.

신문 사회면 톱기사는 다리에서 강물로 추락한 버스 사고에 관한 것이었다. 열다섯 명이 숨지고 20여명이 중경상을 입은 대형 사고였다. 운전기사는 살아 있었는데 20년 무사고 운전기사라 했다.

"20년 아니라 30년 무사고라 해도 운전 잘한다고 자랑할 건 하나도 없어. 사고는 한순간에 일어나는 거니까."

뚱보의 말에 아무도 대꾸하지 않는다. 남 형사와 조 형사가 염 형사로부터 넘겨받은 신문을 염소처럼 머리를 맞대고 들여다 본다. 남 형사는 부지런히 껌을 씹어대고 있다. 그 모습이 오늘따라 유난히 방정맞아 보인다.

"그 껌 좀 그만 씹을 수 없어?"

"저 말입니까?"

플레이보이는 뚱보와 염 형사를 번갈아 쳐다보고 나서 입놀림을 멈춘다.

"만일 범인이 아니면 어떡하죠?"

거한 조 형사가 두 눈을 끔벅거리며 물었다.

"계장이 책임지겠지. 자기가 자신 있게 나발 불었으니까."

염 형사가 퉁명스럽게 내뱉었다.

구 계장은 참을성이 없어서 탈이라는 것을 그의 부하 직원들은 모두 공감하고 있었다. 계장은 공명심이 남달리 강해서 그런 것 같았다.

"하루쯤 기다렸다 발표해도 늦지 않는데 이건 너무했어. 발표는 늦으면 늦을수록 좋은 건데 말이야."

마 형사의 불평에 플레이보이가 크게 신경 쓸 것 없다는 듯이 말했다.

"김영대에 대해서는 의심할 게 없지 않습니까. 이제 꿰맞추기만 하면 되지 않습니까."

"정황은 맞아떨어지고 있어. 정황으로 봐서는 김영대가 범인이야. 하지만 아직 결정적인 증거가 없는 상태야. 놈이 자백을 하면 꿰맞추기가 쉽겠지만 그렇지 않고 버티면 시간이 좀 걸릴 거야. 피살자의 정확한 신원도 못 밝혀낸 상태에서 진범을 잡았다는 건 좀 우습지 않아? 유춘지의 신원부터 알아내야 해."

레지가 커피를 가져오자 염 형사가 그녀의 탐스러운 엉덩이를 가볍게 두드려 주었다. 커피를 내려놓고 난 레지는 그 곁에 바싹 붙어 앉으며

"바캉스 안 떠나세요?"

하고 물었다.

전화벨이 요란스럽게 울렸다. 식곤증으로 의자에 기대어 나른한 기분에 잠겨있던 염 형사는 눈을 반쯤 감은 상태에서 수화기를 집어 들었다.

"수사본부입니다."

"거기…… S호텔 여인살인 사건 수사본부입니까?"

잔뜩 흥분한 낯선 남자의 목소리가 들려왔다.

"네, 그렇습니다."

"저기…… 다름이 아니고 그 살인 사건에 대해서 혹시 참고가 될지 몰라 전화했는데요."

"네, 말씀하십시오."

염 형사는 긴장해서 귀를 기울였다.

"신문에 난 기사를 보고 생각나서 전화를 건 겁니다. 지금 정확히 그 방인지는 알 수 없지만…… 19일 오후 3시경에 사건 현장으로 생각되는 방 창가에 어떤 젊은 여자가 나체로 서 있는 것을 목격했습니다. 신문에 난 기사를 보니까 사건 발생 시간이 서로 비슷하고 위치도 서로 비슷한 것 같기에 알려드리는 겁니다."

"어디서 어떻게 목격했다는 겁니까?"

"S호텔 맞은편 빌딩에서 목격했습니다."

"맞은편 빌딩이라면?"

"H생명빌딩입니다."

"그렇죠. 거기에 H생명빌딩이 있죠. 전화를 걸어줘서 감사합니다. 그런데 전화로 이럴 게 아니라 직접 만나서 이야기를 좀 들어봅시다. 여기 수사본부도 부근에 있으니까 수고스럽지만 이쪽으로 좀 와 주시겠습니까?"

전화를 걸어온 남자는 잠시 망설이다가 염 형사의 두 번째 요청에 한 시간 뒤에 가겠다고 말하고는 전화를 끊었다.

정확히 한 시간 뒤 세 명의 젊은이가 수사본부에 나타났다. 외모가 깔끔하고 단정해 보이는 젊은이들이었다. 그들 중 안경을 낀 청년이 한 시간 전에 수사본부에 전화를 걸었던 장본인이라고 자기소개를 했다. 그들은 H생명보험회사 직원들이었다.

"자, 처음부터 차근차근 이야기해 봐요. 아주 흥미 있는 이야기 같은데……."

마 형사가 젊은이들에게 담배 한 대씩을 권했고, 남 형사는 거기에다 재빨리 불을 붙여 주었다.

"그러니까 7월 19일 오후 3시경이었습니다. 저희 빌딩과 차도를 사이에 두고 마주보는 곳에 S호텔이 있는데…… 똑바로, 아니, 1층 정도 낮아 보이는 맞은편 호텔 방 창가에 나체의 여인이 나타났습니다. 바로 맞은편에 호텔이 있기 때문에 방 안에서 투숙객들이 나체로 움직이는 모습은 가끔 심심찮게 볼 수 있는데 그렇게 노골적으로 창가에 찰싹 달라붙어 서서 몸을 비비꼬는 모습은 처음 봤습니다. 저뿐만 아니라 여러 사람이 봤습니다. 우리는 망원경으로 보기도 했습니다. 부끄러운 이야기이지만, 호텔 방 안을 구경하기 위해 그전부터 망원경을 준비해 놓고 있었습니다. 창문 위로 빗물이 흘러내리고 있어서 자세히 보이지는 않았지만 그 여자는 한참 동안 그렇게 창에 붙어서 서 있었습니다."

"굉장히 몸매가 좋은 육감적인 여자였습니다."

하고 다른 젊은이가 덧붙여 말했다. 그렇게 말해 놓고 나서 그는 멋쩍은 듯이 씨익하고 웃었다.

"다른 사람은 보이지 않았나요?"

"안쪽에 남자 모습이 어른거리는 것이 보이긴 했습니다만 뚜렷이 보이지는 않았습니다. 비가 오고 있어서 방 안이 좀 어두웠기 때문에 잘 보이지가 않았습니다. 여자는 창가에 서서 맥주 같은 것을 마시기도 했습니다. 우리가 보고 있다는 것을 알면서도 그러고 있는 것 같았습니다. 한 10분쯤 그러고 있다가 창가에서 떨어졌습니다. 그런데 얼마 후에 창가에 다시 여자의 모습이 나타났는데…… 한 사람이 아닌 두 명이었습니다. 그리고 모두 옷을 입고 있었습니다."

형사들의 눈이 휘둥그레졌다.

"남자가 아닌 여자가 두 명이었다고?"

"네, 그렇습니다. 모두 여자들이었습니다."

"남자 모습은?"

"보이지 않았습니다. 잠시 후 여자들은 탁자 주위에 앉았습니다. 그런데 한 여자가 일어나서 커튼을 치는 바람에 그때부터는 안에서 무슨 일이 일어났는지 볼 수가 없었습니다."

"그 두 여자들 가운데 한 명은 벌거벗고 창가에 서 있었던 여자였나요?"

"얼굴 모습은 알아볼 수가 없어 확실히 말씀드릴 수는 없지만…… 아마 두 명 중 한 명은 그 여자였을 겁니다. 헤어스타일하고 얼굴 윤곽 같은 것이 비슷했으니까요."

"헤어스타일하고 얼굴 윤곽, 그리고 옷차림을 자세히 좀 말해 봐요."

"헤어스타일은 자연스럽게 물결치는 생머리 같았고…… 윤곽은 잘 모르겠고, 옷차림은 흰 바탕에 푸른색 무늬 같은 게 있는 원피스 차림이었습니다."

"또 한 여자는 어떻게 생겼나요?"

"그 여자에 대해서는 자세히 보지 못해서 확실히 말씀드릴 수가 없습니다. 헤어스타일도 비슷해 보였고 얼굴 윤곽도 비슷한 것 같았지만 그 이상은 알 수가 없었습니다."

"옷차림은?"

"검정 옷을 입었던 것으로 기억됩니다."

"아니야. 빨간 옷 같았어."

그 부분에서 그들의 증언은 서로 엇갈리고 있었다.

"여자가 창가에 벌거벗고 있을 때…… 그 뒤에 남자가 어른거리고 있는 것을 봤다고 했는데 남자는 어떤 차림이었나요?"

"남자는 옷을 입고 있었던 것으로 생각됩니다."

"아니야. 그렇지 않아."

다른 한 명이 끼어들었다. 그 청년은 보다 확실한 어조로 말했다.

"위에는 팔 없는 러닝셔츠만 입고 있었고…… 아래는 벌거벗고 있었습니다. 망원경으로 살펴보고 있을 때 남자가 그런 모습으로 얼핏 스쳐가는 것을 봤습니다."

"남자의 모습은 어땠었나요?"

"허우대가 큰 남자였습니다. 그 뒤로는 그 사람을 보지 못했습니다."

형사들은 현장 답사를 하기 위해 그들을 데리고 밖으로 나왔다. 남 형사와 조 형사가 보험회사 직원들을 따라 H생명보험회사 빌딩 안으로 들어갔고, 마 형사는 혼자서 사건 현장인 S호텔 1924호실로 들어갔다. 그가 창가로 다가갔을 때 맞은편 빌딩의 창가에 사람들이 서 있는 것이 보였다. 남 형사가 두 손을 머리 위로 흔드는 것이 보였다. 마 형사도 손을 흔들어 주었다. 조금 있자 전화벨이 울렸다. 남 형사가 걸어온 전화였다.

"그 방이 맞답니다. 거기에서 여자가 벌거벗고 있었답니다."

남 형사는 창가에 서서 전화를 걸고 있었다.

"알았어. 더 자세히 물어보고 이쪽으로 건너와."

마 형사는 수화기를 내려놓고 한동안 창가에 우두커니 서 있었다.

여자가 또 한 명 있었다면 범인은 두 명이란 말인가. 이상한데. 피살자와 관계를 가졌던 남자가 여자로 변장할 수도 있을 것이다. 여자로 변장하고 나서 그 여자를 죽였단 말인가. 어쩐지 부자연스럽다. 아무튼 지금으로서는 그 어느 것도 확실하지가 않다. 범인이 한 명인지 두 명인지조차도…….

유 밀 라

같은 날 오후 3시 조금 지나, 생각에 잠겨 담배만 빨아대던 마 형사는 결심한 듯 배미화의 집으로 전화를 걸었다. 배미화는 마침 집에 있었다. 수사본부라고 하자 그녀는 별로 놀라는 기색도 없이 전화를 받았다.

"유밀라 씨 소식은 있습니까?"

"아뇨. 아직 없어요. 그렇지 않아도 더 기다려보다가 그래도 소식이 없으면 경찰에 신고하려던 참이었어요. 이렇게 아무 연락도 없는 걸 보면 좀 이상한 생각도 드는군요."

"이상하군요. 그건 그렇고 유밀라 씨도 차가 있습니까?"

"네, 있어요."

"그럼 지난 19일 유밀라 씨는 자기 차를 몰고 나갔나요?"

"네, 그랬어요."

"어떤 차입니까? 차번호하고 차종, 그리고 색깔을 말씀해 주시겠습니까?"

"색깔은 녹색이고…… 번호는 서울2다 543X번일 거예요. 차종은 H사에서 나온 쟈가예요."

"지금 수사본부로 좀 나와 주시겠습니까?"

"내가 꼭 나가야 되나요?"

그녀가 불만스러운 듯이 물었다.

"네, 직접 확인할 일이 좀 있습니다. 지금 바로 좀 나와 주십시오."

"바로는 안 되고…… 한 시간 반쯤 걸릴 거예요."

"알겠습니다. 기다리겠습니다. 수사본부는 전번에 오셨던 그곳입니다.

마 형사는 수화기를 내려놓고 나서 이맛살을 찌푸렸다.

잠자코 밖으로 나온 그는 거기서 가까운 S호텔 쪽으로 걸어갔다.

S호텔 주차장은 밖에 말고도 지하 4층까지가 모두 주차장으로 사용되고 있었다. 그는 지하 1층부터 살펴보면서 걸어갔다.

황개가 차 속에 갇혀 타죽은 곳은 지하 3층 주차장이었다. 각 층의 주차장마다 차들이 빈틈없이 들어차 있었다. 녹색 차가 눈에 뜨일 때마다 그는 긴장해서 다가가 보았지만 그가 찾고 있는 차는 아니었다. 사고 현장이었던 3층 주차장은 말끔히 치워져 있었고, 그곳 역시 차들로 메워지다시피 되어 있었다. 4층 끝까지 살펴보았지만 유밀라가 타고 나갔다는 서울2다 543X 녹색 쟈가의 모습은 보이지 않았다. 로비로 올라온 그는 커피숍으로 들어가 구석에 자리 잡고 앉아 대형 창문을 타고 흘러내리는 빗물을 멍하니 바라보기 시작했다.

그저께 나갔다는 여인이 아직까지 집에 돌아오지 않고 있고, 아무런 연락도 없다. 더구나 그녀는 시댁 식구들과 함께 살고 있는 유부녀인데다 자식까지 있는 몸이다. 유밀라가 집에 돌아오지 않는 시간이 길면 길어질수록 그는 1924호실에서 시체로 발견된 여인이 유밀라일 가능성이 점점 커지는 것을 느끼고 있었다. 아직 확인해 본 것은 아니었지만 그는 자신의 육감이 사실로 확인될지도 모른다는 예감을 아까부터 느끼고 있었다.

"커피……."

"냉커피로 할까요?"

"아니, 뜨거운 커피로……."

여자 종업원의 뒷모습을 바라보다가 그는 다시 창밖으로 시선을 던졌다.

배미화는 5시가 거의 다 되어서야 수사본부에 나타났다. 본부는 분주했기 때문에 마 형사와 남 형사는 그녀를 데리고 별실로 들어갔다. 자리에 앉기가 무섭게 남 형사가 질문을 던졌다.

"S호텔 여인 살인 사건에 대해서 알고 계십니까?"

"신문에서 봤어요. 호텔 욕실 안에서 여자가 죽은 거 말인가요?"

"네, 그 사건 말입니다. 그 신문기사 보고 뭐 느끼신 점 없었나요?"

"뭐 별로…… 저하고는 상관없는 일이니까요. 헌데 그건 왜 묻죠?"

그녀가 두려운 빛을 보이며 물었다.

"확인해 봐야겠지만…… 그 사건의 피해자가 유밀라 씨일 가능성이 크기 때문에 하는 말입니다."

"네, 뭐라구요?"

그녀의 소스라치게 놀라는 모습을 형사들은 냉정하게 바라보았다.

"S호텔 욕실에서 죽은 여자하고 유밀라 씨하고 비슷하게 생겼기 때문에 하는 말입니다. 댁에서 봤던 유밀라 씨 사진 모습하고 죽은 여자 모습이 비슷한 것 같았습니다."

"그럴 리가…… 그럴 리가 없어요."

그녀는 공포에 떨면서 머리를 흔들어댔다.

"유밀라 씨는 무슨 옷을 입고 나갔나요?"

"원피스를 입고 나갔어요."

"색깔은?"

"흰 바탕에 푸른 색깔이 들어 있는 옷이었어요."

형사들은 서로 얼굴을 쳐다보았다. 그들의 얼굴에 긴장이 서리는 것을 보고 미화는 몸을 움츠렸다.

"신발은 어떤 걸 신고 나갔나요?"

"그것까지는 모르겠어요."

남 형사는 벌떡 일어나 밖으로 나가더니 큼직한 비닐백을 하나 들고 들어왔다.

그가 그것을 뒤집어 엎자 안에서 여자용 핸드백과 구두가 책상 위로 굴러 떨어졌다.

"잘 보십시오. 유밀라 씨 것들이 아닌지……."

미화는 떨리는 손으로 그것들을 만져보았다. 프랑스제 회색 핸드백과 E회사 제품의 흰색 하이힐. 그것은 틀림없는 올케의 물건들이었다. 그녀는 한 손으로 입을 가리면서 고개를 끄덕였다.

"맞습니까?"

"네, 맞아요. 하지만……."

"하지만 뭡니까?"

남 형사가 갈라지는 소리를 냈다.

"올케가 그럴 리가 없어요."

"우리도 유밀라 씨가 아니기를 바랍니다. 사체를 확인시키기 전에는 단정을 내리지 않겠습니다. 그럴 가능성이 크다는 것만 말씀드리는 겁니다. 그 여자의 사체를 한번 봐 주시겠습니까?"

배미화는 펄쩍 뛰었다.

"또 시체를 보라는 거예요? 싫어요! 싫어요!"

그녀는 거세게 머리를 흔들며 발딱 몸을 일으켰다. 형사들도 따라 일어섰다.

"어쩔 수 없는 일 아닙니까? 그렇다고 어머님을 모시고 가서 확인시킬 수도 없는 거 아닙니까? 오빠 되시는 분은 일본에 있다고 하니 안 되고 결국 미화 씨밖에 없지 않습니까? 충격이 크시겠지만 다시 한번 부탁합니다."

미화는 가늘게 떨면서 창밖을 바라보았다. 그녀는 마치 악몽을 꾸고 있는 것 같은 표정을 하고 있었다.

유밀라가 살해된 것은 7월 19일이었다. 그러나 그동안 신원이 밝혀지지 않았기 때문에 그녀의 사체는 경찰병원 시체실에 안치되어 있었다.

수사본부에서 출발할 때만해도 떨면서 사체를 보지 않겠다고 버티던 그녀는 병원에 도착했을 때쯤 해서는 많이 감정이 가라앉아 있었다.

사체를 본 그녀는 울지도 않았고 떨지도 않았다. 핏기 하나 없는 굳은 표정으로 말없이 사체를 내려다보다가 형사가 누구냐고 묻자 잠자코 돌아서서 시체실을 나왔다.

"유밀라 씨가 맞습니까?"

남 형사가 따라나오며 묻자 그녀는 고개를 끄덕이며 빗속으로 그대로 걸어 나갔다. 남 형사가 재빨리 뛰어가 그녀에게 우산을 받쳐 주었다.

"저쪽으로 가서 커피나 한 잔 합시다."

남 형사가 조금 떨어져 있는 건물을 가리키자 그녀는 그쪽으로 발길을 돌렸다.

"정말 안 됐습니다."

건물 앞에 도착할 때까지 그녀는 아무 말도 하려들지 않았다.

"범인이 이미 잡힌 거 알고 계십니까?"

그녀는 멈칫 섰다가 고개를 흔들었다.

"몰랐어요."

"석간신문에 났는데 못 보셨나 보군요."

건물 앞에 도착한 그들은 건물 입구 한 쪽에 설치되어 있는 자동판매기 앞에서 걸음을 멈추었다. 남 형사가 커피를 한 잔 뽑아 미화에게 먼저 주었다. 시체실 건물 앞에서 마 형사가 우두커니 서서 담배를 피우고 있는 모습이 보였다.

"너무 달아서 이건 못 마시겠어요. 블랙으로 한 잔 더 뽑아 주세요."

그녀가 변화를 보이며 말했다.

"블랙으로 마시는 줄 몰랐습니다."

남 형사는 동전을 집어넣은 다음 블랙버튼을 눌렀다.

"혹시 김영대라는 사람 아십니까? 30대 남자인데……."

"몰라요."

"그 사람이 유밀라 씨를 살해한 범인입니다. 아, 아직 판결이 나지 않았으니까 정확한 법률 용어로 말씀드린다면 용의자라고 할 수 있죠. 하지만 범인은 범인입니다."

그는 커피를 판매기에서 꺼내 그녀에게 건네 주었다.

"고맙습니다. 그런데 어떻게 죽였죠?"

"목 졸라 죽였습니다. 아니 아직 확실하지는 않습니다."

미화의 손에 들려 있던 종이컵이 밑으로 굴러 떨어졌다. 한 모금도 마시지 않은 커피는 모두 엎질러지고 종이컵은 땅바닥에 나뒹굴었다. 그녀는 큰 충격을 받은 것 같았다. 남 형사는 잠자코 다시 커피를 한 잔 뽑아 주었다.

"미안합니다."

커피를 다시 받아드는 그녀는 많이 위축되어 있었다.

"김영대라는 사람은 한국 사람인가요?"

그녀는 그렇게 물어놓고 자신이 쓸데없는 질문을 던졌다고 생각했다.

"물론 한국인이죠. 한국인 아닌 줄 알았습니까?"

남 형사의 눈초리가 날카로워졌다.

"아, 아니에요. 오빠한테 연락해 주어야겠어요."

거기서 가까운 곳에 장거리 자동공중전화기가 설치되어 있었다. 그녀가 호주머니에서 동전을 꺼내는 것을 보고 남 형사도 주머니에서 동전을 모두 꺼내 그녀에게 주었다.

"국제전화를 걸려면 동전이 많이 필요할 겁니다."

그는 미화를 따라 공중전화기 쪽으로 걸어갔다.

미화는 남 형사가 지켜보는 앞에서 먼저 백 속에서 수첩을 꺼내 거기에 적혀 있는 전화번호를 보면서 도쿄의 임페리얼 호텔에다 전화를 걸었다. 먼저 교환 아가씨가 전화를 받았고 그녀에게 1315호실을 알려 주자 다시 전화벨이 울렸다. 신호가 떨어진 것은 벨이 한참 동안 울리고 난 뒤였다.

"모시모시……."

"미치코?"

"예스 예스……."

자기 이름을 불러 주자 목소리에 생기가 돈다.

"아이 앰 미스터 배…… 영거 시스터…… 아이 앰 미스 배……."

미화는 되는 대로 더듬거렸다. 미치코 역시 서투른 영어로 뭐라고 말했는데 무슨 말인지는 알아들을 수 없었지만 듣는 사람의 가슴을 녹이는 것 같은 간지러운 목소리였다.

조금 후 오빠의 목소리가 들려왔다.

미화는 첫 마디를 뭐라고 꺼내야 할지를 몰라 거칠게 숨만 몰아쉬고 있었다.

"여보세요."

"오빠, 저예요. 문제가 생겼어요."

하품하는 소리가 들려왔다.

"왜 자꾸 전화 거는 거니? 무슨 일이니?"

금방이라도 수화기를 내려놓을 것만 같아 미화는 초조했다.

"오빠, 올케 언니가 죽었어요!"

그녀는 터져 나오는 울음을 참으려고 입술을 깨물었다. 왜 울음이 나오는지 그녀 자신도 알 수가 없었다. 그녀는 동전을 계속 집어넣었다.

창기는 한참 동안 아무 말도 하지 않았다. 무슨 말인지 못 알아들은 것 같아 미화는 조금 더 큰소리로 말했다.

"오빠! 제 말 들으시는 거예요?"

"듣고 있어. 그런데 그게 무슨 말이지?"

가냘픈 목소리이면서도 놀랍도록 침착하다. 그녀는 손등으로 눈물을 닦았다.

"올케 언니가 죽었단 말이에요!"

"왜? 왜 죽었어? 이유가 뭐야?"

"제가 그걸 어떻게 알아요?"

그녀는 끝내 울부짖고 말았다. 격하게 어깨를 떨면서 흐느끼는 사이로 오빠의 목소리가 가느다랗게 들려오고 있었다.

"울지 말고 말해 봐…… 왜 죽었어?…… 이유가 뭐야……?"

그때까지도 마 형사는 시체실이 있는 건물 앞에 멍하니 서 있었다. 그렇게 멍한 표정으로 서 있었지만 머릿속은 살인 사건에 대한 생각으로 가득 차 있었다. 그것도 하나가 아닌 두 가지 살인 사건에 대한 생각으로…….

그가 생각하고 있는 것은 <S호텔 여인살해 사건>과 <S호텔 지하주차장 방화 살인 사건>이 서로 연관성이 없는가 하는 점이었다.

S호텔 여인살해사건의 피해자인 유밀라가 살해된 것은 7월 19일이었다. 그리고 형사들이 간편하게 일명 <불고기 사건>이라고 부르는 S호텔 지하주차장 방화살인 사건이 발생한 것 역시 같은 날 비슷한 시간대였다. 이튿날 그러니까 7월 20일 밤 유밀라를 살해한 범인으로 김영대가 부산에 있는 그의 집에서 체포되었다.

김영대가 두 사건의 동일 범인일까? 목격자들의 증언에 따르면 불고기 사건의 범인은 남자가 아닌 여자일 가능성이 크다.

두 사건의 범인이 다르다면 그것들은 서로 연관성이 없는지도 모른다. 그러나 연관성이 없다는 쪽보다는 있다는 쪽으로 더 생각이 기울어진다.

그 이유는 피살자들이 모두 배미화와 관계가 있는 인물들이었다는 점이다. 유밀라는 그녀의 올케였고 황개는 그녀의 약혼자였다. 그녀는 불과 몇 시간 사이를 두고 두 구의 시체를 확인해 주기까지 했다.

자기와 가까운 사람들의 주검을 확인한 여인을 마 형사는 잠시 무표정하게 바라보았다. 그녀는 공중전화 부스에서 나와 비틀거리며 걸어가더니 벤치에 털썩 주저앉는다. 남 형사가 그 곁으로 다가가 뭐라고 말한다. 아마 위로의 말을 해 주고 있을 것이다. 그녀가 두 손으로 얼굴을 감싸 쥐더니 거칠게 어깨를 흔들어댄다. 어디다 전화를 걸었을까.

마 형사의 발 앞에는 담배 꽁초가 여러 개 떨어져 있었다. 그는 다시 담배를 꺼내 거기에다 라이터 불을 붙였다. 가슴 속이 답답해지니까 자꾸 담배만 피우게 된다.

한 사람과 관계가 있는 인물들이 거의 비슷한 시간대에 그렇게 죽어갈 수 있을까? 사고로 죽었다면 이해가 간다. 그러나 두 사람 다 살해당한 것이다. 어떻게 그럴 수가 있을까?

삼각 관계의 가능성을 생각해 본다. 아니, 김영대까지 합치면 사각 관계라고 해야 옳을 것이다.

유밀라—김영대—황개—배미화.

이 네 사람이 비밀스런, 결국은 비극으로 끝날 수밖에 없었던 원무를 추었던 게 아닐까. 네 사람 가운데 두 남녀는 죽었고 또 다른 두 남녀는 살아 있다. 살아 있는 두 사람은 어떤 관계일까. 네 사람은 지금까지 어떤 원무를 추었을까?

두 사건은 범인은 다를지 몰라도 분명히 서로 연관성이 있을 것이다. 연관성이 없고서야 어떻게 배미화와 가까운 인물들이 같은 시간대에 그렇게 살해될 수 있단 말인가!

마 형사의 생각은 어느새 두 사건이 연관성이 있다는 쪽으로 기울어져 있었다. 그 연관성을 찾아내야 한다. 거기에 사건을 해결할 수 있는 실마리가 있을 것이다.

마 형사는 비를 맞으며 두 사람이 앉아 있는 벤치 쪽으로 걸어갔다.

배미화와 남 형사는 비에 젖은 벤치 위에 앉아 있었다.

"자, 그만 진정하고 돌아갑시다. 자, 일어나세요."

남 형사가 그녀의 어깨를 감싸 안으며 말하자 그녀는 거세게 어깨를 흔들었다. 두 손으로는 여전히 얼굴을 가린 채 흐느끼고 있었다. 마 형사는 걸음을 멈추고 서서 냉정한 눈으로 그녀를 내려다보았다.

"배미화 씨, 김영대하고는 어떤 관계죠?"

"모른다고 했습니다."

그녀를 대신해서 남 형사가 말했다. 마 형사의 두 눈이 더욱 옆으로 벌어지는 것 같았다.

"모른다고 하겠지. 그렇게 쉽게 자백할 리야 없겠지. 하지만 내 눈은 못 속여. 유밀라—김영대—황개—배미화…… 이 네 사람 가운데 김영대와 배미화만 살아남았어. 배미화 씨, 그만 울고 얼굴 들어봐요."

배미화가 천천히 얼굴에서 두 손을 떼었다. 그녀의 깡마른 얼굴은 눈물에 젖어 있었다. 그녀는 얼굴을 쳐들어 마 형사를 올려다보았다.

"배미화 씨, 내가 이해할 수 없는 것은 왜 당신과 가까운 사이에 있는 사람들이 거의 동시에 살해되었는가 하는 점이오. 죽은 두 사람은 당신과 보통 가까운 사이가 아니었어요. 한 사람은 올케였고, 다른 한 사람은 약혼자였으니까 말이오. 그 점을 어떻게 생각해요?"

그녀는 그대로 마 형사를 쳐다보기만 했다.

"자, 숨기지 말고 말해 봐요. 왜 그 두 사람이 죽었다고 생각해요? 당신이라면 알고 있을 텐데 말해 봐요."

배미화는 가만히 머리를 흔들었다.

"몰라요! 제가 그걸 어떻게 알아요?"

그녀는 발작적으로 다시 머리를 흔들며 저항하듯 말했다. 마 형사도 물러서지 않고 본래의 근성을 드러내기 시작했다.

"이대로는 집에 돌아갈 수 없어요! 우리 입장에서는 당신을 집에 보낼 수 없단 말이오! 자, 갑시다. 수사본부에 가서 차분하게 이야기를 들어봅시다."

그녀는 핏발선 눈으로 마 형사를 쏘아보다가 남 형사 쪽으로 시선을 돌렸다. 그러나 남 형사의 표정이 냉랭한 것을 보고는 잠자코 몸을 일으켰다.

"올케를 저기에 저대로 둘 수는 없어요. 빨리 장례를 치러야 해요."

그녀가 차에 타기 전에 말했다.

"그 문제는 일단 수사본부에 돌아가서 상의합시다. 미화 씨 혼자서는 안 될 테고 오빠가 일단 귀국해야 장례 문제를 결정할 수 있지 않겠어요? 필요하다면 우리가 직접 오빠와 통화해 보겠습니다."

마 형사가 운전하는 차가 병원을 빠져나왔을 때 남 형사가 부드러운 어조로 말했다. 미화는 거울을 꺼내 얼굴을 매만지기 시작했다. 조금 전과는 아주 다른 모습이었다. 백미러를 통해 그녀의 화장하는 모습을 본 마 형사는 그녀의 표변한 모습에 속으로 적잖게 놀랐다.

"오빠는 언제 귀국한다고 하셨나요?"

미화와 함께 뒷자리에 앉은 남 형사가 물었다.

"미처 그런 말은 못 들었어요. 제가 우는 바람에…… 도중에 전화를 끊고 말았어요."

"오빠는 올케가 죽었다는 말을 듣고 뭐라고 하시던가요?"

"왜 죽었느냐고 이유만 자꾸 물었어요. 죽었다는 사실을 믿으려고 하지 않았어요. 큰 충격을 받은 것 같았어요."

"아내가 죽었는데 충격을 받는 것은 당연하겠지."

마 형사가 정면을 응시한 채 혼잣말처럼 중얼거렸다.

"곧 귀국하실 거예요. 오빠가 걱정이에요. 조카도 걱정이구요. 올케가 호텔 방에서 남자한테 살해당했다는 것을 알면 다시 한 번 충격을 받으실 거예요. 정말 창피하고 망신스러운 일이에요. 어떻게 했기에 외간 남자한테 호텔 방에서 목을 졸려 죽어요. 전 도무지 이해할 수가 없어요."

그녀는 얼굴에 분을 두드리며 지껄여대고 있었다.

"기분 나쁘게 들리실지 모르지만…… 두 분 오누이가 다 아내와 약혼자한테서 배신을 당한 셈이군요. 그리고 배신한 쪽들은 모두 살해당하고 말입니다. 우연의 일치라고 하기는 좀 묘하지 않습니까?"

얼굴을 두드리던 손이 멈춰졌다. 안색이 창백하게 굳어지는 것을 보고 마 형사는 자신이 한 말이 효과가 있었음을 알 수 있었다. 미화는 콤팩트를 백 속에 집어넣은 다음 꼿꼿한 자세로 앞을 노려보고 있다.

"김영대라는 사람 정말 모르십니까?"

건널목 앞에서 차를 세우며 마 형사가 집요하게 말을 걸었다.

배미화는 입을 꾹 다물고 있었다. 대답할 필요성을 느끼지 않는다는 강한 거부감이 얼굴에 나타나 있었다.

마 형사는 S호텔 여인살해사건과 불고기사건을 일련선상에서 동시에 해결해야 한다고 생각했다. 전자의 범인은 이미 체포되었으니까 기소 유지에 필요한 증거만 확보하면 된다.

불고기사건의 범인은 아직 체포되지 않았지만 금방이라도 그 윤곽이 드러날 것만 같은 생각이 든다. 육감이었지만 그는 범인 체포에 자신감을 느끼고 있었다.

김영대를 다시 만나 조사해 보면 4각의 관계가 그 베일을 벗을지 모른다. 지금까지는 유춘지라는 가명으로 살해된 여인의 신원이 밝혀지지 않았기 때문에 증거확보에 애를 먹고 있었지만 일단 피살자가 유밀라로 밝혀진 이상에는 새로운 증거들이 속속 드러나게 될 것이다. 그렇게 되면 기소에는 별로 어려움이 없을 것이다.

비가 추적추적 내리고 있는 거리는 더없이 을씨년스러워 보였다. 계속 내리는 비 때문에 한여름의 더위는 많이 수그러들어 있었다. 비가 그치고 햇빛이 나면 무더위에 이 거대한 도시는 숨이 막힐 것이다. 그전에 일을 끝내고 남쪽 바닷가로 휴가라도 다녀와야겠다고 그는 생각했다.

그 시간에 염 형사와 조 형사는 S호텔 뒤편을 돌아다니고 있었다. 호텔 지하주차장에서 유밀라의 차를 발견하지 못했기 때문에 호텔 건물 뒤편 쪽을 둘러보고 있었던 것이다.

그쪽에는 유료 주차장도 있었고 길가에 차를 세워둘 수 있는 공간도 있었다. 어디에도 녹색 차는 보이지 않았다. 그 일대에는 대형 빌딩들이 들어차 있기 때문에 지하주차장이 상당수 있다. 그 주차장들을 모두 점검하려면 인원이 더 필요하다.

염 형사와 조 형사는 S호텔에서 얼마 떨어지지 않은 곳에 있는 파출소 쪽으로 걸어갔다.

수사본부가 차려져 있는 그 파출소는 로터리를 바라볼 수 있는 모퉁이에 자리 잡고 있었다.

안으로 들어가자 마 형사 일행이 막 도착해 있었다. 염 형사는 창백한 표정으로 앉아 있는 배미화를 보고는

"또 왔어요?"

하고 말을 걸었다. 그러나 그녀는 그를 힐끗 쳐다보기만 할 뿐 아무 대꾸도 하지 않는다.

"어떻게 됐어?"

마 형사가 커피 잔을 입으로 가져가다 말고 염을 쳐다보았다.

"찾지 못했어. 그 근방을 대충 훑어봤는데 그런 차는 없어."

"수배하지."

"멀리 있지는 않을 거야. 그 근방에 지하주차장이 많으니까. 어디에 처박혀 있을 거야. 인원이 좀 필요해. 오늘 중으로 찾아낼 수 있을 거야."

본부의 문이 열리더니 구 계장이 얼굴을 잔뜩 찌푸리면서 들어섰다. 그는 한쪽에 굳은 표정으로 앉아 있는 배미화를 힐끗 쳐

다보더니,

"저 여자 누구야?"

하고 물었다.

그는 수사본부에 붙어 있지 않고 계속 나돌아 다니고 있었기 때문에 배미화를 모를 수밖에 없었다.

"죽은 황개 씨의 약혼녀입니다."

남 형사의 말에 그는 몸을 홱 돌려 미화 앞으로 다가섰다. 그리고 다짜고짜

"왜 황개를 태워죽였지?"

하고 물었다.

배미화는 어처구니없는 표정으로 계장을 빤히 올려다보기만 했다.

"왜 죽였느냐 말이야?"

"분명히 말하지만…… 전 죽이지 않았어요. 죽이지 않았다는데 왜 자꾸들 그러는 거예요?"

역정을 내며 소리 지르듯 말하는 바람에 실내에 있던 사람들의 시선이 일제히 그녀한테 쏠렸다. 그녀는 억울하다는 듯 눈물까지 글썽이고 있었다.

"적반하장이라고 어디다 대고 소리 지르는 거야? 이 아가씨 아주 못돼 먹었군. 죽이지 않았으면 어디 알리바이를 대봐!"

"알리바이는 이미 댔어요?"

미화는 내뱉듯이 말하고 나서 담배를 꼬나문다. 거기에다 라이터 불을 켜 주면서 계장은 고개를 끄덕였다.

"알리바이가 뭔 줄이나 알아요? 아가씨가 마음에 들었어. 적수를 만난 것 같은데 어디 한번 해봅시다. 그동안 알리바이나 완

벽하게 만들어놔요."

그렇게 말하고 나서 계장은 손뼉을 쳐 수사요원들을 모이게 했다. 그리고 부하들이 모두 자리에 앉기를 기다려 조금 전과는 아주 딴판인 근엄한 목소리로 입을 열었다.

"재미난 일이 많았나본데 어디 보고해 봐요."

반장인 마 형사가 수첩을 펴놓고 보고하기 시작했다.

부하의 보고를 듣는 동안 계장은 성냥개비로 한쪽 귓속을 후벼대고 있었다. 표정으로 보아서는 별로 대수롭지 않게 듣고 있는 것 같기도 했다. 마 형사는 계장을 쳐다보지 않고 보고를 계속해 나갔다.

"…… 두 사건은 물론 동일범의 소행이 아닐지 모릅니다. 하지만 깊은 연관성이 있다고 봅니다. 한 집안의 오누이가 이를테면 비슷한 시간대에 배우자를 잃은 셈이라고 볼 수 있습니다. 이 한 가지 사실만 두고 보더라도 두 사건은 불가분의 관계가 있다고 볼 수 있습니다."

"흠, 골치 아프게 됐군. 어쩌다가 우리 관내에서만 강력사건이 계속 터지는 거지? 다른 데서 좀 일어나지 않고 왜 우리 관내에서만 살인 사건이 발생하는 거냐 말이야?"

그것이 부하들의 책임이기라도 하는 듯 그는 그들을 흘겨보았다.

"S호텔 여인살해사건의 경우 이제 피살자의 신원이 밝혀졌기 때문에 김영대를 기소하기가 한결 쉬워졌습니다."

"그 김영대라는 자식을 족쳐봐. 두 사건이 관련이 있다면 그 놈도 관련이 있다는 거 아니겠어? 틀림없이 연관성이 있을 거야. 김영대와 황개의 관계를 알아봐. 두 사람은 나이도 비슷하고 전과기록도 비슷하고 비슷한 점이 많단 말이야. 혹시 교도소 동기인지 모르잖아?"

그러고 보니 김영대와 황개가 외모도 서로 비슷한 데가 많다는 생각이 들었다. 두 사람은 몸이 건장했다. 얼굴 생김새도 여자들이 좋아할 미남형이었다. 마 형사는 수첩에 끼어 있는 황개의 사진을 가만히 들여다보았다. 보면 볼수록 김영대와 비슷하게 생겼다는 생각이 든다.

계장이 한참 동안 큰소리로 떠들어대고 있었지만 마 형사는 생각에 잠겨 그의 말을 거의 듣지 못하고 있었다. 그러나 겉으로는 그의 말을 열심히 경청하고 있는 것처럼 보였다.

"김영대와 황개는 교도소 동기가 아닙니다."

남 형사의 말소리에 마 형사는 고개를 쳐들었다. 구 계장의 얼굴빛이 흐려졌다.

"그런 게 문제가 아니야. 큰 흐름에서 문제를 봐야 한단 말이야. 큰 흐름에서 보면 사건의 맥락이 보여. 틀림없이 두 사람은 연관이 있는 사이였어. 그걸 찾아내면 사건은 자연스럽게 풀리는 거야."

"알겠습니다. 연관성을 찾아보겠습니다."

남 형사가 공손히 말했지만 그의 표정에는 수긍하는 기미가 조금도 보이지가 않았다.

"유밀라의 차를 수배했습니다. 피살되던 날 자기 차를 몰고 외출했다는데 아직 발견되지 않고 있습니다. S호텔 지하주차장에 있을 줄 알았는데 거기에도 없습니다. 그 일대 주차장을 모두 수색해 볼 생각입니다. 서두르는 게 좋을 것 같습니다."

마 형사가 계장의 일방적으로 길어질 것 같은 말에 제동을 걸고 나오자 계장은 미간을 찌푸렸다.

경찰서 유치장.

마 형사가 유치장 안으로 들어서자 김영대가 벌떡 일어섰다. 그는 두 손으로 쇠창살을 움켜잡으면서 성난 눈으로 마 형사를 쏘아보았다.

"저 친구하고 이야기 좀 해야겠어."

마 형사가 턱으로 김영대를 가리키자 당직 순경이 열쇠 뭉치를 들고 김영대가 들어 있는 방 앞으로 다가갔다.

쇠창살로 막혀 있는 방들은 넓은 홀을 중심으로 병풍처럼 원을 그리며 서 있었다. 쇠창살 안에 웅크리고 있는 사람들의 모습이 마치 울 안에 갇혀 있는 동물들처럼 보였다.

인간의 신체를 구속하는 것이야말로 자연의 법칙에 위배되는 것이다. 모든 인간들은 밝은 태양아래 대지 위에서 자유스럽게 뛰어놀 수 있는 권리를 가지고 있다. 그런 권리를 빼앗고 쇠창살 안에 사람들을 이렇게 가둬두는 것은 분명히 잘못이다.

자기를 쏘아보고 있는 사람들의 시선을 차마 마주 쳐다볼 수가 없어 마 형사는 고개를 돌렸다.

"석방하는 겁니까?"

목덜미를 누르는 소리에 마 형사는 돌아섰다. 김영대가 두 손에 수갑이 채워진 채 거기에 서 있었다. 마 형사는 사납게 그를 흘겨보고 나서 출구를 빠져나와 지하로 통하는 계단을 내려갔다. 뒤에서 김영대가 거북살스럽게 따라오는 소리가 들려왔다. 그는 허리띠를 압수당했기 때문에 수갑 찬 두 손으로 바지가 흘러내려가지 않게 그것을 움켜잡고 따라오고 있었다. 발에는 구두 대신 검정 고무신을 신고 있었다.

"내 마음은 당신을 석방하고 싶어. 하지만 모든 게 당신한테 불리하게 되어 있단 말이야."

"그럼 나를 검찰에 송치할 겁니까?"

거기에는 대답하지 않고 마 형사는 지하 복도를 걸어갔다.

시멘트 바닥이 그대로 노출되어 있는 복도를 사이에 두고 취조실이 나란히 있었다. 그는 그중의 한 방으로 김영대를 데리고 들어갔다.

본격적으로 취조를 하려고 든다고 보았던지 김영대는 방 안으로 들어서는 순간 긴장하는 표정이 되었다.

낡은 책상을 사이에 두고 두 사람은 마주앉았다. 갓을 씌운 전등이 그들의 머리 위에서 밝은 빛을 뿌리고 있었다. 취조실은 창문 하나 없이 밀폐되어 있었다.

"미남, 유춘지의 신원이 밝혀진 거 알고 있어?"

마 형사는 김영대한테 담배를 권하면서 물었다.

"저번에도 말했지만 난 그런 여자 알지도 못합니다."

미남은 수갑 찬 손으로 담배를 받아들고 마 형사가 켜 주는 라이터 불에 불을 붙인 다음 그것을 맛있게 빨았다.

"유춘지는 배창기라는 사람의 부인이었어. 진짜 이름은 유밀라…… 이래도 모르겠다고 잡아뗄 거야?"

마 형사의 조그만 두 눈이 맹수처럼 빛났다. 그의 그런 모습은 마치 투사가 돌격 자세를 취하고 있는 것 같았다.

"당신은 유부녀를 농락한 다음 그 여자를 협박해서 돈을 우려냈어. 그 여자가 돈 많은 남자의 부인이란 걸 알아가지고 계획적으로 등쳐먹은 거야. 안 그래?"

김영대는 담배를 입술 한쪽에 꽂아둔 채 지그시 마 형사를 바라보았다.

"그런 식으로 많은 여자들을 울렸겠지. 당신 같은 상습적인 제비족은 이 사회에서 격리시켜야 해. 피를 빨아먹을 대로 모두 빨아먹고 나서 사람은 왜 죽여?"

담뱃재가 김영대 앞에 굴러 떨어졌다. 그는 그것을 내려다보기만 할 뿐 치우려고 하지도 않았다.

"마 형사님은 상상력이 풍부해서 소설을 쓰셔도 되겠습니다. 필요하시다면 제가 재미있는 이야기를 해드리겠습니다. 저한테는 재미있는 이야기가 무궁무진합니다. 모두 사실이죠."

"농담하고 있는 게 아니야! 당신 내 이야기 심각하게 받아들여야 해!"

"모두 거짓말하고 계시는데 심각하게 받아들일 것도 없지 않습니까. 유밀란지 추밀란지 그런 이름 난생 처음 들어봅니다."

"황개가 죽은 거 알고 있어? 차 안에서 불에 타죽었어. 바로 그저께 일이야."

"황개라고요?"

김영대는 씨익 웃었다. 마 형사는 바짝 긴장해서 그를 노려보았다.

"그래, 황개 말이야. 얼굴을 알아볼 수 없을 정도로 타죽었어. 차 속에다 가둬놓고 태워죽인 거야. 여자가 범인인 것 같아. 그런데 당신 왜 웃지?"

"이름이 괴상해서 웃었습니다."

마 형사는 주먹을 움켜쥐었다가 도로 풀었다.

"교도소 동기라는 거 다 알아."

"그럴지도 모르죠. 하지만 나는 그런 이름은 들어보지 못했습니다."

도무지 먹혀들어가지 않는다.

"유밀라의 유품 중에는 자동차 열쇠가 없었어. 그 여자의 차를 어디다 주차시켰어? 그리고 열쇠는 어디다 버렸어?"

김영대는 필터만 남은 꽁초를 재떨이에 비벼 껐다.

"모릅니다."

침묵과 긴장이 흘렀다. 마 형사는 상대방을 노려보고 있었고 반면 김영대는 무표정하게 앉아 있었다. 이 교활하고 질긴 놈의 입을 열게 하려면 꽤나 애를 먹을 것 같다고 마 형사는 생각했다. 사기 전과만 해도 두 건이나 있는 놈이니 그 교활함이야 비할 데가 없을 것이다. 턱주가리를 후려치고 싶은 것을 간신히 참으면서 마 형사는 다시 입을 열었다.

"유춘지, 그러니까 유밀라가 당신한테 보낸 편지가 당신 집 금고에서 일곱 통이나 발견됐어. 그 사실도 부인할 텐가?"

"그건 인정합니다."

"그 편지 내용을 보면 당신에 대한 원망과 회환으로 가득 차 있어. 2년 전 당신한테 강간당했고, 그때부터 당신의 노리개가 되어왔고, 그동안 3억이나 당신한테 빼앗겼다는 거야. 그뿐이 아니야. 그 바람에 가정은 파탄되었고 빚쟁이 신세가 되어 쫓기고 있다고 했어. 그리고 그 여자는 당신의 애까지 배고 있었어. 당신이 자기를 버리면 뱃속의 아기와 자신, 그리고 당신까지 함께 죽이겠다고 했어. 편지 내용들은 거의 비슷했어. 결국 당신은 그 여자가 더 이상 이용가치가 없어지고 골칫거리로 등장한 데다 당신을 죽이겠다고 하자 그게 두려워서 먼저 선수를 친 거야. 그렇지 않나?"

"흐흐흐…… 배꼽이 다 웃습니다요. 흐흐흐……."

"뭐가 어째?"

마 형사는 참지 못하고 상대방의 멱살을 틀어쥐고 흔들었다.

"네 놈은 강간 전문가야! 그리고 사기 전문이고! 잡아뗀다고 해서 무사히 넘어갈 줄 알아!"

숨이 막히는 바람에 김영대의 얼굴이 고무풍선처럼 붉게 부풀어 올랐다. 마 형사는 그를 차마 때리지는 못하고 뒤로 힘껏 밀어버렸다. 김영대는 의자와 함께 뒤로 벌렁 나가떨어졌다. 그러나 그는 이내 몸을 일으켜 의자 위에 다시 앉았다. 그리고 한다는 말이 이랬다.

"죄가 있으면 고소하면 될 거 아닙니까?"

"그래, 고소할 거야. 기다려!"

상대방은 냉정하게 기다리고 있는데 자신이 너무 흥분하고 있다는 사실에 마 형사는 화가 났다.

그런데 문득 유춘지의 편지 내용 가운데 사실과 맞지 않는 부분이 있음이 생각났다. 그것은 김영대 때문에 가정이 파탄되었고 자기가 빚에 몰려 쫓기고 있다는 내용이었다.

배미화의 말을 들으면 유밀라는 살해되던 날 아침까지만 해도 집에 있었고 11시에는 자신의 자가용을 몰고 외출했다고 했다. 가정이 파탄되었다면서 시집 식구들과 한 집 안에서 살고 있었을까? 그것은 이해가 되지 않는 부분이었다. 그렇다면 그녀가 편지에다 거짓말을 쓴 것이라고밖에 볼 수 없었다.

왜 그런 거짓말을 했을까? 김영대의 마음을 돌리기 위해 그랬던 것일까? 자기가 얼마나 김영대를 위해 희생해 왔는가를 알려 주기 위해 그런 거짓말을 한 것일까? 마 형사가 의문에 싸여 있는데 김영대가 입을 열었다.

"전에도 말했지만 그 편지들은 정체를 알 수 없는 여자가 보내온 겁니다. 유춘지라는 여자는 정말이지 한 번도 본적이 없고 이름도 들어본 적이 없습니다."

"거짓말하지 마! 모르는 여자가 당신한테 왜 그런 편지를 보내겠어?"

"이제 생각하니까 저를 함정에 빠뜨리기 위해 그런 것 같습니다."

"웃기지 마! 그렇다면 왜 그 편지들을 금고 속에 고이 간직해 두었지?"

"하도 어처구니가 없는 편지였기 때문에 없애지 않고 모아두기로 한 겁니다. 집사람이 보면 오해할까봐 그 여자한테서 오는 편지는 경비실에 따로 보관해 달라고 했습니다. 저는 그 편지들을 경비실에서 받아 읽어보고 나서 집사람이 모르게 금고에다 넣어두었던 겁니다."

"좋아, 그건 그렇다고 하고 그렇다면 지난 19일 오후 3시경 S호텔 스카이라운지에서 죽은 여자하고 만난 건 어떻게 변명하겠어? 유춘지는 모른다고 하고 유밀라도 모른단 말이야? 이름을 모르고 만날 수도 있겠지. 그렇다면 그 여자 사진을 보여 주지."

마 형사는 유밀라의 사진을 꺼내 영대의 코앞에 디밀었다.

"이래도 이 여자를 모르겠다는 거야?"

"모릅니다. 이런 여자는 본 적도 없습니다."

"S호텔 스카이라운지에 있는 웨이터가 당신이 그 여자와 만나는 것을 보았다고 증언했어! 목격자가 있단 말이야!"

마 형사는 주먹으로 책상을 후려쳤다. 그러나 김영대는 끄떡도 하지 않는다.

"그 웨이터는 거짓말을 한 겁니다. 그 자식 만나기만 하면 모가지를 분질러 버려야지. 개새끼, 만난 적도 없는데 그런 거짓말을 하다니!"

영대는 이를 갈면서 분해서 어쩔 줄을 모른다. 그의 얼굴 표정으로 보아서는 그의 말이 정말인 것도 같은 생각이 든다.

하지만 마 형사는 영대의 말을 끝까지 믿고 싶지 않은 심정이었다.

"적반하장이라고 당신이 성낼 게 어딨어. 그 웨이터가 거짓말했다고 했는데…… 그 친구가 거짓말할 이유가 뭐야? 당신하고는 모르는 사이인데 왜 당신한테 불리한 증언을 하겠어?"

"그거야 경찰이 윽박질렀기 때문에 그렇게 대답했겠죠."

"우리가 윽박질렀다고? 이젠 우리한테 뒤집어씌우려고 하는군. 우리는 아주 공정하게 증언을 들었어. 윽박지르거나 그런 짓은 절대 하지 않아."

"그렇지 않으면 그 자식 눈깔이 삐었던가 아니면 누구하고 짜고 그렇게 증언했을 겁니다."

"그랬다면야 말이 되지. 그래, 그건 말이 돼. 하지만 그 친구 눈은 내가 보기에 절대 삐지 않았어. 그리고 누구하고 짜고 위증했다고 보는 건 너무 억지 생각이야. 당신은 지금 지푸라기라도 붙잡고 싶은 심정이겠지. 안 그래?"

김영대는 고개를 숙이더니 수갑 찬 자신의 두 손을 물끄러미 내려다보았다. 도대체 통하지가 않아 말할 기분이 나지 않는다는 그런 표정이었다.

"서창배 교수의 주민등록증은 어떻게 해서 입수했어?"

"서창배가 누굽니까?"

뚱보 형사는 다시 주먹으로 책상을 후려쳤다. 그는 참을 수 없다는 듯 벌떡 몸을 일으키더니 시멘트 바닥 위를 왔다 갔다 했다. 밀폐된 공간은 후텁지근했다. 구석진 곳 천장에는 거미줄이 걸려 있었다.

"당신은 서창배 교수의 주민등록증을 가지고 다니면서 그 사람으로 행세했어. 알겠어? S호텔에도 그 사람 이름으로 투숙했단 말이야!"

"꿈같은 일입니다."

"서창배 교수는 2년 전 뺑소니차에 치여 죽었어. 당신이 치어 죽이고 뺑소니친 거 아니야?"

"네, 그렇습니다. 서창배도 유춘진가 유밀라도 제가 죽였습니다. 제가 모두 죽였으니까 조서 꾸며서 검찰에 송치하십시오."

마 형사는 김영대의 머리칼을 움켜잡고 흔들었다.

"완전범죄란 절대로 없는 거야! 난 네 놈을 교수대로 보내고 말 거야!"

"제발 그렇게 해 주십시오. 그게 속편하겠습니다."

"망할 자식……."

마 형사는 김영대를 흘겨보고 나서 혼자 취조실 밖으로 나왔다. 화가 나서 철문을 힘껏 닫는 바람에 그것이 벽에 부딪치는 소리가 쾅하고 지하실을 울렸다.

유춘지와 유밀라는 동일인물인가 동일인물이 아닌가?

S호텔에서 피살된 여인이 유밀라인 것은 이미 밝혀진 사실이다. 그런데 그녀의 백에서 발견된 특수우편물 수령증을 조사해

본 결과 발신인은 유춘지라는 인물이었다. 유밀라와 유춘지가 만일 동일인물이 아니라면 왜 유밀라의 백 속에 그 수령증이 들어 있었을까? 간단히 생각해서 유밀라가 유춘지의 부탁을 받고 대신 우체국에 가서 편지를 부쳐주었다고 볼 수 있다. 만일 두 사람이 동일인물이라면 유밀라가 가명을 쓴 것이라고 볼 수 있다. 왜 그녀는 김영대한테 편지를 보내면서 가명을 사용했을까?

유춘지가 김영대한테 보낸 일곱 통의 편지에 대해서 생각해 보자.

만일 유춘지와 유밀라가 동일인물이라면 유밀라는 김영대한테 많은 거짓말을 하고 있다. 김영대 때문에 가정이 파탄되었고 빚쟁이한테 쫓기고 있다는 내용이 그것이다. 유밀라는 피살되던 날 오전까지만 해도 엄연히 자기 집에 있었음이 배미화의 증언에 의해 밝혀졌다. 가정이 파탄되고 빚쟁이한테 쫓기고 있다는 여자가 과연 자기 집에 있을 수 있을까? 더구나 시집 식구들과 함께 말이다.

유춘지와 유밀라가 동일인물이 아니라면 유춘지의 편지내용은 사실일 가능성이 크다.

유춘지와 유밀라가 동일인물인가 아닌가 하는 점을 빨리 알아볼 필요가 있을 것 같다. 그것을 알아볼 수 있는 방법이 없을까? 마 형사는 우뚝 멈춰 섰다. 바로 그거다! 그거라면 확인해 볼 수 있다! 그는 재빨리 차 안으로 뛰어들었다.

그가 수사본부에 도착해 보니 유밀라의 차를 찾으러 나갔던 형사들이 돌아와 있었다.

"어떻게 됐어?"

"허탕쳤습니다."

하고 남 형사가 고개를 흔들며 대답했다.

"배미화를 데리고 집에 좀 다녀와야겠어. 함께 가자구. 그리고 참, 유춘지의 편지도 가져가자구."

"김영대한테 보낸 편지 말입니까?"

"그래."

마 형사는 보호실 쪽으로 가 보았다.

배미화는 무릎을 세운 채 그 위에다 얼굴을 처박고 있었다. 기다리기에 지쳐 잠이 든 것 같았다. 이름을 부르자 그녀는 깜짝 놀라 얼굴을 쳐들었다.

"갑시다."

마 형사는 퉁명스럽게 말하고 나서 돌아섰다.

이국의 연인들

같은 날 도쿄 나리타공항 오후 7시 25분.

잿빛의 로얄살롱 한 대가 빗물에 젖은 공항 주차장 안으로 미끄러지듯 들어가더니 이윽고 운전석 옆자리의 문이 열리면서 한 조그만 사나이가 밖으로 내려섰다. 그의 한쪽 손에는 묵직한 가방이 한 개 들려 있었다.

차의 엔진이 꺼지더니 이번에는 운전석 쪽에서 한 젊은 여인이 나타났다. 사나이가 재빨리 우산을 펴들자 여인이 그쪽으로 다가와 붙어 섰다. 여자 쪽이 남자보다 키가 조금 더 큰 것 같았다. 이윽고 그들은 공항 건물 쪽으로 걸어갔다.

가방의 무게에 사나이의 연약한 오른쪽 어깨가 한쪽으로 기울어지는 것 같았다. 여자처럼 가냘프고 파리한 얼굴에 검은색의 굵은 테 안경만이 두드러져 보이는 사나이였다. 옷은 베이지색 싱글차림이었고 저고리 안에는 흰 와이셔츠에 푸른 줄이 간 넥타이를 매고 있었다. 나이는 마흔 안팎으로 보였는데 그에 비해 여자는 스물 서넛 정도로밖에 보이지 않았다. 긴 머리에 감싸인 얼굴은 유난히도 희고 갸름해 보였다. 사슴처럼 긴 목이 인상적이었고 눈빛은 신선했다. 거기에다 눈처럼 흰 원피스 차림이었기 때문에 공항 터미널을 오가는 많은 여자들 가운데서도 그 미모가 남자들의 시선을 끌만큼 아주 뛰어나 보였다.

공항 건물 안으로 들어선 그들은 KAL카운터로 다가갔다. 배창기는 시내에서 미리 사가지고 온 항공권을 카운터 위에 내밀었다. 카운터의 여직원은 그것을 들여다보고 나서 탑승권을 꺼내 거기에다 좌석번호를 기입한 다음 그것을 배창기에게 내 주었다.

"시간이 없으니까 빨리 탑승하십시오."

유난히 화장을 진하게 한 여직원이 일본말로 말하면서 호기심어린 눈으로 두 남녀를 바라본다.

미치코는 창기와 함께 카운터 앞을 물러나면서 스스럼없이 남자의 팔짱을 낀다. 카운터의 여직원이 비웃는 듯한 눈초리로 두 사람의 뒷모습을 지켜본다.

두 사람은 출국장 입구에서 걸음을 멈추었다. 미치코의 눈시울이 어느새 촉촉이 젖어 있다. 그녀를 바라보는 창기의 표정이 더욱 창백해지는 것 같다.

"무슨 일이 있나요?"

미치코가 비로소 낮은 음성으로 물었다. 그녀와 함께 비오는 도쿄의 호텔 방에서 뒹굴던 그가 서울에서 걸려온 국제전화를 받더니 갑자기 침통한 표정으로 귀국을 서두르는 것을 그녀는 공항에 오기까지 잠자코 지켜보기만 했었다. 그가 그녀에게 한 말은 집에 일이 생겨서 빨리 가 봐야겠다는 것뿐이었다. 그녀는 남자 쪽에서 자진해서 말해 주지 않으면 절대 먼저 묻지 않는다. 묻고 싶어도 참으며 남자가 말해 주기를 다소곳이 기다린다.

그러나 이번의 경우에는 예외였다. 남자가 갑자기 슬픈 표정으로 귀국하게 된 이유를 끝까지 말해 주지 않고 떠나버릴 것만 같은 생각이 들었던지 그녀는 더 이상 기다리지 못하고 마침내 입을 열었던 것이다.

"아내가 죽었어."

그는 잠깐 여자를 쳐다보고 나선 딴 데로 시선을 돌렸다. 그들은 일본말로 이야기하고 있었는데 남자 쪽의 일본어 실력은 좀 서투른 편이었다.

"아니, 왜요? 왜 갑자기?"

미치코의 두 눈이 커지면서 그렇지 않아도 흰 얼굴이 더욱 하얘지고 있었다. 남자의 시선이 다시 그녀의 얼굴 위에 머물렀다. 그의 두 눈에는 어느새 물기가 번져 있었다. 그것을 보이지 않으려는 듯 그는 바닥을 내려다보았다.

"이유를 모르겠어. 아주 건강한 여자였는데……."

두 시간 전쯤 미화가 밀라의 죽음을 알려 주고 나서 그 이유도 말하지 않은 채 울면서 전화를 끊었을 때 그는 미치코와 함께 침대 속에 누워 있었다. 그는 즉시 집으로 전화를 걸었지만 미화는 집에 없었다.

그의 어머니도 밀라의 죽음에 대해서는 그때까지 아무것도 모르고 있는 것 같았다.

미치코의 벌어진 입에서는 더 이상 아무 질문도 나오지 않았다. 창기는 그녀의 손을 잡고 나직이 말했다.

"잘 있어요. 정리되는 대로 다시 오겠어."

여자의 손은 뜨거웠다. 침대 속에서의 열정만큼이나.

그녀가 가만히 머리를 흔들었다.

"당분간 못 오시겠지요?"

"아니야. 그렇지 않아."

그의 손에서 여자의 손이 힘없이 떨어져 나왔다. 그녀는 두 번 다시 남자를 못 볼 것 같은 절박한 눈길로 그를 쳐다본다.

"잘 있어요."

창기는 일본인 애인한테 마지막으로 깊은 눈길을 주고 나서 출국장 안으로 급히 걸어갔다.

문이 닫히는 사이로 얼른 뒤돌아보니 미치코가 한쪽 손을 반쯤 쳐든 채 흔들고 있었다. 창기도 거기에 맞춰 손을 쳐들었는데 그때 출입문이 닫혔다.

도쿄의 나리타공항에도 서울처럼 비가 내리고 있었다.

창기가 출국수속을 마치고 보세구역을 지나 지정된 탑승구 쪽으로 걸어가자 그 앞에 서 있던 KAL 직원이 막 문을 닫으려하고 있었다.

"하마터면 못 타실 뻔했습니다."
하고 직원이 말했다.

창기는 탑승권을 확인시킨 다음 서둘러 로딩브리지를 걸어갔다.

8시 5분.

KAL 707기는 나리타공항을 이륙했다. 빗방울이 창문을 후려치고 있었고 검은 구름이 소용돌이치고 있는 것이 보였다. 창기는 잔기침이 나오자 손수건으로 입을 막았다. 요즘 들어 기침이 잦아지고 있었다. 그러나 그는 병원에도 약국에도 가려하지 않았다.

미치코는 대학생이었다. 그녀가 대학 1학년이었을 때 알게 됐으니까, 그녀와 관계를 맺은 지도 3년이 된 셈이다. 기침이 멎자 그는 머리를 뒤에 기대고 두 눈을 감았다. 그는 몹시 쇠약해지고 있었다. 그 자신이 그것을 잘 알고 있었지만 그렇다고 악착스럽게 건강을 회복하려고 하거나 하지도 않고 있었다.

미치코와는 다시 만나게 될지 자신할 수 없었다. 미치코 자신도 그것을 느낀 것 같았다. 아내의 갑작스런 죽음은 그를 변화시킬 것이 틀림없었다.

사업 관계로 일본 출장이 잦아지면서 그는 일본어를 알지 않으면 안 되겠다고 생각했었는데 그렇다고 어학 연수학원에 정기적으로 출석한다거나 하는 것은 싫었고 개인교수를 초빙해서 배운다는 것도 마음에 들지 않았다. 친교가 있는 어떤 업체의 사장이 현장에 가서 직접 일본인을 사귀는 것이 일본말을 익히는데는 제일 빠른 방법이라고 하면서 자기는 일본에 갈 때마다 잘 아는 호스티스를 불러내 거기에 체류하는 동안은 그 아가씨와 데이트를 즐기면서 말을 배웠다고 자랑삼아 말한 적이 있는데 창기의 생각에도 그 방법이 제일 마음에 들었다. 그러나 마음뿐 그럴 수 있는 기회는 좀처럼 오지 않았다.

사람들을 사귀는데 있어서, 특히 여자를 사귀는데 있어서 여간 까다롭지가 않은 그로서는 아무 일본 여자한테서나 일본어를 배울 수는 없었던 것이다.

미치코를 알게 된 것은 미국 로스앤젤레스에 있는 어느 햄버거 가게에서였다. 그녀는 그때 대학 1학년 학생으로 여름방학을 이용하여 영어도 배울 겸해서 미국으로 건너와 친구와 함께 햄버거 가게에서 아르바이트를 하고 있었던 것이다. 그녀의 신선한 미모와 아름다움에 반한 그는 몇 번 그곳을 드나들다가 조심스럽게 자신의 뜻을 비춰보았다.

아르바이트 용건이라는 것이 가끔씩 그가 일본에 올 때마다 시간을 내어 자유스럽게 일본말을 가르쳐 주는 것이고 거기에 대한 보수란 것이 학생 신분으로서는 생각할 수도 없을 만큼 많다는 것을 알게 된 그녀는 꽤 구미가 당기는 눈치를 보였다. 그렇지만 그가 한국인이고 아직 정확한 신분을 모르고 있었기 때문에 확실한 대답은 뒤로 미루고 생각해 본 다음에 연락을 주겠다고 했다. 그러면서 한다는 말이 그렇게 많은 돈은 필요 없다는 것이었다.

창기는 자기 회사의 도쿄 지사 전화번호를 일러준 다음 귀국했다. 그로부터 두 달쯤 지난 초가을에 창기는 도쿄에서 미치코를 만날 수가 있었다. 여름 햇볕에 그을린 그녀는 처음 보았을 때와는 또 다른 건강하고 싱그러운 아름다움을 보여 주고 있었다. 그녀는 말하기를 부모님은 그런 아르바이트를 한사코 반대했지만 자기는 부모 몰래 그 일을 하고 싶어서 나왔다는 것이었다.

그렇게 해서 시작된 관계는 만나는 횟수가 잦아지면서 깊은 관계로 발전하게 되었고 지금은 일본말을 가르치고 배우기 위해서 만나는 것이 아니라 보고 싶어서 만나는 관계로 변해 있었던 것이다. 그동안 그는 미치코에게 너무 과중할 만큼 많은 것, 이를테면 자동차며 아파트, 보석 같은 것을 사 주었지만 그런 것은 하나도 아까운 생각이 들지 않았다.

미치코와 유밀라를 비교해 보면 확실히 두 여자는 아름다운 미모를 지닌 미녀들임에는 틀림없었다. 미모의 화려함에 있어서는 미치코 쪽이 밀라에게 뒤진다고 할 수 있었다. 그러나 미치코한테는 밀라가 가지고 있지 않은 부드러움이 있었다. 밀라가 타는 듯이 열정적이고 힘찬데 반해 미치코는 한없이 부드럽고 순종적이었다.

그리고 그녀한테는 신선미가 있었다. 밀라한테는 화려한 아름다움은 있었지만 신선미가 결여되어 있었다. 결혼했기 때문이라고 하겠지만 결혼할 당시만 해도 신선미 같은 것은 없었다. 다만 화려한 미모에 가려 그런 결점이 보이지 않았을 뿐이었다.

미치코를 알게 된 것은 밀라와 결혼한 지 1년쯤 지나서였다.

그가 밀라를 아내로 선택한 것은 순전히 그녀의 미모에 반했기 때문이었다. 밀라 쪽에서는 왜소하고 나약해 보이는 그와 결혼하게 된 이유가 그의 재력 때문이라는 것을 그는 잘 알고 있었다. 이유야 어떻든 그는 자신이 소유하고 있는 재력을 이용하여 그녀를 아내로 맞이할 수가 있었다. 그러나 그 결과는 결혼생활 4년 만에 밀라의 죽음으로 끝나고 말았다.

창밖으로 얼굴을 돌리는 그의 두 눈에 물기가 번지고 있었다. 그는 손수건을 꺼내 눈물을 닦았다. 스튜어디스가 조금 걱정스러운 눈으로 그를 쳐다보면서 지나쳐갔다.

눈부시게 화려한 미모의 여인과 결혼했으니 그야말로 행복할 것으로 생각했었는데 결과는 기대했던 것만큼 그렇게 되지가 않았다. 결혼생활이 1년쯤 지났을 때 그는 아내한테 완전히 주눅이 들어 있었다.

밀라는 밤마다 관계를 가질 것을 요구했고 그녀의 불타는 열정을 잠재우기에는 그는 너무 왜소하고 허약했다. 도대체가 그녀는 그 짓만을 위해서 존재하는 여자 같았다. 용광로처럼 끊임없이 분출하는 그 욕망을 감당해 내기에 지친 그는 밤마다 잠자리에 드는 것이 두려워지기 시작했고 그렇지 않아도 팔등신인 아내의 육체가 더욱 크고 위압적으로만 보이는 것이었다. 유난히도 요란스럽게 내지르는 신음소리와 미친 듯 흔들어대는 육체 앞에 그는 상대적으로 위축되기만 했고, 결국 그녀를 만족시켜 주지 못하고 슬그머니 꽁무니를 빼기라도 하면 열한 살 아래의 아내는

"에이, 남자가 왜 항상 그 모양이에요. 사람을 미치게 만들어 놓고……."

어쩌고 빈정거리는 것이었다. 어떤 때 먼저 잠이 들었다 깨어 보면 옆에 누워 있는 아내가 자위행위로 신음소리를 내면서 몸을 뒤트는 것을 보는 경우도 종종 있었다. 그런 때는 잠든 체 숨을 죽이는 것이었다. 그녀와의 잠자리를 피하기 위해 그는 밤늦게 집에 돌아오는 때가 점점 많아졌고 그런 그를 아내는 불만스러운 표정으로 맞이하곤 했다.

위압적인 모습으로 변해 버린 아내 앞에서 상대적으로 위축되어 버린 그는 도저히 재기한다는 것이 불가능함을 깨달았고 그때부터 자신의 결혼생활이 불행하다는 것을 알게 되었다. 그렇다고 그런 이유로 해서 아내한테 이혼하자는 말을 꺼낸다는 것은 생각할 수도 없는 일이었다.

두 사람 사이를 끈적거리는 피로 이어 주는 자식이 결혼 2년 만에 태어났던 것이다. 아들이 태어나자 밀라는 더욱 위압적으로 되었고 창기를 자기 마음대로 요리해 나갔다.

아내 앞에서 더욱 왜소해지고 위축감을 느끼면 느낄수록 그는 미치코 쪽에 마음이 쏠리는 것을 어찌할 수 없었다. 비록 국적이 다른 여자이긴 하지만 그녀와 함께 있을 때면 그는 따뜻하고 풍만한 가슴속에 안온하게 안겨 있는 것 같은 기분을 느끼는 것이었다.

미치코를 만난 것은 밀라와의 결혼생활에서 앞으로 결코 행복감을 느낄 수 없을 것이라는 생각이 가슴속에 뚜렷이 자리 잡

기 시작했을 때쯤이었다.

가슴속의 빈 터가 점점 허전한 느낌으로 차오르기 시작했을 때 나타난 그녀는 화려한 미모의 육감적인 밀라와는 전혀 다른 느낌과 분위기를 풍기는 여자였다. 밀라 만큼 화려한 미모는 아니었지만 그녀한테는 신선한 아름다움과 함께 주위를 따뜻하게 감싸 주는 것 같은 부드러움이 있었다. 그 부드러움에 친숙해지기 시작했을 때 그는 그 부드러움 속에 가려져 있는 달콤함을 찾아내어 어느새 그것을 즐기고 있는 자신을 발견했다.

똑같은 여자이면서 어쩌면 그렇게도 느낌이 다를 수가 있을까 — 이것은 밀라와 미치코를 비교할 때마다 제일 먼저 생각나는 점이었다.

미치코의 육체도 갸름해 보이는 얼굴 모습과는 달리 늘씬하고 육감적이기는 밀라한테 지지 않을 정도였다. 그녀가 처음 그의 눈 앞에서 옷을 모두 벗었을 때 그 풍만하고 매력적인 육체에 내심 소스라치게 놀랐었다. 그러면서도 한편으로는 밀라의 폭력적인 섹스에 압도당해 완전히 주눅이 들어버린 자신의 처지를 생각하고 미치코와의 관계에서도 또 그와 같은 재판이 일어나면 어쩌나하고 적지 않게 걱정했던 것이다. 그러나 결과는 정반대로 나타났다.

미치코는 나이가 적은 탓도 있겠지만 밀라처럼 용솟음치는 욕망을 주체하지 못해 미친 듯 날뛰거나 하지도 않았고 자신을 만족시켜 주지 못하는 그의 왜소함을 비아냥거리거나 하지도 않았다. 밀라는 자신보다 더 강한 남자와 상대할 때만 만족을 느낄 수 있는 여자였고 그렇지 못한 남자는 남자 축에도 끼이지 못한다고 생각하는 자기도취에 빠진 여자라고 할 수 있었다.

반면 미치코는 상대에 따라서 자신을 부드럽게 다룰 줄 아는 여자였다.

이를테면 소년하고 관계할 때는 거기에 맞게, 늙은이하고 상대할 때는 또 거기에 자신을 적응시킬 줄 아는 신축성이 풍부한 여자라고 할 수 있었다. 다시 말해 그녀는 상대방을 만족시켜 주면서 누구하고도 즐거운 마음으로 관계를 가질 수 있는 그런 여자였던 것이다.

미치코와 회를 거듭할수록 창기는 어루만지듯 따뜻하게 감싸며 조여 오는 그녀의 농밀한 압박에 더할 수 없는 환희를 느꼈고, 그녀의 몸 전체에서 항상 감지되는 가느다란 떨림에서 새로운 충격을 맛보곤 했다. 미치코와 상대하면서 그가 새롭게 발견한 것은 자신의 성 능력도 개발여하에 따라서는 얼마든지 발전될 수 있다는 사실이었다. 밀라와의 관계에서는 위축되기만 하고 그래서 스스로 자신을 모멸하기만 하던 그가 상대가 바뀌면서 위축되기만 하던 자세에서 벗어나 상승세를 타기 시작했던 것이다. 그것이 순전히 미치코의 덕분임은 말할 나위가 없었다. 거기에 대한 보상으로 그는 그녀에게 많은 돈을 뿌렸지만 하나도 아까운 생각이 들지 않았음은 물론이다.

미치코는 그가 굉장한 부자라는 것을 안 뒤에도 그전과 다름없이 그를 대했다. 여느 여자들 같으면 그에게 더욱 잘 보임으로써 한 푼이라도 더 우려내려고 할 텐데 그녀는 전혀 그렇지가 않았다. 그 점이 또한 창기의 마음에 들었고 그래서 그는 더욱 많은 돈을 그녀를 위해서 썼던 것이다.

곧 김포 공항에 도착한다는 스튜어디스의 아나운스먼트가 들려왔다. 창기는 창밖을 내려다보았다. 비행기는 비바람 치는 어둠 속을 날아가고 있었기 때문에 아무것도 보이지 않았다. 빗방울이 계속 창문에 부딪치면서 산산이 흩어지고 있는 것이 서울에도 비가 오고 있는 모양이라고 그는 생각했다.

엉덩이가 커 보이는 스튜어디스가 지나가면서 그를 힐끗 쳐다보았다. 그러나 그는 더 이상 울고 있지 않았다. 그는 앞으로 자신의 두 눈에서는 더 이상 눈물이 흘러나오지 않을 것 같은 생각이 들었다.

아무튼 그녀는 죽었다…… 나는 왜 이렇게 불행한 남자가 되었을까…… 내 아들은 어떻게 될까…… 나는 앞으로 두 번 다시 결코 결혼하지 않을 것이다…… 결코…… 혼자 살리라…….

비행기 바퀴가 활주로에 부딪치면서 일어나는 진동에 그는 생각에서 깨어나 밖을 내다보았다. 비행기는 어느새 활주로 위를 굴러가고 있었다.

비행기에서 내려 입국 수속을 마치고 출구를 빠져나가자 그의 비서가 달려와 정중히 허리를 굽힌 다음 그의 가방을 받아들었다.

"우리 집사람이 죽었다던데 소식 들었나요?"

창기의 느닷없는 물음에 비서는 미처 무슨 말인지 못 알아들은 것 같았다.

"네? 뭐라고 말씀하셨는지?"

"우리 집사람이 죽었다던데 소식 못 들었어요?"

그는 비서한테도 결코 반말조로 말하지 않고 존대어를 사용한다. 젊은 비서 안춘수(安春洙)는 배 사장의 말에 몹시 당황한 표정을 지었다.

"사모님 말씀입니까? 소식 못 들었습니다. 그럴 리가 있겠습니까. 돌아가셨다면 회사에 연락이 있었을 텐데……."

그때 두 명의 사내가 그들에게 접근했다. 보통 사람들과는 다른 냉정한 분위기를 띠고 있는 사내들이었다.

"배창기 씨 되십니까?"

"아니 왜 그러십니까?"

안 비서가 그들을 막아서며 되물었다.

"경찰입니다. 배 사장님한테 드릴 말씀이 있습니다."

젊은 사내가 신분증을 꺼내 보이는데 보니 <형사>라는 붉은 글씨가 눈에 띄었다.

"제가 배창기입니다."

형사들을 바라보는 창기의 두 눈은 슬픈 빛을 띠고 있었다.

"실례입니다만…… 사모님에 대한 소식 들으셨겠죠?"

"네, 동생한테서 전화연락을 받았습니다."

"배미화 씨는 저희와 함께 있습니다. 여동생을 먼저 만나 보시겠습니까, 아니면 사모님을 먼저…… ?"

"집사람은 지금 어디 있습니까?"

창기의 두 눈을 가리고 있는 안경이 갑자기 안개가 서리는 듯 뿌옇게 흐려진다.

"경찰병원 영안실에 있습니다."

"좀 안내해 주시겠습니까?"

"네, 저희들 차로 모셔드리겠습니다."

창기는 비서를 돌아보았다.

"돌아가세요. 난 시간이 좀 걸릴 것 같으니까."

"저도 따라가겠습니다."

안 비서가 사뭇 어쩔 줄 모르며 따라오려는 것을 창기는 그

특유의 나직한 소리로 제지했다.

"그럴 필요 없어요. 먼저 돌아가세요. 그리고 우리 집사람이 죽었다는 말은 당분간 비밀로 해둬요. 별도의 지시가 있을 때까지는……."

"네, 알겠습니다."

형사들을 따라 걸어가는 창기의 뒷모습을 안 비서가 멀거니 쳐다본다.

미 국 인

집에 도착한 배미화는 유밀라의 유품들 가운데서 그녀의 글씨가 씌어져 있는 것들만 골라내 형사들에게 보여 주었다.

유밀라는 일기도 쓰지 않았고 가계부 같은 것도 적지 않았다. 때문에 그녀의 글씨가 적혀 있는 유품은 별로 눈에 띄지 않았다. 배미화가 골라낸 것들은 유밀라가 남편의 생일 때 그에게 써준 것으로 보이는 생일축하카드 그리고 아들에게 써준 생일축하카드와 크리스마스카드 따위가 전부였다.

그런데 그런 것들에 씌어 있는 유밀라의 글씨체와 유춘지가 김영대한테 보낸 편지의 글씨체가 비슷한 데라고는 조금도 없이 전혀 달라 보인다. 마 형사와 남 형사는 그것을 보고 당황했다.

"이건…… 아주 다른데요."

남 형사가 목소리를 낮추어 말했다. 마 형사는 적이 실망한 표정으로 고개를 끄덕였다. 유춘지와 유밀라가 동일인물일 것이라고 생각했던 기대가 한꺼번에 와르르 무너지는 순간이었다. 이렇게 되면 유밀라를 살해한 범인의 정체는 모호해질 수밖에 없게 된다. 다시 말해 김영대가 범인일 가능성은 아주 희박해지는 것이다. 유밀라가 유춘지라는 가명으로 김영대한테 편지를 보내지 않았다면 유춘지는 실재하는 다른 인물이라는 말이 된다. 그렇다면 유밀라의 백 속에 왜 유춘지가 보낸 우편물 수령증이 들어 있었을까? 유춘지의 부탁을 받고 대신 편지를 부쳐준 다음 그 수령증을 백 속에 넣어두었던 것일까? 하긴 이런 경우도 생각해 볼 수 있다.

이를테면 유밀라가 유춘지라는 가명으로 김영대한테 편지를 보내되 직접 편지를 쓰지 않고 다른 사람한테 대필시키는 것이다. 이것은 있을 수 있는 일이다. 마지막으로 다음과 같은 경우도 가정해 볼 수 있다. 살인범이 유밀라의 신원을 숨기고 그녀를 유춘지라는 가공인물로 꾸미기 위해 백 속에다 그 특수우편물 수령증을 넣어두는 것이다. 이 경우에는 결과적으로 김영대한테 살인 혐의가 돌아가게 되어 있다. 김영대는 억울하게 살인범으로 몰리는 것이다.

마 형사는 깊이 숨을 들여 마신 다음 대학노트를 집어 들었다. 조금 낡아 보이는 그 노트는 장식장 서랍 속에서 찾아낸 것이었다.

대학노트는 두툼했다. 펴보니 갈피마다 단풍나무 잎이며 들꽃 같은 것들이 제 모습을 갖춘 채 들어 있었다.

그것들은 그렇게 잘려서 노트 갈피 속에 들어간 지 아주 오래된 듯 바짝 말라 있었기 때문에 조금만 만져도 금방이라도 바스라질 것처럼 보였다. 그 노트는 거의가 그런 것들로 채워져 있었고, 마지막 서너 장만 볼펜으로 갈겨쓴 글씨들로 메워져 있었다. 그 글씨들은 카드에서 본 유밀라의 글씨와 비슷해 보였다. 다른 점이 있다면 카드에 쓴 것처럼 또박또박 쓴 게 아니라 아무렇게나 갈겨 쓴 점이라고 할 수 있었다.

1. Apartment(아파트) : 108,048,800

2. Amendment(수리개선비) : 10,400,000

3.Balcony windows/12mm Color(발코니 새시, 유리) : 1,600,000

4. Upstairs/Twin glass 24mm(층계 새시, 유리) : 2,500,000

5. Build in furniture/3Cabinets(붙박이옷장, 장식장) : 2,650,000

6. Carpet(카피트) : 965,500

7. Curtains(커튼) : 910,000

8. Monoleum(모노륨) : 352,000

9. Lamps, & deskLamps(전등, 스탠드) : 550,000

10. Lock(보조키) : 95,000

11. Clothes line(빨랫줄) : 20,000

12. Mirror/Bedrooms 2, Livingroom (거울) : 360,000

13. 2 Showers(샤워기) : 414,000

14. Toilet paperhanger(휴지걸이) : 20,000

15. Bathroom shelf 2(화장실 선반) : 25,000

16. Bathroom Curtain 2(화장실 커튼) : 20,000

17. 4 Telephon/1 wireless(전화기) : 240,000

18. Color TV/26"remote Control (텔레비전) : 750,000

19. Color TV/16"remote Control (텔레비전) : 420,000

20. Color TV/14"remote Control(텔레비전) : 340,000

21. Video/remote Control(비디오) : 675,000

22. Video Cleaning Tape(비디오 크리닝 테이프) : 8,000

23. Video Tapes 3(비디오 테이프) : 15,000

24. Video Box(비디오 박스) : 50,000

25. Music Box(뮤직 오디오) : 857,000

26. Vaccum Cleaner(진공청소기) : 85,500

27. Washing Machine(세탁기) : 400,000

28. Refrigerator/290L(냉장고) : 465,000

29. Refrigerator/60L(냉장고) : 120,000

30. Micro Oven & Range(오븐 겸 전자레인지) : 398,000

31. Gas Cooker(가스레인지) : 155,800

32. Slow Cooker(슬로쿠커) : 38,000

33. Electric Rice Pot(전기밥솥) : 45,000

34. Electric Fry Pan(전기프라이팬) : 30,000

35. Coffee Machine(커피머신) : 30,000

36. 2 Radios(라디오) : 40,000

37. 2 Electric Pans : 60,000

38. Iron(아이론) : 20,000

39. Humidity Adjust(가습기) : 50,000

40. Personal Scale(체중기) : 40,000

41. Watch/Seiko(세이코시계) : 20,000

42. Alarm Clock(자명시계) : 30,000

43. Bed/double 160×200, 2 Side Tables(침대) : 685,000

44. Bed/double 140×200, Side Tables(침대) : 340,000

45. Bedsheet & quilt for 2 Beds(침대커버, 이불) : 393,000

46. 2 Fur Pillows(털베개) : 150,000

47. 4 Blankets, 4 Pillows(담요, 베개) : 150,000

48. Leaher Sitting/1+2+3 Sitter, 1 table with glass(가죽소파세

트) : 2,482,000

49. 2 Side Tables(보조탁자) : 150,000

50. 2 Writing Tables with glass, Cabinet, 1 Leather Chair, 4 Chairs (책상, 책장, 의자) : 1.584,000

51. Dining Table with glass, 6 Leather Chairs(식탁, 가죽의자) : 958,000

52. Balcony Table with glass, 5 Chairs, Shelf((베란다 탁자. 의자, 흔들의자) : 700,000

53. Carpets/3 Pieces(카펫) : 1,200,000

54. 12 Pictures in Glassframe (액자그림) : 500,000

55. 5 Handicraft Articles(수예품) : 500,000

56. Pearl Vase(자개화병) : 20,000

57. 12 Ceramic Vases(도자기) : 250,000

58. 6 Folding Screen(병풍) : 200,000

59. Decorations/4 gourds, 3 masks(탈 등 장식품) : 150,000

60. 3 Antiques/ small(고가구) : 120,000

61. Encyclopedia/30 books(백과사전) : 600,000

62. Law of Korea/3 books(대법전) : 120,000

63. Kitchen Material, Tableware, Pot(부엌식기류) : 250,000

64. Coffee Set, Ice Cream Set(커피세트 등) : 150,000

65. Crystal Glasses(크리스탈컵) : 200,000

66. Ceramic Beer Mug(도기맥주잔) : 30,000

67. Plants/big pot 10(화분) :200,000

68. Plants/small pot 10(화분) : 30,000

69. Candle holder(촛대) : 40,000

70. Umbrella holder(우산꽂이) : 20,000

Total 146,485,100
Glory Heights 301Ho,
Charles Mogendo
Apr 15, 1983

마 형사는 그것을 끝까지 찬찬히 훑어보고 나서 배미화에게 물었다.

"이게 뭐죠?"

"글쎄요, 저도 처음 보는 거예요."

마 형사와 시선이 마주치자 그녀는 당황해 하면서 머리를 흔들었다.

"이게 뭐라고 생각하십니까?"

"글쎄요. 살림살이 같은데요."

"살림살이치고는 너무 호화판인데요."

남 형사가 말했다. 그것은 맞는 말이었다.

합계 금액이 1억4천6백여만 원이나 되는 살림살이라면 엄청난 액수임에 틀림없다. 부자라면 또 몰라도 가난뱅이 형사들이 볼 때는 입이 딱 벌어지는 액수라고 할 수 있었다.

"여기 보니까 글로리 하이츠 301호에 사는 찰스 모겐도라는 외국인이 작성한 것 같은데요."

남 형사가 마지막 부분을 짚어 보이며 말했다.

"글씨는 유밀라 씨 글씨야."

영어로 적혀 있는 각 항목 옆 괄호 안에 씌어 있는 한글 글씨를 카드 글씨와 대조해 보면서 마 형사가 말했다.

"그렇다면 찰스 모겐도라는 외국인이 작성해 주거나 불러준 것을 유밀라 씨가 정리한 것인가요?"

"그렇게 볼 수도 있겠지."

찰스 모겐도 — 이 외국인이 유밀라와 관계가 있을까? 관계가 있었다면 어느 정도의 관계였을까?

"유밀라 씨가 미화 씨 오빠와 결혼한 것은 정확히 언제였습니까?"

"4년째 됐으니까…… 85년 4월이었어요."

"그렇다면 이건 유밀라 씨가 결혼하기 훨씬 전에 작성한 거군요? 83년 4월 15일이라고 적혀 있는 걸 보니까."

그 말에 배미화는 아무 대답도 하지 않는다.

그때 전화벨이 울렸다. 배미화가 전화를 받은 다음 수화기를 남 형사한테 건네 주었다. 그것은 수사본부에서 걸려온 전화였다. 전화를 끊고 난 남 형사가 마 형사한테 말했다.

"미화 씨 오빠가 귀국했답니다. 지금 병원으로 갔답니다."

"병원에는 왜 갔죠?"

미화가 눈을 크게 뜨며 물었다.

"부인의 시신을 먼저 봐야할 게 아니겠습니다."

마 형사는 노트 갈피에서 말라붙어 납작하게 되어 있는 들꽃 하나를 집어 들었다. 이름을 알 수 없는 그 들꽃은 노르스름한 빛깔을 띠고 있었고 조금 힘만 주어도 바스라질 것처럼 보였다. 그 화려한 미모의 여인한테도 이런 가냘픈 들꽃을 꺾어 오래도록 간직하고 싶었던 감정이 있었을까? 그녀는 그런 감정을 내보이기 싫어 숨기고 있었던 게 아닐까? 아니, 그런 감정을 잃고 싶지 않아 이 노트 속에 꽃이며 낙엽들을 숨겨두고 있었던 게 아닐까?

"이걸 좀 뜯어가도 되겠습니까?"

마 형사는 대학노트 마지막 부분 세 장을 집어보이며 미화에게 물었다. 노트를 통째로 들고 가서 수사 자료로 참고하다가는 가냘픈 들꽃이며 낙엽들을 모두 흐트러뜨릴 것만 같았기 때문에 마지막 세 장만 뜯어가려고 생각한 것이다.

미화는 노트를 받아 마지막 부분 세 장을 꼼꼼히 살펴보더니 그것을 마 형사에게 내 주었다.

"찰스 모겐도라는 외국인 혹시 모르십니까?"

모른다는 대답이 돌아올 것이라고 생각하면서 마 형사는 물었다.

"모르겠어요."

마 형사는 자리에서 일어났다.

"미화 씨는 댁에 계셔도 좋습니다. 하지만 미화 씨에 대한 조사가 완전히 끝난 것은 아니니까 집을 떠나서는 안 됩니다. 언제라도 우리가 연락할 수 있게 댁에 계셔야 합니다. 약속하신다면 지금 우리와 함께 가지 않아도 좋습니다."

"약속하겠어요."

"장례 준비를 하려면 바쁘시겠습니다."

남 형사가 깍듯이 말 했다.

밖으로 나와 차에 오른 마 형사는 차에 시동만 걸어둔 채 담배만 피워댔다. 그 곁에서 남 형사가 찢어 가지고온 노트를 들여다보며 지껄여대기 시작했다.

"제1항목을 보면 1억8백만 원이라고 적혀 있는데…… 이것은 아파트 전세금이거나 구입비 같은데요. 끝에 4만8천8백 원이 덧붙어져 있는 걸 보면 중개료 아니면 세금 같은 게 가산된 게 아닌가 생각됩니다. 아무튼 그 아파트를 수리하는데 드는 비용이 1천만 원입니다. 그뿐만이 아니고 발코니에 12mm유리를 끼운 새시를 하는데 1백60만 원이나 듭니다. 층계에 새시를 설치하는데는 그보다 많은 2백50만 원이나 됩니다. 빨래줄, 휴지걸이까지 계산해 놓은 걸 보면 철저하다 못해 지독하다는 생각까지 듭니다. 컬러텔레비전만 해도 26인치, 16인치, 14인지 등 3대나 적어 놓았습니다. 여기에 적어놓은 항목대로 모두 구입했다면 정말 엄청난 돈이 들었을 겁니다."

"난 그걸 보고 모욕을 당한 기분이 들었어. 그건 필요해서 구입한다기보다는 일종의 낭비 같다는 생각이 들었어. 자기 돈이라면 그렇게 흥청망청 쓸 수 있겠어?"

"그럼 남의 돈으로 이렇게 구입했다는 겁니까?"

"그런 생각이 들어. 모겐도라는 한 외국인이 빈 몸으로 한국에 들어와 한 살림 차리는데 누군가가 돈을 대준 것 같단 말이야. 돈을 대줄 사람이 있으니까 마구잡이로 써서 신청한 것 같아."

"그렇게 말씀하시니까 이해가 되는군요."

"십중팔구…… 아마 그랬을 거야."

"외국인들의 절약정신은 지독하기로 유명하잖아. 특히 한국 같은데 나와 있는 외국인들은 알뜰하다 못해 구두쇠로 소문이 나 있단 말이야. 쇠고기도 우리처럼 한꺼번에 몇 근씩 사가는 게 아니고 기껏 몇 그램, 몇 백 원어치씩 사가니까 정육점 주인들이 혀를 내두르더라구. 그런 그들이 언제 귀국할지도 모르는 판에 제 돈 주고 집에다 텔레비전을 석 대씩이나 들여놓겠어? 그 목록을 보면 마구잡이로 사들이려고 한 의도가 역력히 나타나 있어. 집을 꾸미는데 자그마치 1억4천6백여만 원이나 든다는 계산인데 외국인이 제 돈 주고 그 짓을 하겠어? 재벌이 아닌 바에야 그런 미친 짓을 할 외국인이 어디 있겠어."

마 형사는 차도로 들어서자 차의 속도를 빨리했다.

"이건 유밀라가 결혼 전에 작성한 건데…… 그렇다면 모겐도라는 외국인과 유밀라 사이에 어떤 긴밀한 관계가 있었다는 말이 아닐까요?"

"그렇다는 이야기이겠지. 글로리 하이츠가 어디 있는 거지?"

"잘 모르겠는데요."

"아마 호화 아파트나 빌라일 거야. 한번 찾아가 보라구. 가능하면 모겐도라는 외국인을 만나 보는 것도 좋겠지."

남 형사는 미간을 찌푸렸다.

"또 애먹겠는데요."

"굽실거릴 필요 없어."

마 형사는 차도 오른쪽에다 차를 갖다 댔다.

"알겠습니다. 찾아보겠습니다."

남 형사가 차에서 내리자 마 형사는 다시 차를 출발시켰다.

남 형사가 미간을 찌푸리며 애를 먹겠다고 한 말뜻을 그는 충분히 알고 있었다. 수사상 외국인을 상대하게 될 때 치러야하는 곤욕 때문에 남 형사는 미간을 찌푸렸던 것이다. 한국에 와 있는 외국인들, 특히 미국인들은 수사에 협조하지 않는 것으로 유명하다. 그들은 도대체 한국의 수사관들을 상대해 주려고도 하지 않고 상대한다 해도 너무 오만불손하게 나오기 때문에 수사관들은 너나할 것 없이 곤욕을 치르게 마련이다. 그들의 그 오만불손한 태도 속에는 일등 국민으로서의 자만심과 한국인에 대한 멸시가 뿌리 깊게 내포되어 있는 것이 뚜렷이 보인다. 그래서 한국의 수사관들은 외국인을 상대하는 것을 하나같이 꺼리는 것이다.

S호텔 스카이라운지에 근무하는 웨이터 안기홍은 마 형사를 보고도 그냥 지나쳐갔다. 그래서 마 형사가 그를 불러 세웠지만 그래도 그는 마 형사를 알아보지 못하고 처음 대하는 손님처럼 그를 쳐다보는 것이었다.

"안 군, 나 모르나?"

"글쎄요."

안은 고개를 갸우뚱하면서 눈을 가늘게 뜨고 마 형사를 쳐다보았다. 스카이라운지에서 안을 처음 만나 본 것이 하루 전이었고 그와 김영대를 대질시켜 결정적인 증언을 들은 것이 바로 오늘 아침이었는데 그는 전혀 이쪽을 알아보지 못한다. 이럴 수도 있을까? 안이 눈을 가늘게 뜨는 것을 보고 마 형사는

"아하, 이 친구가 시력이 굉장히 나쁘구나!"

하고 생각했다.

"살인 사건 때문에 우리가 만난 거 기억 안 나나?"

자리에 앉아 그렇게 말하자 그제서야 안은 마 형사를 알아보고 당황한 표정을 지었다.

"자넨 눈이 몹시 나쁜 모양이지?"

"네, 그래서 실수할 때가 많습니다."

"안경을 끼지 그래."

"콘택트렌즈를 끼었는데…… 하나를 잃어버렸습니다. 새로 맞춰야겠는데……."

"오늘 아침 자네와 대질시킨 그 범인 말이야. 그 사람이 정말 그 죽은 여자와 여기서 만난 남자가 틀림없나?"

"네, 틀림없습니다."

말소리는 분명했지만 표정이 흔들리는 것을 마 형사는 놓치지 않고 보았다.

"그런데 말이야. 그자가 절대 아니라는 거야. 자기는 그 여자를 여기서 만난 적이 없다는 거야. 자네를 본 적도 없다는 거야."

"그럴 리가 없습니다. 제가 분명히 보았습니다."

"자네 증언이 매우 중요하단 말이야. 그러니까 그 사람을 다시 한 번 만나줘야겠어. 다시 한 번 만나서 좀 더 자세히 봐줘야겠어. 자네 지금 바쁘나?"

"네, 바쁩니다."

"그 사람 지금 경찰서 유치장에 있는데…… 그럼 어떡할까? 자네가 바쁘다는데 억지로 데리고 갈 수도 없고…… 어떻게 하는 게 좋을까? 그럴 필요 없이 사진이나 좀 봐줘. 나중에 시간이 날 때 다시 만나 보기로 하고…… 사진만 보고도 알 수 있지?"

"네, 알아볼 수 있습니다."

안은 마 형사가 내놓은 한 남자의 명함판 컬러사진을 들여다보았다. 숨을 죽인 채 그것을 들여다보고 나서 그는,

"이 남자가 틀림없습니다."

라고 대답했다.

"정말 틀림없나?"

"네, 틀림없습니다."

"오늘 아침 대질해서 보았던 그 남자가 틀림없단 말이지?"

"네, 그, 그렇습니다."

마 형사는 당황해 하는 안의 표정을 차갑게 쏘아보았다.

"그럼 이 사진도 좀 봐 주겠나?"

마 형사가 또 하나의 사진을 꺼내 보여 주자 안은 완전히 당황한 표정이 되었다.

"이, 이 사람은 아닙니다!"

안은 당황해서 머리를 흔들었다. 마 형사는 사람들의 증언이라는 것이 얼마나 엉터리일 수가 있는가 하는 것을 새삼 확인하고는 적이 실망하지 않을 수 없었다. 그는 머리를 흔들면서 상체를 앞으로 기울였다.

"이봐, 자네 증언은 완전히 엉터리야. 알겠어?"

안의 두 눈이 더욱 흐려지는 것 같았다. 그는 입을 벌린 채 멍하니 마 형사를 바라보았다.

"자네 그 두 눈은 너무 믿을 수가 없어. 바꿀 수가 있으면 바꾸라고 권하고 싶어."

"그, 그럴 리가 없습니다."

안은 힘없이 중얼거렸다. 마 형사는 첫 번째로 보여줬던 사진을 가리켰다.

"이 사진은 오늘 아침 자네와 대질시켰던 그 사람 사진이 아니야. 알겠어? 황개라는 사람의 사진인데 그 사람은 그저께 이 호텔 지하주차장에서 불에 타 죽었어. 이건 바로 그 사람 사진이란 말이야. 이제 알겠어?"

"그, 그럴 리가……."

안의 벌어진 입이 다물어지지 않는다. 안간힘을 써보려는 그의 표정을 보면서 마 형사는 두 번째로 보여줬던 사진을 집어 들고 흔들었다.

"이게 바로 오늘 아침 자네와 대질했던 사람의 사진인데 자네는 지금 이 사람이 아니라고 했어. 자네 증언을 어떻게 믿을 수가 있지?"

안의 이마에 땀이 번지고 있었다.

"자네는 거짓말을 하고 있든가 아니면 확실하지도 않은 것을 사실처럼 단정해서 말하고 있는 거야. 어느 쪽이 맞나?"

안은 변명할 말을 찾고 있는 것 같았지만 그의 입에서는 더 이상 아무 말도 흘러나오지 않았다.

"자네 말 한 마디로 한 사람의 목숨이 왔다 갔다 한다는 것을 모르나? 어떻게 그런 엉터리 증언을 할 수가 있지?"

마침내 안의 머리가 밑으로 떨어졌다.

"죄송합니다. 눈이 너무 나빠서…… 잘못 본 것 같습니다. 죄송합니다. 눈 때문에……."

안은 안절부절 못하면서 마 형사를 마주 바라보지 못한 채 시선을 밑으로 떨구었다. 마 형사는 그 앞에다 두 장의 사진을 나란히 놓았다.

"다시 한 번 묻겠어. 이 사진들을 잘 보고 대답해 줘. 이중에 그저께 그 피살된 여자와 여기서 만난 남자가 누구야? 어느 쪽이 그 남자야?"

안은 대답을 못한 채 더욱 아래로 머리를 숙였다.

"대답 못하겠어? 이젠 자신이 서지 않나?"

마 형사의 추궁은 더욱 날카로워지고 있었다.

"잘…… 잘 모르겠습니다."

마침내 안이 기어들어가는 목소리로 말했다. 마 형사는 잡아먹을 듯이 그를 노려보다가 마지막으로 다시 물었다.

"정말 모르겠나?"

"네…… 모르겠습니다."

"진작 그럴 것이지. 괜히 헛수고했잖아. 생사람 하나 잡을 뻔했고 말이야."

"죄, 죄송합니다."

"자넨 엉터리야. 무책임하고 말이야."

마 형사는 맥이 풀리는 것을 느꼈다. 그는 벌떡 일어나 스카이라운지를 빠져나왔다. 엘리베이터를 타려다 말고 창가에 다가서서 초조한 모습으로 담배를 피우고 있는데 뒤에서 인기척이 났다. 창문에 웨이터 안의 모습이 보였다.

"저기…… 그 사진 다시 한 번 보여 주시겠습니까?"

안이 조심스럽게 말했다.

"또 거짓말하려고?"

마 형사는 돌아보지 않고 말했다.

안은 아무 말 못하고 그 자리에 그대로 서 있었다. 그가 물러갈 기미를 보이지 않자 마 형사는 두 장의 사진을 꺼내들고 돌아섰다.

"감사합니다."

안은 사진 두 장을 받아들고 한참 동안 그것들을 눈앞에 가까이 대고 들여다보더니 황개의 사진을 가리켰다.

"이 사람 같습니다. 확실히 말할 수는 없지만 이 남자가 비슷하게 생겼습니다."

마 형사는 어이없다는 표정으로 그를 쳐다보았다.

"이 사진 두 장을 비교해 볼 때 이쪽이 더 비슷하게 생겼다는 건가?"

"네……."

혼자 엘리베이터를 타고 내려오면서 마 형사는 쓴웃음을 지었다. 유밀라와 황개…… 그 관계는 생각할 수도 없는 관계였다. 생각하는 것만으로도 죄를 짓는 것 같은 기분이 들었다. 비슷하게 생겼다고? 흥, 웃기는 자식이군.

유밀라와 배미화는 올케와 시누이 사이다. 배미화의 약혼자인 황개와 배미화의 올케이자 유부녀인 유밀라 사이에 과연 모종의 관계가 있을 수 있을까? 생각할 수도 없는 일이다. 마 형사는 생각할 필요가 없다는 듯이 머리를 흔들며 엘리베이터 밖으로 나왔다.

그는 호텔 밖으로 나가려다 말고 커피숍으로 가서 창가에 자리를 잡고 앉았다. 대형 창을 타고 빗물이 줄줄 흘러내리고 있었다. 우산을 받쳐 들고 오가는 사람들의 모습이 하나같이 범죄자로 보인다. 사람들을 그런 눈으로 보아서는 안 된다고 생각하면서 커피 잔을 입으로 가져갔다.

생각할 필요도 없다고 생각한 것 자체가 잘못된 생각일지도 모른다. 사람과 사람의 관계, 특히 남자와 여자의 관계는 상상을 뛰어넘는 경우가 얼마든지 있을 수가 있다. 누구보다도 그런 경우를 많이 보아온 내가 그것을 굳이 부인하려드는 것 자체가 이상하지 않은가.

웨이터 안기홍의 말이 믿을 게 못 된다고 치자, 그렇다 해도 그의 말은 수사의 범위를 새로 확대시켜 주었다는 점에서 그런대로 의미가 있는 게 아닐까.

그의 말을 듣기 전에는 유밀라와 황개의 관계란 생각해 보지도 못했었다. 그러나 그의 말을 듣고 난 지금은 그런 관계가 있을 수도 있다는 쪽으로 생각이 확대되고 있다. 새로운 발견인 셈이다. 처음에는 그 말을 듣고 코웃음이 나왔지만 지금은 그렇지가 않다. 물론 유밀라와 황개의 관계는 도덕적으로는 있을 수가 없는 이야기이다. 그러나 남녀의 관계란 것이 어디 도덕적으로만 성립되는 것인가. 그의 경험으로는 남녀 관계란 것이 정상적으로 맺어지기보다는 부도덕하게 맺어지는 경우가 더 많았다. 이를테면 형부와 처제 사이의 관계 같은 것 말이다. 형부와 처제 사이의 부도덕한 관계란 그야말로 생각할 수 없는 일이다. 하지만 그런 관계가 현실적으로 존재하고 있는 것을 그는 심심찮게 보아왔다. 그런 관점에서 본다면 유밀라와 황개의 관계는 얼마든지 있을 수가 있다.

마 형사는 잔에 남아 있는 커피를 마저 마시고 나서 다시 창밖으로 시선을 돌린다. 웬 놈의 비가 이렇게 내리고 있을까. 이젠 그칠 때도 됐는데……

유밀라와 황개가 불륜의 관계를 맺어왔다고 치자. 그 두 사람이 연달아 피살되었다는 사실은 무엇을 의미하는 것일까? 불륜의 관계를 맺어오던 두 사람이 함께 살해되었다는 것은 어쩐지 부자연스럽게 생각되지가 않는다. 그러기는커녕 오히려 당연한 귀결로 생각된다.

글로리 하이츠를 찾는 데는 별로 어려움이 없었다. 시 건축과에 알아보니 그것은 1983년 3월에 준공된 외국인 전용 고급 맨션아파트로 남산 순환도로변에 자리 잡고 있었다.

플레이보이처럼 생긴 남달호는 택시를 타고 곧장 글로리 하이츠를 찾아갔다.

글로리 하이츠는 외국인 집단 거주 지역 내에 세워져 있었다. 단지 주위는 철조망으로 막혀 있었고 입구에는 경비초소가 설치되어 있었다. 초소를 지키는 경비원들은 한국인들이 거주하는 일반 아파트 경비원들보다는 복장 같은 것이 한결 세련되고 거만스러워 보였다.

글로리 하이츠는 높은 지대에 자리 잡고 있는 데다 고층 아파트이기 때문에 전망이 걸리는 것 하나 없이 시원스럽게 열려 있었다.

"어떻게 오셨습니까?"

밤색 제복에 노란색의 바가지 같은 것을 머리에 쓴 젊은 경비원이 초소 안으로 들어서는 남 형사를 아래위로 훑으면서 물었다. 남 형사가 신분을 밝히자 그는 금방 부드러운 표정을 짓는다. 초소 안에는 중년의 경비원이 또 한 명 앉아 있었다.

"혹시 여기에 찰스 모겐도라는 외국인이 살고 있습니까?"

"모겐도 씨요?"

젊은 경비원이 아는 체를 하며 되물었고 중년의 경비원이 몸을 움직였다.

"네, 찰스 모겐도 씨 말입니다."

"모겐도라는 미국 사람이 살고 있긴 합니다만 지금은 그 사람 없습니다."

"외출했습니까?"

"외출한 게 아니고 미국에 돌아갔습니다. 곧 돌아올 거라고 하는데…… 아직은 돌아오지 않았습니다."

"몇 호실에 살고 있습니까?"

"301호실입니다."

글로리 하이츠는 동수가 한 개뿐이었다.

"가족이 있습니까?"

"네, 정식 가족이라기보다는 한국 여자하고 동거생활을 하고 있죠."

"쓸데없는 말 함부로 지껄이지 마."

중년의 경비원이 눈을 흘기며 주의를 주자 젊은 경비원의 표정이 굳어졌다.

플레이보이의 눈빛이 중년 사내 쪽을 향해 날카롭게 빛났다.

"난 수사경찰입니다. 수사상 필요해서 여기까지 찾아온 거니까 뭘 숨기거나 하지 말고 사실대로 말해 줘요. 사실대로 말하지 않으면 당신을 여기서 데리고 나가 다른 데 가서 물어볼 수도 있어요."

플레이보이가 엄한 표정으로 날카롭게 쏘아붙이자 중년의 경비원은 멋쩍은 표정을 지으면서 자세를 바로 했다.

"아시다시피 여긴 미국인 거주지역이고…… 외국인들이 특히 사생활을 침해당하는 것을 싫어하기 때문에 조심하라는 뜻으로……."

중년의 경비원이 뭐라고 변명을 늘어놓는 것을 남 형사가 말허리를 잘랐다.

"외국인 거주지역이고 뭐고간에 나는 수사를 하고 있는 중이란 말입니다. 외국인의 사생활이 침해당하는 건 그쪽 사정이고 나는 그런 것까지 봐줄 수는 없습니다. 조씨는 언제부터 여기서 근무하셨죠?"

중년 경비원의 명찰에 영문으로 적혀 있는 이름을 바라보면서 남 형사는 차갑게 물었다.

"지난 82년부터 근무했습니다."

경비원이 딱딱한 어조로 대답했다.

"그렇다면 그 모겐도라는 외국인에 대해서 잘 알겠군요."

"잘은 모르지만…… 대강은 알고 있습니다."

그가 그 외국인 거주지역에 근무한 지 1년쯤 지나 빈 터에 글로리 하이츠가 들어서고 곧이어 찰스 모겐도라는 젊은 미국인이 301호에 입주했다고 했다. 처음에는 딱딱하게 구는 것이 묻는 말 이외에 입을 잘 열지 않을 것 같던 조씨는 일단 이야기를 시작하자 의외로 이것저것 잘 털어놓았다.

"모겐도 씨가 살고 있는 아파트는 몇 평이나 됩니까?"

"45평입니다."

"그 넓은 아파트에 혼자 입주했나요? 아니면 가족과 함께 입주했나요?"

"처음에는 혼자 입주했는데…… 나중에 한국 아가씨가 하나 들어왔습니다. 한국 아가씨하고 결혼한 건 아니고 동거생활을 했습니다."

"그 집에 들어와 살다 간 여자들은 모두 미녀들이었습니다."

젊은 경비원이 곁에서 묻지도 않은 말을 덧붙여 말했다. 그 말에 남 형사는 귀가 번쩍 뜨였다.

"그 미국인…… 여자를 자주 바꾸는 모양이지요?"

조씨는 곤혹스런 표정을 지었다. 그는 젊은 경비원을 곁눈질로 흘기고 나서 마지못한 듯 입을 열었다.

"그런 셈이지요. 외국인치고 그렇지 않은 사람 어디 있습니까. 경찰에 계시니까 하는 말인데…… 그게 어디 외국인들만 나무랄 일입니까. 첫째 잘못은 한국 계집애들한테 있지요. 시집도 안 간 새파란 것들이 외국 남자들하고 얼굴 하나 붉히지 않고 버젓이 동거생활을 하고 있으니 정말 한심한 것들은 그것들이란 말입니다. 나도 딸을 두고 있는 입장에서 그 애들 하는 짓거리를 보느라면 정말 속에서 불덩이가 치미는 때가 한두 번이 아닙니다."

중년의 경비원은 얼굴에 노기까지 띠고 말했다. 그의 말은 정말 맞는 말이라고 남 형사는 생각했다.

요즘 들어 부쩍 외국 남자들과 동거생활을 하는 한국 여자들이 많이 눈에 띈다. 일본 남자들과 현지처 계약을 맺고 동거생활을 하는 여자들은 처음부터 돈을 노리고 몸을 팔기로 작정한 여자들이 대부분이기 때문에 그렇다 치고, 그렇지 않은 여자들, 그러니까 높은 교육까지 받은 양가집 출신의 아가씨들이 부모 몰래 버젓이 백인들과 동거생활을 하고 있는 것이 스스럼없이 노출되고 있는 것이다.

"한국 아가씨들이 유난히 백인 남자들을 좋아하니까 그런 거 아니겠습니까. 외국인들은 굴러들어오는 떡을 마다할 리 없겠고……."

남 형사가 맞장구를 치자 조씨는 더욱 기세를 올려가며 말을 이었다.

"외국인을 좋아하는 정도가 아니에요. 올데갈데가 없어서 여기서 이러고 있지만 정말 눈꼴사나울 때가 많습니다. 동방예의지국이라는 나라의 아가씨들이 어쩌다가 이 지경이 됐는지 한심하다 못해 비참한 기분까지 듭니다. 이건 숫제 외국인이라고 하면 신주 떠받들 듯 하더라구요. 자기 부모들한테도 그렇게 하지는 못할 겁니다."

"외국인하고 실컷 즐기다가 나중에 외국인하고 헤어지고 나면 숫처녀 행세하면서 한국 총각하고 결혼할 거 아닙니까?"

"물론이지요. 그것도 좋은 집안 자식하고 결혼하겠지요."

"그런 아가씨와 아무것도 모르고 결혼한 총각은 정말 억울하겠는데요."

남 형사가 쓴웃음을 지으면서 말하자 조씨는 미간을 잔뜩 찌푸려보였다.

"모르면 몰라도 알고 나면 억울해서 함께 데리고 살겠습니까. 억울하다기보다는 배신감을 느끼겠지요."

"아무리 오래 동거생활을 해도 요새는 예쁜이 수술로 감쪽같이 처녀막을 재생한다니까 웬만해서는 모르겠지요."

젊은 경비원이 옆에서 거들고 나섰다. 그의 말은 정말 그럴듯하게 들렸다.

"한국 여자들이 정조가 강하고 어쩌고 하는 말은 다 옛날 말 같아요. 여기서 외국인들하고 동거생활하고 있는 한국 여자들도 그렇고 여기에 들락거리는 여자들을 보면 정조 같은 것은 처음부터 아예 생각하지도 않는 것 같아요."

"동거생활 하는 여자들 말고 매일 들락거리는 여자들도 많은가 보지요?"

"아이구, 말도 마십시오."

조씨는 손을 내흔들었다.

"매일 여기에 들락거리는 아가씨들이 부지기수라구요. 안에 들어가서 뭘 하는지는 뻔 하지 않습니까. 제 발로 찾아들어오는 애들을 외국인들이 가만두겠어요. 여기에는 한국 아가씨들하고 동거생활하지 않고 혼자 살고 있는 외국인들도 상당수 있는데…… 그런 외국인들은 거의 매일이다시피 상대하는 아가씨가 바뀌지요. 마음만 먹으면 얼마든지 아가씨를 바꿀 수가 있으니까 동거생활 하는 것보다는 혼자 사는 게 훨씬 재미가 좋겠지요."

"모겐도라는 사람…… 상당한 미남인가 보지요? 동거하는 여자들이 자주 바뀌는 걸 보면……?"

"네, 키도 크고 아주 잘생겼습니다."

"지금 동거하고 있는 한국 아가씨는 몇 번째 여자인가요?"

"글쎄요. 확실히는 잘 모르겠지만 아마 열 번째는 더 되지 않나 생각됩니다."

지난 83년부터 이곳에 거주했으니까 6년 동안에 10여 명과 동거했다면 거의 반년에 한 명꼴로 여자를 바꾸었다는 이야기이다. 아무리 여자들이 꼬리를 친다 해도 무슨 재주를 가졌기에 동거녀를 그렇게 수시로 바꿔칠 수가 있을까. 남 형사는 모겐도라는 미국인에 대해 강한 호기심을 느꼈다.

"평균 잡아 거의 6개월마다 한 명꼴로 한국 여자를 바꿔 들였군요."

"그런 셈이지요. 길게 가는 여자는 1년 넘게까지도 함께 사는데 어떤 애들은 한 달도 못 가 쫓겨나는 수도 있습니다. 대개 반년 정도 살다가 헤어지곤 합니다. 새 여자가 들어올 때마다 저것이 과연 몇 달쯤 살 수 있을까 생각하곤 합니다. 우리 딸들이다 싶으면 속에서 부글부글 화가 끓어오르지만 별 수 있습니까."

조씨는 쓴웃음을 지으면서 마침 경비실 앞을 지나가는 외국 남자와 한국 아가씨를 바라보았다. 남 형사도 그쪽을 쳐다보았는데 남자 쪽이 머리가 희끗희끗한 초로인데 반해 여자는 아직도 앳된 기가 가시지 않은 도무지 어울리지 않는 한 쌍이었다. 그런데도 한국 아가씨는 거리낌 없이 그 외국인의 팔짱을 낀 채 뭐가 우스운지 깔깔대며 걸어가고 있었다.

"저건 정말 못 봐 주겠는데요."

남 형사의 말에 젊은 경비원이 끼어들었다.

"저런 건 아무것도 아니에요. 요 앞에서 키스도 버젓이 하는데요 뭐."

"그래요? 한국 아가씨들은 변신의 천재들이군요."

남 형사는 주머니에서 유밀라의 사진을 슬그머니 꺼내 책상 위에 올려놓았다.

"혹시, 이 여자 모르십니까?"

사진을 들여다보던 조씨의 두 눈이 순간 반짝하고 빛나는 것 같았다.

"이 여자…… 안면이 많은데요."

그 사진은 유밀라의 집에 있는 앨범에서 떼어가지고 온 것이었다. 손바닥만 한 것으로 촛불 옆에서 미소를 짓고 있는 유밀라의 얼굴을 중심으로 찍은 것이었다.

"어디서 봤습니까?"

"몇 년 전 여기서 외국인하고 살던 여자 같은데요."

남 형사는 긴장한 눈빛으로 조씨를 쏘아보았다. 혹시나 해서 사진을 보인 것인데 그것이 적중한 것을 보고는 그는 적이 놀라고 있었다.

"혹시 모겐도 씨하고 동거생활하지 않았습니까?"

조씨는 눈을 한번 굴리더니 손바닥으로 책상을 가볍게 쳤다.

"맞습니다! 이제 생각이 납니다! 그 미국인하고 동거생활 하던 아가씨가 틀림없습니다. 기억이 납니다. 아마 모겐도 씨가 첫 번째로 동거생활 한 여자일 겁니다."

남 형사는 뛰는 가슴을 진정하느라고 조금 뜸을 들이고 나서 다시 물었다.

"그 미국인하고는 얼마나 살았나요?"

"한 1년 가까이 살지 않았나 생각됩니다."

"그 여자가 제일 오래 살았을 걸요."

젊은 경비원이 덧붙여 말했다.

"당신도 이 여자를 기억하나요?"

"그럼요. 제가 여기서 일하기 시작하고 조금 있으니까 모겐도 씨가 이 여자하고 동거생활에 들어갔지요. 제가 짐까지 날라다준걸요."

"이 여자 이름을 아십니까?"

"이름까지는 모릅니다. 동거생활을 하는 여자들은 자기 본명을 한사코 숨기기 때문에 여간해서는 알 수가 없습니다."

그럴만하다고 생각하면서 남 형사는 고개를 끄덕였다.

"두 사람 사이에 자식은 없었나요?"

"자식은 없었습니다. 외국인들은 동거하는 여자하고 사이에 절대 아기는 두지 않습니다. 골치 아픈 짓은 안하는 사람들이니까요."

남 형사는 이번에는 모겐도의 이름으로 작성된 살림살이 리스트를 꺼내놓았다.

"이건 모겐도 씨 아니면 함께 동거하던 여자가 적어놓은 것 같은데 혹시 본 적 있습니까?"

경비원들은 호기심어린 눈으로 그것을 들여다보고 나서 고개를 흔들었다.

"본 적 없습니다. 하지만 이건 외국인이 새로 입주하면서 집안에 필요한 것들을 적어놓은 것 같은데요. 여기 연도와 날짜를 보니까 모겐도 씨가 입주할 때와 시기적으로 일치하는데요."

젊은 경비원이 아는 체했다.

"이렇게 짐을 많이 들여놓는가요? 이 목록대로라면 굉장히 호화판일 텐데?"

"그건 보통이에요. 새로 입주할 때 보면 일류로만 싹 골라서 넣는다구요. 우리 같은 사람은 꿈도 못 꿀 것들이 많죠. 싫증이 나면 즉시 새것으로 바꾸기도 하구요. 그들은 귀국할 때는 집안에 있는 물건들을 전부 팔아치웁니다. 새 외국인이 들어오면 새것으로 전부 들여놓습니다. 이만저만 낭비가 아니죠."

그런 낭비는 물론 본인이 자기 호주머니에서 비용을 내는 것이 아니기 때문에 가능하다는 것이었다. 외국인들은 거의가 합작회사 또는 한국 회사에 주재사원 혹은 기술고문 등으로 초빙되어 온 사람들인데 그들은 한국에 오기 전에 한국측에 치밀하게 요구사항을 제시한다. 이를테면 40평 이상의 아파트, 아파트에 필요한 고급가구 일체, 고급 승용차에 운전사, 가정부 등 본국에서는 생각할 수도 없는 호화생활을 영위할 수 있는 조건을 요구한다. 한국측에서는 그것이 일방적인 횡포임을 알면서도 울며겨자먹기식으로 그들의 요구를 들어줄 수밖에 없다.

"자기 돈 쓰는 것도 아니니까 별로 필요 없는 것도 마구 사들이죠. 그리고 한 사람이 본국으로 돌아가고 그 자리에 다른 사람이 새로 부임하면 가구를 또 새로 장만하는 거예요. 멀쩡한 것을 헐값에 팔아치우고 더 호화판 가구들을 들여놓는 거예요. 그러면서도 자기들 호주머니에서 나가는 돈은 얼마나 짜게 군다구요. 그래도 한국 사람들이 사는 일반 아파트에서는 명절때가 되면 돈들을 모아서 몇 만 원씩이라도 경비원들한테 줍니다. 여기서는 그런 거 일절 없어요. 크리스마스 때 과자 한 봉지 정도가 고작이에요. 특별히 개인적으로 도와 주면 팁이라고 하면서 500원 동전 하나 내놓습니다. 그런 건 받은 나도 얼굴이 화끈거리죠. 안 받으면 기분 나쁘게 생각할까봐 받아 주긴 하지만…… 아무튼 그 사람들 그 깍쟁이 근성은 철저하다 못해 무서울 정도입니다. 우리가 배울 것도 있고 우리하고는 도저히 통할 수 없는 면도 있는 것 같아요. 절약정신은 본받을 만하지만 그 이기적인 사고는 정말 정나미가 떨어집니다."

조씨는 정말 정나미가 떨어진다는 듯 고개를 흔들었다.

"도대체 그 모겐도라는 미국인의 직업은 뭡니까?"

"S자동차에 나가는 것으로 알고 있는데…… 거기서 무슨 일을 하고 있는지는 잘 모르겠어요."

"기술고문이라고 하던데요."

하고 젊은 경비원이 아는 체를 했다.

"아까 그 미국인이 미국에 돌아갔는데 곧 돌아올 거라고 하셨죠?"

"네, 곧 돌아올 거라는 말을 들었습니다."

"301호에 한번 들어가 봐야겠군."

남 형사가 몸을 일으키자 경비원들의 안색이 변했다.

"301호에 가시려구요?"

"네, 가면 안 됩니까?"

"아니, 그런 건 아니지만……."

젊은 경비원이 말끝을 흐리면서 조씨의 눈치를 살폈다.

"미국인이 없더라도 동거하는 여자라도 만나 봐야겠습니다. 집 안도 한번 살펴봐야겠고……."

"저기…… 웬만하면 집 안에까지 들어가서 조사하는 것만은 삼가 주시면 고맙겠습니다. 죄송한 말씀입니다만 만일 미국인이 경찰을 집 안에 들여보냈다는 것을 알기라도 하는 날에는 저희는……."

중년의 경비원이 걱정스러워하는 표정으로 말하는 것을 보고 남 형사는 난감한 생각이 들었다.

"그 미국인이 알게 되면 해고라도 시킨단 말입니까? 그런 수도 있나요? 난 장사꾼도 아니고 경찰 수사관인데 말입니다. 만일 그런 일이 발생하면 저한테 연락해 주십시오. 가만 있지 않을 테니까. 난 지금 살인 사건을 수사하고 있단 말입니다."

남 형사의 화난 투의 말을 듣고 경비원들은 깜짝 놀라는 표정이 되었다.

"아시겠습니까? 어떤 이유로든 수사를 포기하고 돌아갈 수는 없습니다."

"그, 그럼 모겐도 씨가 살인혐의를 받고 있습니까? 그 사람을 체포하러 오셨나요?"

젊은 경비원이 눈을 빛내며 조심스럽게 물었다.

"체포하러 온 건 아니고…… 뭐좀 자세히 알아보려고 왔죠. 확실한 건 우리도 아직 몰라요. 조사하다 보니까 여기까지 오게 된 겁니다."

"그렇다면 301호에 사람이 있는지 알아보겠습니다."

"경찰이 방문할 거라고 말씀해 주십시오. 이유 같은 건 말씀하시지 말고요."

"네, 알겠습니다."

살인 사건 수사라는 한 마디에 경비원들의 태도는 금방 고분고분해졌다. 조씨가 인터폰으로 301호를 불렀다. 조금 있자 인터폰을 통해 젊은 여자의 목소리가 또렷이 들려왔다. 조씨는 비굴할 정도로 굽실거리며 말했다.

"저, 저기…… 경찰이 찾아왔습니다…… 지금 301호를 방문하겠다고 하는데……."

"아니, 왜요? 무슨 일 때문에 그러나요?"

잔뜩 경계심에 차 있는 목소리는 맑고 싱그러웠다.

"글쎄, 그건 잘 모르겠습니다만…… 젊은 형사 분이 꼭 방문하겠다기에 연락드리는 겁니다. 별일은 아닌 것 같습니다만…… 아무래도……."

"난 지금 샤워중이에요. 한 시간 후에 오라고 하세요."

인터폰은 일방적으로 끊어졌다.

"한 시간 후에 오시라는데요. 지금 샤워중이라서……."

조씨가 난처한 얼굴로 남 형사를 쳐다보았다.

남 형사가 불쾌한 표정을 지으면서 경비실 밖으로 나가 곧장 글로리 하이츠 건물 쪽으로 걸어가자 경비원들이 당황해서 쫓아나왔다.

"저기, 여보세요! 형사 양반!"

다급하게 소리쳐 불러도 남 형사가 뒤도 돌아보지도 않고 그대로 걸어가자 경비원들은 더 이상 어쩌지 못한 채 발만 동동 굴렀다.

아파트 건물 안으로 들어선 남 형사는 계단을 통해 3층으로 올라갔다.

이윽고 301호 앞에 이른 그는 철제문 위에 부착되어 있는 플래스틱 명패를 확인했다. 거기에는 Charles Mogendo라는 영문 이름이 적혀 있었다. 찰스 모겐도…… 혹시 네가 살인범일지도 모른다는 생각이 순간적으로 머리를 스쳐갔다. 남 형사는 차임벨의 버튼을 눌렀다.

안에서는 한참을 눌러도 응답이 없었다. 약이 오른 남 형사는 계속 버튼을 눌러댔다. 네가 얼마나 도도한 계집인지 어디 보자. 외국놈하고 붙어사는 계집애가 왜 이렇게 건방지게 구는 거야. 마침내 안에서 인기척이 났다.

"누구세요?"

인터폰을 통해 들었던 목소리가 문 사이로 흘러나왔다.

"경찰입니다."

"아이, 한 시간 후에 오라고 했잖아요."

신경질적인 반응에 남 형사는 얼굴이 붉어졌다.

"그건 그쪽 사정이고 난 지금 좀 만나야겠습니다. 아주 급한 일이니까요."

"무슨 일 때문에 그러세요?"

건방지기 짝이 없다. 남 형사는 모욕감으로 얼굴이 더욱 붉어졌다.

"용건을 이야기할 테니까 문을 좀 열어봐요."

마침내 문이 열렸다. 그러나 완전히 열린 것은 아니고 얼굴만 조금 볼 수 있을 정도로 열렸고, 문 안 쪽으로는 쇠줄이 걸려 있었다. 문 사이로 젊은 여자의 얼굴이 보였는데 머리칼은 물에 젖어 있었고 가슴으로부터 허벅지까지는 흰 타월로 감싸여 있었다. 욕실에서 바로 나온 것 같았다.

"신분증 좀 보여 주실래요?"

두 개의 까만 눈이 아래위로 남자를 살펴본다. 남 형사는 어금니를 깨물면서 신분증을 꺼내 문틈으로 디밀었다. 그녀는 그것

을 받아 한참 동안 들여다보더니,

"형사세요?"

하고 물었다.

"보면 알 거 아니오."

자기도 모르게 퉁명스럽게 쏘아붙이자 그녀는 뒤로 물러섰다가 이윽고 쇠고리를 벗겼다.

"들어오세요."

문이 열리는 것과 동시에 그녀는 얼른 몸을 돌려 방 쪽으로 걸어갔다. 걸어가는 뒷모습이 자그마하면서도 통통한 것이 볼륨이 있어 보였다. 물에 젖은 머리칼은 어깨 위로 흘러내려 있었고 타월 위로 드러난 어깨는 포동포동 살이 올라 있었다. 타월에 가려진 엉덩이가 유난히도 흔들리고 있었기 때문에 남 형사는 거기에서 눈을 뗄 수가 없었다. 통통한 몸매에 비해 타월 밑으로 뻗어내린 두 다리는 쪽 곧아 있었다. 만지고 싶도록 예쁜 다리라고 생각하면서 남 형사는 현관을 지나 거실로 올라섰다.

거실은 상상했던 것보다도 훨씬 호화롭게 꾸며져 있었다. 두터운 카펫의 감촉을 발밑에 느끼면서 그는 잿빛 가죽 소파에 조심스럽게 자리를 잡고 앉았다.

거실 안을 정신없이 살펴보던 그의 시선이 장식장 옆 기둥에 가서 멎었다. 거기에는 신문지 반절 정도 크기의 컬러사진이 값비싸 보이는 액자 속에 끼워져 걸려 있었는데 사진의 주인공은 금발의 외국 남자였다. 남 형사는 직감적으로 바로 저자가 찰스 모겐도구나 하고 생각했다.

입가에 은은한 미소를 띠고 있는 그 외국 남자는 40대 중년으로 보였는데 미국 배우 록 허드슨을 빼닮은 것처럼 아주 잘생긴 미남이었다. 얼굴에는 자신감이 넘쳐흐르고 있었다.

장식장 위에도 액자가 하나 세워져 있었는데 그 안에는 방금 본 아가씨의 사진이 들어 있었다. 그것은 비키니 차림의 전신 컬러사진이었다. 푸른 바다를 배경으로 모래밭 위에 서서 웃고 있는 모습을 찍은 것이었는데 파란색 비키니 수영복에 아슬아슬하게 가려진 몸매가 바다 빛과 어울려 싱싱하고 탐스러워 보였다. 저렇게 예쁜 아가씨가 미국인의 노리개가 되다니. 그는 은근히 화도 나고 안타까운 생각이 들기도 했다.

이윽고 방 안으로 들어갔던 아가씨가 허벅지가 훤히 드러나는 짧은 핫팬츠에 어깨걸이 끈만 달린 노란색의 셔츠 차림으로 껌을 짝짝 씹으며 나타났다. 한손으로 계속 머리를 털면서 그녀는 남 형사와 엇비슷하게 보이는 자리에 털썩 몸을 던졌다. 조금도 방문객을 경계하거나 두려워하는 빛이라고는 보이지 않는, 어떻게 보면 바보스러울 정도로 천진스러워 보이는 그런 표정으로 남 형사를 쳐다본다.

몸을 많이 노출시킨 그녀의 대담한 차림에 남 형사는 잠시 눈이 부셨다. 그녀의 허연 허벅지와 포동포동 살이 올라 있는 어깨, 브래지어를 착용하지 않은 탓으로 셔츠 위로 도드라져 보이는 젖꼭지, 머리를 만지기 위해 팔을 움직일 때마다 살짝살짝 보이는 겨드랑이 밑의 검의 털들이 시야를 어지럽히는 바람에 그는 잠시 멍청한 표정으로 앉아 있었다.

"무슨 일로 오셨어요?"

그녀가 답답하다는 듯 먼저 물어왔다. 까만 눈을 반짝이며 쳐다보는 모습에서 남 형사는 얼핏 백치미 같은 것을 느낄 수가 있었다. 얼굴은 예쁜데 머릿속은 텅 빈 아가씨구나. 그러니까 중년의 미국 남자하고 동거생활하고 있겠지. 제대로 머리가 박혔으면 이런 생활을 할 리가 있겠어.

"저 사람이 찰스 모겐도 씨입니까?"

남 형사는 턱으로 기둥에 걸려 있는 사진을 가리켰다.

"네, 그래요."

"그 사람하고는 어떤 사이입니까?"

"애인 사이에요."

거침없는 대답에 남 형사는 기가 질리는 것을 느꼈다.

"그 사람은 몇 살이고 아가씨는 몇 살입니까?"

"미스터 모겐도는 마흔여덟…… 나는…… 몇 살로 보여요?"

장난기어린 눈으로 형사를 바라본다. 짝짝 씹어대는 껌 소리가 여간 귀에 거슬리지가 않는다.

"스물서너 살……?"

"어머, 그렇게 많아 보여요?"

어깨를 으쓱하면서 두 손을 벌리는 것이 영락없이 미국인 흉내이다.

그러고 보니 그녀는 한국말을 하는데도 말투까지 혀 꼬부라진 소리를 내고 있었다.

"그럼 그렇게도 안 됐나요?"

"스물한 살이에요."

그녀는 당당히 말했다.

"그럼 아버지뻘이나 되는 사람하고 동거생활하고 있단 말입니까? 더구나 한국인도 아닌 미국인하고 말입니다."

남 형사는 더 이상 참지 못하고 상대방의 치부를 건드리는 질문을 던졌다. 그러나 그녀는 얼굴 하나 붉히지 않았다. 오히려 이상하다는 듯 형사를 쳐다보는 것이었다.

"아버지뻘 되는 사람하고 살면 뭐 안 되나요?"

하도 뻔뻔스럽게 나오는 바람에 당황한 쪽은 오히려 남 형사였다.

"뭐 안 된다는 건 아니지만……."

"그건 개인 사생활이잖아요. 서로 사랑하면 나이차 같은 게 무슨 문제예요. 사랑에는 나이도 국경도 없잖아요."

남 형사는 어안이 벙벙한 표정으로 그녀를 멀거니 쳐다보기만 했다. 이렇게 단순한 생각을 가지고 그것을 행동으로 옮기는 이런 아가씨를 도대체 어떻게 이해해야 할까. 그는 도무지 이해할 수가 없었다.

"두 사람은 서로 사랑하는 사이인가 보지요?"

"네, 죽도록 사랑하는 사이에요. 서로 사랑하기 때문에 떨어져 살기가 싫어서 합친 거예요."

당돌하고 맹랑한 아가씨이다. 이런 것은 바보이기 때문에 가능한 게 아닐까.

"사랑이라는 게 그토록 대단한 겁니까?"

"그럼요. 대단하죠. 사실 남녀가 사랑을 빼고 나면 뭐가 또 있겠어요."

"단순명쾌하군요. 사람들은 지금까지 사랑이라는 미명하에 많은 잘못을 저질러왔지요. 이를테면 남의 남편을 빼앗아가면서 사랑하기 때문에 어쩔 수 없다는 식으로 말이지요. 아무리 악이라도 사랑이면 다 통한다는 식의 생각은 너무 위험한 발상이 아닐까요?"

"미스터 모겐도는 독신이에요."

그녀가 딱 잘라 말했다.

"네, 알겠습니다. 그건 그렇고 아가씨 직업은 뭡니까?"

그는 유리 탁자를 내려다보았다. 탁자 밑에는 <고급 일본어>라는 교재 한 권이 놓여 있었다.

그는 손을 뻗어 그것을 집어 들었다. 겉장을 넘기자 <E여자전문대학 일어과 2학년 박명희>라고 적혀 있었다.

"학생이에요."

하고 그녀가 말했다.

"E여전에 다닙니까?"

"네, 일어과에 다니고 있어요."

별로 숨기려고 하는 구석도 보이지 않는다.

"부모님도 이런 생활을 하고 있다는 걸 알고 있나요?"

"아뇨. 몰라요. 알릴 필요 없잖아요."

그녀의 부모는 멀리 떨어진 지방 도시에 살고 있다고 했다. 아버지가 공무원인데다 정미소까지 하고 있어서 생활은 비교적 윤택한 편인 것 같았다. 고등학교 때부터 서울에 올라와 언니 집에 얹혀살면서 학교에 다닌 그녀는 잔소리가 심한 언니와 자주 다투다가 어느 날 아르바이트를 한답시고 집을 뛰쳐나와서는 미국인과 동거생활에 들어갔다고 했다.

"모겐도 씨하고는 어떻게 알게 됐나요?"

"친구 소개로 알게 됐는데…… 미스터 모겐도가 친구보다 나를 더 좋아했어요."

"알게된 건 언제이고 동거생활에 들어간 건 언제였나요?"

"지난 4월에 처음 알았고, 동거생활한 지는 한 달밖에 안 됐어요."

남 형사는 엄숙한 표정으로 그녀를 쏘아보았다.

"여대생이 부모 뜻을 거역하고 이렇게 외국인과 동거생활해도 되는 건가요? 부모님이 피땀 흘려 번 돈으로 서울까지 유학을 보냈는데 공부는 하지 않고 이런 방종한 생활을 하다니 이게 과연 옳다고 생각하나요? 제정신을 가지고 있다면 학생 한번 잘 생각해 봐요."

갑자기 공격적으로 변한 말투에 그녀는 비로소 조금 당황하는 것 같았다. 그러나 그녀는 이내 못마땅해 하는 표정을 지었다.

"졸업하면 우린 결혼해서 미국으로 갈 거예요. 아저씨가 간섭할 일이 아니잖아요."

뻔뻔스럽기 짝이 없는 말에 남 형사는 다시 화가 치밀었다. 바보 같은 아가씨를 상대하자니 가슴이 답답해서 견딜 수가 없었다. 하지만 그녀 말마따나 남의 사생활은 간섭할 것이 못 된다. 그녀가 누구와 무슨 생활을 하든 무슨 상관이란 말인가.

"그래요. 내가 간섭할 일은 아니에요. 하지만 아가씨가 한심해서 하는 말입니다."

그녀는 입술을 삐쭉 내밀었다.

"제가 보기엔 아저씨가 더 한심한걸요."

"내가 왜 한심하죠?"

"아저씨 같은 미남이 형사 같은 걸 하니까 그렇죠."

남 형사는 따귀를 한 대 얻어맞은 기분이었다. 미남이라고 불러 주니 듣기에 안 좋은 것은 아니지만.

"형사가 어째서요?"

"형사가 뭐가 좋아요. 아저씨는 사람이나 잡으러 다니는 게 좋으세요?"

그는 그만 말문이 막히고 말았다. 그녀의 단순하고 거침없는 말을 꺾을 수 있는 말이 생각나지 않는다.

"내가 졌소. 아가씨 말마따나 형사라는 직업은 그야말로 한심하고 따분하기 짝이 없지. 하지만 누군가가 하지 않으면 안 된다는 걸 알아야 해요."

그녀가 샐쭉 웃었다.

"다른 직업도 많잖아요. 왜 아저씨 같은 미남이 하필이면 형사 같은 걸 해요?"

"그렇다면 왜 아가씨 같은 미인이 하필이면 마흔여덟 살이나 먹은 외국 남자하고 동거생활을 하는 거지요?"

"아까 말했잖아요. 사랑하기 때문이라고요."

"사랑이면 모든 게 문제될 게 없다는 건가요?"

"전 그렇다고 생각해요. 전 사랑이 인생의 전부라고 생각해요. 그리고 우리는 결혼할 거예요."

"그 사람이 결혼해 주겠다고 했나?"

"네, 학교 졸업하면 결혼식을 올리자고 했어요."

여기서 그녀의 목소리는 잔뜩 들뜨는 것처럼 들려왔다. 그녀는 미스터 모겐도가 굉장히 부자라는 등 그에 대한 칭찬을 잊지 않았다. 돈이 많은 미국 남자의 아내가 되어 미국에서 행복한 결혼생활을 꿈꾸고 있는 스물한 살 난 여대생의 철딱서니 없는 모습을 보고 있노라니 남 형사는 더없이 한심한 생각이 들었다. 이렇게 한심한 계집애가 또 어디 있을까. 그는 따귀라도 갈겨 주고 싶은 것을 꾹 참았다.

"기분 나쁘게 들릴지 모르지만…… 모겐도 씨의 여자 관계가 복잡하다는 걸 모르나요? 지난 6년 동안에 여기서 살다 나간 한국 여자가 10여 명이나 된다고 하던데…… 그래도 그의 결혼 약속을 믿을 수 있나요?"

"많은 여자들이 거쳐간 거 다 알고 있어요. 그거야 뭐 미스터 모겐도가 여자들한테 인기가 있으니까 그런 거 아니겠어요? 전 그런 거 상관하지 않아요. 현재가 더 중요하니까요. 미스터 모겐도가 결혼 약속을 지키지 않으면 그거야 뭐 할 수 없죠. 하지만 나도 당하고 있을 수만은 없죠."

아랫입술을 꼭 깨문다.

"당하지 않으면 어떡하겠다는 거죠?"

"위자료라도 많이 받아내야죠, 뭐."

구김살이 없다기보다 거침이 없다. 될 대로 돼먹은 20대 한국 아가씨의 전형을 보는 것만 같아 그는 땡감을 씹은 것처럼 입안이 떫었다.

"그런데 아저씨, 그런 거 물으려고 오셨어요?"

"그런 것 저런 것 좀 알아보려고 왔어요."

"무슨 일 때문에 그러는데요?"

그녀가 다리를 포개는 바람에 하체의 볼륨이 풍선처럼 부풀어 오르는 것 같았다. 어깨끈이 느슨해지면서 금방이라도 젖가슴이 흘러나올 것만 같았다.

"살인 사건 때문에 왔어요."

"네? 살인 사건이라고요?"

그녀의 두 눈이 휘둥그레졌다. 남 형사는 차가운 미소를 흘리면서 고개를 끄덕였다.

"수년 전 여기서 모겐도 씨하고 동거생활하던 여자가 살해됐어요. 유밀라라는 여자인데…… 이 여자 혹시 모르나요?"

남 형사가 불쑥 유밀라의 사진을 내밀자 박명희는 소스라치게 놀라며 머리를 흔들었다.

“몰라요. 처음 보는 여자예요. 그런데 어떻게 죽었나요?”

그녀의 목소리가 떨리는 듯했다. 그녀가 포갰던 다리를 내렸다. 그녀가 위축되는 것을 보고 남 형사는 기분이 좋아졌다.

“호텔 방에서 목졸려 죽었어요. 물이 가득 채워져 있는 욕조 속에서 시체로 발견됐어요.”

그는 그녀를 놀라게 하려고 되도록 자세히 이야기해 주었다.

박명희는 더 이상 막돼먹은 모습을 보이지 않았다. 온몸을 움츠리면서 두려운 눈빛으로 그를 쳐다보기만 했다.

“이 여자 여기에 오지 않았어요? 경비원 말로는 놀러오는 것을 봤다고 하는데?”

남 형사는 그녀의 눈앞에다 유밀라의 사진을 흔들어보였다.

“아아뇨, 전 보지 못했어요. 처음 보는 여자예요. 미, 미스터 모겐도가 그 여자를 죽였나요?”

“아직 몰라요. 범인이 누군지는 곧 밝혀질 거요. 모겐도 씨는 언제 출국했나요?”

그녀는 벽에 걸려 있는 달력을 쳐다보고 나서 대답했다.

“지난 7월 19일에 출국했어요.”

남 형사의 눈초리가 날카롭게 빛났다. 7월 19일이면 유밀라가 피살된 날이다. 남 형사의 사나워진 눈초리에 박명희의 몸이 더욱 움츠러드는 것 같았다.

“19일 몇 시에 출국했나요?”

“밤에 떠났어요. 9시 30분 비행기였어요.”

“어떻게 그렇게 정확히 알고 있죠?”

"제가 공항까지 따라갔기 때문에 알고 있어요."

유밀라가 피살된 시간은 넉넉잡고 7월 19일 오후 5시에서 7시 사이로 밝혀졌다. 피살된 시간을 오후 7시로 잡더라도 9시 30분까지는 2시간 30분의 여유가 있다. 모겐도가 범인이라면 그는 유밀라를 살해한 후 여유 있게 출국할 수가 있었을 것이다. 그가 범인일까? 왜 하필 그 날 그 시간에 출국했을까? 범인으로 지목하기 좋게 날짜와 시간이 들어맞는다. 그가 만일 범인이라면 체포하기는 이미 글렀다.

"왜 미국에 갔나요?"

"갑자기 볼 일이 생겼다고 하면서 급하게 갔어요. 곧 돌아올 거예요."

"언제 돌아온다고 했나요?"

"확실한 날짜는 말하지 않았어요. 일이 끝나는 대로 곧 돌아올 거라고만 말했어요. 그를 범인으로 생각하세요?"

공포로 그녀의 두 눈은 크게 확대되어 있었다. 남 형사는 괜히 살인 사건을 이야기해 주었다고 생각했다. 만일 그녀가 모겐도에게 국제전화라도 걸어 경찰이 찾아왔었다고 말을 해 주면 그는 한국에 돌아오지 않을지도 모른다.

"그렇게 생각지는 않아요. 하지만 아직 뭐라고 단정을 내릴 수는 없어요. 모겐도 씨의 미국 연락처를 알고 있나요? 전화번호 같은 거……?"

그녀는 머뭇거리다가 가만히 고개를 흔들었다.

"몰라요."

남 형사는 그녀를 뚫어지게 쳐다보다가 한 손을 뻗어 그녀의 어깨 위에 올려놓았다. 맨살에 손이 닿자 그녀는 흠칫하고 놀랐다. 그러나 피하지 않고 그대로 앉아 있었다. 남 형사는 살이 포동포동 오른 그녀의 어깨를 사랑스러운 듯이 어루만지다가 갑자기 꽉 움켜쥐었다.

"박 양, 거짓말하면 안 돼. 만일 모겐도가 살인범이라면 어떻게 해야지? 말해 봐. 그를 보호하는 게 옳을까 아니면 법의 심판대에 세우는 게 옳은 일일까?"

그녀의 어깨가 가늘게 떨리고 있음이 손바닥에 전해져 왔다. 그녀는 이제 완전히 위축되어 있었고 반면 남 형사는 위압적인 존재로 변해 있었다.

"말해 봐. 어떻게 해야지?"

그는 매끄러운 어깨를 잡아 흔들었다.

"법의 심판대에 세우는 게 옳다고 생각해요."

그녀가 눈을 밑으로 내리깐 채 기어들어가는 목소리로 대답했다.

그는 손의 움직임을 멈추었다. 그리고 상대방의 두 눈을 들여다보면서 말했다.

"그렇다면 경찰 수사에 협조해야 하지 않을까? 그게 옳은 일 아닐까?"

그녀가 고개를 끄덕였다.

"만일 협조하지 않으면…… 나는 학교에 그리고 집에다 알릴 수밖에 없어. 미국인하고 동거생활하고 있다는 것을 말이야."

"제발 그건 안 돼요. 시키는 대로 협조할 테니까 그것만은 제발……."

"알겠어. 모겐도라는 자는 한국 아가씨와 결혼할 사람이 아니야. 여기서 살던 아가씨들이 모두 모겐도와 결혼할 것이라는 환상 속에서 동거생활을 했지만 아무도 결혼까지 가지 못하고 모두 쫓겨났어. 단지 외국 남자의 노리개로서 몸만 망치고 말이야. 학생도 결국 그렇게 끝나고 말 거야. 박 양이 내 동생이라면 난 지금 죽도록 때려줬을 거야. 그리고 당장 끌고 갔을 거야."

박명희의 고개가 밑으로 떨어졌다. 그녀는 빨갛게 매니큐어가 칠해진 손톱을 잡아 뜯고 있었다.

"박 양도 모겐도와 결혼할 수 있을 거라는 환상에서 빨리 깨어나는 게 좋아. 그건 빠르면 빠를수록 좋아. 내 말 알아듣겠어?"

그녀가 가만히 고개를 끄덕였다. 남 형사는 회심의 미소를 지으면서 그녀 앞에다 메모지를 꺼내놓았다.

"여기다 모겐도의 미국 주소와 전화번호를 적어줘요."

그녀는 소리 없이 일어나 방 안으로 들어가더니 수첩을 가지고 나왔다. 그리고 수첩에 적힌 것을 보면서 메모지에다 모겐도의 주소와 전화번호를 옮겨 적었다. 그것은 모겐도가 거주하고 있는 집의 주소와 전화번호였다. 그의 주소지는 뉴욕에 있었다.

"그 사람이 근무하고 있는 미국 회사 이름은 뭐지?"

"GW자동차회사예요."

그 회사의 미국 현지 연락처는 알지 못한다고 그녀는 말했다.

"한국에서는 무슨 일을 하고 있지?"

"S자동차회사에 기술고문으로 나가고 있다고 들었어요."

그것은 경비원들의 말과 일치했다.

"지금 모겐도한테 전화 걸어 봐요."

"미국으로 말인가요?"

그녀가 놀란 표정으로 물었다.

"그래, 미국으로 말이야. 거기는 지금 이른 아침일 테니까 집에 있을 거야. 눈치채지 못하게 보고 싶어서 전화 걸었다고 말하란 말이야. 그리고 언제 한국에 돌아오는지 물어봐. 보고 싶으니까 빨리 와달라고 말해."

그는 그녀에게 보다 구체적으로 통화해야 할 내용을 일러 주었고, 잔뜩 주눅이 들대로 든 그녀는 그가 시키는 대로 뉴욕의 모겐도에게 전화를 걸었다.

같은 회선에 연결되어 있는 전화기는 두 대 있었는데 그중 하나는 무선전화기였다.

박명희가 유선전화기로 전화를 걸고 있는 동안 남 형사는 무선전화기의 수화기를 들고 있었다. 그리고 신호가 떨어지는 것과 동시에 스위치를 올린 다음 그것을 귀에다 갖다 댔다.

"헬로! 헬로! 여보세요! 미스터 모겐도?"

"음…… 누구지?"

남자 목소리가 들려왔다. 상대방은 의외로 한국말을 좀 할 줄 아는 것 같았다.

"저예요! 미스 박이에요!"

"아, 미스 박 갑자기 웬일이지?"

"보고 싶어서 전화 걸었어요. 나 보고 싶지 않으세요?"

"아니야. 보고 싶어."

"언제 돌아오세요?"

"일 주일쯤 후에나 가게 될 거야."

"싫어요!"

갑자기 그녀가 흐느끼기 시작했다. 거짓으로 그러는 줄 알고 쳐다보니 그녀는 정말로 눈물까지 흘리고 있었다. 남 형사는 어리둥절한 표정으로 그녀를 쳐다보았다.

"나 다른 남자하고 결혼할 거예요."

"그게 정말이야?"

"빨리 돌아오지 않으면 결혼해 버릴 거예요. 내 힘으로는 어쩔 수 없게 됐어요. 부모님이 정해줬는데 아주 매력적인 남자예요. 미스터 모겐도보다는 못하지만…… 난 미스터 모겐도하고 헤어지는 거 싫단 말이에요."

그녀는 더 크게 소리를 내어 울었다. 그녀의 우는 모습을 바라보면서 남 형사는 그녀의 기막힌 연기에 속으로 혀를 내두르지 않을 수 없었다.

"내가 다른 남자하고 결혼해도 좋아요?"

"안 돼! 기다려. 곧 갈 테니까 기다려!"

"언제 오실 거예요? 빨리 오시지 않으면 가버릴 거예요."

"이삼 일만 기다려! 늦어도 24일까지 가겠어!"

"24일까지는 오셔야 해요! 사랑해요!"

그녀는 수화기를 동댕이치듯 내려놓고 나서 반짝이는 눈으로 남 형사를 쳐다보았다.

"아, 정말 잘 했어요. 아주 멋지게 해냈어."

그의 말에 그녀는 눈물을 훔치면서 백치 같은 미소를 지었다.

여인의 과거

마인이 배창기를 처음 보았을 때 느낀 것은 그가 몹시 조그만 사내라는 점이었다. 그는 생각하고 있던 것보다는 훨씬 작아 보였다. 배미화와 같은 피를 나눈 오누이 관계인 것을 생각하면 그녀에 비해 그는 너무도 왜소해 보였다. 과연 두 사람이 오누이 사이일까 하고 의심이 들 정도로.

그는 아내의 시신 앞에서 울음을 삼키며 오열했다. 보는 사람들한테 가여운 생각이 들 정도로 어깨를 떨면서 흐느꼈다. 그의 비통해 하는 모습을 차마 끝까지 볼 수가 없어 마 형사는 먼저 시체실을 빠져나와 밖에서 그가 나오기를 기다렸다.

한참이 지나서야 배창기는 벌겋게 충혈된 눈으로 나타났다. 그는 손수건으로 눈을 훔치고 나서 안경을 도로 끼었다.

그가 갑자기 쓰러질 듯 비틀거렸기 때문에 마 형사는 그의 팔을 잡아 주었다. 손에 와 잡힌 그의 팔뚝은 여자처럼 가냘픈 느낌이었다. 마 형사는 자신의 차에 그를 태웠다. 그에게 위로가 될 만한 말을 한 마디라도 해 주고 싶었지만 형식적인 말밖에는 생각나지 않아 그대로 잠자코 있었다.

마 형사의 낡은 차는 시체실 앞에 그대로 서 있었다.

"한 대 피우시겠습니까?"

무거운 침묵을 깨고 마 형사가 배창기에게 담배를 권했다. 배창기는 조그만 손을 내밀어 담배 한 개비를 뽑았다. 마 형사가 라이터 불을 켜 주자 그는 거기에다 담배를 갖다 댔는데 그때까지도 비통한 마음이 가라앉지 않았는지 손끝이 가늘게 떨리고 있었다. 마 형사도 담배에 불을 붙였다.

"범인은 누굽니까?"

배창기가 조그만 목소리로 물었다.

"아직 모릅니다. 수사본부에 함께 좀 가서 말씀을 나누는 게 좋겠습니다."

마 형사는 차에 시동을 걸었다.

"제 사무실로 가는 게 어떨까요?"

"사무실이 어디 있습니까?"

"강남에 있는 호텔 안에 있습니다."

"로미오와 줄리엣 호텔 말입니까?"

"네, 거기에 있습니다."

"수사본부보다는 거기가 좋겠군요. 구경도 할 겸……."

마 형사는 그것도 괜찮은 일이라 싶어 창기의 의견에 따르기로 했다.

이윽고 차가 병원 구내를 빠져나와 차도로 들어서자 마 형사는 적극적으로 창기에게 말을 걸기 시작했다.

"저한테 무슨 하실 말씀은 없습니까? 수사에 도움이 될 만한……."

"글쎄요. 무슨 말씀을 드려야 할지……."

차 속은 금방 담배연기로 가득 찼다. 마 형사는 차창을 조금 밑으로 내렸다.

"유밀라 씨가 살해될만한 무슨 이유 같은 것 말입니다. 누구한테 원한을 샀다던가 아니면 실례되는 말씀입니다만 다른 남자 관계 같은 것이 있었다던가…… 아무튼 의심이 가는 것이 있으면 아무 거라도 좋습니다."

창기가 창문을 더 밑으로 내렸다. 차들이 어둠 속으로 빨려 들어가듯 달려가고 있었다.

"아내가 살해될만한 이유는 하나도 없습니다. 그 사람은 착하고 명랑했기 때문에 누구한테나 호감을 샀습니다."

"두 분 사이는 어땠습니까?"

창기는 한참 생각에 잠긴 표정으로 밖을 내다보고 있다가 대답했다.

"우리는 부부 이상이었습니다."

"그건 무슨 말씀입니까?"

"우리는 여느 부부와는 좀 달랐습니다. 단지 부부 사이라기보다는 연인 관계 같은 감정을 서로 품고 있었습니다."

"그러니까 두 분은 여느 부부들보다는 더 깊이 사랑했다는 말씀인가요?"

"네, 그런 셈이지요."

횡단보도 앞에는 차들이 많이 밀려 있었다.

"부인께서 어떻게 살해되었는지 그 내용을 알고 계십니까?"

"대강 들었습니다."

"그 점을 어떻게 생각하십니까?"

제발 이놈의 비 좀 그쳤으면 좋겠다고 마 형사는 생각했다.

창기는 그의 물음에 얼른 대답하지 않았다. 그 물음에 대답하기는 어려울 것이라고 생각하면서 마 형사는 다시 입을 열었다.

"두 분은 몹시 사랑하는 사이였습니다. 여느 부부들 이상으로 금실이 좋았습니다. 그런데 배 사장님께서 외국으로 출장간 사이에 부인께서는 호텔 방에서 어떤 남자한테 살해당했습니다. 그것은 즉 부인께서는 남편이 모르는 남자 관계가 있었다는 의미로 해석될 수 있는 거 아니겠습니까?"

배창기는 고개를 흔들었다. 그의 머리가 얹혀져 있는 목은 더욱 연약해 보였다.

"그, 그럴 리가 없습니다. 너무 예쁘다 보니까 어떤 못된 놈한테 강제로 끌려가서 그렇게 당했을 겁니다. 외간 남자와 그런 짓을 할 여자가 아닙니다."

"대낮에 사람들이 보는 앞에서 강제로 호텔 방에 끌려갈 수 있을까요?"

마 형사는 시원스럽게 말을 꺼낼 수가 없어 답답했다. 상대는 자기 아내의 불륜을 믿으려 들지 않고 있었다. 그는 유밀라에 비해 너무 순진한 것 같았다.

"강제가 아니면 유인되어 들어갔겠지요. 그럴만한 이유가 있어서……."

"어떤 이유 말입니까?"

창기는 천천히 머리를 흔들었다.

"이유는 모릅니다. 아무튼 그 사람은 다른 남자와 그럴 여자가 아닙니다. 절대 그럴 여자가 아닙니다."

ㅏ 그의 말투는 자연스럽지가 못하고 억지같이 느껴졌다. 아내의 불륜을 믿고 싶지 않으니 그렇게 억지를 쓸 만도 할 것이라고 마 형사는 생각했다.

몰려 있던 차들이 움직이기 시작했다.

"부탁이 있습니다."

하고 창기가 말했다.

"네, 말씀하십시오."

"범인을 제 손으로 잡게 해 주십시오."

힘이라고는 하나도 느껴지지 않는 연약한 목소리에 마 형사는 쓴웃음이 나왔다. 이렇게 나약한 사내가 어떻게 살인범을 잡는단 말인가.

"그거야 얼마든지 좋습니다. 하지만 범인을 어떻게 잡는다는 겁니까? 잡을 수 있다고 생각하십니까?"

"어떻게든 잡아내고야 말겠습니다."

그의 목소리는 더욱 작게 들렸다. 그런데도 묘하게도 거기에서는 강한 의지가 느껴지고 있었다.

"직접 범인을 잡아서 복수하시겠다는 겁니까?"

그 물음에 대한 대답은 돌아오지 않았다. 그러나 마 형사는 그 조그만 사내가 복수심에 불타고 있음을 느낄 수가 있었다. 앞이 트이자 그는 차의 속도를 빨리 했다.

"그건 안 됩니다. 복수는 안 됩니다. 그건 또 하나의 비극을 자초하는 것에 불과하니까요."

창기는 계속해서 침묵했다.

"배미화 씨의 말을 들으면…… 고인에 대해 이런 말을 해서 안 됐지만…… 유밀라 씨는 배 사장께서 출장간 사이에 외박이 잦았다고 하던데 알고 계셨습니까?"

"몰랐습니다."

창기는 조용히 대꾸했다.

"부인의 남자 관계가 복잡했었다는 사실을 우리는 여러 군데서 발견하고 있습니다."

"내 아내에 대해서 그런 식으로 말하지 마십시오."

창기가 참을 수 없다는 듯이 말했다. 마 형사는 잔인하게 그를 몰아붙여야 되겠다고 생각했다.

"인정할 것은 인정하고 들어가야 합니다. 감정으로 사건이 해결 되는 건 아니니까요."

창기는 솟구치는 감정을 삭이려는 듯 가만히 한숨을 내쉬고 나서 말했다.

"장례나 치르고 나서 아내 문제를 이야기했으면 합니다."

"우리는 그때까지 기다릴 수 없습니다. 한시가 급하니까요."

차가 신호에 걸려 멈춰 섰을 때 마 형사는 김영대의 사진을 꺼내 배 사장에게 보여 주었다.

"이 사람 혹시 아는 사람 아닙니까?"

"모르는 사람입니다."

"유밀라 씨를 살해한 유력한 용의자로 체포된 사람입니다. 그런데 시간이 흐르면서 혐의점이 벗겨지고 있기 때문에 더 이상 붙들고 있을 수가 없게 됐습니다. 우리가 사람을 잘못 짚은 것 같습니다."

마 형사는 또 하나의 사진을 배 사장에게 건네 주었다.

"이 사람은 어떻습니까? 아는 사람입니까?"

"네, 여동생의 약혼자입니다. 황개라는 자이죠."

자동차의 물결이 다시 움직이기 시작했다.

"두 사람의 약혼을 한사코 반대하셨다고 하던데 그 말이 정말입니까?"

"네, 반대했습니다."

"왜 반대했습니까?"

"뒷조사를 해 보니까 질이 좋지 않은 자였습니다. 전과가 서너 건이나 되고 하는 일도 신통치가 않았습니다. 인상도 좋지 않았습니다. 여동생한테는 돈을 노리고 접근하는 자들이 많지요. 이 자는 그런 자들 가운데 한 명이었습니다."

배 사장은 황개의 사진을 흔들어보였다.

"그런데 결국 두 사람의 약혼식을 막지는 못했군요?"

"네, 실패하고 말았습니다. 내 누이가 고집이 하도 세서."

"이제 안심하셔도 되겠습니다. 두 사람은 결혼할 수 없게 됐으니까요. 알고 계시죠?"

"무슨 말씀인지……?"

창기가 의아한 표정으로 마 형사를 돌아보았다.

"모르십니까? 황개 씨가 죽은 것 말입니다."

"금시초문입니다."

"아, 아직 모르고 계셨군요. 배미화 씨가 그거 말씀 안 드렸던가요?"

"아뇨, 그 사람이 죽었습니까?"

"네, 누군가가 그 사람을 불에 태워 죽였습니다. 아주 끔찍한 사건이었죠."

"그래요?"

배 사장이 놀라는 표정을 지으면서 상체를 움직였다.

저만치 호텔 로미오와 줄리엣의 모습이 보이기 시작했다.

"부인께서 피살된 것은 지난 19일 저녁 6시 전후…… 그러니까 5시에서 7시 사이였습니다. 황개 씨도 그 비슷한 시간에 살해되었지요. 장소는 같은 S호텔인데, 한 사람은 방 안에서 다른 한 사람은 지하주차장에서 살해되었습니다."

마 형사의 이야기가 계속되는 동안 창기는 얼어붙은 듯 가만히 앉아 있었다. 차가 호텔 정문 앞에 도착했을 때에도 그는 내릴 생각을 하지 않고 그대로 미동도 하지 않고 앉아 있었다. 그를 알아본 도어맨이 달려와 문을 열어 주자 그제서야 그는 잠에서 깨어난 표정으로 차에서 내렸다.

호텔 로미오와 줄리엣은 웅장한 외관을 지니고 있었다. 갈색 대리석으로 포장된 그 건물은 15층 높이에 200여개의 객실을 갖추고 있는 특급 호텔이었다. 호텔 정문 위 높은 곳에는 <Romeo & Juliet>이라는 흰색의 영문 글자가 높이 걸려 있었다.

겉보기에는 왜소하고 병약해 보이는 배창기가 일단 호텔 안으로 들어서자 상황은 완전히 달라졌다. 그와 마주친 호텔 직원들은 하나같이 정중히 허리를 굽혀 인사했고 그가 걸어가는데 걸리는 것이 없도록 일사불란하게 움직여 주었다.

총지배인과 그 밖의 간부 몇 명이 연락을 받고 달려 나와 그의 뒤를 따랐다. 그의 위세가 그토록 대단한 것을 보고 마 형사는 그에 대한 생각이 달라지는 것을 느꼈다. 그는 더 이상 조그맣지도 병약해 보이지도 않았다. 그는 호텔 직원들을 완전히 손 안에 쥐고 있는 무서운 호텔 주인이었다.

"사모님께서 그런 변을 당하시다니 정말 뭐라고 말씀드려야 할지……."

10층에 자리 잡고 있는 집무실에 일행이 들어서자 총지배인이 머리를 조아리며 배 사장에게 말했다.

"안 비서한테 소문을 내지 말라고 했는데…… 그 말 듣지 못했나요?"

배창기가 불쾌한 듯 미간을 찌푸리자 총지배인은 어쩔 줄 몰라 했다.

"비밀로 하세요."

"알겠습니다."

배창기가 손을 들어 나가라는 표시를 해 보이자 따라들어 왔던 간부직원들이 그 손짓에 아무 말 못하고 뒷걸음질로 밖으로 사라졌다.

"앉으십시오."

엉거주춤 서 있는 마 형사에게 배 사장이 자리를 권했다. 마 형사가 자리에 앉자 그는 한쪽에 마련되어 있는 홈바아 쪽으로 걸어갔다.

"한 잔 하시겠습니까?"

"네, 시원한 맥주를 한 잔 부탁합니다."

잠시 후 창기는 마 형사에게는 맥주를 따라 주고 나서 자신은 이름을 알 수 없는 칵테일을 마셨다.

카펫이 깔린 그의 집무실은 드넓다는 표현이 어울릴 것 같았다. 그만큼 그의 집무실은 넓어 보였다. 탁구대를 놓고 탁구를 쳐도 빈자리가 많이 남겠다고 마 형사는 생각했다. 그리고 사무용품이며 집기들이 하나같이 고급스러워 보였다.

배창기는 저고리를 벗어 소파에 아무렇게나 던져놓더니 넥타이까지 풀어헤쳤다. 넥타이를 잡아 뽑아 역시 아무렇게나 던져놓는다. 아까 아내의 시신 앞에서 몸을 떨면서 흐느끼던 모습을 생각하면 지금의 그의 모습은 언제 그랬느냐 싶게 많이 침착해져 있었다.

"내 동생도 황개가 죽은 걸 알고 있습니까?"

"물론 알고 있습니다."

"충격이 크겠군요."

그는 중얼거리고 나서 칵테일을 마셨다.

"그렇지 않습니다. 황개 씨한테는 동거녀가 있었습니다. 그걸 알고 배미화 씨는 오히려 황개 씨를 저주하는 것 같았습니다."

"결혼했더라면 큰일 날 뻔했군요."

"죽은 사람한테는 안 됐지만 배미화 씨한테는 결과적으로 잘된 것 같습니다."

당연하다는 듯 배 사장은 고개를 끄덕였다.

"내 동생은 지금 어디 있습니까?"

"아마 댁에 있을 겁니다. 수사가 끝날 때까지는 집에서 떠나지 말라고 했습니다."

"내 동생이 혐의를 받고 있습니까?"

"약혼자가 살해되었기 때문에 경찰 입장에서는 아무래도 누구보다도 먼저 그 약혼녀를 주목할 수밖에 없지 않겠습니까?"

배창기는 안색이 창백해졌다.

"내 동생한테 혐의가 있습니까?"

그는 똑같은 질문을 반복했다.

"혐의가 있다고도 할 수 없고 없다고도 할 수 없는 입장입니다. 배미화 씨의 약점은 알리바이가 약하다는 점입니다."

"내 동생은 파리새끼 한 마리 죽이지 못합니다. 그런 애가 더구나 여자도 아닌 남자를 어떻게 죽입니까? 그건 말도 안 되는 소리입니다."

"물론 그렇겠지요."

마 형사는 상대방이 흥분하는 것을 찬찬히 바라보았다.

"내 동생을 괴롭히지 마십시오. 그애는 조그만 충격에도 쓰러질 정도로 몸이 약합니다."

"그럴 정도로 약해 보이지는 않던데요."

약해 보이는 것은 오히려 당신 배창기 씨라고 마 형사는 말하고 싶었다.

"보기보다는 몸이 허약합니다."

"잘 알겠습니다. 혐의도 없는 사람한테 억지로 혐의를 씌운다거나 하지는 않습니다. 우리는 어디까지나 냉정하게 일을 처리할 겁니다."

마 형사는 잔에 남은 술을 쭉 들이켰다. 그때 배창기가 몸을 일으키더니 어디론가 전화를 걸었다.

이윽고 그가 누군가와 통화하는 소리가 조그맣게 들려왔다.

"미화니?…… 나 지금 호텔에 와 있어…… 아니야. 경찰하고 함께 있어…… 울지 마…… 그런 말하지 마…… 난 괜찮으니까 걱정하지 마…… 이왕 죽은 사람 운다고 살아나니? 그만 울어…… 어머니한테 잘 말씀드려…… 할 수 없지 뭐…… 동재는 뭐하고 있니?…… 음, 이제부터는 네가 잘 데리고 놀아…… 모르겠어…… 시간이 좀 걸릴 거야…… 황개 이야기는 들었어…… 아무튼 안 됐다…… 그 이야기는 하지 말자…… 이야기할 것도 못돼…… 나도 마찬가지야…… 뭐가 뭔지 모르겠어…… 음, 알았어…… 회사 사람들한테 처리하도록 시켜야겠어…… 그래 그래, 알았어……."

그가 전화를 걸고 있는 동안 마 형사는 실내를 꼼꼼히 둘러보고 있었다.

실내 여기저기에는 외제품으로 보이는 고급 집기들이 놓여 있었다. 실내 분위기가 너무 고급스럽게 꾸며져 있었기 때문에 그것들을 구경하고 있는 동안 그의 입에서는 절로 한숨이 나왔다. 범인을 쫓아 다니느라고 청춘을 다 보낸 그가 현재 쉴 곳이라고는 17평짜리 조그마한 아파트 하나뿐이었다. 거기서 그는 노모와 동생들과 함께 살고 있었다.

가난에 너무 익숙해져 그것을 별로 심각하게조차 느끼지 못하고 있던 그는 배창기의 집무실을 둘러보는 동안 새삼 자신이 얼마나 가난에 찌든 생활을 하고 있는가를 절실히 느끼지 않을 수 없었다.

정신없이 실내를 둘러보던 그의 시선이 이윽고 벽에 걸려 있는 사진 액자에 가서 머물렀다. 그것은 창기의 아들인 동재의 사진이었다. 병약해 보이는 그 아이는 자기 아버지를 그대로 쏙빼닮은 모습이었다. 왜 아내의 사진은 걸려 있지 않을까 하고 마 형사는 생각했다.

창기가 쿨럭쿨럭 기침을 하면서 다가왔다. 자리에 앉아서도 그는 한참 동안 잔기침을 했다. 실내에는 한기를 느낄 정도로 냉각된 공기가 흐르고 있었지만 그는 왠지 진땀을 흘리고 있었다. 기침까지 하는 것을 보면 몸이 몹시 좋지 않은 것 같았다.

"어디 아프십니까?"

"감기 기운이 좀 있나 봅니다."

배창기는 대수롭지 않게 말하고 나서 손수건을 꺼내 이마에 흐르는 땀을 닦았다. 마 형사는 그의 시간을 많이 빼앗고 싶지 않아 더 이상 그의 눈치를 보지 않기로 하고 입을 열었다.

"부인에 대해서 상세한 것을 알고 싶습니다. 수사를 하려면 무엇보다도 피해자에 대해서, 그리고 그 주변에 대해서 상세한 것을 알아야 하기 때문에 그렇습니다. 가능한 한 알고 있는 것을 숨김없이 상세히 말씀해 주시면 고맙겠습니다."

"그거야 얼마든지 말씀드릴 수 있습니다. 알고 싶은 게 무엇인지 구체적으로 말씀해 주십시오."

"우선 두 분이 어떻게 해서 결혼하게 되셨는지 그것부터 말씀해 주십시오."

배창기는 기침을 하면서 담배를 피워 물었다. 그것을 몇 모금 말없이 빨고 나서 과거를 회상하는 듯 초점 없는 눈길을 허공에 던진 채 입을 열었다.

"그 사람하고 저는 나이 차이가 많지요. 저는 지금 서른여덟이고 그 사람은 스물일곱이니까…… 우리는 열한 살 차이가 납니다. 아내는 아주 아름다운 여자였습니다……."

기침 때문에 그의 말이 도중에 끊어졌다. 그는 인터폰으로 비서실장을 불렀다. 그리고 작은 소리로 무엇인가를 지시했다. 비서실장이 나가고 나자 그는 다시 입을 열었다.

그가 유밀라를 처음 알게 된 것은 그녀가 대학 3학년 때였다. 그때 그녀의 나이는 스물 둘이었고 그는 서른세 살이었다. 알게 된 경위는 그녀가 타고 있던 차가 그의 차를 들이받으면서부터 시작되었던 것이다.

한파가 몰아친 12월 하순 어느 날 오후였는데 차도가 얼어붙어 길이 미끄러운 바람에 뒤따라오던 차가 브레이크를 밟았는데도 불구하고 그의 차를 심하게 들이받았던 것이다. 그의 차를 뒤에서 들이받은 그 차는 소형 승용차였고 그 안에는 두 명의 젊은 아가씨들이 앉아 있었다. 그중 한 명이 유밀라였는데…… 운전대를 잡은 것은 그녀가 아닌 그녀의 친구였다. 나중에 알고 보니 그녀는 운전면허를 딴 친구가 시내 주행을 하겠다기에 운전에 능숙한 자신이 옆자리에 앉아 운전을 가르쳐 주다가 사고를 냈다고 했다.

유밀라가 눈부실 정도로 아름다운데 반해 사고를 낸 김수지라고 하는 그녀의 친구는 아름다움과는 거리가 먼 아가씨였다. 차는 김수지의 것이었다.

그때 사고를 당한 창기의 차는 스웨덴제 볼보였다. 1억 가까운 돈을 주고 구입한 그 차는 산 지 한 달 남짓밖에 안 됐기 때문에 창기는 기분이 몹시 언짢았다. 차가 워낙 튼튼하기 때문에 볼보는 조금밖에 찌그러지지 않았지만 손을 보지 않고는 타고 다닐 수 없게 보기 흉한 모습이었다.

반면 아가씨들이 탄 차는 앞이 움푹 들어갈 정도로 찌그러지고 앞창 유리도 모두 깨어져 있었다.

창기의 차를 운전하던 운전사는 아가씨들에게 험하게 욕설을 퍼부었다. 운전도 못하는 계집애들이 얼어붙은 거리에 왜 차는 몰고 나와 사고를 일으키느냐, 당장 볼보를 원상태대로 만들어놓지 않으면 가만두지 않겠다. 그가 워낙 펄펄 뛰는 바람에 그녀들은 울상이 되어 어찌할 줄을 몰라 했다.

운전대를 잡았던 김수지는 얼굴이 찢어지고 갈비뼈가 부러지는 등 한 달 동안의 치료를 요하는 부상을 입었지만 희한하게도 유밀라는 작은 상처 하나 입지 않았다. 사람들이 몰려들고 교통경찰까지 나타나자 창기는 귀찮고 창피한 생각이 들었다. 그래서 운전사에게 알아서 처리하라고 이르고는 먼저 택시를 타고 사고 현장을 떠났다.

그 다음 날인가 유밀라로부터 창기한테 직접 전화가 걸려왔다. 아마 운전사를 통해 그의 신분을 알아낸 모양이었다. 친구는 지금 병원에 누워 있어서 자신이 대신 사과 인사를 드리러 왔다. 지금 호텔 커피숍에 와 있는데 잠깐 만나뵐 수 없느냐. 아름다운 아가씨의 목소리에 창기는 거절할 마음이 일지 않았다.

잠시 후 그녀가 그의 집무실에 나타났는데 어제 사고 현장에서 잠깐 보았을 때보다도 훨씬 아름다워 보였다. 그 눈부신 아름다움에 그는 취할 것만 같았다. 그녀는 Y여자대학 영문학과에 재학 중이었다. 입원중인 그녀의 친구 역시 같은 과에 재학 중이라고 했다.

그녀는 먼저 그에게 정중히 사과한 다음 태도를 바꿔 우는 소리를 늘어놓기 시작했다. 김수지가 운전하던 사고차 는 친구 오빠의 것으로서 오빠가 출장간 사이에 그녀가 시내 운전을 배우기 위해 끌고 나왔다가 사고를 낸 것인데 그녀는 물론 그녀 오빠의 형편상 볼보의 수리비를 일시에 내기는 도저히 불가능하니 사정을 봐줄 수 없느냐. 대개 이런 내용이었다. 도대체 수리비가 얼마냐고 물어 그녀가 견적서를 내보이는데 보니 2백만 원 가까운 금액이 적혀 있었다. 그건 좀 많은 액수라고 생각하면서 어떻게 편리를 봐 주면 되겠느냐고 하자 그녀의 대답이 걸작이었다.

"저희들은 학생이에요. 학생이 무슨 돈이 있겠어요. 친구가 사고를 냈으니까 전 모른 체하면 그만이지만 어떻게 그럴 수가 있겠어요. 그렇다고 친구 오빠한테 전부 부담시킬 수도 없잖아요. 수지 오빠가 부자라면 몰라도 그 사람 역시 회사에서 월급 조금 받아서 처자식 먹여 살리고 있는 사람이기 때문에 아주 형편이 곤란해요. 형편이 곤란하다고 해서 차 수리비를 안 갚겠다는 게 아니에요. 갚긴 갚겠지만 시간 여유를 주세요. 한목에 갚기는 도저히 불가능하니까 매달 조금씩 갚을 수 있게 해 주세요. 사장님 회사에서 저희들이 아르바이트를 할 수 없을까요. 수리비에 해당되는 만큼 1년이고 2년이고 좋으니까 아르바이트를 할 수 있게 해 주세요. 생각다 못해 이런 말씀을 드리는 거예요. 그렇다고 수리비를 떼어먹을 수는 없잖아요. 제발 부탁이에요. 돈은 없고 차 수리비는 내야겠고 학생 처지에 별수 없잖아요. 이런 말씀 드려 정말 죄송합니다."

창기는 어이가 없었다. 배짱 좋게 그런 말을 하는 그녀가 사랑스럽게 보이기만 했다. 수리비 따위에 신경을 쓸 그가 아니었기 때문에 그는 미소를 지으면서 수리비는 나중에 학교를 졸업한 다음 돈을 벌어 갚아도 좋다고 말했다. 그 말을 들은 그녀는 감격해서 눈물까지 글썽이면서 그에게 수없이 고맙다는 말을 되풀이했다.

그런 일이 있고 나서부터 그들은 순전히 데이트를 목적으로 은밀히 만나기 시작했다. 처음에는 여자 쪽에서 먼저 감사의 표시로 저녁 식사를 대접하고 싶다, 또는 지나는 길에 들렀다는 식으로 그에게 접근을 시도했고 그다음부터는 남자 쪽에서 적극적으로 나오기 시작했다. 별로 마음에 드는 여자가 없어 그때까지 결혼을 미루어온 그는 마침내 그녀를 인생의 반려자로 선택하기에 이르렀고 그녀 역시 남자의 막강한 재력에 끌렸는지는 몰라도 그의 프로포즈에 기다렸다는 듯이 응해왔다. 결혼식은 그녀가 학교를 졸업한 후에 올리기로 했지만 그 안에 혹시 그녀가 날아가 버릴까 보아 이듬해 여름 두 사람은 약혼식을 치렀다. 그리고 그 다음해 봄에 정식으로 결혼식을 올려 부부가 되었던 것이다.

그녀는 여유 있고 행복한 가정 출신이 아니었다. 그런 것과는 정반대의 가난하고 불행한 집안 출신의 아가씨였다. 집안이야 어떻든 사람만 좋으면 그만이라는 생각에 그녀의 집안에 대해서는 별로 알아보려고 하지 않았던 그는 결혼 후에야 그녀의 집안 사정을 알고는 내심 적지 않게 놀랐다.

그녀의 아버지는 어느 운수회사의 트럭 운전사로 일하던 중 사람을 치어 죽이고는 그대로 도망을 쳤다가 체포된 바 있는데 그때 그는 술에 만취되어 횡설수설하고 있었다. 그 일로 해서 그는 중형을 선고받고 현재 교도소에서 복역하고 있었다.

가장이 교도소에 가는 바람에 집안은 그야말로 쑥밭이 되고 말았다. 밀라의 형제는 다섯이나 되었다. 그녀는 5남매 가운데 둘째로 위로 언니가 있었고 밑으로 여동생 하나와 남동생 둘이 있었다. 그녀의 어머니는 딸만 내리 셋을 낳더니 막판에 가서 연달아 아들 둘을 낳았던 것이다. 그녀의 아버지가 그들에게 남긴 것은 20평짜리 집 한 채 뿐이었다. 거기에다 많은 빚까지 있었다. 그 빚의 대부분은 교통사고 피해자측에 위자료를 지불했기 때문에 생겨난 것이었다.

밀라의 어머니 채씨는 집을 처분하여 빚을 갚은 다음 단칸 셋방을 얻어 이사했다. 그리고 자식들을 먹여 살리기 위해 파출부로 나섰다. 다행히 밀라보다 한 살이 더 많은 그녀의 손 위 언니가 직장에 다니고 있었기 때문에 그럭저럭 먹고 살 수는 있었다. 그러나 자식들의 학비 조달에는 여간 어려움이 많지 않았다.

밀라의 언니는 고등학교만 졸업하고 진학을 포기한 채 바로 직장에 들어갔지만 밀라는 성적이 뛰어난 데다 집념이 강하고 욕심이 많아 집안의 어려움을 무릅쓰고 대학에 진학할 수 있었다. 입학금만 대 주면 그 다음부터는 자신이 벌어서 학교에 다니겠다고 큰소리치며 대학에 들어갔는데 과연 그녀는 자신의 말대로 스스로 학비를 벌어서 학교에 다녔다. 그녀가 어떻게 학비를 조달했는지는 알 수 없었다. 그러나 영리한데다 눈부신 미모를 지닌 그녀가 혼자 힘으로도 대학에 다닐 수 있을 것이라는 것은 이미 충분히 예견되어 왔던 일이었다. 그녀는 동생들의 학비며 용돈까지 틈틈이 대 주기까지 하는 여유를 보였다.

창기는 아내의 집안 사정을 자세히 알고 나서부터는 그녀를 더욱 사랑하게 되었다. 집안이 쑥밭이 되면 거의가 중도에 학업을 포기하고 비뚤어진 방향으로 나가게 마련인데 그녀만은 흔들리지 않고 계속 혼자 힘으로 학업을 계속했다는 사실이 그에게는 아주 대견스럽게 생각되었던 것이다.

밀라가 창기와 결혼하게 되면서부터 그녀의 친정 집안도 가난에서 벗어나 안정을 되찾을 수가 있었다. 그녀의 집안을 돕는 데에는 그녀보다도 창기 쪽이 더 적극적이었다. 얼마 후 그녀의 아버지도 교도소에서 돌아왔기 때문에 이제 더 이상 집안에는 걱정거리가 없게 되었다. 그것을 보고 주위에서는 딸을 잘 두었기 때문에 형편이 피게 되었다고 부러워들 했다. 그러나 결과적으로 따지고 보면 형편이 좋아졌다고 볼 수만도 없게 되었다. 형편이 핀 대신 밀라의 친정 쪽은 딸을 잃게 되었던 것이다.

"결과적으로 보면 유밀라 씨는 불행한 결혼을 했다고 볼 수 있겠군요."

마 형사의 말에 배창기는 의아한 눈으로 그를 쳐다보았다. 그 눈은 왜 그렇게 보느냐고 묻고 있었다.

"실례되는 말이지만 유밀라 씨는 배 사장과 결혼해서 한동안 경제적으로 풍족한 생활을 누렸을지 모르지만 결국 빨리 세상을 떠나고 말았지 않습니까."

그것은 결국 그녀가 배창기와 결혼했기 때문에 그렇게 빨리 죽게 되지 않았느냐는 말이었다. 그렇지 않아도 창백한 창기의 표정이 더욱 하얘지는 것 같았다. 그는 고개를 끄덕였다.

"그랬을지도 모르죠. 다른 남자와 결혼했더라면 그런 불행을 당하지 않고 아주 오래 살게 되었을지도 모르죠. 제 책임이 크다는 것…… 통감하고 있습니다."

그가 그런 식으로 나오는 바람에 당황한 것은 오히려 마 형사 쪽이었다.

"배 사장 쪽에 책임이 있다는 뜻으로 말씀드린 게 아닙니다. 저는 유밀라 씨의 운명을 말씀드리고 싶어서 그런 이야기를 한 겁니다. 유밀라 씨는 배 사장과 결혼하게 되어 있었고…… 그리고 죽게 되어 있었습니다. 운명이 그렇게 지어져 있었지요. 그 운명이 조금만 방향을 바꾸었더라면…… 이를테면 다른 사람과 결혼하게 되었더라면 혹시 그 같은 참변은 면할 수 있지 않았을까 해서 말씀드려본 겁니다."

그는 마음에도 없는 말을 지껄여댔다. 그는 운명이라는 것을 믿지 않았다.

"아무튼 그 사람의 죽음에는 제 책임이 큽니다. 제가 외국에만 나가지 않았더라도……."

배 사장은 몹시 고통스러워하는 표정으로 말했다.

"네, 그 말씀은 맞습니다. 배 사장께서 국내에만 계셨더라도 유밀라 씨의 죽음은 방지되었을지도 모르죠. 배 사장께서 안 계셨기 때문에 부인께서는 밖으로 외출했던 것이고 결국 그런 참변을 당하신 거 아닙니까."

마 형사는 일어섰다. 그는 창가로 다가가 비오는 밤거리를 내다보다가 돌아섰다. 그리고 결심한 듯 입을 열었다.

"유밀라 씨는 피살되기 바로 전에 S호텔 스카이라운지에서 황개 씨를 만났던 것 같습니다. 그리고 같은 호텔 1924호실에서 다음 날 시체로 발견되었습니다."

배창기는 얼어붙은 표정으로 가만히 앉아 있었다. 두꺼운 안경 때문에 그의 얼굴에 나타난 미묘한 변화는 알아볼 수 없었지만 그가 미동도 하지 않고 앉아 있는 것으로 보아 격심한 충격을 느낀 게 분명한 것 같았다.

"그, 그것은…… 무엇을 의미하는 겁니까?"

들릴 듯 말 듯한 목소리로 창기가 물었다. 충격을 받으면 그의 목소리는 더욱 작아지는 것 같았다.

"그 사람이 유력한 용의자라는 뜻입니다."

"그럴 리가…… 그럴 리가 없습니다. 그건 잘못 보신 겁니다."

창기는 머리를 흔들면서 일어섰다. 그는 홈바아 쪽으로 다가가더니 다시 칵테일을 만들기 시작했다. 그가 충격을 억제하려고 그러는 것일 거라고 마 형사는 생각했다.

"그럴 리가 없습니다. 그건…… 생각할 수도 없는 일입니다." 하고 창기가 다시 말했다.

"네, 생각할 수도 없는 일이죠. 하지만 두 사람이 만난 것을 목격한 증인이 있습니다."

"그 증인이 누굽니까?"

창기는 마 형사에게 등을 보이고 있었다. 얼음 조각들이 서로 부딪치는 소리가 들려왔다.

"스카이라운지에서 근무하는 웨이터입니다. 그 웨이터 말에 따르면 두 사람은 거기서 자주 만났다고 합니다. 자주 만났다는 것은 두 사람 관계가 보통 관계가 아니었다는 것을 의미하는 게 아니겠습니까?"

창기가 돌아섰다. 그의 손에는 술잔이 들려 있지 않았다. 그는 아까처럼 머리를 가로저었다. 그러나 그의 입에서 더 이상 부인하는 말은 흘러나오지 않았다.

"두 사람은 지난 7월 19일 오후 3시경에 S호텔 스카이라운지에서 만났습니다. 거기서 30분쯤 앉아 있다가 밖으로 나갔습니다. 두 사람이 함께 호텔 방에 들어간 것을 목격한 사람은 아직 없습니다. 하지만 검시에 따르면 유밀라 씨의 사망시간은 같은 날 오후 5시에서 7시 사이로 밝혀졌습니다. 그러니까 그날 황개 씨와 함께 스카이라운지에서 나간 후 두 시간쯤 지나서 호텔 방에서 살해된 거지요. 그것은 그녀가 호텔 방 안으로 들어가서 정사를 가진 다음 살해될 수 있는 충분한 시간입니다. 유밀라 씨가 황개 씨와 헤어져 다른 남자를 만났을 수도 있지요. 그러나 그것은 가능성치고는 아주 희박한 가능성입니다. 그런 가능성을 나는 믿고 싶지 않습니다."

창기의 기침 소리 때문에 마 형사의 말은 도중에 중단되었다. 그는 아까보다는 훨씬 심하게 기침을 토했다.

"내…… 내 동생도 그 사실을…… 알고 있습니까?"

"아직 모릅니다."

"제발 내 동생한테는 그 사실을 비밀로 해 주십시오. 내 동생이 알게 되면……."

배창기는 몹시 괴로운지 말끝을 잇지 못하면서 얼굴빛이 흐려진다.

"알겠습니다. 되도록 비밀로 하겠습니다…… 어차피 알게 될 겁니다."

"그애가 알면 안 됩니다."

창기는 머리를 흔들면서 두 손을 쳐들었다가 힘없이 도로 떨어뜨렸다.

"난 도무지…… 뭐가 뭔지 모르겠습니다. 어떻게 해서 그런 일이 일어날 수 있었는지 도무지 이해가 안 갑니다."

그는 만들어놓은 칵테일 잔을 집어 들더니 물마시듯 그것을 들이켰다.

"사람들 사이에 일어나는 일들이란 일반적인 상식의 선을 초월하는 경우가 많기 때문에 이해가 안 되는 수가 종종 있지요."

배창기는 아까보다 더 거세게 머리를 흔들었다.

"황개 그놈이 질이 좋지 않은 놈이라는 것은 알고 있었습니다. 하지만 내 처까지 건드릴 줄은 몰랐습니다. 내 동생하고 약혼까지 한 놈이 어떻게 그런 짓을 할 수가 있습니까. 죽일 놈 같으니……."

잔을 들고 있는 파리한 손이 분노로 바들바들 떨리고 있는 것을 마 형사는 가만히 지켜보았다.

"하긴 내 처한테도 책임이 있겠지요. 내 처한테 더 책임이 크겠지요. 나쁜 여자 같으니…… 어떻게 그럴 수가……."

배창기는 마 형사 쪽으로 가만히 다가왔다. 그의 두 눈에는 어느새 물기가 번져 있었다. 그것은 비통함 때문이 아니라 분노 때문에 솟아나는 눈물 같았다.

"그런데 말입니다. 내 처를 죽인 그놈이 죽었다니 어떡하죠? 그놈은 처벌도 받지 않고 그렇게 가버려도 되는 겁니까?"

"그는 유력한 용의자일 뿐이지 아직 범인으로 단정된 건 아닙니다."

"그 말이 그 말 아닙니까?"

"아니죠. 엄청난 차이가 있죠. 하지만 그 사람을 범인으로 봐도 별 무리는 없을 겁니다. 우리도 그를 범인으로 보고 싶은 심정입니다."

"그놈이 설사 범인이 아니더라도 내 처와 불륜의 관계를 맺은 게 사실 아닙니까?"

"그것도 가능성일 뿐이죠. 아무도 불륜 현장을 목격하지는 못했으니까."

"꼭 목격해야만 사실 확인이 되는 겁니까?"

"그렇지는 않죠."

마 형사는 무뚝뚝하게 대꾸했다.

"경찰은 뭐든지 단정을 내리는 것을 피하는군요. 궁지에 몰렸을 때 빠져나갈 수 있게 말입니다."

"우리 수사경찰은 그것이 장점이자 단점입니다. 실수하지 않게 항상 여지를 남겨두지요. 하지만 영리한 범인들은 우리들의 그런 점을 이용해서 그 틈으로 종종 빠져나가는 수가 있지요. 아무튼 이유야 어떻든 우리의 목적은 살인범을 붙잡는 겁니다. 불륜의 관계 같은 것은 흥미가 없습니다."

"황개 그놈이 내 처를 죽인 게 사실이라면 그놈을 처벌하는 것은 이제 불가능하겠군요."

"그 사람은 법적인 처벌을 받는 것 이상의 처벌을 받았습니다. 차 속에 갇혀서 참혹하게 불에 타죽었으니까요. 우리는 이제 그를 죽인 범인을 찾아야 합니다."

"살인범의 살인범을 찾는 격이군요."

"그런 셈이지요. 하지만 동일범의 소행일지도 모르지요."

"그게 무슨 말입니까?"

흐린 안경 때문에 그의 얼굴은 무표정해 보였다.

"유밀라 씨와 항 개 씨를 살해한 범인이 동일인물일지도 모른다는 말입니다."

그때 마 형사가 지니고 있는 무전기의 신호음이 삐삐하고 울렸다. 마 형사는 배 사장한테 양해를 구한 다음 그의 책상 위에 놓여 있는 전화기로 수사본부에 전화를 걸었다. 남 형사가 기다렸다는 듯이 전화를 받았다.

"글로리 하이츠에 다녀왔습니다."

그의 목소리는 잔뜩 들떠 있었다.

"찰스 모겐도는 현재 거기에 살고 있는 미국인이 틀림없습니다. 지금 미국에 가 있는데 다시 돌아올 모양입니다. 유밀라는 결혼하기 전에 모겐도와 1년쯤 동거생활을 했습니다."

"뭐야?"

"사실입니다. 그 미국인과 동거생활 한 것이 틀림없습니다. 경비원들에게 유밀라의 사진을 보였더니 알아보았습니다."

"빌어먹을! 이야기가 또 묘하게 돌아가는군."

"모겐도는 유밀라가 살해된 19일 밤 9시 30분 비행기로 미국으로 떠났습니다. 시간상으로 유밀라를 살해하고 도망갈 여유가 충분합니다."
"그가 범인이라는 건가?"
"자세한 것은 만나서 말씀드리겠습니다."
마 형사는 수화기를 내려놓고 창기를 바라보았다. 그는 창가에 서서 밖을 내다보고 있었다.

수사본부.
마 형사가 본부 안으로 들어섰을 때 남 형사는 자못 흥분한 표정으로 서성거리고 있었다.
"말해 봐. 자세히 말해 봐."
마 형사는 점퍼를 벗어부치면서 자리에 털썩 주저앉았다.
남 형사는 글로리 하이츠에 갔다 온 결과를 신이 나서 지껄여대기 시작했다. 그동안 마 형사는 눈을 가늘게 치뜬 채 줄담배를 피워대고 있었다.
"…… 그러니까 유밀라는 모겐도가 데리고 놀았던 한국 아가씨들 가운데 하나였다고 볼 수 있죠. 그리고 두 사람의 관계는 결혼 후에도 계속되지 않았나 생각됩니다. 그것이 결국 살인으로까지 가게 되고 모겐도는 미국으로 도망친 겁니다."
"기가 막힌 이야기로군. 그런 줄도 모르고 배창기는 유밀라한테 반해서 결혼한 거 아니야?"
"그랬을 겁니다. 외국인하고 동거생활 했다는 걸 알면 어느 남자가 그 여자하고 결혼하겠습니까."
"유밀라는 그 사실을 숨기고 결혼했겠지?"
"물론이죠. 어느 바보가 결혼할 남자한테 자기는 외국인하고 동거생활 했다고 고백하겠습니까."

"사기결혼이군."

배창기가 유밀라를 처음 알게 되었을 때 그녀는 Y여대 3학년에 재학 중이었다고 했다. 그렇다면 그녀는 그때 이미 그 미국인하고 동거생활을 하고 있었는지도 모른다고 마 형사는 생각했다. 그녀는 아르바이트로 학비를 벌어가면서 학교에 다닌 것으로 되어 있지만 사실은 외국인과 동거해 주는 대가로 학비와 용돈을 벌었을 가능성이 크다. 그 미모라면 섹스를 파는 대가로 학비와 용돈 정도 버는 것은 그다지 어려운 일이 아니었을 것이다. 아니, 돈을 버는 방법으로서는 그것이 제일 손쉬운 길이었을 것이다.

"유밀라의 차가 발견됐답니다!"

형사 한 명이 마 형사 쪽을 향해 소리쳤다.

"어디야?"

"잠실 쪽이랍니다."

마 형사와 남 형사는 밖으로 나와 차를 타고 잠실 쪽으로 향했다. 이미 자정이 지나 7월 22일로 접어들어 있었고, 비는 여전히 내리고 있었다.

유밀라의 녹색 승용차는 어느 여관의 지하주차장에 세워져 있었다. 거기서 그녀가 피살체로 발견된 S호텔까지는 자동차로 40분쯤 걸리는 거리였다.

그 차가 거기에 있다는 것을 신고한 것은 여관측이었다. 며칠째 지하주차장에 방치되어 있는 것을 이상하게 생각한 여관측이 관할 파출소에 그것을 신고했던 것이고 파출소에서는 그것이 수배차량인 것을 알고는 즉시 수사본부에 알려왔던 것이다.

"이 차가 언제부터 여기에 주차해 있었지요?"

마 형사는 녹색 차의 번호판을 들여다보면서 여관 주인에게 물었다.

그 차는 녹색의 쟈가 서울2다 543X번…… 유밀라의 차가 틀림없었다.

지하주차장에는 여관 주인이라는 중년의 뚱뚱한 여인과 스무 살쯤 되어 보이는 직원이 내려와 있었다. 여관 주인이 자기는 잘 모르겠다는 듯이 직원을 쳐다보자 그가 그녀를 대신해서 입을 열었다.

"정확한 것은 잘 모르겠습니다. 여기에 주차한 지 한 3~4일 된 것 같습니다."

"여기에 투숙했던 손님이 주차해둔 건가?"

"잘 모르겠습니다. 커피숍에 오는 손님들도 여기다 차를 세워두는 경우가 있기 때문에 잘 모르겠습니다."

지은 지 얼마 안 된 장급의 그 여관 1층에는 커피숍이 자리 잡고 있었다. 여관 직원의 말에 의하면 주인의 차를 매일 자신이 주차장에서 꺼내 주기도 하고 닦아 주기도 하기 때문에 3, 4일 전부터 그 녹색 차가 주차장에 세워져 있는 것을 목격했다고 했다.

"최근 3, 4일 동안 장기 투숙해 있는 손님은 한 명도 없었습니다. 투숙한 손님의 차는 아닌 것 같습니다."

혹시나 해서 직원과 여관 주인에게 유밀라와 황개, 그리고 김영대의 사진을 보였으나 그들은 본 적이 없는 사람들이라고 고개를 저었다.

녹색 차는 안으로 굳게 잠겨 있었다. 차 안을 들여다보았지만 열쇠는 보이지 않았다. 여관 주인과 직원을 올려 보내고 나서 두 형사는 차를 찬찬히 둘러보았다.

"유밀라가 차를 몰고 집을 나선 것은 7월 19일이었습니다. 제일 먼저 생각해 볼 수 있는 것은 그 여자가 차를 몰고 먼저 이 여관에 와서 여기다 차를 주차시킨 다음 다른 차편을 이용해서 40분 거리에 있는 S호텔로 갔을 거라는 점입니다."

남 형사가 자신의 생각을 이야기했다. 마 형사는 차 속을 열심히 살피고 있었다.

"왜 굳이 여기다 차를 주차시켜 놓았을까? S호텔에서 40분이나 걸리는 여기에다 말이야? 그 이유가 뭐지?"

"글쎄, 그게 의문입니다. 또 한 가지는 유밀라가 이 차를 몰고 S호텔로 갔을 거라는 점입니다. 거기서 그녀는 범인을 만나 정사를 나눈 다음 살해됩니다. 범인은 그녀에 대한 수사를 방해하기 위해 그녀 대신 이 차를 몰고 여기까지 와서 차를 버린 겁니다."

마 형사가 고개를 쳐들었다.

"나는 그 두 번째 의견이 마음에 드는데……."

마 형사는 차문을 힘껏 잡아당겨보았다. 문은 끄덕도 하지 않는다.

"저도 두 번째 가능성을 믿고 싶습니다. 이 차는 범인이 끌어다놓은 게 틀림없습니다."

남 형사는 주먹으로 차 지붕을 두드려댔다.

"이 문을 좀 열어봐야겠어. 안에 단서가 있을지도 모르니까 말이야."

"전문가를 불러올까요?"

마 형사가 고개를 끄덕이자 남 형사는 밖으로 뛰어나갔다.

범인이 이 차를 여기다 끌어다 놓았다면 차 열쇠는 범인한테 있을 것이다. 범인은 이미 그 열쇠를 버렸는지도 모른다. 그것을 가지고 있어봤자 자기한테 득이 되는 것은 하나도 없을 테니까. 어디다 그것을 버렸을까. 마 형사는 혹시나해서 차 밑과 그 주변을 살펴보았지만 열쇠 같은 것은 보이지 않았다. 잠시 후 남 형사가 돌아왔다.

"이리로 한 명 보내라고 했습니다."

그가 말하는 한 명이란 자동차를 전문으로 훔치는 전과자를 말하는 것이었다.

"올라가서 플래시를 좀 달라고 해."

지하주차장이기 때문에 차 안은 꽤 어두워보였다.

남 형사가 다시 위로 올라가더니 잠시 후 플래시를 빌려가지고 내려왔다. 마 형사는 플래시로 차 안을 비쳐보았다.

차 안은 여자가 운전하던 차답게 깨끗하고 예쁘게 꾸며져 있었다. 의자에는 베이지색 바탕에 자주색 물방울무늬가 있는 시트커버가 씌워져 있었고, 앞 유리창 앞에는 동전통, 수첩, 명함 같은 것들이 뒷자리에는 곰 인형과 휴지통, 향수병, 그리고 미국판 라이프지와 일본판 여성지가 놓여 있었다. 운전석 옆 의자 위에도 책이 한 권 놓여 있었는데 취학 전의 어린이들을 상대로 만든 잡지였다. 아마 아들한테 주기 위해 사놓았던 것 같았다.

"지문을 채취해야 하니까 감식반을 보내라고 해."

마 형사의 지시에 남 형사는 군소리 없이 다시 지하실을 빠져나갔다.

한 시간쯤 지나 형사 한 명이 전과자 한 명을 데리고 왔다. 30대 중반으로 보이는 그 남자는 자동차 절도 전문으로 그 때문에 형을 두 번이나 살고 나온 전과가 있는 사람이었다. 그는 멋쩍게 웃고 나더니 주머니에서 길쭉한 쇠꼬챙이를 꺼냈다.

"이런 차는 쉬워요. 1분도 안 걸려요."

그는 자랑삼아 말하면서 문틈으로 쇠꼬챙이를 밀어 넣더니 과연 1분도 못돼 차문을 열어보였다.

마 형사는 운전석으로 들어가고 남 형사는 뒷자리로 들어가 앉았다. 차 속의 전등을 모두 켜놓고 그들은 내부를 살피기 시작했다.

차 속에는 단서가 될 만한 것이라고는 아무것도 없는 것 같았다. 그러나 그들은 끈질기게 늘어붙어 무엇인가를 찾아내려고 애를 썼다.

"뭐 있어?"

"없는데요."

남 형사가 실망한 어조로 대답했다. 플래시로 바닥을 비춰보던 마 형사는 의자 밑에서 무엇인가를 집어냈다. 그것은 껌을 쌌던 포장지로 아무렇게나 구겨져 있었다. 껌을 빼내고 난 다음 구겨서 버린 것 같았다. 껌 이름은 아카시아였다. 그것은 불고기 사건 현장인 S호텔 지하주차장에서 범인이 범행에 이용하고 나서 버렸던 베이지색의 소형 승용차 안에서 발견했던 껌 포장지와 같은 것이었다.

"이거 보라구? 범인은 이 껌을 좋아하는 모양이야."

"베이지색 차에서 발견했던 포장지하고 같은 거군요."

남 형사도 금방 그것을 알아보았다. 형사들의 표정은 한결 밝아져 있었다.

마 형사는 재떨이를 빼내보았다. 그 안에는 담배 꽁초가 잔뜩 들어 있었다.

그는 재떨이를 들고 밖으로 나와 주차장 바닥에다 그것을 모두 쏟아 부었다.

꽁초는 모두 12개였다. 그것들은 두 가지로 분류될 수 있었다. 한 가지는 양담배 말보로였고, 다른 한 가지는 국산담배로 여자들이 즐겨 피우는 장미였다. 두 가지 꽁초에는 모두 루주가 묻어 있었고 그것들은 하나같이 바짝 말라 있었다. 말보로 꽁초는 8개였고 장미 꽁초는 4개였다. 남 형사도 차에서 내려와 흥미 있는 눈으로 그것들을 들여다보았다.

"이 꽁초도 그 소형차에서 발견했던 꽁초하고 같은 것 아닙니까?"

남 형사가 장미 꽁초 하나를 집어 들면서 물었다.

"그래. 그 차 속에 들어 있던 꽁초하고 같은 종류야. 꽁초를 질근질근 씹어댄 것도 비슷하고 말이야. 말보로 꽁초는 씹은 자국이 없잖아. 서로 다른 두 여자가 피운 게 분명해. 장미는 흔하게 피우는 담배가 아니야."

같은 종류의 껌 포장지와 담배 꽁초가 양쪽 차에서 발견되었다는 것은 범인이 두 차를 모두 이용했다는 것을 의미한다. 그것은 다시 말해 유밀라와 황개를 살해한 범인이 같은 인물이라는 뜻이다.

"유밀라를 살해한 범인이 황개까지 살해한 걸까요?"

"이런 걸로 봐서는 동일범의 소행이 분명한 것 같은데……."

"말보로는 유밀라가 피운 것이겠죠?"

그것은 S호텔 1924호실에서도 발견되었었다. 그 말보로에도 루주가 묻어 있었다.

"그럴 테지. 하지만 일단 확인해 볼 필요는 있어."

이제 두 사건의 범인은 여자로 굳어져가고 있었다. 그것도 여자 혼자서 젊은 여자와 건장한 남자를 해치운 것이다. 도대체 어떤 여자일까? 그리고 왜 그들을 죽였을까? 한 여자가 연달아 두 남녀를 살해했다는 것은 그럴만한 이유가 있었기 때문일 것이다. 두 사건이 연결되어 있는 고리를 찾아내야 한다. 그것을 찾아내면 사건은 의외로 쉽게 풀릴지도 모른다.

"여자 혼자서 그렇게 두 사람이나 연속적으로 살해할 수가 있을까요?"

"황개 같은 건장한 놈도 태워죽였는데 유밀라쯤이야 별로 힘들이지 않고 처리하지 않았겠어?"

"아무리 그렇다고는 하지만……."

남 형사는 그래도 의혹을 떨쳐버릴 수 없다는 듯 고개를 갸우뚱했다.

"모겐도라는 자한테 미련이 가는 모양이지?"

마 형사는 거의 비어 있는 자신의 담뱃갑 속에 꽁초를 하나하나 주워 담기 시작했다.

"저는 그 미국인이 아무래도 의심이 갑니다."

마 형사는 불룩해진 담뱃갑을 꼭꼭접어서 주머니 속에 집어넣었다.

"그자가 유밀라를 살해했다면 황개는 누가 살해했지? 그자가 황개까지 살해하고 미국으로 떠났을까?"

"황개는 목격자들의 말대로 여자가 살해했겠죠."

"그렇다면 두 사건이 동일범의 소행이 아니고 범인이 서로 다르단 말인가?"

마 형사는 의자에 놓여 있는 어린이용 잡지를 집어 들었다. 그 잡지의 이름은 <천사들의 집>이었다. 꽤 오래된 이름 있는 잡지였다.

“동일범의 소행이라고 단정하는 것은 아직 속단일 것 같습니다. 양쪽 차 속에서 아무리 같은 증거물들이 발견되었다 해도 말입니다.”

“여러 가지 가능성이 있겠지. 그리고 그것들을 모두 조사하고 확인해야 하겠지. 하지만 나는 동일범의 소행으로 보고 싶어. 그 미국인은 19일 밤 9시 30분 비행기로 틀림없이 출국했나? 확인해 봤어?”

“네, 전화로 출입국관리소에 확인해 봤습니다. 출국한 게 틀림없습니다.”

그때 감식반원들이 도착했다. 그들은 두 명이었다. 마 형사는 미국판 라이프지와 일본판 여성지, 어린이용 잡지, 그리고 수첩과 명함들을 꺼내들고 차에서 물러났다.

두 형사는 위로 올라가 커피숍으로 들어갔다. 그 커피숍은 밤에는 카페처럼 술도 파는지 새벽 2시가 지난 시간인데도 여기저기 술 마시는 손님들이 꽤 보였다.

창문을 통해 보이는 거리는 비가 내리고 있는 데다 불빛도 거의 사라져 더없이 음산해 보였다. 그들은 칵테일을 한 잔씩 시킨 다음 차에서 가져온 유밀라의 유품들로 보이는 것들을 들여다보기 시작했다. 마 형사는 잡지들을 훑어보기 시작했고 남 형사는 수첩을 뒤적거렸다.

갑자기 수첩을 뒤적거리던 남 형사가 킬킬거리기 시작했다. 어깨를 들썩거리며 킬킬거리는 그를 보고 마 형사가 눈살을 찌푸렸다.

“뭐가 그렇게 우스워?”

남 형사는 잠자코 수첩을 마 형사의 코앞에 디밀었다. 그것은 손바닥 크기의 수첩이었다. 남 형사가 펴 보이는 페이지 위에는 음화가 하나 그려져 있었다.

그것은 놀라울 정도로 아주 섬세하게 그린 음화였다. 연필로 그린 그것은 유난히 거대하게 발기한 남근을 여자가 한 손으로 움켜쥔 채 그 끝을 입 속에 집어넣고 있는 그림이었다. 남 형사는 계속 킬킬거리면서 ,

"유밀라의 그림 솜씨가 탁월한가 보지요?"

하고 말했다.

마 형사도 속으로는 적잖게 감탄하고 있었지만 내색은 하지 않았다.

"포르노 사진을 보고 그린 것 같은데요. 하지만 기막힌 솜씨 아닙니까."

마침 여자 종업원이 술잔을 내려놓다 말고 음화에 눈이 팔리는 바람에 술이 엎질러졌다.

"어머나, 죄송해요."

"미안한 건 우리 쪽이오. 놀라게 해서 미안해요."

남 형사는 재미있어 죽겠다는 표정이었다.

"그거 누가 그리신 거예요? 아주 잘 그리셨는데요."

그녀가 행주를 가져와 탁자를 훔치면서 말했다.

"내가 그린 거요."

남 형사가 엄지손가락으로 자신을 가리키는 것을 보면서 마 형사가 눈을 흘기자 레지는 얼굴을 붉히면서 자리를 피한다.

"실없는 소리 좀 작작하라구."

"이런 재미라도 있어야 하지 않습니까."

남 형사는 다시 수첩을 뒤적거리기 시작했다. 그것은 이름과 전화번호 같은 것들을 적어놓은 게 아닌 자동차에 관계되는 것들, 이를테면 정비업소 전화번호, 수리비, 기름 값 같은 것들을 기록해 놓은 수첩이었다. 날짜의 간격이 일정하게 적혀 있다가 어떤 것은 한두 달 건너뛰어 적혀 있는 것을 보면 꼬박꼬박 성실하게 기록해 놓은 것은 아닌 것 같았다.

마 형사는 일본판 여성잡지를 대충 넘겨보았다. 그것은 패션 전문지인 논노였다. 7월호였고 손때 하나 묻지 않은 것으로 보아 구입한 지 얼마 안 된 것 같았다. 구입해 놓고 미처 보기도 전에 피살된 게 아닐까 하고 마 형사는 생각했다. 뒤표지 안쪽에는 그 책을 판매한 서점의 딱지가 붙어 있었다. 그 딱지에는 책이름과 아래쪽에는 서점 이름과 주소, 그리고 전화번호 등이 인쇄되어 있었다. 서점 이름은 백가서림(百家書林)이라고 했고 소재지는 명동에 있었다. 두 잡지의 구입일자는 똑같이 7월 19일로 되어 있었다. 그것은 중요한 발견이었다. 그때 남 형사가 다시 킬킬거렸다.

"뭐가 그렇게 우스워?"

"이걸 보십시오."

남 형사가 다시 수첩을 마 형사의 코밑에 디밀었다. 수첩 한 페이지에는 볼펜 글씨로 '개새끼 542-769X' 라고 휘갈겨져 있었다.

"이 개새끼가 누구이겠습니까?"

"황개 아닌가?"

"맞습니다. 이 전화번호는 황개의 사무실 전화번호입니다."

남 형사는 자신의 수첩에 적혀 있는 황개의 사무실 전화번호를 확인하면서 말했다.

"유밀라가 여기다 왜 황개의 사무실 전화번호를 적어놓았겠습니까? 이건 두 사람 관계가 보통 사이가 아니었다는 또 하나의 증거가 아닐까요?"

이미 마 형사로부터 유밀라와 황개 사이의 관계에 대해서 대강 이야기를 들어 알고 있는 남 형사는 신이 나서 지껄였다.

"그렇다고 볼 수 있지."

"생전에 두 사람 사이에 불륜 관계가 있었다는 게 점점 명확해지는 데요."

"그런데 유밀라는 왜 황개를 개새끼라고 적어놓았을까? 두 사람이 불륜 관계였다 해도 서로 사랑하는 사이였다면 상대방을 개새끼라고 적어놓을 수 있을까?"

"글쎄요. 그게 좀 이상한데요."

"상대방을 증오하지 않고는 이렇게 적을 수가 없어."

"그럼 유밀라가 황개를 증오했다는 겁니까?"

"그렇지 않고서야 이렇게 적을 수가 없어. 황개는 질이 나쁜 작자였어. 내 생각에는 유밀라를 농락하면서 계속 그 여자를 괴롭히지 않았나 생각돼. 유밀라와 황개 사이의 관계를 자세히 알아봐야겠어."

"두 사람이 모두 죽어버렸는데 어떻게 알아보죠?"

"귀신을 만나서라도 알아봐. 이 책들은 7월 19일에 구입한 것들이야."

마 형사는 라이프지와 논노를 남 형사에게 넘겨 주었다.

"뒤표지에 있는 딱지를 보라구."

"누가 구입한 걸까요?"

"범인이 구입했다면 뒷자리에 놓아뒀을 리가 없겠지."

마 형사는 어린이용 잡지 <천사들의 집>을 펴보았다. 그것은 8월호였다. 거기에는 다른 잡지들처럼 구입처가 적힌 표지가 붙어 있지 않았다.

"여기에는 구입처 표시가 없군."

"같은 데서 구입한 거겠죠 뭐."

"글쎄……."

명함들은 의상실, 카페, 자동차 정비소 등에서 발행한 것들이 대부분이었다.

백가서림은 명동 뒷골목 사람들의 눈에 별로 띄지 않는 곳에 자리 잡고 있는 조그만 책방이었다. 그러나 단골들이 주로 찾는지는 몰라도 책방 안에는 적지 않은 수의 손님들이 책들을 뒤적이고 있었다.

손님들이 거의 빠져나갔을 때 책방 주인 오미애는 여느 손님들과는 좀 달라 보이는 남자 두 명이 안으로 들어서는 것을 보았다. 플레이보이처럼 생긴 젊은 남자의 손에는 책이 들려 있었다.

그 남자는 곧장 카운터로 다가왔고 함께 온 뚱보는 책방 안을 휘둘러보고 있었다. 그들이 책을 구입하러 온 사람들이 아님을 그녀는 직감적으로 알아차렸다.

그녀는 단발머리에 검은 테의 동그란 안경을 끼고 있는 인상이 차가운 여자였다. 나이는 채 서른이 안 돼 보였다. 책방 안에는 주로 외국 서적들, 그중에서도 일본 서적들이 서가를 채우고 있었다.

"이 책 여기서 판매한 겁니까?"

플레이보이처럼 생긴 젊은 남자가 라이프지와 논노를 카운터 위에 내려놓으며 다짜고짜 물어왔다. 미애는 그 남자한테서 냉기를 느끼면서 그 잡지들의 뒤표지를 들춰보았다. 뚱보는 플레이보이지를 들춰보고 있었다.

"네, 여기서 판매한 겁니다."

그녀 앞에 형사 신분증이 디밀어졌다. 그녀는 꼬고 있던 다리를 풀었다.

"이 책들 누구한테 판매한 겁니까?"

그것은 아주 막연하고 바보 같은 질문이었다.

그녀는 뒤표지 안쪽에 부착되어 있는 딱지를 들여다보고 나서 말했다.

"그건 알 수 없는데요. 사간 사람들의 이름을 일일이 적어놓지는 않으니까요."

남 형사는 조금 머쓱한 표정을 지었다.

"단골이 사갔다면 알 수 있을 거 아닙니까?"

"단골이 어디 한두 명이어야죠."

"혹시 유밀라라는 여자가 사가지 않았습니까?"

그녀는 조금 놀란 눈으로 그를 쳐다보고 나서 두 눈을 깜박거렸다.

"네, 그 여자도 단골은 단골이에요. 며칠 전에 와서 라이프지하고 논노를 사갔어요."

플레이보이지를 뒤적이던 뚱보가 다가오더니 이번에는 어린이용 잡지를 디밀었다.

"이것도 여기서 판매한 겁니까?"

"아뇨, 우리 책방에서는 그런 책은 판매하지 않아요."

"유밀라 씨는 언제부터 여기 단골이었습니까?"

유밀라가 백가서림의 단골이 된 것은 오미애가 책방을 맡고 나서부터였다.

그녀가 책방 일을 보게 된 것은 어느 날 갑작스럽게 그렇게 된 것이었다. 그 책방은 그녀의 아버지가 20년 넘게 꾸려온 가게였다. 겉보기에는 조그만 책방에 불과했지만 아주 오랫동안 터를 다져온 탓으로 단골을 많이 확보할 수 있었고 알 만한 사람들한테는 많이 알려져 있었기 때문에 소문나지 않게 장사가 잘돼 왔었다. 그것으로 그녀의 아버지는 자식들을 교육시키고 부동산에도 적지 않게 투자할 수가 있었다. 그런데 어느 날 그가 갑자기 고혈압으로 쓰러지는 바람에 가게 일을 볼 사람이 없게 되고 말았던 것이다. 그것이 벌써 수년 전의 일이었고 그는 아직까지도 거동을 못한 채 집에서 누워 지내고 있는 터였다. 슬하에 그는 두 아들과 딸 하나를 두었는데 맏아들은 미국에 유학중이었고 막내아들은 군복무 중이었다. 결국 혼자 남은 미애가 가게 일을 보지 않을 수 없게 된 것이다. 처음에는 막막했지만 몇 년 동안 가게 일을 보다보니 이제는 아버지 못지 않게 수완을 잘 발휘하여 아버지 때보다도 가게가 더 번창하고 있었다.

"몇 년 됐다면 그 여자에 대해서 잘 알겠군요?"

"네, 좀 아는 편이에요."

"그 여자가 죽은 거 알고 있습니까?"

"아니, 뭐라구요?! 그애가 죽었다구요?!"

소스라치게 놀란 그녀는 자기도 모르게 친한 친구한테나 붙일 수 있는 그애라는 호칭을 사용했다. S호텔 여인 살인 사건의 피살자가 유밀라로 밝혀진 사실이 아직 세상에 알려지지 않았으니 그녀가 놀라는 것도 무리는 아니었다.

"지난 19일…… 그러니까 잡지들을 사간 날 죽었습니다."

"어쩌면 그럴 수가……."

자지러지게 놀라는 것으로 보아 그녀는 꽤 충격을 받은 것 같았다.

"왜 죽었나요?"

"누군가가 죽였습니다. 호텔에서 살해당했습니다. 유밀라 씨하고는 친구 사이였나요?"

이제 밀라와의 관계를 숨겨서도 안 되고 그럴 필요도 없다고 그녀는 생각했다.

"대학 동기예요."

"아, 그렇습니까. 진작 그렇게 말씀하실 것이지."

"대학 동기라면 유밀라 씨에 대해 잘 알고 있겠군요?"

비극적일 정도로 못생긴 얼굴을 가진 뚱보 형사가 점 같은 눈으로 그녀를 쳐다보며 물었다.

"네, 알만큼 알고 있어요. 하지만 그애가 그렇게 갑자기 죽을 줄은 상상도 못했어요."

"그 여자의 사생활…… 이를테면 남편이 아닌 남자들과의 관계 같은 것은 모르시나요? 남자 관계가 상당히 복잡했던 걸로 알고 있는데?"

"그런 건 모르겠어요. 그럴 리가 없어요. 그애는 남편밖에 모르는 애였어요. 남편이 외국에 갔다고 하던데 돌아왔나요?"

"어젯밤에 돌아왔습니다."

"유밀라 씨는 19일 몇 시 쯤에 여기에 왔나요?"

남 형사가 물었다.

오미애는 해쓱한 표정으로 잠깐 생각해 보고 나서 대답했다.

"아마 그때가 12시 전후였을 거예요."

"혼자 왔던가요?"

"네, 차를 몰고 혼자 왔었어요."

"그때의 상황을 좀 자세히 말씀해 주시겠습니까?"

유밀라는 백가서림에 심심하면 오다가다 들르곤 했다. 그녀와 오미애는 허물없이 지내는 사이였다. 그 날도 1시 전후해서 백가서림에 나타난 그녀는 거기에서 새로 나온 라이프지와 논노를 구입했다. 그녀는 수년 전부터 그것들을 정기적으로 구입해 오고 있었다.

라이프지를 사본 것은 거기에 실리는 사진이 좋아서였고 논노는 그녀가 패션에 유난히 신경을 쓰기 때문에 구입해 본 것이었다. 그녀는 논노에 나오는 의상을 그대로 단골 의상실에 주문해서 맞춰 입곤 했다.

돈이 많다보니 한 달에 여러 벌씩 맞춰 입는 것은 보통이었다. 한 달에 의상비만도 수백만 원에서 천만 원대까지 오르내릴 정도였다.

"만두를 먹고 싶다고 하기에 그애하고 함께 만두집에 가서 점심을 먹었어요. 그리고 찻집에 가서 커피 한 잔씩을 마시고 나서 헤어졌어요. 그 뒤로는 만나지 못했어요."

마 형사는 '천사들의 집'을 집어 들었다.

"유밀라 씨는 아들을 위해 이 잡지도 어디선가 구입한 것 같은데…… 여기에 보면 구입처 표시가 붙어 있지 않습니다. 이거 이디서 구입했는지 모르십니까? 아마 같은 날 구입한 것 같은데……."

그녀는 그것을 자세히 살펴보고 나서 고개를 내저었다.

"모르겠어요."

"이것도 아들을 위해서 정기적으로 구입했나 보지요?"

"모르겠어요. 사가지고 다니는 거 보지 못했어요."

그곳에서 S호텔까지는 가까운 거리였다. 차로 막힘없이 달린다면 5분 내에 도달할 수 있는 거리였다. 오미애의 말대로라면 유밀라는 그날 12시 전후해서 백가서림에 나타나 외국 잡지 두 권을 구입한 다음 오미애와 함께 만두집에 가서 만두로 점심을 때웠다. 그 다음 찻집에 가서 커피를 마시면서 잠시 이야기를 나누었을 것이다. 그때까지 걸린 시간은 대략 한 시간쯤 될까. 오미애와 헤어진 그녀는 여유 있게 S호텔로 향했을 것이다. 그녀가 피살되기 직전에 만난 사람은 이제 두 사람이 되었다. 황개보다 오미애가 먼저 유밀라와 만났다가 헤어졌다고는 하지만 과연 그녀의 말을 어디까지 믿어야 할까? 오미애를 수사권 밖에 두어도 괜찮을까?

"혹시 유밀라 씨가 어떤 문제로 고민하는 것을 본 적은 없습니까?"

"그런 건 보지 못했어요. 그애는 고민 같은 거 없었어요. 풍족하게 사는데 뭐가 고민이겠어요."

"결혼하기 전의 남자 관계 같은 거…… 정말 모르십니까? 밀라 씨가 살아 있다면 숨겨줄 수도 있겠지만 이미 죽은 사람 아닙니까. 친한 친구였다면 범인을 빨리 체포할 수 있게 협조해 주십시오."

남 형사는 찰스 모겐도의 아파트에서 가지고온 그의 사진을 꺼내놓았다. 오미애는 숨을 죽이고 그것을 응시했다.

"이 미국인 모르십니까? 유밀라 씨가 결혼하기 전에 사귀던 미국인인데……."

그녀의 얼굴에 당황해 하는 표정이 나타났다가 사라졌다.

"숨기지 말고 말씀해 주십시오. 친구를 죽인 범인을 잡기 위해서 말입니다."

그때 손님들이 서너 명 가게 안으로 들어왔다. 젊은 아가씨들이었다.

"자리를 옮기죠."

오미애는 가게를 남자 종업원에게 맡긴 다음 가까운 다방으로 형사들을 안내했다.

"어떻게 그 미국인을 찾아내셨어요?"

"그거야 뭐…… 사람 찾는 게 우리 직업 아닙니까."

남 형사가 자신만만한 어조로 말했다.

"그애가 죽었다니까 이제 말씀드려도 괜찮겠죠."

"걱정 말고 말씀하십시오. 비밀을 지켜드릴 테니까요."

"그 남자는 밀라가 사귀던 미국인 맞아요. 찰스 뭐라고 하는 사람인데…… 대학 다닐 때 밀라가 그 사람하고 데이트하는 걸 몇 번 본 적이 있어요."

"함께 만난 적은 없습니까?"

"커피 한 잔 얻어 마신 적은 있어요. 그애가 하도 그 미국인을 감싸고 도는 바람에 커피 한 잔밖에 얻어 마실 수가 없었어요."

"그 두 사람 사이는 어느 정도였나요?"

"글쎄요. 자세히 말해 주지 않아서 잘 모르겠지만…… 꽤 가까운 사이였던 것 같아요."

"가까운 사이라면 어느 정도를 말하는 겁니까? 애인 사이입니까 아니면 친구 사이입니까?"

"글쎄요. 남녀 사이는 미묘해서요. 친구였다가 애인도 될 수 있고…… 반대로 애인이었다가 친구로 될 수도 있으니까요."

"아, 그래요. 남녀 사이는 참 묘하군요."

남 형사가 차가운 미소를 흘리면서 말했다. 마 형사는 오미애의 말하는 모습을 묵묵히 지켜보고만 있었다.

"나는 아까 여기 오기 전에 글로리 하이츠에 가서 모겐도 씨를 만나 보았지요. 그런데 그 미국인이 들려준 말하고 오미애 씨가 한 말하고는 상당히 거리가 있군요."

순간 오미애의 안색이 창백해지기 시작했다.

"다르다니요? 그럴 리가 없는데요."

"그 미국인 말에 의하면 유밀라 씨는 그 미국인 집에서 한 1년간 함께 살았다고 했습니다. 그러니까 결혼만 안 했지 동거생활을 한 거죠."

"전 처음 듣는 이야기에요. 그애가 그 사람하고 동거생활까지 한 줄은 몰랐어요."

오미애는 사뭇 당황해 하면서 말했다. 마 형사는 남 형사가 어떻게 그녀를 굴복시키는가를 흥미 있게 지켜보고 있었다. 수사관들은 사실을 밝혀내기 위해 거짓말로 상대방을 공격하는 수가 종종 있다. 지금 남 형사가 바로 그런 거짓말로 그녀의 의표를 찌르고 있었다. 그것이 제대로 먹혀들어갈 경우 의외의 소득을 얻을 수도 있다.

"모겐도 씨 말이 오미애 씨도 그 집에 놀러온 적이 있다고 하던데요? 모겐도 씨와 유밀라 씨가 동거생활하고 있을 때 말입니다. 그 사람은 우물쭈물하지 않고 사실대로 말하더군요."

"전…… 전 그 집에 놀러간 기억이 없는데요."

"기억이 안 나면 모겐도 씨를 만나게 해드릴까요? 저하고 함께 지금 모겐도 씨 집에 가서 그 사람 이야기를 들어보면 기억이 날 겁니다. 그 사람이 거짓말했을 리가 없잖습니까? 모겐도 씨 집에서는 파티를 자주 열었다고 하더군요."

완전히 당혹해 하는 표정이 그녀의 얼굴에 뚜렷이 나타났다.

"그것이 그렇게 중요한 건가요?"

"우리는 모든 것을 자세히 알아야 하니까요. 모든 것을 자세히 알아야 범인을 찾을 수가 있지 않겠습니까?"

"전 밀라의 죽음하고는 전혀 관계가 없어요. 그애가 죽은 줄도 몰랐어요. 조금 전에 말씀을 듣고야 알았어요."

"우리도 오미애 씨가 관계가 있다고는 생각지 않습니다. 그 점은 걱정하지 말고 사실대로 말씀해 주십시오. 모겐도 씨와 직접 만나 이야기한다는 건 사실 좀 난처하지 않겠습니까? 우리는 상관없습니다만……."

"그 사람도 밀라의 죽음을 알고 있나요?"

"모르고 있더군요. 그래서 이야기해 줬지요."

"그랬더니 뭐라고 하던가요?"

"외국인들은 확실히 냉정한 데가 있더군요. 약간 놀라는 표정을 짓더니 자기로서는 알 수 없다는 듯 고개만 갸우뚱하고 말더군요."

"그 미국인…… 질이 좋지 않은 사람이에요. 밀라도 결국 농락당한 셈이에요. 다행히 돈 많은 사람하고 결혼해서 별 탈은 없었지만……."

오미애의 표정이 냉랭해지고 있었다.

"그자가 한국 아가씨들을 수시로 갈아치운다는 건 우리도 알고 있습니다. 분통터지는 일이지만…… 잘못은 한국 아가씨들한테도 있지요."

"그 집에 몇 번이나 놀러갔나요?"

마 형사가 물었다. 오미애는 그 형사한테서 두려움을 느꼈다. 플레이보이처럼 생긴 형사한테서는 매끄럽고 부드러운 느낌이 드는데 눈이 너무 작아 거의 표정이 드러나지 않는 뚱보한테서는 속을 알 수 없는 두려움만이 느껴지고 있었다.

"두어 번 놀러갔어요."

그녀는 사실에 접근해서 말하려고 했지만 마음대로 되지가 않았다. 뚱보 형사는 불만스러운 듯 그녀를 응시했다.

"왜 아까는 그 집에 간 적이 없다고 거짓말을 했지요?"

"밀라의 과거를 굳이 말하고 싶지 않아서 그랬어요. 외국인하고 동거생활 했다는 거…… 떳떳한 일은 아니잖아요."

그녀는 모겐도와 밀라, 그리고 자신과의 삼각 관계는 차마 말할 수 없다고 생각했다. 경찰이 그것을 알아내 가지고 추궁해 들어온다면 할 수 없이 말할 수도 있겠지만 자신이 먼저 자진해서 그것을 말하고 싶지는 않았다.

"밀라의 친구 가운데 모겐도 씨의 집에 드나든 사람은 몇 명이나 되나요?"

"제가 알기로는 없었어요."

"그러니까 오미애 씨만 유일하게 그 집에 드나들었군요?"

"드나들었다고까지는 할 수 없고…… 두어 번 놀러간 적은 있었어요."

"밀라 씨가 학생 신분으로서 외국인과 동거생활 한 것을 어떻게 생각하십니까?"

"결혼을 전제로 한 동거생활이라면 괜찮다고 생각해요. 밀라도 처음에는 결혼하게 될 줄 알고 그 사람하고 동거생활에 들어갔는데…… 나중에 뜻대로 되지 않고 말았어요. 결국 모겐도한테 농락당한 거예요."

"그 사람하고 동거생활하고 있던 중에 밀라 씨는 지금의 남편을 만난 건가요?"

"아마 그랬을 거예요."

그녀는 조마조마해지는 마음을 달래려고 찻잔을 입으로 가져갔다.

"결국 배창기 씨하고 결혼하게 되니까 밀라 씨는 모겐도와의 동거생활을 청산했군요?"

"아마 그랬을 거예요."

그녀는 손끝이 떨리는 것 같아 얼른 찻잔을 도로 내려놓았다.

"결혼 후에는 어땠나요? 밀라 씨는 결혼 후에도 모겐도를 만났나요?"

"아뇨, 제가 알기로는 만나지 않았어요."

"외국인과의 동거생활을 숨겨야 했으니까 더 이상 만나지 않았겠죠."

하고 남 형사가 거들었다.

"네, 그랬어요. 밀라는 그것이 남편한테 알려질까봐 몹시 신경을 썼어요."

"그 비밀을 알고 있는 사람은 오미애 씨뿐이지 않습니까?"

"글쎄요. 다른 사람이 그 사실을 알고 있는지 어쩐지는 모르겠어요."

"배미화 씨라고 아십니까? 유밀라 씨 시누이 되는 여자인데……."

"네 알고 있어요. 밀라네 집에 한번 놀러가서 소개받은 적이 있어요."

"유밀라 씨와 배미화 씨 사이는 어땠나요?"

"올케 시누이 사이치고는 사이가 좋은 편이었어요."

남 형사는 사진을 꺼내 보였다.

"이 남자를 아십니까?"

그녀는 그것을 흘낏 보고 나서 머리를 흔들었다.

"모르는 남자예요."

"배미화 씨의 약혼자인 황개라는 남자인데 모르십니까?"

"모르겠어요."

"얼마 전에 차 속에서 불에 타죽었지요."

"아, 바로 그 남자인가요?"

그녀는 신문에서 차 속에 있는 사람을 태워죽인 기사를 보았다고 말했다.

"그 사람이 바로 배미화 씨 약혼자인가요?"

"그렇습니다."

"어쩌면……."

"범인은 여자입니다."

마 형사의 점 같은 두 눈이 날카롭게 그녀를 응시하자 그녀는 당황해서 시선을 피했다.

"지난 19일 저녁때는 어디 있었습니까?"

날카로운 물음에 그녀는 얼른 생각이 안 나는 듯 잠시 생각해 보다가 말했다.

"7시까지 가게에 있다가 영화 보러 갔어요."

"혼자 갔나요. 아니면……?"

"어떤 사람하고 같이 갔어요."

그 어떤 사람에 대해서 그녀는 밝히기를 주저했다. 알리바이를 증명하기 위해서는 밝히지 않으면 안 된다고 하자 그녀는 하는 수 없이 한 남자의 이름을 일러 주었다.

이름이 최형모(崔亨模)라고 하는 그 남자는 중년의 유부남으로 그녀가 최근에 사귄 사람이었다. 어느 큰 기업의 중견간부인 그 남자와 19일 저녁 7시 30분에 만나 저녁 식사를 한 다음 외국 영화를 보러갔다고 했다. 마지막 프로였기 때문에 영화가 끝난 시간은 10시 반쯤이었고 영화관에서 나온 그들은 어느 카페에 가서 가볍게 술 한 잔씩을 마신 다음 집으로 갔다고 했다.

"그분이 집에까지 차로 태워다 줬어요. 그때가 아마 자정 가까이 됐을 거예요."

"미안합니다. 범인을 잡을 때까지는 피살자와 관계가 있는 사람들은 일단 모두 조사해야 하기 때문에 그렇습니다. 최형모 씨 전화번호를 좀 가르쳐 주시겠습니까?"

제 3의 여인

1. 사체의 위에서 알코올과 함께 청산염 0.9ppm발견. 피살자의 사인은 청산염에 의한 것임.(질식사가 아님)

2. 사체의 질 속에는 남자 정액이 없었음. 채취 불능.

3. S호텔 1924호실에서 황개의 지문 여러 개 발견.

4. 황개의 혈액형은 O형.

5. S호텔 1924호실에서 김영대의 지문은 발견되지 않음.

6. 김영대의 혈액형은 O형.

7. S호텔 1924호실의 욕조와 침대에서 채취한 두 종류의 체모 중 한 가지는 황개의 것으로 밝혀짐. 나머지 한 가지는 피살자의 것이 아닌 제3의 여인의 것으로 판명됨.

8. S호텔 1924호실에서 발견된 캡슐 조각에서 극소량의 청산염 검출됨. 맥주병 속에서도 극소량의 청산염 검출됨.

9. S호텔 1924호실에서 채취한 수개의 지문 가운데 황개의 지문을 제외하고는 피살자와 관계있는 사람들의 지문은 발견되지 않음.

10. S호텔 1924호실에서 발견된 담배 꽁초 가운데 던힐 꽁초에서 채취한 타액의 혈액형은 O형이고 말보로를 피운 자의 혈

액형은 B형임.

11. 피살자의 혈액형은 B형임.

12. 854X호 베이지색 소형 승용차 차주 김동우의 혈액형은 AB형임.

13. 854X호 승용차 속에서 발견된 장미 꽁초의 타액은 혈액형 AB형의 타액임.

14. 543X호 녹색 승용차에서 발견된 두 가지 담배 꽁초 가운데 말보로 꽁초에 남아 있는 타액의 혈액형은 B형임. 장미 꽁초에서 채취한 타액의 혈액형은 AB형임.

국립과학수사연구소에서 통보해온 검시 결과를 정리한 보고서를 들여다보면서 마 형사는 하품을 길게 했다.

창 밖에는 눈부신 햇살이 쏟아지고 있었다. 오랜 장마 끝에 쏟아지는 햇빛이기 때문에 더욱 눈이 부신 것 같았다.

그는 거듭 하품을 하면서 충혈된 눈으로 다시 그 보고서를 읽어보았다.

유밀라의 사체에서 청산염이 검출된 것은 새로운 사실이었다. 그녀는 독살된 다음 물 속에 처박힌 것 같았다. 그가 방 안에서 발견했던 그 캡슐 조각 속에 청산염이 들어 있었던 것 같았다. 유밀라는 청산염을 탄 맥주를 마시고 나서 죽은 것 같았다. 보고서는 그녀가 물 속에서 질식사한 것이 아님을 강조하고 있었다.

그런데 보고서의 2항과 7항이 마 형사의 신경을 곤두서게 하고 있었다. 2항의, 죽은 유밀라의 질 속에서 남자의 정액이 검출되지 않았다는 것은 그녀가 그 방 안에서 황개와 정사를 갖지 않았다는 것을 의미하는 것이다. 그렇다면 그녀는 그곳에서 황개와 무슨 짓을 했다는 말인가? 거기에 대한 해답은 제7항에 있을지도 모른다. 제7항은 유밀라 외에 제3의 여인이 범행 현장에 있었음을 지적해 주고 있었다. 욕조와 침대에서 채취한 두 종류의 체모 가운데서 유밀라의 것은 발견되지 않았다. 그 대신 두 가지 중 한 가지는 정체를 알 수 없는 여인의 것으로 밝혀졌다. 그러니까 황개는 그 정체를 알 수 없는 제3의 여인과 정사를 가졌었다는 말이 된다.

H생명보험회사 직원들의 증언이 보다 확실한 사실로 드러난 셈이다. 그들은 1924호실에서 여자가 두 명 있는 것을 보았었다고 말했었다. 그 날 창가에 벌거벗은 채 서 있었던 여인은 유밀라가 아닌 제3의 여인이 아니었을까? 도대체 그 방 안에서 무슨 일이 벌어졌던 것일까? 유밀라가 보는 앞에서 황개는 제3의 여인과 정사를 가졌던 것일까? 그럴 리가 없다. 아니면 황개가 제3의 여인과 정사를 벌이고 있는데 유밀라가 불쑥 침입한 것일까? 그 날 유밀라는 3시경에 스카이라운지에서 황개를 만난 뒤 호텔 방으로 들어가지 않고 그와 헤어졌는지도 모른다. 일단 헤어져 밖으로 나온 그녀는 어떻게 해서 황개가 투숙한 방을 알아낸 다음 1924호실을 불쑥 방문했다. 그리고 거기서 황개와 제3의 여인의 정사 장면을 목격하고…….

그러고 나서 그녀는 살해된다. 누가 살해했는지는 모르지만, 황개가 범인일 수도 있고 제3의 여인이 그녀를 죽였을 수도 있다. 아니면 두 사람이 함께 그녀를 살해했는지도 모른다. 제기랄.

누가 유밀라를 살해했을까? 황개가 살해했을까? 황개가 범인이라면 그 사건은 더 이상 수사할 필요가 없다. 왜냐하면 범인이 이미 죽었기 때문이다. 따라서 범인을 살해한 범인, 즉 불고기

사건의 범인만 찾아내면 된다.

그러나 황개가 유밀라를 죽인 범인이 아닐 가능성은 얼마든지 있다. 제3의 여인이 존재하는 한 말이다. 그런 가능성이 있는 한 편리하게 수사를 종결지을 수는 없다. 황개가 유밀라를 죽인 범인이 아닐 경우 범인은 당연히 제3의 여인이 될 수밖에 없다. 유밀라의 차를 잠실에 있는 여관 주차장에다 갖다버린 것도 바로 그녀일 것이다. 그녀는 그 차 속에 이빨자국이 있는 장미 담배 꽁초를 남겼다. 그것은 불고기 사건 현장에서 범행에 사용된 것으로 보이는 베이지색 승용차에서도 똑같이 발견되었다.

황개의 혈액형은 O형인데 장미 꽁초의 타액에서 채취한 혈액형은 똑같이 AB형이다. 밀라의 차 속에서 발견된 또 다른 담배꽁초, 즉 양담배 말보로 꽁초는 유밀라가 피운 것으로 보아야 한다. 왜냐하면 그 꽁초의 타액에서 채취한 혈액형은 밀라의 혈액형과 동일한 B형이니까. S호텔 1924호실에서 발견된 말보로 담배 꽁초도 혈액형만 가지고 따진다면 유밀라가 피운 것이다.

자, 이렇게 정리하면 범인은 여자들이 즐겨 피우는 장미담배를 피우는 혈액형 AB형의 인물이다. 그리고 장미 꽁초에 루주가 묻어 있는 것으로 보아 범인은 여자일 가능성이 크다. 불고기 사건현장에서 용의자를 목격했던 증권회사 직원들의 증언에서도 용의자는 여자였다고 했다.

그렇다면 황개를 일단 젖혀놓는다면 밀라를 죽인 범인은 장미담배를 피우는 혈액형 AB형의 여자라는 말인가? 그 여자가 밀라도 살해했고 황개도 불살라 죽였다는 말인가? 사실이라면 정말 놀랍고 무서운 솜씨를 가진 대담한 여자이다.

그렇지만 의문은 여전히 남는다. AB형의 여인이 범인이라면 어떻게 해서 세 사람이 1924호실에 있게 되었고, 왜 유밀라만 살해됐을까?

그 여인이 유밀라를 살해할 때 황개는 옆에서 그것을 구경하고 있었다는 말인가? 그것은 두 사람이 공범 관계였을 경우에나 가능한 일이다. 두 사람이 공범 관계였다면 그들이 힘을 합해 여자 하나쯤 죽이는 것은 그다지 어려운 일이 아니었을 것이다. 그렇다면 황개는 왜 피살되었을까? 그 여인이 황개의 입을 봉하기 위해 살해한 것이 아닐까?

또 다른 가정을 하나 설정해 볼 수도 있다. 그것은 그 여인과 황개가 공범 관계가 아니라는 것을 전제로 한 가정이다. 공범 관계에 의한 것이 아닌 단독범행일 경우 여자 혼자서 남녀가 함께 있는 방 안에 침투해서 살인을 자행한다는 것은 불가능한 일이다.

이 경우 첫 번째로 가정해 볼 수 있는 것은 범인이 그들과 잘 아는 사이로 공개적으로 방 안에 들어갔을 것이라는 점이다. 불륜의 현장을 발견한 사람한테 그들은 꼼짝 못하고 문을 열어 주었을 것이고 범인이 시키는 대로 했을 것이다. 제3의 여인이 나타났을 때 황개와 유밀라는 미처 관계를 갖지 못한 상태였을 것이다. 제3의 여인은 유밀라를 괴롭히기 위해, 또는 질투에 사로잡힌 나머지 그녀가 보는 앞에서 정사를 벌인다. 그러고 나서 황개를 먼저 내보낸다. 그 다음 속임수를 썼든 강제로 했든 간에 밀라에게 청산염을 탄 맥주를 마시게 했을 것이다.

두 번째 가정은 황개가 방 밖으로 나가는 것을 기다렸다가 범인 혼자서 방 안으로 침투하는 것이다. 이 경우 황개가 왜 밀라를 혼자 남겨두고 밖으로 나갔는지는 알 수 없다. 잠시 볼 일이 있어

방을 나갔을 수도 있고 아니면 범인이 그를 유인해 냈을 수도 있다. 아무튼 지금으로서는 유밀라가 공범에 의해 살해되었는지 아니면 제3의 여인으로 생각되는 단독범에 의해 죽임을 당했는지 단정을 내릴 수는 없다. 공범이 있든 없든 장미담배를 피우는 AB형의 그 여인이 범인인 것만은 분명한 것 같다.

마 형사는 등장인물의 혈액형을 정리해 보았다.

① 유밀라 : B
② 배미화 : B
③ 황개 : O
④ 김영대 : O
⑤ 김동우 : AB
⑥ 범인 : AB

김영대는 더 이상 용의자일 수 없다. 그의 혈액형은 황개와 같은 O형이지만 사건이 발생한 날 유밀라와 만난 사람은 그가 아니라 황개로 밝혀졌다. 웨이터 안 군의 증언과 침대에서 발견된 체모 등이 그것을 충분히 입증해 주고 있다. 그렇다면 김동우는?

김동우는 범인과 같은 AB형의 혈액형을 가지고 있다. 다른 점이 있다면 그는 여자가 아니고 남자이다. 그는 단지 자기 차를 도난당했을 뿐이다.

배미화…… 그녀는 그녀의 어머니에 의해 알리바이가 입증되었고, 혈액형도 피살자와 같은 B형이다. 제기랄.

마 형사는 수사본부를 나와 낡은 차를 몰고 본서로 향했다. 거리는 벌써 찌는 듯이 무더웠다. 열어놓은 창문을 통해 들어오는 바람은 후텁지근할 뿐이었다. 뚱뚱한 그는 땀을 많이 흘리고 있었다.

그가 본서에 도착했을 때 김영대는 눈에 띄게 수척해져 있었다. 그를 보자 김영대는 사납게 눈을 흘기면서 아무 말도 하지 않았다.

"단식투쟁을 벌이고 있습니다."

유치장 당직 순경이 마 형사의 귀에다 대고 귀띔했다. 마 형사는 김영대를 불러내 취조실로 데리고 들어갔다.

"왜 단식을 하고 있지요?"

지난번과는 달리 깍듯이 예의를 지키는 말투에 김영대는 조금 긴장하는 표정을 지었다.

"억울하니까요. 사람을 죽이지도 않았는데 잡아 가둬놓고 있으니까 밥이 목구멍에 넘어가야지요."

"그동안 미안했어요. 당신의 살인혐의는 90프로 정도는 풀렸어요."

영대는 분노에 찬 눈으로 마 형사를 노려보았다.

"석방되는 겁니까?"

"그래요. 이제 가도 좋아요. 당신은 경찰한테 칼을 휘두르며 대항했기 때문에 그것만으로도 구속시킬 수가 있지만 그건 그냥 덮어두기로 했으니까 그렇게 알고 돌아가도 좋아요. 그동안 괴롭힌 것 정말 미안해요. 살인 사건 수사과정에서 빚어진 것이니까 이해해 줘요."

패배의 순간이었다. 마 형사는 연행해온 용의자를 사과의 말과 함께 풀어줄 때가 제일 싫었다.

"흥, 간단하군요. 경찰은 생사람을 잡아다놓고 고생시키다가 혐의가 없으면 미안하다는 말 한 마디하고 풀어 주면 되겠지만 억울하게 붙잡혀서 고생한 사람 마음은 어떤지 압니까? 할 수만 있다면 죽이고 싶어요. 생사람 잡은 경찰을 때려죽이고 싶어요."

"알아요. 그 심정 충분히 이해해요. 하지만 이건 알아야 해요. 당신에 대한 혐의는 아직 10프로 정도 남아 있다는 거."

김영대는 코웃음 쳤다.

"흥, 알겠습니다. 10프로 정도 혐의를 가지고 뭘 어쩌겠다는 겁니까? 제발 그만하고 할 일이 없으면 낮잠이나 주무십시오."

김영대는 벌떡 몸을 일으켰다. 그는 기세등등해져 있었다.

"아, 배가 고파 죽겠네."

김영대의 중얼거리는 말을 들으며 마 형사는 다시 한 번 심한 패배감을 느꼈다.

그는 안간힘을 다해 말했다.

"하지만 단 1프로의 혐의가 있어도 우리는 수사를 포기하지 않아요. 혐의가 100프로 벗겨질 때까지……."

"마음대로 해 보십시오."

김영대는 거들먹거리며 문 쪽으로 걸어갔다.

"당신은 아직 알리바이가 없어요. 그리고 유춘지의 편지에 대해서 해명을 못하고 있어요."

마 형사는 영대의 등에다 대고 쏘아붙였다. 영대의 뒤에서 문이 쾅하고 닫혔다. 마 형사는 입술을 깨물면서 밖으로 나왔다.

나흘 만에 경찰에서 풀려난 김영대는 제일 먼저 식당부터 찾아가 냉면 두 그릇을 순식간에 먹어치웠다. 그 다음에 그는 S호텔로 갔다. 호텔에 도착해서 곧장 스카이라운지로 올라간 그는 자리를 잡고 앉자 웨이터 안기홍을 불렀다. 스카이라운지는 마침 점심때가 막 시작되고 있었기 때문에 사람들로 붐비고 있었다. 시력이 나쁜 안기홍은 미처 김영대를 알아보지 못한 채 그가 앉아 있는 곳으로 다가왔다. 가까이 다가와서 얼굴을 마주친 순간 그는 비로소 손님을 알아보고 안색이 굳어졌다 의자에 비스듬히 앉아 안기홍을 노려보고 있던 김영대는,

"이봐, 내가 누군 줄 알겠어?"

하고 물었다.

"아, 네……."

웨이터 안이 당황한 나머지 어쩔 줄 몰라 하자 그는 갑자기 뛰쳐일어나 주먹으로 안의 얼굴을 후려갈겼다.

"이 개새끼! 너 때문에 내가 얼마나 고생한 줄 알아?"

힘없이 나동그라진 웨이터를 그는 사정없이 구둣발로 짓밟았다.

스카이라운지 안에 앉아 있던 손님들은 좋은 구경거리라도 생겼다는 듯 우르르 일어나 몰려왔다. 다른 종업원들이 달려와 뜯어 말리려고 했지만 김영대가 워낙 살기등등하게 날뛰는 바람에 손을 쓸 수가 없었다.

"말리는 놈은 죽여 버리겠어! 경찰을 부를 테면 불러! 내가 지금 어디서 나온 줄 알아? 유치장에서 나오는 길이야! 이 개새끼가 나를 경찰에 찌르는 바람에 살인범으로 몰려 하마터면 사형당할 뻔했단 말이야! 내가 당한 만큼 네 놈도 한번 당해 봐라!"

그는 닥치는 대로 웨이터 안을 때리고 짓밟아댔다. 처음에는 안 맞으려고 손으로 주먹과 발길질을 막던 안은 이제는 죽은 듯이 축늘어져 있었다.

마지막으로 김영대는 가까운 테이블 위에서 맥주와 케첩, 소스 등을 가지고 왔다. 안기홍은 축 늘어진 채 꼼짝도 하지 않았다.

"이 새끼 증언을 하려면 똑똑히 해. 그런 거짓말을 해서 생사람을 잡게 하면 되느냐 말이야. 만일 내가 억울하게 사형이라도 당했으면 어떡할 뻔했어?"

김영대는 엎어져 있는 안기홍을 깔고 앉더니 그의 머리에다 맥주를 부었다. 차가운 것이 머리를 적시자 안이 정신이 드는지 몸을 움직였다.

"그대로 잠자코 있어, 이 새끼야!"

김영대는 안의 머리에다 케첩과 소스를 골고루 뿌렸다. 그런 다음에야 직성이 풀리는지 몸을 일으켰다. 결국 자기를 잘못 붙잡아간 경찰한테는 손을 못 대고 힘없는 안기홍한테만 분풀이를 한 셈이었다.

"여기 올 때 기분 같아서는 죽여 버리려고 했는데…… 이 정도로 해두는 것만도 다행으로 알아."

김영대는 손을 툭툭 털고 나서 유유히 스카이라운지를 빠져나갔다. 그때까지 얼빠진 모습으로 그의 행동을 지켜보고 있던 사람들은 그가 사라지고 난 뒤에야 혀를 내두르며 웅성거리기 시작했다.

엘리베이터를 타고 내려가던 김영대는 도중에 내려 사우나실로 들어갔다. 며칠 동안 갇혀 있는 바람에 몸은 땀에 절어 있었다. 옷을 벗고 따뜻한 탕 속에 들어가 때를 불린 다음 그는 때밀이 청년한테 몸을 맡겼다.

그가 어떤 문제에 대해 생각을 더듬기 시작한 것은 사우나를 끝내고 가운 차림으로 휴게실에 누워 휴식을 취하고 있을 때였다. 억울하게 경찰에 연행되어 심각하게 생각해 보지 않았는데 뒤늦게야 그것을 곰곰이 생각해 보게 된 것이다. 그를 풀어줄 때 그 돼지같이 생긴 마 형사는 그의 등 뒤에다 대고

"당신은 아직 알리바이가 없어요. 그리고 유춘지의 편지에 대해서 해명을 못하고 있어요."

라고 말했었다.

그것이 그에 대한 10프로의 혐의점이라고도 했었다. 그 돼지는 단 1퍼센트의 혐의가 있어도 수사를 포기하지 않는다고 겁을 주기까지 했었다. 그렇다면 언제 다시 또 붙들려가 곤욕을 치를지 알 수 없는 일이다.

그는 천장을 향해 담배연기를 내뿜고 있다가 갑자기 의문에 싸이기 시작했다. 왜 나한테는 알리바이가 없는 것일까? 왜 나는 그것을 증명해 보일 수가 없을까? 유춘지의 편지는 또 무엇인가? 곤욕을 치르게 된 직접적인 동기는 그 여자의 편지들 때문이었다. 그 정체불명의 여인이 보내온 편지들이 이렇게 말썽을 부리게 될 줄은 미처 생각지도 못했었다.

정체불명의 그 이상한 편지들과 지난 7월19일 오후의 알리바이가 없다는 사실이 결정적으로 자신을 불리하게 만들었으며, 그 때문에 하마터면 억울한 누명을 쓰고 살인범으로 인생을 망칠 뻔했다는 것에 생각이 미치자 그는 소름이 끼쳐왔다. 자신이 생각하기에도 살인 혐의를 받을 만 했다. 형사들이 그를 연행해서 며칠 동안 괴롭힌 것은 하등 이상할 게 없었다. 왜 나는 그런 불리한 입장에 빠지게 되었을까? 혹시 함정이 아닐까? 그런 의문이 든 것은 자신이 정말 함정에 빠졌던 것처럼 생각되었다. 그렇지 않고서야 그 사건과 아무 관계도 없는 자신이 그렇게 불리한 입

장에 빠졌을 리가 없지 않은가. 자신을 불리하게 만들었던 그것들은 마치 체격에 맞게 재단해서 만들어놓은 양복 같았다. 일부러 맞추지 않고서야 그렇게 딱 맞아 떨어지게 만든다는 것은 실로 어려운 일이다. 그것이 함정이라면 누가 그것을 만들었을까? 그는 멈칫했다. 바로 범인의 짓이야! 범인이 수사의 초점을 나에게 돌리게 함으로써 나를 희생양으로 삼은 것이다! 나쁜 놈 같으니! 그는 너무 흥분한 나머지 그대로 편안하게 누워 있을 수가 없었다.

그는 벌떡 상체를 일으켜 다시 담배 한 대를 피워 문 다음 도로 몸을 눕혔다.

앞에 있는 텔레비전 수상기에서는 비디오 영화가 돌아가고 있었다. 그가 좋아하는 폭력영화였는데 지금의 그의 눈에는 그런 것은 들어오지도 않았다. 그는 이윽고 자신이 함정에 빠졌다고 생각하고 지난날의 자신의 행적을 곰곰 생각해 보기 시작했다.

그 이상한 편지들을 보내왔던 유춘지라는 여인은 정말 기억에 없는 이름이었다. 워낙 무수한 여인들을 농락했기 때문에 그 이름들을 일일이 기억한다는 것은 어려운 일이다. 그러나 유춘지라는 이름이 기억에 없다 해도 그녀와 가졌던 행위만은 생각이 나는 법이다. 그러나 그녀가 편지에 밝힌 내용들은 전혀 기억에 없는 것들이었다. 그는 그런 짓을 한 적이 없었다. 물론 여자들을 농락하고 금품을 우려낸 적은 여러 번 있었지만 한 여자를 붙들고 늘어져 그토록 집요하게 괴롭히면서 금품을 갈취한 적은 지금까지 한 번도 없었다. 아니, 딱 한 번 있기는 있었다. 그것은 제비족으로 처음 입문했을 때였다. 그때는 솜씨가 서툴렀기 때문에 한 여자를 붙들고 늘어져 돈을 우려냈었다. 그러나 그 여자의 이름은 유춘지가 아니다. 그녀는 남편과 이혼한 뒤 미국에 건너가 살고 있는 것으로 알고 있다.

왜 그런 편지가 나에게 날아왔을까? 왜 그 편지에는 과장된 내용들이 그렇게 적나라하게 적혀 있었을까? 잘못 배달된 것도 아니다. 봉투에는 정확히 그의 주소와 이름이 명기되어 있었다. 그것을 보면 누군가가 분명히 계획적으로 나를 함정에 빠뜨리기 위해 그 편지들을 보냈음이 틀림없다. 그 누군가는 물론 범인이다. 범인은 나에 대해 잘 알고 있는 자이다. 그러니까 그런 편지를 나한테 보낼 수 있었을 것이다. 그런데 나는 그 편지들을 없애지 않고 왜 바보같이 보관하고 있었을까? 왜 그런 짓을 했을까?

처음 그런 편지들을 받았을 때는 어이가 없어 웃기만 했었다. 편지는 그의 손에 닿기 전에 먼저 개봉된 흔적이 있었다. 그의 아내 하종미가 먼저 뜯어봤음이 틀림없었다. 그는 모른 척하고 그 편지를 아내에게 보여 주면서 이건 생사람 잡는 편지라고 말했지만 그녀는 그의 말을 믿는 것 같지 않았다. 그가 찢어서 내버리라고 하자 종미는 버리는 것은 아무 때라도 늦지 않으니까 둬두고 보자고 했다.

편지는 계속 날아왔다. 그때마다 그는 아내한테 변명하기에 바빴고 그녀는 아무 말 없이 그 편지들을 보관해 두었다. 그가 워낙 진지하게 변명하는 바람에 그녀도 나중에는 판단에 혼란을 느끼는 것 같았다. 정 그렇다면 어떤 정신병자의 협박 편지일지도 모르니까 버릴 게 아니라 모아두었다가 나중에 무슨 일이 생길 경우 거기에 대비해서 그것들을 증거물로 확보해 두어야 하지 않겠느냐는 그녀의 말에 그는 그럴듯하다고 생각했고, 그래서 그것들을 낡은 금고 속에 넣어두었었던 것이다.

편지는 그렇다하고 나는 왜 7월 19일의 알리바이를 입증할 수 없게 되었을까? 7월19일 오후의 알리바이를 입증할 수만 있다면 경찰의 나에 대한 10%의 혐의는 즉시 풀릴 수가 있다. 염병할, 그게 곤란하단 말이야.

마 형사는 땀을 흘리며 안으로 들어서는 남 형사를 바라보았다. 그의 표정을 보고 그가 뭔가를 얻어가지고 돌아왔음을 그는 알 수가 있었다.

"만나고 왔습니다. 그 친구…… 어떻게나 떨어대던지 오히려 제가 민망해서 혼났습니다."

그가 만나고 왔다는 사람은 백가서림 주인 오미애의 애인인 최형모라는 중년의 사내였다.

"오미애의 알리바이는 맞습니다. 그 아가씨 말대로 두 사람은 19일 저녁 7시 30분에 만나 자정쯤에 헤어졌습니다."

남 형사는 어이가 없다는 표정으로 한번 씨익 웃고 나서 말을 이었다. 그녀가 그날 7시까지 책방에 있었다는 것은 이미 확인된 사실이었다. 그러니까 그녀는 7시에 책방을 나와 30분 후인 7시 30분에 최형모를 만나 시간을 보낸 것이다.

"그런데 오미애의 진술하고 달랐습니다. 함께 시간을 보내긴 보냈는데 극장에 간 게 아니고 호텔 방에서 시간을 보냈습니다. 그 친구가 하도 겁을 집어먹고 떨어대기에 추궁했더니 솔직히 털어놓더군요. 오미애의 연락을 받고 서로 말을 맞추어놓은 것 같았는데 제가 추궁하니까 하는 수 없이 불더군요. 그러면서 잘 봐달라고 하면서 돈 봉투를 주더라구요. 만져보니까 꽤 두툼하던데요. 받을까 하다가 도로 돌려줬죠."

"그 아가씨 꽤 맹랑하군 그래."

오미애를 가리키며 마 형사가 중얼거린 말이었다.

"유부남하고 호텔 방에서 뒹굴고 있었다는 말을 어떻게 털어 놓겠습니까. 이해를 하셔야죠."

"김동우를 다시 한 번 만나 봐야겠어."

"이발소 주인 말입니까?"

남 형사는 지친 듯한 눈으로 마 형사를 쳐다보았다.

백가서림의 전화벨이 울렸다. 오미애는 재빨리 수화기를 집어 들었다. 그녀가 요즘 한참 빠져 있는 유부남한테서 걸려온 전화였다.

"형사가 다녀갔어."

남자의 목소리는 잔뜩 주눅이 들어 있는 것 같았다.

"뭐라고 하셨어요? 제 말대로 말씀하셨어요?"

그녀는 미리 그 남자에게 전화를 걸어 만일 형사가 찾아올 경우 자기가 진술한 대로 말해야 한다고 그에게 단단히 다짐해 두었었다.

"그렇게 말했더니 형사가 믿지를 않았어. 사실대로 말하지 않으면 우리 관계를 공개해 버리겠다고 협박하는 바람에 할 수 없이 사실대로 말해 버렸어."

"아니, 뭐라구요? 우리가 거기에 간 것까지 말했어요?"

"음, 할 수 없었어."

"아이, 몰라요! 바보같이 그런 걸 말하면 어떡해요! 제가 그렇게 신신당부했는데 어쩌면 그렇게……."

상대는 무른 데가 있는 남자였다. 그것을 그는 신사다운 품위로 믿고 있었다. 바보 같으니!

"하지만 별일 없을 거야. 목적은 그게 아니니까. 살인 사건 때문에 그러는 거니까 걱정할 것은 없어."

"아이, 몰라요!"

"돈을 줬더니 받지를 않았어."

"돈도 함부로 받나요."

그녀가 사납게 쏘아대자 남자는 멈칫했다가 조심스럽게 이렇게 말했다.

"당분간 만나지 않는 게 좋겠어. 사건이 해결될 때까지는."

"알았어요."

그녀는 거칠게 수화기를 내려놓았다. 바보 같으니! 그대로 앉아 있을 수가 없어 점원에게 가게를 맡기고 그녀는 밖으로 나왔다. 그리고 자주 가는 카페로 갔다.

그 카페는 냉방이 잘 되어 있었다. 그녀는 창가에 자리를 잡고 앉아 우선 담배부터 피워 물었다. 잠시 후 웨이터가 커피를 가져왔다. 그녀는 거리에 넘쳐흐르는 사람들을 구경하면서 커피를 마셨다.

흥, 결국 죽었구나. 잘 죽었지 뭐. 그녀는 밀라의 죽음이 조금치도 슬프지가 않았다. 슬프기는커녕 오히려 잘 죽었다는 생각이 들었다.

밀라가 생전에 왜 책방에 자주 찾아와 그녀에게 다정하게 굴었는지 그 이유를 그녀는 알고 있었다. 그것은 그녀의 입을 막기 위해서였다. 그녀의 입을 막기 위해 가게에 와서 정기적으로 책을 사기도 하고 점심을 내기도 하고 과분할 정도의 선물까지 주기도 했었다.

밀라의 심중을 꿰뚫어 본 그녀는 한번 장난삼아 슬쩍 돈 이야기를 꺼낸 적이 있었다. 가게 장사가 잘 안 돼 외국에 신간 서적을 주문하지 못하고 있다, 한 천만 원만 어디서 융통해야겠는데 빌리기가 어디 쉬워야지.

그녀의 말이 끝나기 무섭게 밀라는 자기가 빌려 주겠다고 했다. 그리고 다음 날 백만 원짜리 수표 열 장을 가지고 왔다. 그것을 그녀에게 주면서 아무 때나 갚아도 좋으니까 걱정하지 말고 쓰라고 했다. 그리고 돈이 필요하면 언제든지 또 말하라고 했다. 그래서 오미애가 밀라로부터 지금까지 빌린 돈은 자그마치 4천만 원이나 됐다. 밀라가 죽었으니 그 돈은 이제 공중에 뜬 셈이다. 애당초 갚을 마음이 없었지만 당사자가 죽고 보니 짐을 벗은 듯 홀가분한 기분이 들었다.

밀라가 겁을 낸 것은 미국인과의 동거생활을 알고 있는 미애가 그 사실을 배창기에게 알릴까봐 그랬던 것이다. 오미애는 밀라와 모겐도와의 관계를 너무도 속속들이 알고 있었던 것이다. 그 관계, 그러니까 그녀 자신까지 포함된 삼각 관계를 생각하면 그녀는 지금도 얼굴이 화끈거렸다.

유밀라와 오미애가 영어를 배운답시고 함께 모겐도를 만나고 그의 집에 드나들기 시작하면서 이미 그녀들 사이에는 모겐도를 차지하기 위한 쟁탈전이 전개되었던 것이다.

모겐도는 은밀하게 전개되는 그녀들의 치열한 싸움을 여유있게 관망하면서 그녀들과 개별적으로 관계를 맺어나갔다. 그때만 해도 유밀라와 모겐도가 동거생활에 들어가기 전으로 미애가 어쩌다가 불쑥 모겐도의 집을 방문해 보면 흐트러진 침대와 미처 옷매무새를 다듬지 못한 밀라의 모습이 보였고, 반대로 미애 자신이 그 집에서 모겐도와 놀아나다가 밀라의 습격을 받고 그녀한테 정사의 흔적을 보여 주기도 했다.

번갈아가면서 그녀들을 농락하던 모겐도는 점점 심각해지고 치열해지는 그녀들의 싸움을 기술적으로 조정하기 위해 다른 남자 한 명을 그 판에 끌어들였다. 화이트라고 하는 같은 미국인 친구로 거한이었다.

모겐도의 집에서 남녀 네 명이 자연스럽게 어울리게 된 어느 날 저녁 그들은 포르노필름을 보면서 술을 마시고 대마초 담배를 피웠다.

세 가지 모두 사람의 이성을 마비시키는 것들이었기 때문에 수치심이 없어진 그들은 이내 옷들을 벗어던졌고 나체 파티라는 것을 열어 상대를 바꿔가면서 성 관계를 맺었다. 시간이 흐를수록 그 파티는 더욱 난잡해져갔고 그 때문에 시간가는 줄 모르고 밤새도록 계속되었다. 그룹섹스가 끝나고 다음 날 아침 제정신이 돌아왔을 때 그녀들은 상대방을 바로 쳐다볼 수 없을 정도로 심한 수치심을 느꼈다. 그러나 그 난잡한 그룹섹스가 준 황홀감은 머릿속에 계속 남아 있었다. 그것이 수치스럽고 나쁘다는 것을 알면서도 그녀들은 그 미치도록 자극적이었던 파티를 결코 잊을 수가 없었다.

결국 두 번째 파티가 열렸을 때 그녀들은 설레는 가슴을 안고 그곳에 참석했다. 이번에는 인원이 여섯 명이나 되었다. 낯선 여자애와 외국인이 또 한 명 끼어들었던 것이다. 낯선 여자애 역시 대학생 같아 보였고, 그 외국인은 그냥 제임스라고 불렀다. 제임스는 헌칠한 키에 몹시 마른 몸집을 지니고 있었다.

그날 밤 벌어진 두 번째 섹스 파티는 더욱 자극적이었다. 여섯 명이 벌거벗은 채 뒤얽혀 돌아가느라고 그들은 날이 새는지도 몰랐다.

그와 같은 파티는 한 달에 두 번 꼴로 거의 여섯 달 동안이나 계속되었다.

그동안 새로운 얼굴들이 수시로 등장했다가 사라지곤 했는데, 그 가운데에는 배미화의 얼굴도 있었다.

놀라운 것은 나중에 배미화와 유밀라가 시누이와 올케 사이가 됐다는 사실이었다. 어떻게 해서 그렇게 됐는지는 잘 모르겠지만 아무튼 그것은 기절초풍할 정도로 놀라운 사실임에 틀림없었다.

오미애가 배미화를 처음 본 것은 물론 섹스 파티에서였다. 그 전에는 알지도 못하던 얼굴이었다. 그녀가 그녀를 눈여겨보게 된 것은 그녀의 뛰어난 미모와 몸매 때문이었다. 배미화는 그 파티에 두 번인가 얼굴을 내민 뒤 나타나지 않았다.

그런데 1년쯤인가 지나 그녀를 다시 보게 되었는데 그때는 섹스파티장이 아닌 유밀라의 신혼집에서였다. 유밀라의 신혼집에 초대받아 갔다가 그녀를 그곳에서 발견하게 되었고 그녀가 바로 밀라의 시누이라는 것을 알게 되었던 것이다. 그때 미애의 놀라움은 자못 컸다. 도대체 어떻게 해서 밀라 같은 난잡한 과거를 지닌 여자가 창기 같은 부자와 결혼할 수 있게 되었는지, 더구나 그녀의 과거를 알고 있을 시누이의 입을 막고 어떻게 그 부인이 될 수 있었는지 생각이 짧은 그녀로서는 이해가 되지 않았다. 그러나 그 의문은 얼마 가지 않아 풀렸다. 그것을 알고 난 그녀는 더욱 어이가 없었다. 밀라의 신혼집을 방문하고 나서 얼마 후 미애는 밀라를 밖으로 불러내 그녀에게 결혼하기 전에 배미화를 어디

선가 만난 적이 없었느냐고 물어보았다. 밀라는 그런 여자는 본 적도 없었고, 창기와 결혼하고 나서 몇 달 후에야 그녀를 만나 볼 수가 있었다고 말했다. 밀라가 창기와 결혼할 당시 미화는 미국에 가 있었다. 디자인 공부를 하겠다고 미국으로 건너가 얼마 동안 있다가 오빠의 결혼식이 끝나고 나서 서너 달 뒤에 유학을 때려치우고 돌아왔던 것이다.

"미국에서 돌아와가지고 너를 처음 봤을 때 그 여자가 너를 못 알아보던?"

"그때 처음 만난 건데 알아보긴 뭘 알아봐. 도대체 왜 그러니?"

미애는 기가 막힌 나머지 한동안 그녀를 빤히 쳐다보다가 마침내 속에 있는 말을 꺼내놓고 말았다.

"그 여자…… 파티에서 봤던 여자야. 미스터 모겐도의 파티에서 말이야."

"뭐, 뭐라구?! 정말이야?!"

밀라의 경악하는 모습을 미애는 차가운 눈으로 쳐다보면서 고개를 끄덕였다.

"그래, 틀림없어. 두 번인가 봤어."

"그런데 왜 난 본 기억이 안 나지?"

창백해진 그녀는 입술까지 달달 떨어대고 있었다.

"한 번은 너도 함께 있었어. 두 번째 그 여자가 왔을 때는 너는 빠졌더랬어."

"그런데 왜 기억이 안 나지?"

"넌 그때 많이 취해 있었고…… 뽕까지 맞았잖아. 그러니까 봤더래도 기억이 나지 않겠지."

그녀의 말에는 일리가 있었다.

환상적인 어두운 조명 아래 모두가 술에 취해 있었고, 대마초를 피우고 히로뽕을 맞은 상태였기 때문에 출입하는 사람들에 무관심할 수밖에 없었다. 몽롱한 상태 속에서 마치 물건을 보듯 사람들을 쳐다보고, 섹스에 탐닉하고, 그리고 깨어나면 모두 잊어버리는 것이다.

"그럼 그 여자도 나를 못 알아봤을까?"

밀라는 그것이 제일 두려웠다.

"그거야 알 수 없지. 알면서도 모른 체할 수 있겠지."

미애의 겁주는 말에 밀라는 고개를 완강히 흔들었다.

"아니야! 못 알아본 게 틀림없어! 알았다면 가만 있을 여자가 아니야! 자기 오빠한테 이야기해서 이혼시켰을 거야."

그녀는 몸서리를 치면서 돌아갔다. 돌아가면서 미애한테 절대 비밀로 해달라고 신신당부하는 것을 잊지 않았다.

미애는 물론 그 비밀을 지켰지만 한편으로는 불안한 마음과 호기심을 가지고 밀라의 결혼생활을 지켜보았다. 그러나 밀라한테는 그 후 아무런 변화도 일어나지 않았다. 그녀는 아들까지 낳았고, 날이 갈수록 행복에 겨운 모습을 보여 주고 있었다. 그것을 보고 미애는 결국 미화가 밀라를 알아보지 못한 것이 분명하다고 결론을 내렸고, 밀라야말로 복이 많은 년이라고 생각해 버렸다. 그러나 그런 생각은 나중에 가서 바뀌게 되었다.

그건 그렇고 그 환상적이고 자극적인 파티는 화이트와 제임스가 갑자기 귀국하게 됨으로써 반년 만에 막을 내리게 되었다.

그 환상적이고 자극적인 파티에 깊이 빠져 있던 아가씨들은 몹시 서운해 했지만 남자들이 줄행랑쳐버린 마당에 모겐도만 붙잡고 늘어질 수도 없는 일이었다.

이제 모겐도 한 남자에 세 명의 여자들이 남은 셈이었다. 상황으로 볼 때 그는 세 여자들 가운데 한 명을 선택해야 했다. 여자들은 그의 눈치만 살폈다.

나중에 나타난 이명지는 깜찍하고 귀엽게 생긴 아가씨였다. 그녀에 비해 밀라는 미모는 좀 빠진 편이었지만 차가운 지성미를 풍기고 있었다.

마침내 어느 날 모겐도는 세 아가씨들을 불러 앉혀놓고 자기는 유밀라를 사랑하기 때문에 머지않아 그녀와 결혼식을 올리게 될 것이라고 선언했다.

그리고 그는 다른 두 아가씨들이 보는 앞에서 밀라와 입을 맞추었다. 미애와 명지는 참담한 패배감과 모욕감을 안고 물러날 수밖에 없었다. 그것들은 그녀들이 그 집을 나올 때쯤 증오감과 분노로 바뀌어 있었다.

모겐도의 그와 같은 발표가 있은 직후 밀라는 보따리를 싸들고 즉시 그의 집으로 들어갔다. 미국인과의 동거생활이 시작된 것이다. 그러나 동거생활에 들어간 지 1년쯤 지나 밀라는 모겐도가 아닌 한국 남자와 결혼식을 올렸다. 그 결혼식에 미애와 명지는 물론 초대되지 않았다. 그녀들이 모르는 사이에 밀라는 식을 올렸던 것이다. 그리고 모겐도의 집에는 밀라 대신 다른 아가씨가 들어갔다. 나중에 알고 보니 다른 사람도 아닌 배미화였다. 일은 점점 묘하게 꼬여가는 것 같았다. 유밀라에 이어 배미화까지 모겐도와 동거생활을 하다니, 생각만 해도 기가 찰 일이었다. 미애가 그 사실을 밀라에게 이야기해 주자 그녀는 놀라서 자지러지는 것 같은 표정을 지었다. 그러나 그녀의 입장으로서는 모른 체하고 있을 수밖에 다른 도리가 없었다.

1년쯤 지난 어느 날 배미화로부터 미애한테 전화가 걸려왔다. 밀라의 시누이 되는 사람인데 기억하겠느냐고 묻기에 미애는 물론 잘 기억하고 있다고 대답했다. 들리는 소문에 의하면 그때는 이미 모겐도와 미화의 동거생활이 이미 끝장나 있을 때였다. 미화는 지금 좀 만날 수 없느냐고 물었다. 한 시간 후 그녀들은 지금 미애가 앉아 있는 카페에서 만났다.

미화는 표정이 몹시 굳어 있었다. 자리에 앉기가 무섭게 그녀는 다 알고 왔으니까 솔직히 말해 달라고 하면서 밀라가 결혼 전에 어떤 미국인과 동거생활을 한 적이 있느냐고 따져 물었다. 소스라치게 놀란 미애는 처음에는 전혀 모르는 일이라고 완강히 부인했다.

"이건 매우 중요한 일이에요. 잡아뗀다고 해서 덮어질 줄 알아요? 친구라고 덮어놓고 옹호하면 안 된다구요. 이명지도 다 시인했어요. 찰스 모겐도라는 미국인도 만나봤어요. 모두 시인했어요. 아가씨도 잘 알고 있다고 했어요. 이제 미애 씨 말만 들으면 확인이 끝나는 거예요. 이래도 부인할래요? 입을 열게 할 수 있는 방법은 얼마든지 있어요. 단지 나는 조용히 해결하고 싶어서 이렇게 만나자고 한 거예요. 내가 직접 나서지 않아도 얼마든지 알아볼 수 있지만 난 어디까지나 조용히 해결하고 싶어서 그러는 거예요. 깡패를 동원할 수도 있고 경찰을 동원할 수도 있어요. 사기결혼이니까요. 하지만 난 시끄러운 거 싫어요. 자, 아는 대로 솔직히 말해 줘요. 동거생활 한 거 맞죠?"

그렇게 나온데야 아무리 강심장이라 해도 배겨낼 도리가 없었다. 하는 수 없이 미애는 고개를 끄덕이고 말았다.

"얼마 동안 동거생활 했어요?"

미화는 표독스런 표정으로 다그쳤다. 잔뜩 주눅이 든 미애는 더듬거리며 대답했다.

"한 1년 한 걸로 알고 있어요."

"잘 안 들려요. 좀 더 크게 말해 봐요!"

"한 1년쯤 동거생활 했어요. 제가 이런 말했다는 건 비밀로 해 주세요. 부탁이에요."

미애는 거의 울상이 되어 있었다.

"물론 비밀을 지켜야지요."

"어, 어떻게 하실 거예요? 파혼시킬 건가요?"

"파혼 정도로 되겠어요?! 내가 데리고 사는 건 아니지만…… 우리 오빠가 알면 아마 죽이려 들걸요. 이건 명백히 사기결혼이에요! 경찰에 고발하면 당장 걸려든다구요. 한국 남자도 아닌 외국 놈하고 1년 동안이나 동거생활한 것이 처녀라고 속이고 버젓이 남의 집 며느리로 들어오다니 정말 그 낯짝을 보면 오장육부가 뒤틀려서 두고 볼 수가 없어요!"

모겐도를 외국놈 운운하는 것이 지금은 그를 몹시 증오하는 것 같았다.

미애는 자신이 죄를 짓기라도 한 듯 고개를 떨어뜨렸다. 그것이 사기 결혼으로 그녀 말마따나 경찰에 고발하면 밀라가 정말 당장 걸려드는지 어떤지 알 수 없었다. 그러나 잔뜩 겁을 집어먹은 그녀는 그런 것 저런 것 생각해 볼 새도 없이 미화의 말을 그대로 믿었다.

"언니, 밀라를 용서해 주세요. 한때의 실수로 생각하고 용서해 주세요. 그애는 아주 좋은 애예요."

미화는 코웃음 쳤다. 그러면서 소형 녹음기를 꺼내보였다.

"우리가 한 말은 여기에 다 녹음이 되어 있어요. 나중에 혹시 무슨 일이 있거들랑 진술을 번복할 생각하지 말아요."

이명지가 미화에게 고자질한 것이 틀림없다고 생각한 미애는 미화와 헤어지고 난 뒤 즉시 명지에게 전화를 걸어 따졌다. 그러나 명지는 펄쩍 뛰면서 자기가 먼저 고자질한 적이 없다고 말했다. 미화는 이미 그 사실을 알고 자기를 찾아왔었고, 그래서 자기는 오히려 미애 쪽에 의심을 두고 있었다고 했다. 그녀들은 서로 책임을 지지 않으려고 입씨름을 벌이다가 전화를 끊었다.

그런데 남편한테 당장 이혼당해 비참한 몰골로 나타날 줄 알았던 밀라가 웬일인지 그 집에서 쫓겨났다는 소문은 좀처럼 들려오지 않았다. 오히려 밀라는 전보다 더욱 사치스러운 차림으로 행복에 겨운 미소를 띠고 책방에 나타나곤 했다.

모겐도를 독차지한 연적으로서 그렇지 않아도 질투와 증오에 사로잡혀 있던 그녀는 마음속으로 은근히 밀라가 못되기만을 바라고 있었는데 그렇게 되기는커녕 더욱 행복해 하는 모습을 보니 속이 뒤틀려서 견딜 수가 없었다. 그래서 그녀는 궁금한 나머지 미화에게 직접 전화를 걸어 보았다.

"언니, 저번에는 죄송했어요. 정말 고마워요. 밀라가 쫓겨나면 어쩌나 싶었는데 언니가 감싸준 덕분에 잘 있는 것을 보니까 정말 기뻐요. 언니 같으신 분은 세상에 없을 거예요. 밀라를 대신해서 고맙다는 인사를 드리려고 전화했어요."

그녀를 떠보기 위해 건 전화였는데 말은 그렇게 했다.

"아, 그렇지 않아도 내가 전화를 걸려던 참이었어요. 생각 같아서는 당장 쫓아내고 싶었지만 자식까지 낳은 마당에 그렇게 해서 뭐가 좋겠어요. 조카 장래를 생각하니까 도저히 그럴 수가 없었어요. 그리고 요즘 아가씨들치고 혼전에 스캔들 없는 사람 어디 있어요. 과거를 굳이 따지자면 한이 없는 거 아니겠어요? 다른 여자 들여 봤자 그 여자 과거가 깨끗하다고 어떻게 보장해요. 그런 것 저런 것 생각해 보니까 그대로 덮어두고 사는 게 상책이다 싶어 모른 체하기로 했어요. 과거가 아무리 지저분해도 일단 결혼한 뒤에는 과거를 깨끗이 청산하고 새 출발하면 되는 거 아니에요? 미애 씨는 어떻게 생각해요?"

"네, 옳은 생각이에요. 오빠께서도 알고 계시나요?"

"모르고 계세요. 앞으로도 말하지 않을 거예요. 그러니까 아가씨들도…… 미애 씨하고 명진가 곤진가 하는 아가씨도 앞으로 입조심해요. 누가 묻거들랑 절대 그런 적 없다고 잡아떼세요. 알았어요?"

"네, 알았습니다."

다소곳이 대답하는 그녀는 식은땀까지 흘리고 있었다.

그로부터 며칠 후 미애는 밀라를 밖으로 불러내 그동안 미화와의 사이에 있었던 일들을 이야기해 주었다. 미화는 이미 네 과거를 알고 있었다. 그러나 아이를 생각해서 그만 덮어두기로 했다더라. 앞으로 마음잡고 살면 괜찮지 않겠느냐고 하더라. 핼쑥한 얼굴로 이야기를 듣고 난 그녀는 미화가 자기 오빠한테는 고자질하지 않기로 했다는 말을 전해 듣고는 조금 안심하는 눈치를 보였다.

그러나 저러나 말썽 많던 밀라는 이제 죽었다. 그녀가 죽은 마당에 배미화가 어떻게 나오는지 그녀는 궁금했다. 그리고 위로의 말이라도 해 주어야 할 것 같았다. 형사들이 찾아왔었다는 말도 해 주어야 할 것 같았다.

그녀는 자리에서 일어나 카페 안에 설치되어 있는 공중전화 부스 쪽으로 걸어갔다.

배미화는 집에 있었다. 미애가 밀라의 죽음을 애석해 하면서 위로의 말을 전하자 그녀는 예상했던 대로 대수롭지 않게 받아넘겼다.

"할 수 없죠 뭐. 올케는 자기 명이 짧아서 일찍 죽은 거 어떡하겠어요. 우리 조카만 불쌍하게 됐죠 뭐. 오빠는 새 장가가면 되는 거고."

그녀의 전화 목소리를 들으면서 미애는 하마터면 밀라의 목소리로 착각해서 들을 뻔했다. 그만큼 두 여자의 목소리는 구별하기 어려울 정도로 아주 비슷했다.

"오빠께서는 충격이 크시겠어요."

"뭐 그렇지도 않은가 봐요. 죽은 사람한테 안 됐지만 우리 오빠 부부는 어울리지 않는 한 쌍이었어요. 위태위태했는데 결국 그런 식으로 헤어지고 말았어요. 그 여자가 그렇게 죽는 바람에 우리 집안은 아주 유명해지고 말았어요. 망신살이 뻗친 거죠. 집안 망신이나 시키고 떠난 여자에 대해서 무슨 할 말이 있겠어요."

"그리고 참…… 언니 약혼자도 세상을 떠나셨다는 말을 들었는데 정말 뭐라고 말씀드려야 할지……."

"그건 어떻게 알았죠?"

"저한테 형사가 다녀갔어요. 밀라와 관계 있었던 사람들은 모두 만나고 있나 봐요."

"형사하고 무슨 말을 했어요?"

"밀라가 모겐도라는 미국인하고 동거생활 한 적이 있느냐고 물었어요. 처음에는 그런 것 모른다고 잡아떼었는데 이미 알고 와서 묻는 바람에 끝까지 부인할 수가 없었어요."

"시인했다 이거군요?"

"형사들이 그 사실을 이미 알고 있었어요. 알고 묻는데 어떻게 부인하겠어요."

"할 수 없죠 뭐. 이젠 모두 끝난 거니까 이제 와서 그런 것 저런 것 따져봐야 뭐하겠어요. 그런데 내 약혼자 이야기는 왜 나왔죠?"

"형사들이 어떤 남자 사진을 보여 주면서 그 사람을 아느냐고 물었어요. 모른다고 하니까 언니 약혼자라고 하면서 살해됐다고 했어요."

"그래요. 살해됐어요."

그녀는 길게 한숨을 내쉬었지만 조금도 슬퍼하거나 하는 기미는 느껴지지 않았다.

"알고 보니까 별로 좋은 남자가 아니었어요. 날 속였어요."

그러니까 슬퍼하지 않는구나 하고 미애는 생각했다.

"누가 밀라를 죽였을까요?"

"그걸 내가 어떻게 알아요."

"형사들은 눈에 불을 켜고 범인을 찾고 있는 것 같았어요."

"직업이 그런 사람들이니까 그럴 수밖에 없겠죠. 나한테도 형사들이 왔었어요. 하지만 난 몰라요."

배미화는 칼로 자르듯이 말했다. 미애는 입 속이 바짝 타는 것을 느꼈다.

"왜 밀라하고 언니 약혼자하고 동시에 죽었죠? 그것도 사고로 죽은 것도 아니고 누구한테 살해당했으니 말이에요."

그녀는 잠시 뜸을 들였다가 말했다.

"그럴만한 이유가 있어서 살해됐겠죠 뭐. 밀라는 호텔 방에서 살해된 걸로 봐서 외간 남자하고 바람피우다가 살해됐을 거고…… 그 남자는 차 속에 갇혀 불에 타죽었는데…… 형사들 말이 어떤 여자가 그 차에 휘발유를 끼얹고 불을 질렀다니까 그 남자 역시 어떤 여자한테 원한을 사서 죽은 게 틀림없어요. 난 마치 두 사람한테 사기를 당한 기분이에요. 그래서 하루빨리 그 사람들을 잊어버리려고 해요. 그런 사람들 생각하고 있어봤자 득 되는 건 하나도 없을 테니까 말이에요. 미애 씨는 친했으니까 뭔가 짚이는 게 있을 거 아니에요?"

그 말에 미애는 당황했다.

"친하긴 했지만 짚이는 건 아무것도 없어요. 정말 밀라가 죽은 건 뜻밖이었어요."

"밀라는 바람기가 심한 여자였어요. 말할 수 없을 정도로 말이에요. 미애 씨도 그건 인정하겠죠?"

"하지만 그건 결혼하기 전이었잖아요?"

"이거 봐요. 남편이 외국에 출장 간 사이에 유부녀가 호텔 방에서 살해됐어요. 외간 남자하고 호텔 방에 들어갔다가 살해된 거예요. 결국 밀라의 바람기는 결혼 전이나 후나 마찬가지였다는 결론이 나와요."

"글쎄요."

"숨기지 말고 말해 봐요. 밀라가 만난 남자가 누구예요? 그 미국인이에요? 아니면 한국인이에요? 미애 씨는 알고 있을 테니까 말해 봐요."

"전 그런 거 몰라요. 친하긴 했지만 밀라는 남자 관계 같은 거

전혀 말하지 않았어요."

그녀는 머리를 흔들었다. 뒤를 흘낏 보니 전화를 기다리는 사람들이 성난 눈으로 그녀를 쏘아보고 있었다.

"공중전화예요. 기다리는 사람들이 많아서 전화 끊겠어요."

그녀는 서둘러 수화기를 내려놓고 박스에서 나왔다.

황개를 살해하는데 이용되었던 베이지색의 소형 승용차 차주 김동우가 경영하는 이용원은 호텔 로미오와 줄리엣으로부터 200m쯤 떨어진 곳에 자리 잡고 있었다. 남 형사는 땀도 식힐 겸해서 먼저 호텔 커피숍으로 들어갔다. 커피숍은 냉방이 잘 돼 있어 시원했다. 실내는 빈자리가 거의 없을 정도로 손님들로 가득 차 있었다.

남 형사는 커피를 마시면서 문득 김동우가 호텔 로미오와 줄리엣 가까운 곳에서 이용원을 운영하고 있다는 사실이 마음에 걸렸다. 왜 하필이면 그 두 곳이 서로 가까운 곳에 위치해 있을까? 우연이라면 참 묘한 우연이라는 생각이 들었다. 그의 자가용은 범행에 이용됐고, 그의 말에 따르면 도난당했었다고 했다. 그의 차 속에서는 장미 꽁초가 발견됐었다. 범인이 남겼을 것으로 보이는 그것들을 검사한 결과 그것을 피운 사람의 혈액형은 AB형인 것으로 밝혀졌다. 장미 꽁초는 밀라의 차 속에서도 발견됐었다. 그것을 피운 사람의 혈액형도 AB형이었다. 그런데 바로 김동우의 혈액형이 AB형이다. AB형이라고 해서 그를 용의자로 볼 수는 없다. 혈액형이 같은 사람은 얼마든지 있으니까. 더구나 장미담배를 피운 범인은 여자이다. 하지만 일단 김동우를 조사해 볼 필요는 있는 것이다. 범인은 호텔 로미오와 줄리엣에 출입하는 사람으로 김동우를 알고 있는 여자가 아닐까? 그래서 그의 차를 범행에 이용한 게 아닐까? 그렇게 본다면 두 곳이 서로 가까이 있는 이유가 어느 정도 설명될 수 있다. 하지만 그래도 의심은 남는다.

그는 마시던 커피를 그대로 둔 채 밖으로 나왔다. 머리 위에서 이글거리는 태양 때문에 바로 눈을 뜰 수가 없었다. 그는 얼굴을 찌푸린 채 김동우의 이용원이 있는 건물을 향해 걸어갔다.

그 건물은 15층짜리 건물로 거의가 사무실로 이용되고 있었고, 김동우의 이용원은 지하 1층에 자리잡고 있었다.

지하에는 상가가 형성되어 있었다. 거기에는 식당, 문구점, 카페 같은 것들이 들어서 있었고, 김동우의 이용원은 한쪽 구석에 자리 잡고 있었다.

남 형사가 안으로 들어가자 김동우는 그를 알아보고 안색이 굳어졌다. 그는 마침 어떤 손님의 머리를 깎아 주고 있었기 때문에 남 형사는 그가 일을 마칠 때까지 의자에 앉아 기다렸다. 아가씨 한 명이 일거리가 없는지 그 옆에 앉아 열심히 주간지를 들여다보고 있었다. 남 형사는 슬그머니 그녀한테 말을 걸어 보았다.

"여기서 담배 피워도 되나요?"

"네, 피우세요."

그녀는 그를 힐끗 쳐다보고 나서 시원스럽게 대답했다. 초미니 스커트를 입고 있는 데다 다리를 꼬고 앉아 있었기 때문에 풍만한 허벅지가 고스란히 드러나 있었다. 남 형사는 그녀의 허벅지를 훔쳐보면서 담배에 불을 붙였다.

"요새는 금연구역이 많아서요."

"여기는 그렇지 않아요."

그녀는 주간지에다 시선을 박고 있었다.

"아가씨도 한 대 피울래요?"

그녀는 고개를 쳐들었다.

"전 담배 피우지 않아요."

"사장님은 피우시겠죠?"

"우리 사장님도 담배 안 피워요."

"담배를 끊으셨나보군요."

"담배 끊으신 지 오래 되셨나 봐요."

그녀는 귀찮은 표정으로 대꾸했다.

남 형사는 더 이상 그녀에게 말을 걸지 않았다. 그대신 아까보다 더 자주 그녀의 허벅지를 훔쳐보았다.

10분쯤 지나 김동우가 일을 마치고 남 형사 쪽으로 다가왔다. 남 형사는 그를 데리고 밖으로 나왔다.

김동우는 잔뜩 겁을 집어먹고 있었다. 그는 40대 초반의 사내로 인상이 선량해 보였다. 남 형사는 그에게 담배부터 권해 보았다. 동우는 손을 흔들었다.

"담배 못 피웁니다."

"언제부터 담배를 끊으셨나요?"

"오래 됐습니다. 몇 년 됩니다."

"도난당했던 김 사장 차 속에는 장미담배 꽁초가 여러 개 있었는데 그럼 그건 누가 피운 거죠? 꽁초에 남아 있는 타액을 검사해 보니까 혈액형 AB형인 사람이 피웠던데? 김 사장 혈액형도 AB형이죠?"

"네네, 그렇습니다. 하지만 그건 제가 피운 게 아닙니다. 맹세코 저는 담배를 입에도 대지 않습니다. 그, 그건 제 차를 훔쳐간 사람이 피운 걸 겁니다. 전 절대 피우지 않았습니다. 맹세코 저는……."

그는 맹세코라는 말을 여러 번 되풀이 했다.

"아, 알았습니다. 그만하면 됐습니다."

남 형사는 쓴웃음을 지으면서 손을 내저었다.

"지난 7월 19일 오후 6시 전후에는 어디에 있었습니까?"

동우는 손으로 날짜를 짚어보더니 이용원에 하루 종일 있었다고 대답했다. 그의 이용원은 아침 7시부터 밤 10시까지 일한다고 했다.

그의 이용원은 손님이 끊이지 않아 다른 이용원 같으면 저녁 8시에 문 닫는 것을 10시까지 연장하고 있다고 했다. 더구나 요즘에는 밤에 이용원을 찾는 손님들이 늘어나고 있어 24시간 영업하는 이용원도 더러 생겨나고 있다고 했다. 그는 새벽부터 밤늦게까지 일하는 것이 여간 고되지가 않지만 돈 버는 재미에 잠시도 자리를 비우지 않고 있다고 말했다. 손님이 많다보니까 종업원만도 6명이나 두고 있었다. 남 형사는 그들을 모두 만나 보았는데 하나같이 김동우의 알리바이를 증언해 주고 있었다. 그들의 증언에 의하면 김동우가 하루 중 이용원에서 자리를 비우는 때는 점심때뿐이라고 했다. 그는 착하지만 지독한 사람이라는 것이 종업원들의 말이었다.

이로써 김동우에 대한 조사는 마무리가 지어진 것 같았다. 그에 대해서는 더 이상 조사할 것이 없었다. 그가 용의자의 혈액형과 같은 혈액형을 가진 것은 우연일 뿐이라고 남 형사는 생각했다. 김동우가 이용원으로 막 들어가려는 것을 남 형사가 다시 불러 세웠다.

“마지막으로 한 가지만 더 물어봅시다. 저쪽에 있는 로미오와 줄리엣인가 하는 호텔에는 더러 가십니까?”

“아아뇨. 저 같은 사람이 어떻게 감히 그런 호텔에 가겠습니까. 어쩌다가 커피숍 같은데 가는 경우는 있지요. 친구가 와서 거기에 있다고 하면서 부르면 할 수 없이 가 보는 경우가 있기는 하지만 요즘은 한 번도 가 보지 못했습니다.”

“그 호텔에도 이용원이 있나요?”

“없습니다.”

“그럼 호텔 손님들이 여기를 이용하겠군요?”

“꼭 그렇지만도 않습니다. 여기 오기 전에 이용원이 또 하나 있거든요. 하지만 한 번 와본 손님은 저희 이용원이 깨끗하고 분위기도 좋다고 하면서 다시 찾아 주십니다.”

“호텔측에서도 그곳 손님들에게 이곳을 이용하라고 권하겠군요?”

“꼭 그렇지만도 않습니다. 제가 호텔 사람들도 만나 보고 해서 부탁을 드려야 하는데 워낙 사귐성이 없어서요. 저쪽 이용원에서는 호텔 쪽에 선물도 보내고 해서 부탁을 하는 모양인데 저는 그럴 줄을 몰라서 그냥 내버려두고 있습니다.”

“저 호텔 사장 부인이 살해된 거 알고 있습니까?”

“네, 오늘 아침에 신문을 보고서야 알았습니다. 정말 안 됐습니다.”

김동우는 어두운 표정을 지었다.

네 개의 창문을 모두 열어놓았지만 시원한 바람은커녕 후텁지근한 열기만 밀려들어오고 있었다. 운전대를 잡고 있는 마 형사는 무더위에 지친 듯 얼굴을 잔뜩 찌푸리고 있었다. 뚱뚱한 그는 남 형사보다도 훨씬 땀을 많이 흘리고 있었다. 그들이 탄 차는 서쪽으로 비스듬히 기울어진 태양으로부터 쏟아지고 있는 햇볕을 정면에서 받고 있었다.

"김동우는 의심할 필요가 없을 것 같습니다. 알리바이가 완전합니다. 혈액형이 우연히 용의자와 같은 AB형이라는 것을 빼고는 의심할 게 없습니다."

남 형사가 하품을 하면서 말했다.

"문제는 그 장미 꽁초인데…… 거기에 의심이 가지 않아?"

"의심이라니요?"

차가 정체가 되자 여기저기서 클랙슨 소리가 들려왔다. 참을성이라고는 손톱만큼도 없는 운전자들의 횡포에 마 형사가 발끈했다.

"무식한 놈들 같으니! 한국 놈들은 운전할 자격도 없어. 클랙슨 울리는 것이 법으로 금지돼 있는 것을 알면서도 눌러댄단 말이야. 이건 정말 견딜 수 없는 소리공해야. 소리 때문에 살인이 일어날 정도야. 뒤에서 눌러대고 있는 저 새끼를 때려죽이고 싶어. 헤드라이트를 켜대지 않나 지랄발광들이란 말이야. 차가 없을 때가 좋았지. 빌어먹을!"

접촉사고를 일으킨 차 두 대가 차도 한 가운데에 버티고 있었고, 그 차들의 운전자로 보이는 두 사내들이 말다툼을 벌이고 있었다. 그 바람에 차들이 밀리고 있었다.

"미친놈들! 차를 한켠으로 비켜놔야 할 거 아니야! 이건 무법천지가 아니라 개판이야 기판!"

마 형사는 참을 수 없다는 듯 욕설을 퍼부었다.

"장미 꽁초에 의심이 간다는 게 무슨 말씀입니까?"

"범인은 두 사람을 치밀한 계획하에 살해했어. 그렇게 생각하지 않아?"

"네, 그건 맞습니다."

그들은 소음 때문에 큰소리로 이야기해야 했다.

"그렇게 치밀하게 범행을 준비한 범인이 왜 자동차 안에 장미꽁초를 남겼겠어? 그것도 한 곳도 아닌 두 곳에다 말이야? 이상하지 않아?"

"하긴 그렇군요. 그럼 일부러 범인이 그 꽁초들을 남겨두었다고 생각하십니까?"

"난 어쩐지 그런 느낌이 들어. 수사에 혼선을 빚기 위해 범인이 일부러 그것을 넣어둔 것 같은 생각이 들어. 그 꽁초들은 가짜일지도 몰라."

"그럴지도 모르죠. 하지만 범인이 실수로 놔뒀을 수도 있잖습니까?"

"그건 그래. 하지만 차 속에 지문 하나 남기지 않은 범인이 자기가 피우던 담배 꽁초를 남겨둘 수 있다고 생각하나?"

차가 가까스로 움직이기 시작했다. 클랙슨 소리가 더욱 요란스럽게 울려대고 있었다.

"범인이 우리를 농락했군요?"

남 형사의 표정이 굳어지고 있었다.

"우리는 지금 방향을 잘못 잡고 있는지도 몰라. 하지만 지금으로서는 어디가 제 방향인지 알 수 없으니까 가는 데까지 가 보는 수밖에 없겠지. 한 가지 얻은 게 있다면 그 꽁초 덕분에 두 사건이 동일범의 소행이라는 것을 알아냈다는 점이야. 범인은 자기

꾀에 넘어간 거야. 그 꽁초를 한 군데에만 넣어둘 것이지 왜 양쪽 차에다 넣어두었느냐 말이야."

"그렇다면 범인은 여자가 아닐지도 모르겠군요?"

"루즈 묻은 담배 꽁초를 구하는 거야 식은 죽 먹기지."

"불고기 사건의 목격자들 증언은 어떻게 해석해야 합니까? 그것도 가짜인가요?"

"남자가 여자로 분장하는 건 어렵지 않아. 하지만 아직은 뭐라고 단정할 수야 없지. 범인이 남자일 가능성도 배제해서는 안 되겠지."

"뭐가 뭔지 모르겠어요."

남 형사는 마 형사를 힐끗 쳐다보고 나서 멍하니 앞을 바라보았다. 여자 혼자서 두 사람씩이나 살해했다는 것이 상식선에서 어쩐지 쉽게 받아들여지지가 않았던 게 사실이었다. 그러나 그럴 수도 있으려니 생각하고 그 방향으로만 기울어져왔던 것이다.

S자동차회사측은 미리 전화연락을 해두었기 때문에 형사들이 도착하자 즉시 그들을 별실로 정중히 안내했다. 중년 간부로 보이는 남자 두 명이 형사들을 상대하고 자리에 앉았다. 명함을 보니 한 사람은 총무부장이었고 다른 한 명은 비서실 소속의 차장이었다.

그들은 형사들이 내민 명함을 보고 그들이 강력사건 담당임을 알고는 꽤나 긴장하는 것 같았다. 그러나 먼저 입을 열지는 않았다. 그들은 형사들이 먼저 입을 열기를 말없이 기다리고 있었다. 여직원이 가져온 주스로 목을 축이고 난 마 형사가 천천히 말문을 열었다.

"모겐도 씨에 대해 조사하고자 한 것은…… 그 사람이 어떤 살인 사건에 관련이 있을지도 모르기 때문에 그러는 겁니다. 외국인이기 때문에 저희는 아주 신중을 기하고 있습니다."

살인 사건이라는 말에 그들은 눈을 휘둥그렇게 떴다.

"어떤 살인 사건입니까?"

"자세한 것은 말씀드릴 수 없고 수년 전에 모겐도 씨와 동거하던 여자가 살해된 사건입니다. 하필 그 여자가 살해된 수 시간 후에 모겐도 씨는 미국으로 떠났더군요. 우연이라고 하기에는 너무 시간이 잘 맞아떨어져서 일단 조사해 볼 필요가 있다고 판단되어 이렇게 찾아온 겁니다. 모든 것은 비밀로 해줄 테니까 그 사람에 대해 아는 대로 말씀해 주십시오."

형사들이 아무렇게나 차려입은 초라한 모습들인데 반해 그들은 대기업의 간부사원들답게 깔끔하고 단정해 보였다. 그리고 함부로 입을 열거나 감정을 드러내는 것을 삼가는 자제력을 보여주고 있었다.

"그 미국인은 여기서 무슨 일을 하고 있습니까?"

"기술고문으로 일하고 있습니다."

비서실 소속의 차장이 말했다. 찰스 모겐도는 미국의 대자동차회사인 GW사에서 파견한 기술고문이었다. GW사에서 파견한 미국인 직원은 현재 모두 8명이 있는데 그중에서 모겐도는 가장 직위가 높은 인물이었다. 그는 엔진 분야의 기술자로 초빙되었는데 특히 그는 엔진에 이용되는 최첨단 전자장치 분야에서 뛰어난 기술을 인정받고 있었다.

그가 한국에 파견되어온 것은 7년 전이었다. 그는 결혼한 몸이었는데 한국에 오기 전에 부인과 이혼하고 그 이후에는 혼자 살고 있었다. 결혼생활이 좋지 않았는지 그는 이혼하고 나서부터는 독신주의를 고집하고 있었다. 그에 대한 대우는 최상급이었다. S자동차회사에서는 GW사와 기술합작으로 소형 승용차를 하나 만들었는데 그것이 크게 히트를 치는 바람에 현재 최고급 승용차를 준비하고 있었다. 모겐도는 자신의 기술을 제공하는 대가로 월 1천만 원이 넘는 거액을 받고 있고 운전사가 딸린 승용차와 주택까지 제공받고 있었다. 그밖에도 그 밑으로 들어가는 비용이 상당한 액수라고 비서실 차장은 말했다. 모겐도는 현재 48세로 혈액형은 O형이었다. 미국 주소는 뉴욕의 맨해턴으로 되어 있었다.

"그의 여자 관계에 대해서 아십니까?"

"저희는 사생활 부분에 대해서는 전혀 모릅니다."

총무부장이 칼로 자르듯이 말했다.

"미국인들은 사생활이 알려지는 걸 아주 싫어하니까요."

"그 사람이 지난 7월 19일에 미국으로 떠난 것은 맞습니까?"

"네, 맞습니다."

"잠시 다니러 간 겁니까 아니면 아주 간 겁니까?"

"잠시 다니러 간 겁니다. 본사에서 급한 연락이 와서 간 겁니다. 두 달에 한 번꼴은 미국에 다녀옵니다."

"언제 돌아오기로 되어 있습니까?"

"이달 말쯤 돌아오기로 되어 있습니다. 몸이 좋지 않아 예정보다 좀 늦겠다고 했습니다."

"그 사람 인품은 어떻습니까? 한국 사람끼리니까 숨김없이 말씀해 주십시오."

"그 사람은 그야말로 신사입니다."

차장의 말에 총무부장은 동감이라는 듯 고개를 끄덕였다.

"그 사람은 지성적이고 국제신사라고 할 수 있는 인물입니다. 그리고 아주 성실하죠."

"우리가 조사한 바로는 그렇지가 않던데요."

남 형사가 빈정거리듯 말했다.

"글쎄요. 회사에서 저희가 겪는 바로는 아주 좋은 사람이었습니다. 사생활이 어떤지는 몰라도……."

"어떻든 우리는 그 사람을 만나야 합니다. 그 사람을 만나러 미국까지 갈 수도 없는 일이고…… 그 사람을 어떻게든지 빨리 한국에 돌아오게 해야 합니다. 경찰이 자기를 찾고 있다는 걸 알면 오지 않을지도 모르니까 그건 절대 비밀로 해야 합니다. 알겠습니까?"

"물론이죠. 수사에 협조해 드리지는 못할망정 방해를 할 수야 있습니까."

"7월 19일에 갑자기 떠난 겁니까, 아니면 그날 떠나도록 예정이 되어 있었습니까?"

"갑자기 떠난 건 아니고 예정이 되어 있었습니다."

"그 사람에게 전화를 걸어 빨리 좀 돌아오게 할 수 없겠습니까? 우리는 한시가 급합니다."

"전화 거는 거야 어렵지 않습니다."

"전화를 걸되 조금도 눈치를 채게 해서는 안 됩니다. 회사에 무슨 일이 생겨서 빨리 좀 와줘야겠다는 식으로 아주 자연스럽게 말해야 합니다."

"그야 그렇죠. 언제까지 돌아오라고 할까요?"

"날짜는 못을 박지 말고 되도록 빨리 좀 와달라고 하십시오."

"알겠습니다. 뉴욕은 지금 한밤중이니까 아침 시간에 전화를 걸도록 하겠습니다."

"지금 좀 걸어 주십시오."

남 형사가 당장 결과를 알고 싶다는 듯 재촉했다.

"그럴 필요 없어."

마 형사가 그를 제지했다.

"지금 전화를 걸어 깨운다는 건 자연스럽지가 못해. 지금 뉴욕은 몇 시입니까?"

"새벽 2시쯤 됐을 겁니다."

차장이 대답했다.

"아침 시간에 맞춰 전화를 걸어 주십시오."

"알겠습니다. 그곳 시간으로 7시쯤 되면 전화를 걸어 보겠습니다."

그 시간까지는 앞으로 다섯 시간 정도 남았다. 다섯 시간 후면 한국은 밤 9시경이다. 비서실 차장은 요즘은 할 일이 많아 밤 10시까지 야근을 한다고 했다. 형사들은 9시 지나서 그에게 전화를 걸기로 하고 그곳을 나왔다.

남 형사는 9시 15분쯤에 S자동차회사의 비서실 차장에게 전화를 걸었다. 차장은 모겐도와 직접 통화했다고 하면서 다음과 같이 말했다.

"그렇지 않아도 25일에 한국에 올 거라고 했습니다. 개인적으로 볼 일이 있어서 일정을 앞당겼답니다. 비행기 좌석을 이미 예약해 뒀답니다. 25일 밤 10시경에 김포 공항에 도착할 겁니다. 노스웨스트 편으로 온답니다."

모겐도는 동거녀인 박명희에게 한 약속대로 25일에 돌아올 모양이었다. 형사들은 안도의 한숨을 내쉬었다.

다음 날 아침 유밀라의 시신이 안치되어 있던 병원 영안실에서는 그녀의 장례식이 거행되었다. 장례식이 늦어진 것은 경찰이 수사를 위해 그때까지 시신을 보관하고 있었기 때문이었다. 장례식은 아주 간소하게 치러졌다. 너무 간소해서 거기에 참석한 형사들도 놀랄 정도였다. 참석한 사람들이라고는 형사들을 제외하면 배창기, 배미화, 배동재 등 가족과 목사가 한 명 있을 뿐이었다. 슬퍼해야 하기는커녕 수치스러운 죽음이었기 때문에 사람들에게 알리지 않고 가족들만으로 몰래 치른다는 인상이 짙었다. 참석자들 가운데 특이한 손님은 밀라가 낳은 어린 아들이었다.

아버지를 닮은 탓인지 아주 병약해 보이는 조그만 아이는 유난히도 부끄러움을 많이 탔다. 아버지의 손에 이끌려 엄마의 시신 앞에 다가온 아이는 아버지가 쥐어준 국화 한 송이를 엄마의 관 위에 올려놓고는 끝내 울음을 터뜨렸다. 아기를 끌어안은 창기의 두 눈은 붉게 충혈 되어 있었다. 그는 흐느끼지는 않았지만 몹시 비통에 잠긴 모습이었고, 창백한 얼굴에 끊임없이 기침을 해대고 있었다.

유밀라는 어느 공원묘지의 양지바른 곳에 묻혔다. 형사들은 그곳까지 따라갔다.

목사가 황토로 만들어진 봉분 앞에서 하도 오랫동안 기도를 하는 바람에 그렇지 않아도 땀을 많이 흘리는 마 형사는 감고 있던 눈을 뜨고 목사를 노려보곤 했다. 뙤약볕 아래에서 그뿐만 아니라 모든 사람들이 비지땀을 흘리고 있었지만 목사는 상관하지 않고 기도를 계속하고 있었다. 배미화도 마 형사 못지않게 불만스러운 표정을 하고 있었다. 기도 도중에 눈을 뜬 그들은 자주 시선을 마주치곤 했다.

그때마다 배미화는 얼른 도로 눈을 감곤 했다.

유밀라는 생전에 교회에 적을 두고 있었는데 예배에 참석하는 경우는 거의 드물었다. 시가가 기독교 집안이었기 때문에 할 수 없이 거기에 적을 두긴 했지만 교회는 애초부터 그녀의 생리에 맞지가 않았다. 기도가 끝나고 모든 사람들이 홀가분한 마음으로 밀라의 산소 앞을 떠나기 시작했을 때 붙임성 있는 남 형사가 미화 곁으로 따라붙었다.

"밀라 씨는 독실한 신자였던 모양이죠?"

그녀는 입을 삐죽거렸다.

"독실하긴요. 교회 가는 거 한 번도 못 봤어요."

"미화 씨는 어떻습니까? 독실한 신자신가요?"

"저도 마찬가지예요. 저 목사 꼴보기 싫어서 혼났어요."

그녀는 앞서 걸어가고 있는 목사를 흘겨보았다. 그리고 갑자기 멈춰서서 남 형사를 쏘아보았다.

" 형사분들은 지독하군요. 이런 데까지 따라 오구요."

"담당 사건의 피해자 장례식에 참석하는 거야 당연하지 않습니까. 예의는 갖춰야죠."

그들의 뒤쪽에서는 마 형사와 배창기가 이야기를 나누며 비탈길을 내려오고 있었다. 배창기는 아내의 죽음 때문인지 더욱 왜소해 보였다.

"동재는 몹시 약해 보이더군요?"

아이는 차 속에서 잠들어 있었다. 창기는 고개를 끄덕였다.

"제 엄마를 닮았으면 튼튼할 텐데…… 저를 닮아서요."

"동재가 글도 읽을 줄 압니까?"

"아직 말도 잘 못하는데요."

"천사들의 집이라는 잡지는 누가 사다줍니까? 정기적으로 사다줍니까?"

창기는 걸음을 멈추었다. 그는 안경을 벗어 얼굴에 번진 땀을 닦고 나서 도로 안경을 끼었다.

"제 엄마가 사다 주곤 했습니다. 그림을 보여 주면서 이야기를 해 주면 아이가 무척 좋아하곤 했지요."

그의 목소리가 잠기고 있었다.

7월 25일 오후 7시20분 도쿄 나리타공항.

노스웨스트 소속 보잉 747-300기의 나이 많은 기장은 예정보다 20분 늦게 그 거대한 기체를 나리타공항 활주로에 내려놓았다. 그 비행기의 출발지는 뉴욕이었고 종착지는 서울 김포공항이었다.

승객들 가운데 반 이상이 썰물처럼 빠져나가자 실내는 공허한 느낌마저 들 정도로 조용해졌다. 서울까지 가는 승객들은 밖으로 나가 대기실에서 대기하라는 아나운스먼트가 있자 긴 여행에 지친 승객들은 기지개를 켜면서 하나 둘씩 일어나 밖으로 빠져나가기 시작했다.

비행기가 기착지에 대기하고 있는 동안 승무원들은 구겨지고 더럽혀진 자리를 정리하고 기내를 말끔히 청소한다. 기착지에서 새로 탑승하는 승객들을 위해서이다.

볼륨이 커 보이는 금발의 스튜어디스 한 명이 그 승객을 발견한 것은 자리 정리를 하기 위해 창문 가리개를 위로 올렸을 때였다. 미국인인 그 남자 승객은 자리에 비스듬히 앉아 눈을 감고 있었다. 지는 해의 붉은 빛이 창문을 통해 들어와 그 승객의 얼굴을 붉게 물들여 놓았다. 그의 얼굴은 땀에 젖어 있었고, 입에서는 신음소리가 가늘게 흘러나오고 있었다. 뉴욕에서부터 타고 온 손님이었다. 그녀는 잘생긴 그 얼굴을 찬찬히 들여다보았다. 오는 도중 그녀에게 명함을 건네주면서 서울에서의 데이트를 은근히 암시하던 찰스 모겐도라는 GW자동차회사 간부사원이었다. 그녀 역시 그가 마음에 들었기 때문에 서울에서의 멋진 정사를 생각하고 있던 참이었다.

"모겐도 씨, 어디 아프세요?"

그녀는 그의 어깨를 가만히 잡아흔들었다. 서너 번 잡아흔들자 그제서야 비로서 그가 눈을 떴다. 초점이 풀려있는 눈을 보고 그녀는 그의 이마를 짚어보았다. 이마가 뜨거웠다.

"열이 많아요!"

그녀는 걱정스럽게 말했지만 사라져버린 멋진 정사를 생각하고는 적이 실망하지 않을 수 없었다. 서너 시간 전까지만 해도 그는 그녀와 농을 주고받으면서 쾌활하게 웃어대기까지 했었다. 그런데 갑자기 고열에 이렇게 정신을 못 차리다니 그녀는 도무지 이해할 수가 없었다.

"어디가 아프세요?"

"물…… 물좀 줘요……."

그는 중얼거리면서 머리를 흔들었다. 그녀는 주방 쪽으로 걸어가면서 환자를 돌봐야할 정도로 자신이 한가한 몸은 아니라고 생각했다. 그와 함께 새로운 데이트 상대를 찾아야겠다고 마음먹었다.

10분쯤 지나 의사가 달려왔다. 일본인 의사는 환자의 맥을 짚어보고 체온을 재더니 고개를 갸우뚱했다.

"지금 당장 병원으로 가야겠는데요."

그 말을 받아 스튜어디스가 모겐도의 귀에다 대고 큰 소리로 말했다.

"병원에 입원해야 된대요! 자, 일어나세요!"

미국인은 눈을 뜨고 사람들을 둘러보았다. 그러다가 그는 고개를 저었다.

"안 돼…… 여기가 어디지?"

"도쿄예요."

"안 돼…… 난 서울에 가야해요. 서울에 가지 않으면……."

들릴 듯 말듯한 소리로 말하는 바람에 마지막 말은 들리지가 않았다.

"여기서 내릴 수 없다는데 어떡하죠?"

스튜어디스가 난처한 표정으로 의사를 바라보자 그는 알겠다는 듯 고개를 끄덕였다.

"그럼 응급조치만 해드리죠. 두 시간만 참으면 서울에 도착할 테니까 그때까지는 괜찮을 겁니다. 서울 쪽에 연락해서 앰뷸런스를 대기시켜 두는 게 좋을 겁니다."

의사는 함께 온 간호사에게 왕진 가방을 열게 했다.

마 형사와 남 형사는 9시 30분부터 김포 국제공항에 나와 서성거리고 있었다.

10분쯤 지나자 모겐도의 동거녀인 박명희의 모습이 보였다. 그녀는 눈처럼 흰 원피스에 화장을 짙게 한 모습이었다. 남 형사가 그녀를 손짓해서 불렀다. 그녀는 놀란 얼굴로 조심스럽게 그들 쪽으로 다가왔다.

"마중 나왔나요?"

"네……."

"마중 나온 건 좋은데 쓸데없는 말하지 말아요. 우리하고 약속한 거 잊지 말아요. 알았어요?"

그녀는 겁에 질린 표정으로 고개를 끄덕였다.

모겐도를 태운 비행기는 예정보다 30분이나 늦은 10시 30분에야 김포 국제공항에 도착했다.

마 형사와 남 형사는 입국장에까지 들어가 모겐도가 나오기만을 기다렸다. 승객들이 모두 빠져나간 뒤에도 모겐도라는 인물은 나타나지 않았다. 탑승객 명단에는 분명히 찰스 모겐도의 이름이 들어 있었다. 의아해 하고 있는데 이윽고 승객 한 명이 들것에 실려 나오는 것이 보였다. 의식을 잃고 누워 있는 얼굴을 보니 사진에서 본 모겐도였다.

"환자가 발생했어요."

들것을 밀고 온 승무원이 모겐도의 패스포트를 카운터에 올려놓으며 말했다.

형사들은 그에게 아무 말도 할 수가 없었다. 세관검사대를 그대로 통과한 모겐도는 곧바로 밖에 대기하고 있는 앰뷸런스에 실려 어둠 속으로 사라졌다.

형사들도 박명희도 닭 쫓던 개 지붕 쳐다보는 격으로 사이렌을 울리며 멀리 사라지는 앰뷸런스를 바라보고 있었다.

"오다가 병이 난 모양이지?"

"아마 그런 모양입니다. 지금 따라가 보는 게 어떻습니까?"

그들이 차에 올라 막 출발하려는데 박명희가 급히 다가와 말했다.

“병원에 가실 거면 좀 태워줄 수 없어요?”

마 형사가 뻔뻔스럽다고 생각하는데 남 형사가 문을 열어 주었다. 마 형사는 비상등을 켜고 빠른 속도로 앰뷸런스를 뒤쫓았다. 앰뷸런스는 공항에서 가까운 어느 병원으로 들어갔다. 모겐도는 응급실로 옮겨졌다. 응급실 앞 복도에서 서성거리고 있는데 한참 만에 젊은 당직 의사가 나왔다.

“미국인 환자 보호자 되는 분 안 계십니까?”

박명희는 형사들의 눈치를 보면서 망설이다가 남 형사가 고개를 끄덕이자 앞으로 나섰다.

“아가씨가 보호자 되십니까?”

“네…….”

그녀는 기어들어가는 목소리로 대답했다.

의사는 금테안경 너머로 그녀를 훑어보았다.

“실례지만 어떤 사이십니까?”

그녀는 당황해서 어쩔 줄을 모르며 형사들을 또 쳐다보았다. 형사들도 뭐라고 말해줘야 할지 난처했다.

“같은 집에 살고 있는 아가씨예요.”

남 형사가 참다못해 대신 대답해 주었다. 의사는 얼른 이해가 안 가는지 그들을 번갈아 쳐다보았다.

“이를테면 애인 사이라는 말입니다.”

남 형사가 덧붙여 말했다.

의사는 고개를 끄덕이며 차가운 눈빛으로 박명희를 다시 한 번 훑어보고 나더니 형사들을 향해

“실례지만 두 분은 어떻게 되십니까?”

하고 물었다.

"아, 우리는 경찰에서 왔습니다. 환자한테 뭐 좀 물어볼 게 있어서 왔는데 지금은 안 되겠죠?"

남 형사가 신분증을 꺼내보이자 의사의 표정이 굳어졌다.

"지금은 안 됩니다. 의식이 깨어나려면 시간이 좀 더 걸릴 겁니다."

그는 형사들에게 무슨 일로 환자를 만나려고 하는지 굳이 묻지는 않는다. 오히려 그들의 신분을 알고 난 뒤부터는 그들을 완전히 묵살해 버리는 태도를 취했다.

"환자를 입원시켜야겠습니다."

그가 명희에게 사무적으로 말했다.

"무슨 병인가요?"

명희가 걱정스러운 얼굴로 물었다.

"좀 더 검사해 봐야겠지만…… 장티푸스 증상이 있습니다. 요즘은 그런 게 잘 안 걸리는데……."

젊은 의사는 이해할 수 없다는 듯 고개를 갸우뚱했다.

"언제쯤 오면 환자하고 이야기를 좀 할 수 있을까요?"

남 형사가 물었다.

"글쎄요, 상태를 봐야겠지만 내일쯤 오시면 될 겁니다. 내일 오후쯤이면 이야기를 할 수 있을 겁니다."

"하필이면 이럴 때…… 아플 게 뭐람. 빌어먹을……."

병원 밖으로 나오면서 마 형사가 투덜거렸다.

이튿날 아침에는 황개의 장례식이 있었다. 그것은 장례식이라고도 할 수 없는 아주 초라한 것이었다. 장례식이 그렇게 늦은 것은 부검결과가 나올 때까지 기다린 탓도 있었지만 그의 유족이 나타날 때까지 기다리고 있었기 때문이기도 했다. 그의 유족으로는 미국에 누이가 한 사람 살고 있다고 했다. 황개의 동거녀인 황석희가 미국으로 연락을 취해 보았지만 그의 누이는 며칠이 지나서야 올 수 없다는 전갈과 함께 장례비에 써달라고 미화 300달러만을 인편으로 달랑 보내왔을 뿐이었다. 결국 황개의 장례식에서 향불을 피우고 꽃 한 송이나마 놓아준 사람은 황석희 한 사람뿐이었다. 그녀는 흐느끼거나 하지도 않았다. 충혈된 눈에 눈물만 조금 흘리다가 말았다. 그래도 그녀는 검은 원피스 차림에 예의를 갖추느라고 애쓰는 모습이 역력했다.

마 형사와 남 형사는 유밀라의 장례식 때처럼 거기에 참석해서 줄곧 자리를 지켰다. 그들은 장지에까지 따라갔다. 황개의 누이가 화장을 해달라고 부탁했기 때문에 그렇지 않아도 까맣게 그을린 그의 시신은 화장터의 화덕 속으로 들어가 한줌의 재로 변했다.

황석희는 화장터에서 돌아오는 길에는 마 형사가 운전하는 차에 편승했다. 그녀는 황개의 유골함을 안은 채 뒷자리에 말없이 앉아 있었다. 형사들도 별로 말이 없었다. 차가 강가에 이르자 마 형사는 차를 세우고 그녀를 돌아보았다.

"강에다 뿌리는 게 어떻습니까?"

그녀는 잠자코 차에서 내려 강 쪽으로 걸어갔다. 형사들도 차에서 내렸지만 그들은 뒤따라가지 않고 거기에 서서 그녀의 모습을 지켜보았다.

그녀는 흰 장갑을 낀 손으로 함 속에서 재를 한줌씩 떠내 강물 위에다 뿌렸다.

흰 가루가 마침 불어오는 바람을 타고 먼지처럼 날리다가 강물위로 사라지는 것이 보였다. 마지막으로 그녀는 빈 함을 강물 위에 띄웠다. 그리고 장갑마저 벗어 강물 위로 던졌다. 그것들이 강물을 타고 멀리 사라져 보이지 않을 때까지 우두커니 서 있다가 그녀는 형사들 쪽으로 돌아왔다. 어쩐지 그녀는 홀가분한 모습이었다.

오후2시.

마 형사와 남 형사는 모겐도가 입원해 있는 병원 문을 밀치고 안으로 들어갔다.

지난 밤 모겐도를 진찰했던 젊은 의사의 방에 들어가자 박명희가 먼저 와서 기다리고 있다가 창백한 얼굴로 고개를 까딱해 보였다. 의사는 심각한 표정으로 그들을 맞이했다.

"지금 좀 만나 볼 수 있겠습니까?"

남 형사가 방정맞을 정도로 가볍게 묻자 의사는 고개를 가로 저었다.

"지금은 안 됩니다."

"아직도 의식불명입니까?"

의사는 거기에는 대답하지 않고 몸을 일으켰다. 그리고 앞장서서 밖으로 나가면서

"잠깐…… 따라오십시오."

하고 말했다.

형사들은 그를 따라 복도로 나서면서 그가 그들을 모겐도한테 안내하는 줄로만 알았다. 그런데 그게 아니었다. 그는 자기 방에서 조금 벗어난 복도에서 멈춰서더니 심각한 표정으로 그들을

쳐다보았다.

“무슨 일로 그 미국인을 만나려고 하십니까?”

“살인 사건 수사 때문입니다.”

마 형사가 불쾌한 어조로 대답했다. 의사는 놀라는 표정이 되었다.

“그 미국인이 살인범입니까?”

“아뇨, 아직 모릅니다. 수사단계이기 때문에 자세한 것은 말할 수 없습니다. 우리는 시간을 다투고 있기 때문에 되도록 빨리 그 미국인을 만나봤으면 합니다.”

의사의 얼굴에 곤혹스런 빛이 떠올랐다.

“그 미국인은 여기에 없습니다.”

“벌써 퇴원했나요? 아니면……?”

그들은 모겐도가 위독해진 나머지 혹시 다른 병원으로 옮겨지지 않았나 하고 생각했다. 그러나 의사의 다음 말이 그들의 그런 생각을 단번에 깔아뭉갰다.

“다른 곳에 수용됐습니다. 그 사람은 에이즈 환자로 판명됐습니다.”

그렇게 말해놓고 나서 의사는 혹시 다른 사람이 듣지 않았나 해서 주위를 조심스럽게 둘러보았다.

형사들은 그 의사가 도대체 무슨 말을 하고 있는지 모르겠다는 듯 두 눈을 끔벅거리며 그를 멀거니 쳐다보기만 했다.

“이건 아주 극비상황입니다. 비밀을 지켜 주셔야 합니다.”

의사는 두리번거리며 말했다. 마 형사는 담배를 피워 물었고 남 형사는 뭐가 뭔지 모르겠다는 듯 머리를 흔들었다.

“이 병원에서는 담배 피우는 게 금지되어 있습니다.”

"아, 그렇습니까."

마 형사는 주위를 둘러보았지만 재떨이가 보이지 않았다. 그는 하는 수 없이 불이 붙은 담배를 도로 담뱃갑 속에 집어넣고 나서 불이 붙은 부분을 손가락으로 꾹 눌렀다.

"에이즈라고요?"

남 형사가 물었다.

"네, 후천성면역결핍증 말입니다."

의사는 형사들이 별로 놀라는 빛을 보이지 않자 답답하다는 듯 말했다.

"그게 뭔지 모르십니까?"

"아, 압니다. 소문으로 들어서 대강은 알고 있죠."

"현재로서는 치료가 불가능한 무서운 전염병입니다. 일단 걸리면 거의 사망합니다."

형사들이 놀라지 않은 것은 아니었다. 그들은 너무 큰 충격을 받았기 때문에 그저 멍한 표정들을 짓고 있었을 뿐이었다.

구둣발 소리가 요란스럽게 나더니 흰 가운 차림의 남자 세 명이 나타났다. 앞장선 사람은 중년의 의사였고 뒤따라오는 건장하게 생긴 남자들은 간호사들 같았다. 그들은 얼굴을 거의 가리다시피한 마스크에 모자까지 눌러쓰고 있었고 손에는 고무장갑을 끼고 있었다. 전염을 극도로 경계하는 완전무장한 차림들이었다. 중년의 의사가 젊은 의사의 귀에다 대고 작은 소리로 속삭이자 그는 고개를 끄덕였다. 이윽고 그들은 젊은 의사의 방으로 몰려 들어갔다. 조금 있자 여자의 앙탈하는 소리가 나더니 박명희가 남자 간호사들에게 끌려나오는 것이 보였다.

"왜들 이러는 거예요?! 이거 놔요! 당신들 누구예요? 이거 놓으란 말이에요!"

그녀가 앙탈하면서 발버둥쳤지만 그들은 우악스럽게 그녀를 끌고갔다. 사람들이 몰려들었고 여기저기서 왜 그러느냐고 물었지만 아무도 대답해 주는 사람이 없었다. 누군가가 정신병자인 모양이라고 말하자 사람들은 그제서야 알겠다는 듯 고개를 끄덕일 뿐이었다. 형사들은 밖에까지 따라나가 보았다.

밖에는 앰뷸런스가 대기하고 있었다. 박명희가 필사적으로 저항하자 남자 간호사의 입에서 욕설이 튀어나왔다.

"쌍년! 빨리 타!"

박명희는 짐짝처럼 처넣어졌다.

"아니, 왜 이러는 겁니까?"

옆에서 보다 못한 남 형사가 젊은 의사에게 항의하듯 물었다. 그는 자못 흥분해 있었다. 젊은 의사는 팔짱을 낀 채 미동도 하지 않았다.

"가만 계십시오. 이유가 있어서 그러는 겁니다."

"이유가 뭡니까?"

앰뷸런스의 문이 쾅하고 닫히자 울부짖는 소리가 작아졌다. 문을 두드리는 소리가 연속적으로 들려왔다. 차가 움직였다.

"저 아가씨도 에이즈에 감염됐습니다."

"뭐라구요?!"

남 형사는 소스라치게 놀랐고 그때 이미 앰뷸런스는 빠른 속도로 병원 구내를 빠져나가고 있었다. 남 형사는 영문을 몰라 하는 마 형사에게 귓속말로 재빨리 이야기해 주었다.

"의사 말이…… 박명희도 에이즈에 감염됐답니다."

"뭐가 어째?!"

경악과 공포의 빛이 마 형사의 얼굴에 나타났다.

그들은 병원 안으로 사라진 그 젊은 의사를 급히 따라갔다.

내과전문의인 닥터 왕은 계속 따라붙는 형사들이 귀찮았다. 그의 방 앞에는 진료를 기다리는 환자들이 열 명 넘게 대기하고 있었다. 그는 몹시 피곤했기 때문에 신경까지 날카롭게 곤두서 있었다. 그러나 형사들을 쫓아버릴 수는 없었다. 방으로까지 따라 들어온 형사들을 그는 진찰실로 데리고 들어갔다. 그리고 안에서 문을 잠갔다.

"보시다시피 환자들이 밖에서 많이 기다리고 있습니다. 5분 여유를 드릴 테니까 알고 싶으신 것이 있으면 빨리 물어보십시오. 그 전에 제가 먼저 설명 드리겠습니다."

냉엄할 정도로 지성미가 갖춰진 닥터 왕은 손목시계를 들여다보고 나서 다시 입을 열었다.

"그 미국인이 처음에는 장티푸스인줄 알았는데 그게 전부가 아니었습니다. 환자를 자세히 진찰해 보니까 전신에 자줏빛 반점이 나타나 있고. 임파선이 꽤 비대해져 있었습니다. 혀에도 하얀 태가 끼어 있었고 마른기침을 자주 했습니다. 그래서 다른 의사들한테도 보인 다음 혈청검사를 해봤습니다. 얼마 전에 우리 병원에서 에이즈 감염자가 한 명 발견됐었는데 그 환자의 경우와 비슷했기 때문에 곧바로 에이즈 항체 검사방법에 들어갔습니다. 그 결과 에이즈 양성반응이 나타났습니다."

"에이즈 양성반응이란 뭡니까?"

"쉽게 말해서 에이즈 보균자라는 뜻입니다. 에이즈는 면역결핍을 일으키는 바이러스가 피나 정액, 주사바늘 등을 통해 몸속으로 들어가 생기는 병입니다. 그와 같은 바이러스를 갖고 있는 사람을 에이즈 감염자 또는 보균자라고 부릅니다. 그런데 감염 여부를 알기 위해 피 속에서 바이러스를 분리해 낸다는 것은 쉬운 일이 아닙니다. 그래서 간접적인 방법을 많이 사용하고 있습니다. 그것은 혈청 속에 에이즈항체가 있는지 여부를 알아내는 것입니다. 에이즈를 일으키는 바이러스는 항원에 해당하고 몸속에 들어가면 면역체계에서 대응하는 항체를 만들어냅니다. 따라서 항체 검사방법에서 양성반응이 나타나면 그것은 곧 에이즈 보균자라고 할 수 있죠."

"항체 검사방법은 정확한 겁니까?"

"현재 에이즈 항체 검사방법으로 면역효소측정(ELISA) 방법이 주로 쓰이는데 99%가 정확합니다. 국립보건원은 면역효소측정(ELISA) 검사에서 양성으로 나타나면 여러 회사 제품을 써서 반복 분석해 보고 거기서도 대부분 양성으로 나타나면 마지막으로 가장 정확한 확인검사인 웨스턴 블럿법으로 최종 결론을 내립니다. 하지만 ELISA 검사방법에서 양성으로 나타나면 거의 틀림없습니다. 그런데 양성반응자, 즉 에이즈보균자로 판정받았다고 해서 다 에이즈 환자는 아닙니다. 보균자와 환자는 분명히 구분이 됩니다. 보균자는 앞으로 환자가 될 가능성이 있는 사람에 지나지 않습니다. 보균자라고 해서 다 환자가 되는 건 아닙니다. 짧게는 대개 4개월에서부터 시작해 길게는 5년까지의 잠복기간을 거쳐 환자로 발전하는데 보균자중 약 15%가 환자로 될 가능성이 있습니다. 에이즈 보균자로서 그 증상이 밖으로 나타나면 에이즈 환자로 판정됩니다."

"모겐도 씨는 환자로 판정됐나요?"

"더 관찰을 해 봐야 확실하겠지만 에이즈 환자가 거의 틀림없습니다."

"박명희는 어떻습니까?"

"그 아가씨는 아직 겉으로 나타난 증상 같은 것은 없습니다. 보균자는 분명한데 환자는 아닌 것 같습니다. 에이즈 보균자는 자신은 앞으로 환자가 되지 않더라도 다른 사람들한테 전염시킬 우려가 있기 때문에 환자와 똑같이 처리하지 않으면 안 됩니다."

갑자기 실내에는 무거운 침묵이 깔렸다. 에이즈라는 말이 주는 중압감이 그들의 목을 조여 오고 있는 것 같았다.

닥터 왕은 손목시계를 들여다보았다. 이미 약속했던 시간 5분은 지나고 있었다. 그러나 그는 이야기를 계속했다.

"그 미국인하고 동거생활을 하고 있다기에 그 아가씨를 검사해 본 겁니다. 그 아가씨뿐만 아니라 그 미국인이 한국에서 관계한 여자들을 모두 검사해 봐야 합니다. 어쩌면 가증스러울 정도의 결과가 나타날지도 모릅니다."

형사들의 표정이 창백해졌다.

"우리가 조사한 바로는 그 미국인은 한국에서 여자 관계가 아주 복잡했습니다. 난잡할 정도로 말입니다."

그렇게 말한 남 형사의 얼굴에는 분노의 빛이 나타나 있었다.

"그 미국인이 관계한 여자들에 대해서 구체적으로 알고 계십니까?"

"모릅니다. 박 양 외에 한 명 정도는 알고 있습니다만 어느 정도까지 깊은 관계가 있었는지는 알 수 없습니다."

"이름과 주소 또는 연락처를 말씀해 주시겠습니까?"

의사가 메모지와 연필을 집어 드는 바람에 형사들은 잠시 당황했다.

"글쎄, 그걸 말해도 되는 건지 모르겠군요."

마 형사가 중얼거리자 닥터 왕은 정색을 하고 그들을 쳐다보았다.

"에이즈의 확산을 막기 위해서입니다. 일단 의심이 가는 사람들은 모두 검사해 봐야 합니다. 그렇지 않고 숨겨준다는 것은 본인은 물론 우리 자신을 위해서도 좋은 일이 아닙니다. 에이즈 보균자들을 이 잡듯이 찾아내지 않으면 우리 한국도 머지않아 에이즈 천국이 되고 말 겁니다."

형사들은 서로 마주 쳐다보았다. 마 형사가 고개를 끄덕이자 남 형사가 말했다.

"이름은 오미애…… 명동 뒷골목에서 백가서림이라는 서점을 경영하고 있는 아가씨입니다. 전화번호는……."

그는 수첩을 꺼내 백가서림의 전화번호를 불러 주었다. 노크 소리와 함께 간호사가 고개를 드미는 바람에 그들의 대화는 거기서 끝이 났다.

"그 미국인하고 아가씨는 어디로 갔습니까?"

"시립병원으로 갔을 겁니다."

<상권 끝. 하권에 계속>

김성종

1941년 중국 제남시 출생. 전남 구례에서 성장기를 보냈다.
구례 농고와 연세대학교 정외과 졸업한 후 언론매체에 종사하다가
전업 작가로 전업.
1969년 조선일보 신춘문예 단편소설 당선
1971년 현대문학 소설추천 완료
1974년 한국일보 장편소설 공모에 「최후의 증인」 당선
장편 대하소설 「여명의 눈동자」(전10권)는 TV드라마로 방영
장편 추리소설 「제5열」, 「부랑의 강」 등 50여 편의 작품을 발표하였다.

불타는여인 1

김성종 장편추리소설

초판발행——2014년 2월 5일
초판 1쇄——2014년 2월 5일
저　자——金聖鍾
발행인——金仁鍾
발행처——도서출판 남도
등록일——서기 1978년 6월 26일(제2009-000039호)
주　소——경기도 성남시 중원구 둔촌대로 464, 507호
(상대원동 중일아인스플라츠지식산업센터)
전　화——031-746-7761　서울 02-488-2923.
팩　스——031-746-7762　서울 02-473-0481
Email　ndbook@naver.com

ISBN　978-89-7265-575-6　04810
(978-89-7265-574-9　04810 세트)

정가: 16,000원

이 소설 초판본은 1993년 도서출판 추리문학사에서 발행되었습니다.

이 도서의 국립중앙도서관 출판시도서목록(CIP)은 서지정보유통지원시스템 홈페이지
(http://seoji.nl.go.kr)와 국가자료공동목록시스템(http://www.nl.go.kr/kolisnet)
에서 이용하실 수 있습니다.(CIP제어번호: CIP2014001028)